Baileys Traum

Ein Winterroman

Anna Winter

~ Kein Buch mehr verpassen durch den Newsletter auf der Homepage ~

Homepage: http://annawinter.de
Email: write@annawinter.de

Lektorat: Dorothea Kenneweg
Cover: © Cover Art DESIGN by jdesign.at
Buchsatz und Gestaltung: Alexa Zwölfer, www.schmetterlingsfabrik.at

ISBN-13: 978-1523795482
ISBN-10: 1523795484

Widmung

Für alle Werwölfe, Vampire und Geister,
für alle Fantasiewesen und jene, die sie lieben,
und für alle, die sich in diese Geschichte verirrt haben,
auf dass Baileys Traum auch euer Herz erfüllen möge.

Prolog

Mir war heiß. Mir war sogar verdammt heiß. Denn natürlich musste ausgerechnet am heißesten Tag des Jahres die Klimaanlage im Wagen ausfallen. Ich hatte den ganzen Tag mit einer Freundin am Fox Lake verbracht, an dessen Ufer wir unsere Badetücher ausgebreitet hatten, was fast schon unnötig gewesen war, weil wir kaum mal aus dem Wasser gekommen waren.

Inzwischen war die Sonne längst untergegangen, doch die schwüle Luft hielt sich eisern über dem Land, als wäre man in einer gewaltigen Sauna.

Also hatten wir unsere Sachen gepackt, uns voneinander verabschiedet und nun fuhr ich in dem klapprigen Kastenwagen zurück nach Hause. Ein paar Tropfen Seewasser kleckssten von meinen Haarspitzen auf meine Arme. Die einzige Erfrischung weit und breit.

Die Scheinwerfer leuchteten die etwas holprige Straße vor mir aus, als würde sich ein kleiner Fluss durch die nachtschwarze Landschaft schlängeln. Rechts und links von mir war es dunkel, nur der volle Mond klebte am Himmel wie ein Heißluftballon und ließ alles silbrig schimmern. Kein Schwein war auf der Straße unterwegs. Hier draußen auf dem Land war sowieso nie viel los. Man konnte eine Stunde durch die Gegend fahren, ohne einen anderen Menschen zu treffen.

Also riskierte ich einen Blick auf das Armaturenbrett, um an den Reglern der Klimaanlage zu drehen. Verflucht, irgendwie musste das dumme Ding doch angehen! Der Schweiß lief mir den Rücken herunter und obwohl ich den ganzen Tag im See gebadet hatte, fühlte es sich an, als bräuchte ich dringend eine Dusche. Meine nackten Beine, die nur in knappen Hotpants steckten, klebten am Leder meines Sitzes fest.

Jetzt ein Cabrio! Ein Cabrio mit einem Eisfach. Und für den Fall der Fälle mit einer Klimaanlage. Seufzend wischte ich mir mit dem Handrücken den Schweiß von Stirn, Nase und Wangen, während ich hoch zur Straße schielte, doch dort war immer noch alles leer. Also schön. Ich widmete mich wieder dem Armaturenbrett und prüfte, ob die Ventile der Lüftung aufgedreht waren. Genervt drückte ich den Knopf für die Klimaanlage mehrmals an und aus. Bei dem alten Wagen konnte es gut sein, dass er nur einen Wackelkontakt hatte.

Im Radio lief *Wrecking Ball*, ein Ohrwurm von Miley Cyrus, und ich sang lauthals mit, dass ich wie eine Abrissbirne irgendwo hereinplatzte. Im selben Moment knallte es laut an meinem Wagen. Der Sicherheitsgurt drückte sich wie ein stahlharter Riemen in meine Schulter und Brust, als ich von der Wucht des Aufpralls nach vorne geworfen wurde.

Mist!

Oh, großer Mist!

Ich hatte irgendwas gerammt. Sternchen tanzten vor meinen Augen. Mir war heiß und kalt zugleich und meine Hände zitterten so stark, dass ich Angst hatte, das Lenkrad abzureißen. Airbags besaß dieser Wagen nicht, sonst hätte sich mein Gesicht bestimmt in einem dieser aufblasbaren Luftkissen wiedergefunden.

Oh mein Gott.

Das Auto zischte und stand. Mit fahrigen Bewegungen schaltete ich in den Parkmodus, strich mir die Haare aus dem Gesicht und spähte über das Lenkrad hinaus aus dem Fenster.

Auch wenn der Motor stotterte, ließ ich ihn laufen, damit das Licht an blieb. In einem neueren Wagen wäre das kein Problem, aber bei diesem Modell hatte irgendein Genie die Lichtmaschine mit dem Motor verbunden, was so hilfreich war wie Dynamos bei Fahrrädern, die an der Ampel standen.

Einer der Scheinwerfer schien bei dem Aufprall kaputtgegangen zu sein. Ansonsten konnte ich nicht weit genug über die Motorhaube blicken, um mehr zu erkennen. Sicher hatte ich ein Reh angefahren, das nun vor meinen Rädern lag und starb.

Oh nein! Rehe waren so süß. Ich wollte nicht Bailey, die Bambimörderin, sein. Tränen schossen mir in die Augen und verschleierten meine Sicht. Mir wurde ganz bang ums Herz, als ich mich abschnallte.

Dabei tat meine Schulter schrecklich weh, denn der Gurt hatte sich regelrecht hineingefressen, obwohl ich nicht einmal gerast war. Wenn ich schon solche Schmerzen allein vom Sicherheitsgurt hatte, wie musste es dann erst dem armen Wesen auf der Straße gehen?

Ich drückte die Tür auf und kletterte aus dem Fahrzeug. Ängstlich hangelte ich mich an der Motorhaube entlang nach vorne und machte mich auf den schlimmsten Anblick gefasst.

Aber dort lag kein Reh oder überhaupt irgendwelches Wild.

Mir blieb fast die Luft weg. Das war doch ... aber das war doch ...

... völlig unmöglich.

Ich schluckte und wischte mir über die Augen, als würde ich versuchen aufzuwachen.

Dort lag ein Mann. Und dann wieder ein ... ein ... riesiger Wolf.

Langgestreckt, groß und grimmig. Mehr ein Wolfsmann. Ich hatte so etwas schon einmal gesehen. Aber nicht im echten Leben, sondern im Kino. Es war, als läge eine Requisite aus dem Film *Van Helsing* vor mir, ausgeleuchtet von Scheinwerfern und Mondlicht. Dieser silbrige Glanz im Fell, all die Sehnen und Muskeln und diese schiere Größe! Das war so absurd und gleichzeitig viel zu echt.

Mir schoss ein Wort durch den Kopf. Aber daran zu glauben, grenzte an Verrücktheit. Trotzdem schien es nur diese eine passende Bezeichnung für ihn zu geben. Sie spülte aus dem hintersten Winkel meines Kopfes zu mir heran und überrollte alles wie eine gewaltige Woge: Werwolf.

Nein, nein, nein, nein, nein!

Hilflos starrte ich ihn an und fragte mich, ob ich langsam so bekloppt wurde wie meine Oma. Dieser Werwolf oder meinetwegen auch Lykaner konnte eigentlich nicht echter als Spiderman oder Batman sein. Ich meine, ich war doch bloß in Minnesota. So was hatten wir hier nicht. Maiskolben, ja. Farmer und Traktoren, auf jeden Fall. Aber Werwölfe?

Völlig ungerührt von meinen Zweifeln wechselte der Mann am Boden ständig seine Gestalt. Mal war er ein Wolfswesen, dann wieder ein Mann aus Fleisch und Blut. Aber auch in seiner menschlichen Gestalt sah er außergewöhnlich aus, denn er war so unfassbar attraktiv, dass ich eindeutig halluzinieren musste.

Sein Haar wirkte nicht nur blond, sondern glänzte regelrecht golden im Mondlicht. Seine Augen waren von einem so tiefen Türkisblau wie das Blaueis mancher Gletscher, wenn die Sonne darauf schien, und seine Haut schimmerte wie Bronze. Er war athletisch, groß und muskulös. Im Grunde hätte er Werbung für Unterwäsche von Calvin Klein machen können.

Aber das tat er nicht. Genau genommen war er äußerst nackt. Und verdammt heiß. Noch heißer als dieser Sommer. Er war viel schöner als jedes Unterwäschemodel auf diesem verdammten Planeten. So sehr, dass ich nicht wusste, ob ich auf seine schlimmen Verletzungen oder auf seine nackte Männlichkeit schauen sollte.

Ich musste ihn seitlich angefahren haben. Seine gesamte linke Körperpartie wies Prellungen, Abschürfungen und sogar eine blutende Wunde auf. So als wäre er auf allen vieren durch die Nacht gerannt wie ein echter Wolf. Ich hatte sein Bein, seinen Arm und auch die Rippen erwischt.

Wenn er in Menschengestalt war, biss er schmerzverzerrt die Zähne zusammen und hielt sich die blutige Hand an den Bauch. Doch wenn er im Licht des Mondes zum Werwolf wurde, hefteten sich seine Augen wie Laserschwerter auf mich. In der Tiergestalt heilten seine Verletzungen. Dann fletschte er die Zähne und knurrte mich an. Allerdings schienen seine Blessuren nur in Wolfsform zu verschwinden. Sobald er wieder als Mensch dalag, war er so verwundet wie zuvor.

Auf den Mann wollte ich zurennen, mich an seine Seite kauern und ihn versorgen, wie ich es in Dutzenden romantisierter Krankenhausserien gesehen hatte, ja, oder bei *Dr. Quinn – Ärztin aus Leidenschaft*, doch der wölfische Teil seiner Natur wirkte so grimmig und gefährlich, dass ich wie angewurzelt an meinem Wagen stehenblieb und noch immer Mühe damit hatte einzuordnen, was ich sah.

Ein Lykaner? Hier auf dieser Landstraße, keine zehn Meilen von der Farm meiner Eltern entfernt? Das wäre ein gefundenes Fressen für meine Oma, die schon immer an Übersinnliches geglaubt hatte und es gleichzeitig verteufelte. Sie hatte mir das Märchen von Rotkäppchen immer ein bisschen anders erzählt und mir damit Angst machen wollen. Vermutlich hätte sie sich an meiner Stelle nach einer Schaufel umgesehen, um ihm den Garaus zu machen. Aber sie war auch viel zu alt und hormonarm, um zu bemerken, wie schön er war.

Jetzt gerade lag er wieder als nackter Mann vor mir. Ich schluckte und benetzte meine Lippen.

»Bitte«, flüsterte ich. »Kannst du mich verstehen?«

Sein Blick heftete sich auf mich und ich war mir sicher, dass er es tat.

Also nahm ich meinen ganzen Mut zusammen. »Ich weiß, ich sollte dir helfen, aber ich habe Angst, dass du mir etwas tust.« Okay, das klang jetzt vielleicht etwas seltsam, weil schließlich ich diejenige gewesen war, die ihn angefahren hatte. Die ramponierte Stoßstange und der zerbeulte Kühlergrill ließen daran keinen Zweifel.

Mit der Hand machte ich eine vage Geste in seine Richtung. »Ich meine, dass du mir was tust, wenn du dich ... na, du weißt schon ...«

... in einen knurrenden Werwolf verwandelst.

Das konnte ich doch echt nicht sagen, oder?

Andererseits wusste er sicher, was er war. Es wäre ja nicht so, als würde ich einen völlig ahnungslosen Mann vor mir haben, der von seinem Vollmondproblem selbst noch nichts mitbekommen hatte.

Sein Blick wurde schmal. Genau in dem Moment zuckte wieder eine Wandlung durch seinen verletzten Körper, Fell spross aus seiner Haut, die Muskelstränge verhärteten und verdickten sich und die Wunden schwanden weiter.

»Das ist ...«, stammelte ich.

Ein Grollen stieg in seiner Kehle auf und er präsentierte mir seine Wolfsfänge. Noch immer hatte ich das Gefühl, als würde er mit jeder Wandlung stärker und gesünder werden.

Verwirrt blinzelte ich zum Mond hinauf. Er war riesengroß und rund, als hätte ihn jemand mit Leuchtfarbe an den Himmel gestempelt. Mit einem Mal kam mir sein Licht so vor, als würde es eine geheime Macht in sich bergen. Eine Macht, die den Mann verwandelte und seinen Schmerz lindern konnte.

Er schien vom Mond so sehr gefesselt zu sein wie ich vom Anblick seiner Erscheinung. Dieser Kerl sah so unverschämt gut aus. Viel besser als alle anderen Männer, die ich je zu Gesicht bekommen hatte. Wie die in Stein gemeißelte Davidskulptur, bloß eben mit mehr Haaren. Ein Sohn des Mondes. So schön, dass es fast wehtat. Vielleicht war der Fluch, ein Wolf zu sein, der Ausgleich für seine Pracht.

Aber war es denn ein Fluch? Himmel, was hatte Granny nur immer erzählt? Ich hatte ihrem wirren Reden kaum Beachtung geschenkt.

»Was bist du nur?«, murmelte ich. Ob er sich selbst auch Werwolf nannte? Ich wollte so gerne wissen, wie er hieß. Und eigentlich sollte ich ihm helfen, doch ich traute mich nicht.

Du bist so feige, Bailey, schalt ich mich.

Jetzt wurde er nicht mehr ganz zum Wolf, wenn er sich veränderte. Er blieb nun auch als Wolf erkennbar ein Mann. Irgendwie aufrechter, obwohl er noch immer am Boden lag. Mit breiten Schultern, Muskeln am Bauch, die jedes Waschbrett in den Schatten stellten, und langen kräftigen Beinen, die zum Rennen gemacht zu sein schienen. Wie ein Jäger der Nacht.

Ich bemühte mich, nicht allzu sehr auf das zu starren, was sich zwischen seinen Beinen und dem Bauch befand. Aber ich hatte im echten Leben noch nie einen Kerl nackt gesehen. Ich meine splitternackt. Sollte das wirklich so groß aussehen? Ich bemühte mich, nicht so auffällig zu gucken, aber ich schaffte es trotzdem nicht, meinen Blick abzuwenden.

Als ich merkte, dass ich den Kopf schief gelegt hatte, um ihn besser in Augenschein zu nehmen, schoss mir die Röte ins Gesicht. Hastig blickte ich ihm in die Augen, die noch immer misstrauisch zusammengekniffen waren.

»Ähm ...«, stammelte ich.

Du Idiotin, zischte mir eine Stimme im Kopf zu. *Erst nietest du ihn um und dann wirst du auch noch zur Spannerin, statt ihm zu helfen.*

Ja, ich war Bailey, das Landei, das mehr von Maisanbau als von Männern verstand, obwohl ich einen Bruder, drei Cousins und auch nur Jungen in der Nachbarschaft hatte. Als ob hier alle bloß Söhne bekommen könnten. In meinem Umfeld gab es so viele Kerle, aber die meisten von ihnen waren blöd bis sehr blöd, so dass ich immer tunlichst zugesehen hatte, für mich zu bleiben. Ich meine, irgendwas musste schon toll sein an Sex, aber ich hatte es bisher mit keinem der Typen, die ich kannte, ausprobieren wollen.

Himmel, dachte ich hier gerade an Sex, während ein Werwolf vor mir lag?

Ja, irgendwie schon. Vermutlich genau deswegen. Er war so ... so ... na, irgendwie sinnlich. Wie ein Archetypus von Männlichkeit, trotz der Haare und der Fänge oder der geballten, riesigen Hände, an deren Fingern sich ständig Klauen formten und wieder verschwanden.

Ich musste gestört sein. Es war offiziell. Normale Männer hatten mich bisher kalt gelassen und jetzt starrte ich ihm schon wieder auf ... sein Zepter.

»Ähm«, setzte ich erneut an.

Inzwischen glühten meine Wangen vor Verlegenheit so sehr, dass ich mir sicher war, wie ein Hydrant auszusehen. Vermutlich leuchtete ich mehr als mein Auto, das nur noch einen funktionierenden Scheinwerfer aufwies.

Ich räusperte mich, zwang mir ein Lächeln auf die Lippen, das sich maskenhaft anfühlte, und fügte an: »Ich bin Bailey.«

Seine Brauen schoben sich zusammen, doch er sagte nichts dazu.

Und jetzt?

»Bailey Castello«, schob ich nach, doch das änderte nichts an seiner mangelnden Redseligkeit.

Irgendwann in meiner Ahnenreihe hatte es spanische Vorfahren gegeben. Das war nicht so lange her wie die Zeiten, zu denen die Konquistadoren nach Amerika aufgebrochen waren, aber lange genug, dass meine Familie seit mehreren Generationen hier ansässig war. Trotzdem galten wir in Welcome noch immer als Zugezogene. Hallo? Ich war hier geboren. Und da die anderen Farmer keine Indianer waren, waren ihre Familien doch auch irgendwann selbst mal zugezogen. Aber solche Kommentare kamen nicht unbedingt gut an.

Unser Familienname Castello stach unter den gutbürgerlich amerikanischen Namen heraus wie ein bunter Hund.

Mein Äußeres tat das auch, denn in Welcome waren weniger als drei Prozent der Bevölkerung Hispanos. Und diese knapp drei Prozent waren wir – meine Familie und ich. Der Rest war weiß, weiß und nochmals weiß.

Ich hingegen besaß die dunklen, fast schwarzen Haare und die braunen Augen der Castello-Linie. Außerdem war ich klein wie eine Südländerin, was mir im Angesicht dieses großen Mannes besonders deutlich wurde. Wir waren wie Licht und Schatten. Er golden, ich dunkel. Er groß, ich winzig. Er düster und gefährlich, ich unschuldig und ahnungslos.

Lykaner trifft Landei.

Das klang wie aus einem schlechten Witz. »Trifft ein Lykaner ein Landei ...«

Ja, oder in dem Fall das Landei den Lykaner. Nämlich mit einer Stoßstange, was mir noch immer schrecklich leidtat. Denn gerade war er wieder nur ein Mensch, ohne Fell und Fänge, und sein Gesicht verzerrte sich zu einer grimmigen Miene aus Schmerz.

Er presste seine Finger gegen den Brustkorb. Das sah gar nicht gut aus.

»Hast du dir die Rippen gebrochen?«

Sein Blick schien mir zu sagen, dass eher ich ihm die Rippen gebrochen hatte. Ob er mich wohl anfallen würde, wenn er nicht so verletzt wäre? Was wusste ich schon über ihn? Offensichtlich gar nichts. Er rückte nicht einmal mit seinem Namen heraus.

Sein Gesicht wirkte fahl und ich machte mir Sorgen um ihn. Ich hatte ihn mit diesem riesigen Kastenwagen erwischt. Wenn es ihm nun so ging wie meinem Auto? Ich spähte zu den Beulen im Metall, die er schmerzhaft mit seinem Körper hineingedrückt hatte.

»Ich sollte dich ins Krankenhaus bringen. Was, wenn du innere Verletzungen hast?«

Er könnte verbluten.

Er könnte sterben.

Oh, alles, bloß das nicht!

Dann hätte ich einen Mord zu verantworten, der viel schlimmer war als der an einem Reh. Mir wurde fast schwarz vor Augen. Das durfte nicht passieren.

Er stemmte seine Hand in den Schotter und drückte sich nach oben. Erleichterung durchströmte mich, weil er sich noch bewegen konnte. Allein hätte ich ihn auch gar nicht heben können. Er schien meinen Vorschlag mit dem Krankenhaus anzunehmen. Ich hoffte inständig, dass mein Gefährt den Geist nicht aufgegeben hatte, denn das Nächste lag eine gute halbe Stunde Fahrtzeit entfernt.

Er richtete sich zur vollen Größe auf, wodurch er mich überragte wie eine Nordmanntanne. Ach, du Scheibenkleister! Er war riesig. Zum Glück fuhr ich keinen Kleinwagen.

»Verrätst du mir auch deinen Namen?«, fragte ich hoffnungsvoll, um einen Draht zu ihm zu bekommen. Er sollte mich nicht bloß für die furchtbare Frau halten, die ihn mit dem Gaspedal begrüßt hatte.

Aber statt mir eine Antwort zu geben, wandelte sich sein Körper im Mondlicht. Er blieb aufrecht. War halb Mann, halb Wolf.

Oh je. Was wohl die Leute im Krankenhaus dazu sagen würden?

Ich schluckte und stützte meine Hand am Wagen ab, weil ich mich einfach an irgendetwas festhalten musste und ihn dafür schlecht nehmen konnte. Seine Erscheinung verunsicherte mich. Erst mal müsste ich überhaupt bis zum Krankenhaus kommen. Mein Auto war nicht klein, aber wenn er neben mir darin säße, wäre ich ihm sehr, sehr nah. Noch näher als jetzt, da er zwei Schritte von mir entfernt stand.

Ich benetzte meine Lippen, wusste kaum, was ich sagen sollte. Er ängstigte und faszinierte mich im selben Moment. Meine Füße wollten fortlaufen, aber mein Herz schlug so wild in seiner Nähe. Ich konnte kaum sagen, was mit mir los war. So ein Gefühl hatte ich noch nie bei einem Mann verspürt. Als hätte ich nach langer Zeit einen Schlüssel zum Schloss gefunden. Zwischen uns bestand eine Verbindung. Das spürte ich genau.

Vermutlich würde meine strenge Oma auf ihren Gehstock beißen, weil ich ausgerechnet einen Lykaner attraktiv fand. Ich und er. Die Vorstellung breitete sich in meinem Kopf aus wie warme Sonnenstrahlen. Ich wollte ihn unbedingt besser kennenlernen. Genau ihn.

Dass wir uns hier getroffen hatten, musste Schicksal sein. Ich malte mir Bilder von hungrigen Küssen und innigen Blicken aus.

Währenddessen stand ich vor ihm und hatte so butterweiche Knie wie eine Puppe an Fäden, die einbrach, sobald man losließ.

»Soll ich dich mitnehmen?«, flüsterte ich.

Bitte sag ja.

Oder nicke einfach.

Sein Blick flackerte. Ich hatte keine Ahnung, was er dachte. Erst glaubte ich, er würde das erste Wort überhaupt zu mir sagen. Doch dann ruckte sein Kopf zum Mond, er fletschte die Zähne, wurde noch mehr Wolf und sprang plötzlich zur Seite.

Bevor ich wusste, was geschah, war er davongerannt, und ließ mich mit einem Gefühl der Leere zurück. Oh, Gott, nein!

Nichts regte sich mehr. Hektisch suchte ich mit meinen Augen die in der Dunkelheit daliegende Böschung ab, hinter der er verschwunden war. Doch die Luft war so schwül und windstill wie zuvor und von ihm war nichts mehr zu sehen. Mir war nur ein demoliertes Fahrzeug geblieben.

Jetzt, wo er weg war, kam mir das Ganze so unwirklich vor. Ich hatte ihn weder berührt, noch seine Stimme gehört. Von dem Knurren einmal abgesehen. Vieles sprach dafür, dass ich einfach nur betrunken gegen irgendein Hindernis gefahren war und mir etwas äußerst Fantasievolles zusammengesponnen hatte. Einen Werwolf, zum Beispiel.

Allerdings hatte ich keinen Tropfen getrunken. Ich trank nie Alkohol. Mit meinen achtzehn Jahren war ich viel zu jung dafür und der örtliche Sheriff kannte mich, seit ich Windeln getragen hatte. Aber irgendwie war ich auch deutlich zu alt für Fabelwesen. Andererseits glaubte Granny ja immer noch an sie.

Ich rieb meine verschwitzten Hände an den Hotpants ab und gab mich einer Weile den Erinnerungen an meinen Lykaner hin. Doch während das Adrenalin in mir abebbte, machten sich auch noch weltliche Gedanken in mir breit. Ich hatte keine Ahnung, wie ich diesen Unfall der Versicherung erklären sollte. Mal ganz zu schweigen von meinen Eltern.

Wie aufs Stichwort gab der Motor ein letztes Zischen von sich und verstummte dann ganz. Mit ihm fiel die Lichtmaschine aus und plötzlich stand ich allein in der dunklen Nacht und wusste nicht, wie ich die Begegnung meines Lebens einordnen sollte.

»Wo bist du?«, rief ich ihm nach, doch ich erhielt keine Antwort.

»Bitte ...«, flüsterte ich.

Das schreckliche Gefühl, etwas unglaublich Wichtiges verloren zu haben, rollte über mich hinweg. Nun war der Moment gekommen, in dem mir die Knie wegsackten, und ich kauerte mich neben meinen Wagen, schlug meine Hände vors Gesicht und wusste mir keinen Rat.

Kapitel 1

Ich lag auf meinem Bett und knabberte einen Keks, während ich mir eine DVD auf meinem kleinen Flimmerfernseher ansah. Er war wirklich so alt, dass er noch eine Röhre besaß und die Bilder tatsächlich flimmern ließ. Ich hatte ihn von meiner Oma geschenkt bekommen, die ihn nach Opas Tod nicht hatte behalten wollen. Granny nannte es immer das neumodische Pantoffelkino und man sah ihr an, dass sie nichts davon hielt. Trotzdem war ich froh, dass sie ihn mir überlassen hatte, weil ich dadurch in meinem eigenen Zimmer ungestört fernsehen konnte.

Der Film zog mich völlig in seinen Bann und so wischte ich mir halbherzig ein paar Kekskrümel vom Pulli. Später würde ich das bereuen, weil es harte Brösel waren, die sich nun auf meinem Bettlaken verteilten, aber jetzt gerade hatte ich viel Wichtigeres im Sinn.

Ergriffen setzte ich mich auf und rückte näher ans Kopfteil.

»Komm schon, Bella, spiel' einmal in Team Jacob!«, beschwor ich sie, obwohl sie mich die letzten zehn Male, die ich diesen Film schon gesehen hatte, nie erhört hatte. Sie stand nämlich auf Edward, den Vampir.

Hallo? Vampire? Wieso das denn?

»Nimm Jacob«, bat ich sie. Jacob, den Werwolf.

Bella nagte an ihrer Unterlippe, schlug die Augen nieder und hatte diesen traurigen Blick, den sie im zweiten Teil der *Twilight-Saga* einfach nicht mehr ablegen wollte.

Die Sache mit dem traurigen Blick kannte ich. Sehnsucht konnte einen auffressen. Und die Bilder von meinem Wolf ließen mich nicht mehr los. Besonders nachts nicht. Aber da war ich nicht die Einzige, die sich nach einem besonderen Mann verzehrte.

Denn zum Glück hatte ich drei liebe Freundinnen gefunden, die mich in dem Punkt absolut verstanden, weil auch sie sich nach Männern sehnten, die eigentlich der Welt der Legenden vorbehalten waren.

Lucy hatte unsere kleine Selbsthilfegruppe ins Leben gerufen. Sie und Lily suchten nach Vampiren und beide waren solchen auch schon begegnet. Echten Vampiren, keinen Schauspielern. Mir war klar, dass die zwei in Team Edward spielen würden, wenn ich mir mit ihnen zusammen *New Moon – Biss zur Mittagsstunde* angeschaut hätte.

Die Dritte im Bunde war Hope. Sie hatte sich in einen Geist verliebt, den sie in einem antiken Spiegel erblickt hatte. Doch seit der Spiegel zerbrochen war, hatte sie den Kontakt zu ihm verloren.

Immerhin kam mir mein Unterfangen, den Werwolf aufzuspüren, leichter vor, als einen Geist aus einer Spiegelwelt ausfindig zu machen. Besonders ohne den passenden Spiegel.

Nein, mein Wolf musste hier irgendwo sein und ich würde verdammt noch mal nicht aufgeben. Allerdings war seit unserer Begegnung fast ein halbes Jahr verstrichen und ich war mit meiner Suche nach ihm nur in Sackgassen gelandet. Er war wie vom Erdboden verschluckt. Es war zum Mäusemelken.

Ich prüfte meine Uhr. Einmal im Monat traf ich mich mit den Mädels in Sioux Falls. Das lag nicht gerade um die Ecke, aber wir wohnten in verschiedenen Städten und es bildete ungefähr die Mitte. Unser letztes Treffen hatte im November stattgefunden. Jetzt blieben mir nur noch zehn Minuten, bevor ich los musste. Wieder ein Monat vorbei.

Seufzend sah ich zu, wie Jacob die süße Bella anschmachtete, während sie nur von ihrem Vampir träumte.

»Du bist so dumm, Bella«, stellte ich einmal mehr fest.

Denn die Frau hatte es so gut: Immerhin rannte Bellas Werwolf ihr nach. Ich hätte nichts dagegen gehabt, wenn mein Lykaner sich da mal ein Beispiel an Jacob genommen hätte. Natürlich nur, wenn ich seine Bella wäre. Oh je, hoffentlich hatte er keine andere.

Bitte, lieber Gott, lieber Weihnachtsmann und alle, die sonst noch etwas ausrichten könnten: Helft mir zur Abwechslung mal und lasst mich seine Bella sein.

»Bailey!«, krächzte die Stimme meiner Großmutter aus dem unteren Stockwerk zu mir hoch. »Hast du meine Stricknadeln gesehen?«

Ich hielt im Kauen inne und wischte mir die letzten Kekskrümel von den Fingern. Schuldbewusst schwieg ich.

Tja ...

»Bailey, bist du taub?«, krähte sie.

Seufzend schaltete ich den Fernseher aus. Dann würde ich wohl besser fünf Minuten früher zu meinem Treffen fahren, denn auf diese Unterhaltung mit Granny hatte ich keine Lust.

»Nein, Oma«, rief ich zurück.

»Nein, du bist nicht taub, oder nein, du hast meine Stricknadeln nicht gesehen?«

Ich stand von meinem schmalen Bett auf, das sich in die Nische zwischen meinem Kleiderschrank und der Dachschräge einfügte, und ging zum Fenster. Während des Sommers wehten meine orange-goldenen Vorhänge fast ohne Unterlass im sanften Wind, der von den Feldern herüberzog, weil ich mein Fenster dann immer offenstehen ließ. Doch nun war es viel zu kalt dafür und die Gardinen hingen regelrecht traurig herunter, obwohl es draußen windete. Ich schob sie beiseite, wünschte mir den Sommer zurück und spähte hinaus.

An unsere Scheune grenzte das weite Maisfeld, das nun im Winter brachlag. Welcome, das kleine Nest, in dem ich wohnte, war praktisch von Maisfeldern umzingelt. Granny nannte den Mais immer unser Aztekengold, aber sie hatte sowieso einen Knall.

In der Nähe des Zauns machte ich die etwas gerupft aussehende Vogelscheuche aus. Sie stand wie ein dunkler Schemen am Feldrand, als würde sie unser Haus beobachten wie ein Landstreicher. Eiskristalle hafteten an ihr und sie schaukelte im Wind hin und her. Ich hatte noch nie erlebt, dass sie mal einen Vogel vertrieben hätte. Stattdessen zupften die Krähen in Scharen mit ihren Schnäbeln am Stroh herum, das unter Papas kaputtem Wintermantel herausschaute.

Der alte Mantel, den meine Mutter vor etwa fünf Jahren aussortiert hatte, hatte mich überhaupt erst auf die Idee gebracht, bei Rupert, der Vogelscheuche, noch etwas anderes auszurangieren: nämlich Omas Stricknadeln. Sie steckten nun in seinem Bauch. Allerdings bloß, weil Granny mich in den Wahnsinn trieb.

»Bailey!«, krächzte sie erneut und klang dabei nicht besser als die schwarzen Vögel, die dem alten Rupert zusetzten. Ich wusste nicht, woran es lag, dass bei uns so außergewöhnlich viele Krähen lebten. Als ich ein kleines Mädchen gewesen war, hatte ich immer Angst gehabt, dass sich der Film *Die Vögel* vom alten Gruselmacher Hitchcock eines Tages bei uns abspielen würde.

»Bailey!«

Ich atmete tief durch und rief mir in Erinnerung, dass Oma mich seit der Geschichte mit dem Wolf nur noch missbilligend ansah, dass sie die Vorstellung unanständig fand, dass ich einen Tiermann getroffen hatte, selbst wenn das mit der Stoßstange meines Wagens geschehen war.

Wenigstens glaubte Granny meine Schilderungen vom Unfallhergang, während meine Eltern mir damals und bis heute allen Ernstes Drogenkonsum unterstellt hatten. Ganz toll.

»Es gibt keine Werwölfe, Bailey«, hatte Vater mit donnernder Stimme entschieden. »Also, was genau hast du genommen?«

»Genommen?«, hatte ich gestammelt.

»Genommen, eingeworfen … na, Drogen eben!«

»Bestimmt Pilze«, hatte Mutter gemutmaßt und sich schockiert die Hand vor den Mund gehalten. Dann hatte sie mir mit wedelndem Zeigefinger geschworen: »Du bekommst nichts mehr von der Pilzpfanne.«

Dabei schnippelte sie dort nur Champignons oder Steinpilze rein.

Seit damals war in meiner Familie alles peinlich geworden. Sie glaubten, dass ich einen an der Waffel hatte. Also im Grunde das, was wir bisher nur von Granny angenommen hatten. Nun gehörte ich ebenfalls in den erlauchten Kreis der Bekloppten, denen man gerne mal ein Augenrollen oder einen dummen Spruch zukommen ließ.

Deshalb verkroch ich mich am liebsten in meinem Zimmer und schmiedete Pläne, wie ich meinen faszinierenden Wolfsmann wiedersehen konnte, oder ich traf mich in Sioux Falls mit meinen Freundinnen, die mir glaubten und die mit denselben Problemen zu kämpfen hatten.

»Bai…«, setzte Oma erneut an.

»Nein, ich weiß nichts von deinen Stricknadeln!«, fuhr es aus mir heraus.

Da!

Die kleine Lüge war mir ganz leicht von den Lippen gegangen.

Gerade mal achtzehn – na gut, fast neunzehn – und schon log ich, dass sich die Balken bogen. Eigentlich wollte ich gar nicht lügen. Aber im Sommer hätte es mir sehr geholfen, wenn ich über den Vorfall nicht die Wahrheit erzählt hätte. Die Reaktionen meiner Mitmenschen hatten mir zu denken gegeben und seither fand ich ein gelegentliches Flunkern zum Selbstschutz vertretbar.

»Wieso hat das mit der Antwort so lange gedauert?«, nörgelte Oma. »Weißt du, ich werde auch nicht jünger.«

Sie hörte sich sehr vorwurfsvoll an. Das lag vermutlich daran, dass sie mir wohl nicht glaubte.

Das Geklapper, das Granny mit den Stricknadeln veranstaltete, war eine Sache. Es war sogar nervtötender als das Ticken der Wanduhr. Aber das, was sie damit anfertigte, war das weit größere Problem. Sie hatte sich in den Kopf gesetzt, mich anständig zu bedecken.

»Du bist jetzt eine Frau geworden, Baileymäuschen, und du musst aufpassen, wie du herumläufst«, pflegte sie zu sagen.

Dabei machte sie es mir mit ihrem ewigen »Baileymäuschen« schwer zu glauben, dass sie mich für volljährig hielt. Das war das Problem, wenn man das Nesthäkchen der Familie war. Man würde es immer bleiben.

Dass Oma mir keinen Wollkaftan anfertigte, war auch schon alles. Seit meinem Wolfserlebnis strickte sie mir noch schlimmere Kutten als früher. Wahrscheinlich wollte sie sichergehen, dass mich kein Wolfsmann mehr zu Gesicht bekäme. Dabei hätte ich mir wirklich gewünscht, dass mein Lykaner auftauchen und sich Zeit für mich nehmen würde.

Ständig hielt Granny mir das Strickzeug an, um zu sehen, ob es passte. Als ob das nötig gewesen wäre bei der Sackform, in der sie diese Kleider fabrizierte. Sie behauptete dann immer, dass der Schnitt so praktisch sei, weil man auch nach einem üppigen Mahl noch komfortabel hineinpassen würde.

Aber gestern hatte sie nicht nur Maß genommen, sondern mich mit einer Stricknadel gepiekt, keine drei Sekunden, nachdem mein Bruder Christopher einen Wolfswitz gerissen hatte. Ich war mir sicher, dass Granny das absichtlich getan hatte. Als hätte ich ihr einen Werwolf ins Haus geschleppt. Und sei es nur, weil Witze über ihn gemacht wurden. Ja, das nahm sie mir übel.

Dieser Blick in ihren Augen war komplett gruselig gewesen. Allein wenn ich daran dachte, bekam ich Gänsehaut.

Wäre sie nicht meine Oma, hätte ich mir glatt ins Hemd gemacht. Deshalb und für das Pieken hatte ich es ihr mit dem Verstecken der blöden Stricknadeln heimgezahlt.

Ich schnappte meine Tasche und lief die Holzstiege herunter. Unser Farmhaus war schon über hundert Jahre alt und nur hier und da ausgebessert worden wie ein kleiner Flickenteppich. Ich lebte mit meiner ganzen Familie hier, also auch mit Granny.

Sie wartete am Fuß der Treppe auf mich, kramte in ihrer Geldbörse und hielt mir ein paar Dollarscheine hin. »Hier, Baileymäuschen, du fährst doch wieder in die Stadt.«

Wow, das kam unerwartet. Ich fühlte mich, als wenn ich in ein Nest aus Watte fallen würde. Fast tat es mir leid, dass ich ihr die Stricknadeln weggenommen hatte.

»Das ist aber lieb von dir, Oma«, sagte ich gerührt.

»Na, das mache ich doch gerne für dich.«

Sie drückte mir die Scheine in die Hand und tätschelte meine Wange. Obwohl Granny so klein war, musste sie dafür nicht weit nach oben fassen, denn alle Frauen in unserer Familie waren klein und alle Männer – wie zum Ausgleich – groß. Ich fand das etwas ungerecht, aber Oma behauptete immer, dass wir dadurch bei mir Wolle sparen könnten. Das war natürlich auch eine Art, die Sache zu sehen.

Ich überlegte, was ich mir Leckeres von Omas Geld gönnen könnte, auch wenn es nur ein paar Ein-Dollar-Scheine waren. Für eine Kleinigkeit würde es reichen. Lily, Lucy, Hope und ich trafen uns immer im gleichen Café. Vielleicht könnte ich einen Applecrumble mit Zimt und Vanillesauce nehmen. Oh ja! Mein Herz schlug sofort höher.

»Danke.« Selig strahlte ich Oma an und gab ihr einen Kuss auf die faltige Wange. Obwohl ihre Haut schon so runzelig war, waren ihre Haare rabenschwarz geblieben. Nicht ein einziges Graues fand sich darin. Und das alles ohne Haarfärbemittel. Von hinten hätte man sie mit der wallenden Mähne glatt für eine junge Frau halten können.

Oma, die während der Wintermonate selbst nur sackförmige Wollsachen trug, lächelte begütigend.

»Es strickt dir doch sonst keiner was«, tat sie es ab.

Verwirrt schaute ich sie an. »Was meinst du?«

»Na, wenn du in die Stadt fährst, kannst du mir neue Stricknadeln kaufen gehen.« Sie tippte auf das Geld in meiner Hand. »Das müsste reichen. Sonst gibst du eben etwas dazu. Die Tunika, die ich gerade mache, ist schließlich für dich.«

Die Vorstellung vom Applecrumble zerplatzte in meinem Kopf wie ein angestochener Ballon. Es kam mir so echt vor, dass gut und gerne Kuchenkrümel neben mir auf den Boden hätten rieseln können. Betreten schabte ich mit meiner Pantoffelspitze über das alte Holz.

Ich räusperte mich und nickte. »Oh, ja, klar.«

Oma musterte mich aus schmalen Augen. »Was dachtest du denn, wofür das Geld ist?«

»Ähm ...«

Jetzt bloß nichts Falsches sagen. Sie schaute mich schon wieder so kritisch an.

»Stricknadeln natürlich«, stimmte ich zu.

Granny nickte zufrieden und die Strenge wich aus ihrem Blick. »Gutes Kind.«

Ich wurde das Gefühl nicht los, dass Oma mir gerade eine Lektion erteilte. Von draußen blies der eisige Wind gegen das Haus, drückte gegen die uralten Holzbalken und verursachte ein geisterhaftes Heulen im Flur, das mich schaudern ließ.

Es war gut möglich, dass in Sioux Falls bereits die Wasserfälle zugefroren waren. Das war kein Wetter, um einen Hund nach draußen zu jagen, doch ich würde nun die Stadt nach Stricknadeln abklappern dürfen.

Das musste Karma sein. Karma von Granny.

Womöglich auch von Rupert, der es nicht mochte, dass man ihm Nadeln in den Bauch bohrte. Ich wusste, wie die piekten. Oma hatte das schließlich auch an mir ausprobiert.

Keine zwei Minuten später machte ich mich weit weniger vorfreudig als sonst auf den Weg nach Sioux Falls. Als ich meine Nase zur Haustür hinaussteckte und sich kalte Kristalle in meine Haut bissen, hob nur der Gedanke an meine Freundinnen meine Stimmung. Wenigstens war auf Lily, Lucy und Hope stets Verlass.

Kapitel 2

Dumm und schwärmerisch wie ich war, fuhr ich auf dem Weg nach South Sioux Falls wie bei jedem unserer Treffen extra einen kleinen Bogen, um an jener Stelle vorbeizukommen, an der ich auf meinen Lykaner getroffen war. Mit klopfendem Herzen und bebendem Atem hielt ich nach ihm Ausschau, so als könnte mein Wolfsmann mir noch einmal hier begegnen. Doch wie jedes Mal tauchte er nicht auf.

Er und ich, wir hatten einen denkbar schlechten Start hingelegt. Anders ließ sich das Umnieten eines Mannes mit einem Zweitonner nicht beschreiben. Und er hatte es auch noch vorgezogen wegzulaufen.

Manchmal kam ich mir ja selbst wie eine liebeskranke Idiotin vor. Da hatte mich nie zuvor ein Kerl interessiert und dann entflammte mein Herz ausgerechnet für einen Lykaner. Einen sehr abwesenden Lykaner, was nichts anderes zur Folge hatte, als dass ich immer noch Jungfrau war. Gut und schön, ich hatte mir zu Weihnachten nun nicht gerade den ersten Sex meines Lebens gewünscht, aber irgendwie ... na ja, irgendwie schon.

Mit ihm.

Unterm Sternenhimmel.

Und weil es so kalt war in einem Schlafsack neben einem prasselnden Lagerfeuer.

Nicht, dass meine Fantasie da bereits mit mir durchgehen würde und zu viele Details ausspuckte. Neeeeeein.

Meine Oma würde bei der Vorstellung tot umfallen und mein Bruder würde davon Würgegeräusche ausstoßen. Aber das spielte ohnehin keine Rolle, denn ich war allein.

Jetzt nach den Weihnachtstagen war meine Stimmung denkbar schlecht. Es kam mir vor, als wäre die Welt – und ich gleich mit dazu – in ein Loch gefallen. Der Glanz und die Hoffnung, die der Weihnachtszeit stets anhafteten, hatten sich verflüchtigt und waren der bitteren Erkenntnis gewichen, dass mein Leben nach den Festtagen kein bisschen romantischer oder besinnlicher war als zuvor. Weihnachten funktionierte einfach nicht.

Alles war genau wie immer. Und noch immer ohne ihn.

Als ich auf dem Parkplatz vor dem Café aus dem Auto stieg, fegte mir ein eisiger, arktischer Wind um die Ohren. Er trieb den Schnee beinahe waagerecht durch die Luft, grobe, körnige Eiskristalle, die mich schaudern ließen. Gerade, als ich meine Mütze tiefer über die Ohren ziehen wollte, riss er sie mir vom Kopf und trug sie davon. Ein buntes Treibgut aus Wolle im weißen Getöse.

Schöner Mist!

Ich sperrte meinen Wagen ab und rannte, so gut es ging, hinterher. Doch auf dem gefrorenen Untergrund bewegte ich mich zu ungelenk und bekam sie nicht zu fassen. Zwanzig Meter später, sah ich sie in den Fluss segeln, dessen Ränder regelrecht mit Packeis zugefroren waren. Nur in der Mitte trug die Strömung jetzt meine Kopfbedeckung davon. In Gedanken malte ich mir eine dicke Forelle aus, die sich nun mit ihr schmückte. Omas Predigt, dass sie nicht für Fische strickte, klingelte mir bereits in den Ohren. In dem Punkt war ich hellsichtig.

Fluchend und bibbernd suchte ich Unterschlupf im Café. Die anderen mussten kurz vor mir eingetroffen sein, denn sie hatten alle noch ihre Jacken angelassen, um erst einmal aufzutauen, und in ihren Gesichtern prunkten verfrorene rote Nasen.

Bei Lily sah es besonders witzig aus, weil sie knallrote Haare hatte. Nun strahlten bei ihr Haare und Nase um die Wette. Aber noch etwas anderes strahlte an ihr: nämlich ihr Lächeln. Von Post-Weihnachtsdepression keine Spur.

Wir begrüßten uns herzlich und redeten alle durcheinander:

»Toll, dass ihr da seid.«

»Endlich!«

»Wie geht's euch?«

»Schön, euch zu sehen.«

»Was für ein Wetter!«

Es ging zu wie in Mamas Hühnerstall.

Die strahlende Lily drückte mich besonders überschwänglich. Aber nicht nur sie. Auch Lucy war schwer vergnügt. Entweder waren sie besonders glücklich, dass wir uns sahen, oder sie hatten sagenhafte Weihnachten erlebt.

Wir schälten uns aus unseren dicken Wintermänteln und hängten sie über die Stuhllehnen. Bei Lilys Anblick verschlug es mir glatt die Sprache: Sie war noch atemberaubender gekleidet als bei unserem letzten Treffen im November.

Damals war sie mit einer blutroten Korsage aufgetaucht, die sie sich eigentlich niemals hätte leisten können. Da hatte sie uns zum ersten Mal von einem geheimen Verehrer erzählt.

Ihre Schilderungen von seinen Geschenken – schwarze Rosen oder eben diese Kleidung im Gothic-Stil, denen immer einige aufmerksame Zeilen beigefügt lagen –, hatten sowohl aufregend als auch beunruhigend geklungen.

Offensichtlich bestand noch immer Kontakt zu ihrem Bewunderer, denn das schwarze, knielange Kleid mit den aufwendigen Spitzenapplikationen, das sie heute trug, sah so teuer aus, dass es auf einem Pariser Laufsteg hätte vorgeführt werden können.

»Wow, Lily, da war der Weihnachtsmann aber großzügig«, staunte ich.

Jetzt liefen auch noch ihre Wangen rot an und sie kicherte verlegen.

»Danke«, entgegnete sie und blinzelte mehrmals, als könnte sie ihr Glück selbst kaum fassen. »Weihnachten war ganz wundervoll.«

Lily und Lucy tauschten einen Blick aus, als würden sie ein Geheimnis teilen.

Was ging denn da vor sich?

Ich drapierte meine Daunenjacke, die so viel Schick hatte wie Gummistiefel, auf einem freien Stuhl neben uns und schaute Hope fragend an. Sie schüttelte nur unmerklich den Kopf. Also hatte auch sie es bemerkt und wusste genauso wenig wie ich, was die beiden so zu tuscheln hatten.

Wir nahmen Platz und bestellten bei der Kellnerin. Ich verzichtete auf den Applecrumble und beschränkte mich auf einen Kaffee, weil ich auf ein eigenes Auto sparte. Ich war nicht so reich wie Lucy und hatte, anders als Lily, auch keinen Verehrer, der nicht wusste wohin mit seinem Geld.

Omas Stricksachen waren zwar nicht besonders ansehnlich, auch wenn ich sie schon zu modischeren Farben hatte überreden können, aber sie hielten im Winter warm und kosteten mich nichts. Draußen auf der Farm war es eigentlich egal, wie ich aussah. Jedenfalls sagte ich mir das immer. Doch unter meinen hübsch gekleideten Freundinnen kam ich mir wie ein hässliches Entlein vor.

Ich wollte es Lily wirklich nicht missgönnen, dass sie nun wie eine Prinzessin aus der Unterwelt herumlaufen konnte. Dieser Gothic-Look war doch ohnehin nicht mein Stil.

Ja, aber Grannys Strickkleider und eine alte Jacke sind es, oder wie?, raunte eine doch recht neidische Stimme in meinem Hinterkopf.

Na gut, okay. Ich würde sofort tauschen. Aber bei dem Deal machte Lily garantiert nicht mit.

Wieso sahen sie und Lucy eigentlich dermaßen glücklich aus? Sie machten den Eindruck, als wäre ihre Welt schwer in Ordnung. Als wären sie frisch verknallt.

Nachdenklich runzelte ich die Stirn, während die Kellnerin an unserem Tisch auftauchte und mir einen Cappuccino mit Keks vor die Nase stellte. Den Applecrumble, den ich mir abgeschminkt hatte, teilten sich Lily und Lucy in stiller Eintracht.

Was soll's? Ich durfte dafür von Grannys Geld in meiner Tasche Stricknadeln besorgen. Wer hätte da tauschen wollen?

»Willst du gar nichts essen?«, erkundigte sich Hope, der mein sehnsüchtiger Blick auf den Kuchen nicht entgangen war.

Ich schüttelte den Kopf. »Geht nicht. Ich will doch für ein eigenes Auto sparen.«

In unserer Familie gab es vier Wagen, die wir mehr oder weniger abwechselnd nutzten. Was gerade auf dem Hof stand, durfte gefahren werden. Allerdings galt das nicht mehr für mich. Die beiden besseren Autos waren zwar auch nicht gerade von Mercedes oder Maserati, aber seit dem Unfall waren sie für mich gestrichen.

Meistens gondelte ich deshalb mit dem äußerst notdürftig reparierten Kastenwagen durch die Gegend, den mein Opa damals noch angeschafft hatte. Das Ding war älter als ich und die Klimaanlage hatte niemand mehr gerichtet, weil die Reparatur teurer als der Gesamtwert des Wagens gewesen wäre. Jetzt im Winter war es noch erträglich, mit dem alten Ding herumzukutschieren, weil die Heizung zum Glück noch funktionierte, aber bevor der nächste Sommer kam, wollte ich ein Fahrzeug haben, das mich die heißen Monate überstehen ließ, ohne dass ich mich wie ein Truthahn im Ofen fühlen musste.

Deshalb gab es also nur einen Kaffee mit einem Keks für mich, denn ein Auto, das mich von meiner Familie unabhängig machte, war einfach wichtiger. Ich wusste sowieso nicht, wie lange ich noch auf der Farm bleiben würde.

Hope, die immer sehr auf ihr Äußeres achtete, hatte ebenfalls bloß einen Kaffee bestellt. Sie sah aus wie jemand, der aus einer großen Weltstadt kam, dabei arbeitete sie nur drüben in Sioux City am Flughafen. Das tat im Übrigen ihre ganze Familie. Ob nun als Fluglotse, als Personal an der Sicherheitskontrolle oder am Ticketschalter oder wie Hope als Verkäuferin im Duty-free-Bereich, wo sie immer zuschlug. Hope war ein bisschen wie Carrie Bradshaw aus *Sex and the City*. Sie gab fast ihr gesamtes Geld für Schuhe, Taschen und Kleider aus.

Gewissermaßen war sie eine ganz junge und besonders hübsche Variante von Carrie, die mal Cheerleaderin an ihrer High School gewesen war. Sie hatte ebenfalls blondes Haar und diesen gepflegten Großstadtlook, aber in ihrem Inneren war sie eine Pflanze vom Lande. So wie wir alle.

Aber anders als bei Carrie aus der Serie war Sex kein Thema, über das Hope in der Öffentlichkeit sprach. Ich war mir aber sicher, dass sie, im Gegensatz zu mir, zumindest schon mal welchen gehabt hatte.

Frustriert rieb ich meine Schläfen. Wieso drehte sich seit einem halben Jahr eigentlich viel öfter alles um Sex als früher?

Weil du Mister Ultraheiß begegnet bist.

Richtig. Da musste ich mir selbst zustimmen. Sein nackter Körper verfolgte mich bis in meine Träume.

»Und wie war Weihnachten bei euch?«, erkundigte sich Lucy, die mit ihren blonden, gewellten Haaren und den blauen Augen selbst wie ein leibhaftig gewordener Weihnachtsengel aussah und damit bestens zu der noch immer nicht abgehängten Dekoration im Café passte.

Unsere Carrie-Hope zuckte mit den Schultern. »Ich habe gearbeitet und na ja ...« Sie sah an ihrem hübschen Outfit von Marc Jacobs herunter. »Bei der Gelegenheit war ich auch wieder einkaufen.«

»Ist das Zeug nicht eigentlich für die Fluggäste?«, scherzte Lily, die ihr Kleid im Stil eines gefallenen Engels garantiert wieder geschenkt bekommen hatte.

»Also, wenn ich Weihnachten schon arbeiten muss ...«, verteidigte sich Hope. »Im Übrigen habe ich noch sechshundert Dollar auf dem Konto. Ich habe also gar nicht alles ausgegeben.«

Lucy rieb ihr aufmunternd die Schulter. »Wissen wir doch, Süße. Außerdem kannst du mit deinem Geld machen, was du möchtest.«

»Stimmt«, pflichtete ich ihr bei und zupfte an meinem Strickfummel herum.

Wäre meine Familie etwas wohlhabender, könnte ich auch mal Kleidung kaufen, statt sie gestrickt zu bekommen. Für die Mitarbeit auf der Farm bekam ich nicht gerade viel Geld von meinen Eltern. Ich hatte dort schon mit angepackt, seit ich laufen konnte. Doch seit ich im Sommer die Schule abgeschlossen hatte, arbeitete ich voll mit. Die meisten Einnahmen wurden allerdings in die Erhaltung der Farm und in neue Maschinen gesteckt. Mein Vater hatte vor zu expandieren. Er wollte einmal eine größere Farm hinterlassen, als er sie geerbt hatte.

Das Dumme an der Sache war nur, dass Christopher als mein älterer Bruder auch ganz traditionell als Nachfolger vorgesehen war, und so würde nicht allzu viel vom Kuchen bei mir hängenbleiben.

»Aber du wohnst doch umsonst bei uns und ich kaufe auch für dich ein«, war der Lieblingssatz meiner Mutter, wenn ich danach fragte, ob ich nicht etwas mehr Geld verdienen könnte.

Lily warf meinem Strickkleid einen mitleidigen Blick zu. Genau das, was mein Selbstbewusstsein gerade dringend brauchen konnte. Mein Leben war doch total verkorkst.

»Was hast du denn in letzter Zeit Schönes gemacht?«, erkundigte sie sich.

»Im Winter erledigen wir Wartungsarbeiten an den Feldmaschinen und solche Dinge. Jetzt wächst ja kein Mais.«

Das war unheimlich spannend.

Kurze Tage, lange Nächte und zu viel Zeit zu Hause auf der Farm mit meiner Familie.

Das war nicht unbedingt das Leben, das ich für immer führen wollte. Vielleicht wäre ich besser dran, wenn ich auf der Farm das Handtuch warf und mir einen normalen Job suchen würde. Doch mein erpresserischer, später alles erbender Bruder war der Ansicht, dass ich ohne die Mitarbeit auf der Farm dann ruhig für Unterkunft und Logis zahlen müsste. War das zu fassen?

Und Paps fand seine Idee ganz einleuchtend. Allein schon, weil er immer alles einleuchtend fand, was Chris von sich gab. Das war wie verhext.

Im Grunde müsste ich mir andernorts eine eigene Existenz aufbauen. Aber so beschämend es auch war, das angesichts meiner äußerst kurzen und von seiner Seite her sehr wortkargen Begegnung zuzugeben, doch es lag auch an meinem Lykaner, dass ich nicht weggehen wollte. Zumindest nicht, ohne ihn wiedergesehen zu haben. Schließlich geisterte er ständig durch meinen Kopf. Besonders seine türkisblauen Augen. Oh, wie dieser Blick mich verfolgte!

Hoffentlich hatte er keine Freundin.

»Du machst seit einem Monat nur Hausarbeit und Wartungsarbeiten?« Hope sah ganz entsetzt aus. »Hast du denn keine Freizeit?«

»Doch, schon«, beruhigte ich sie. Im Winter hatte ich sogar wesentlich öfter frei, als den Rest des Jahres über. Das war geradezu wie Ferien, weil wir außer ein paar Hühnern und einer Ziege kein Vieh zu versorgen hatten. »Es war nur so kalt, dass ich die meiste Zeit lieber ferngesehen habe. Ihr wisst ja, dass ich sonst gerne Waldspaziergänge unternehme, um meinen Lykaner zu finden, aber so, wie es gerade draußen stürmt, holt man sich dabei bloß Erfrierungen im Gesicht.«

Bei dem Gedanken, nachher noch durch die Stadt tingeln zu müssen, schauderte ich, denn ein Blick durch eines der

Fenster des Cafés verriet mir, dass das Wetter nicht besser geworden war. Der Wind trieb unzählige Schneeflocken dagegen, als befände man sich in einer wild geschüttelten Schneekugel. »Voll blöd, ich hab vorhin meine Mütze verloren und muss für Oma noch einkaufen gehen.« Genervt rollte ich mit den Augen. »Stricknadeln.«

»Stricknadeln?«, wunderte sich Hope.

»Ja, ihre sind weg. Na ja ...« Verlegen kratzte ich mich am Nacken. »Ich habe sie versteckt, weil sie mich damit gepiekt hat. Kann doch keiner ahnen, dass das so nach hinten losgeht. Und jetzt schickt sie mich durch dieses Tiefkühlschrankwetter, um ihr neue zu besorgen. Ich weiß nicht mal, wo man hier in Sioux Falls welche bekommen kann.«

Die Reaktionen meiner drei Freundinnen waren komplett unterschiedlich.

»Sie piekt dich?«, fragte Hope entsetzt.

»Du hast dem alten Besen die Nadeln geklaut?« Lily schlug die Hand auf den Tisch und lachte.

»Hier«, sagte Lucy und hielt mir eine traumhaft schöne, weinrote Angoramütze hin, die viel kuscheliger aussah als meine alte. »Nimm einfach meine.«

»Ehrlich?«

Ich griff danach und staunte, wie weich sie war. »Die brauchst du doch selbst.«

»Ich habe noch genügend andere Mützen und muss nachher nicht viel laufen.«

»Danke. Nächstes Mal bringe ich sie dir wieder mit.«

»Schon okay«, winkte Lucy ab. »Behalte sie ruhig. Dann hast du auch mal was, das nicht von deiner Oma ist.«

Das war so süß von ihr. Gerührt drückte ich die Mütze an mich und lächelte sie an. »Danke.«

Lucy strahlte zurück. Apropos strahlen ...

Ich blickte zwischen ihr und Lily hin und her. Da war doch was im Busch. Lily schwebte regelrecht auf Wolken in ihrem auffälligen Kleid.

Ich nickte in ihre Richtung. »Ist das wieder von deinem unbekannten Verehrer?«

Da hatte ich sie ertappt. »Ja. Schön, oder?«

»Sehr schön«, stimmten Hope und ich zu.

»Aber ist das nicht viel zu teuer?«, wandte Hope dennoch ein. »Ich meine …« Sie beschrieb eine umfassende Geste mit der Hand. »Kommt es dir nicht seltsam vor, von einem Fremden solch aufreizende Geschenke anzunehmen? Was, wenn du damit die falschen Signale aussendest? Er könnte doch ein gefährlicher Stalker sein.«

Lucy stupste Lily in die Seite und warf ihr einen aufmunternden »Sag es ihnen schon«-Blick zu.

»Er ist nicht mehr so fremd«, rückte Lily mit der Sprache heraus.

Ich schluckte und starrte sie gebannt an. »Sondern?«

»Also, eigentlich sind wir …« Sie presste ihre Lippen aufeinander und wirkte ganz überwältigt.

Ich griff über den Tisch hinweg nach ihrer Hand. »Was denn, Süße?«

»Wir sind jetzt zusammen«, platzte sie heraus und lief vor Aufregung rot an. Sie hielt sich die glühenden Wangen, als könnte sie es selbst kaum fassen.

Wow.

»Du hast einen Freund?«, stammelte Hope.

Bisher waren wir alle Singles gewesen. Es war ganz merkwürdig, dass eine von uns nun vergeben war. Aber die spannendere Frage lautete: War dieser Freund zufällig mit ein paar Fängen ausgestattet und bevorzugte blutreiche Ernährung?

»Ist er ein Vampir?«, fragte ich sofort nach.

Ein Lächeln formte sich auf ihrem Gesicht. Lily war total verknallt. Doch statt zu nicken und uns allen das Gefühl zu vermitteln, dass wir mit unseren Suchen Erfolg haben könnten, schüttelte sie den Kopf.

»Nein, das nicht. Aber er ist ganz wundervoll. So groß, stark und aufmerksam.« Sie seufzte selig und strich am

Ärmel ihres Kleides entlang. »Er betreibt ein Geschäft für Gothic-Kleidung. Deshalb auch immer diese Geschenke. Er mag das Dunkle so wie ich.«

War das alles?

Man hätte das romantisch finden können. Weihnachten und neue Beziehungen. Aber so sah ich das nicht. Irgendwie war ich sehr enttäuscht. Ich hatte so gehofft, dass wenigstens eine von uns mal Fortschritte machte. Aber Lilys Freund war nur ein Mensch.

»Gothic«, murmelte ich wenig enthusiastisch.

»Ja, ich habe Sebastien – so heißt er übrigens – auch auf einem Gothicfestival getroffen. Plötzlich stand er vor mir – ganz in schwarz.«

Musste Liebe schön sein. Irgendetwas an dem Kerl war so toll, dass er ihren Vampir in den Schatten stellte. So ganz wollte das nicht in meinen Kopf.

»Da wäre noch was«, setzte nun auch Lucy an.

»Immer raus damit!«, appellierte Hope. »Nach Lilys Enthüllung kann mich nichts mehr überraschen.« Sie machte ganz kategorisch eine aufgeräumte Geste mit der Hand.

»Gut«, fand Lucy. »Ich habe nämlich auch einen festen Freund.«

Bei so vielen Liebesgeständnissen fühlte ich mich ein bisschen überfahren.

Aber das klang nicht nach: Mädels, ich habe meinen Vampir gefunden!

Es klang mehr nach: Ich habe da auch so 'nen Menschen getroffen.

»Wen?«, wollte ich wissen.

»Adam.« Sie nickte begeistert. »Von der Studentenfeier.«

Von ihm hatte sie bei unserem letzten Treffen schon gesprochen. Sie war auf einer Fete gewesen und hatte sich so gut mit ihm verstanden, dass er sie nach Hause gebracht hatte. Aber als er sie küssen wollte, hatte sie sich weggeduckt. Immerhin hatte sie damals noch den innigen Wunsch gehegt, ihren Vampir zu finden, jenen Retter, der sie als Kind vor dem Ertrinken bewahrt hatte. Und auch wenn Adam dieselben Augen wie ihr Vampir besaß, so war er es doch nicht gewesen.

»Adam, der Mensch?«, vergewisserte ich mich.

Sie wirkte etwas betreten. »Ja, das schon ...«

Toll. Fast kam es mir vor, als bestünde unsere kleine Vierergruppe plötzlich aus zwei Lagern. Dabei waren wir wie die Musketiere gewesen. Eine für alle und alle für eine. Ich wollte nicht, dass unser ganz eigentümlicher Bund zerbrach.

»Ich fasse es nicht, dass ihr jetzt in festen Händen seid«, stöhnte ich. »Gleich alle beide auf einmal.«

Nur Hope und ich waren noch übrig und wie es aussah, blieben wir auch als Einzige unseren Vorsätzen treu, uns ganz besondere Männer der etwas anderen Art zu angeln.

»Die Vampirjägerinnen geben zuerst auf«, fasste Hope es zusammen. »Das ist so schade.«

»Genau«, stimmte ich zu. »Was ist passiert?«

»Ich habe mich einfach in Sebastien verliebt«, gestand Lily. »Er ist so aufmerksam und auf seine eigene Art ganz speziell.«

»Trotzdem ist er kein Vampir, nur weil er Gothic mag. Im Prinzip ist das doch ein Vampir für Arme. Das wäre, als würde ich mir einen Hund zulegen, um meinen Wolf nicht so zu vermissen.«

Eigentlich hatte ich spöttisch klingen wollen, doch noch während ich es sagte, gefiel mir die Idee. Hm ... Ein Hund ...

»Er ist umwerfend«, beteuerte Lily.

»Das sind die Hormone und die Weihnachtstage.« Ich nickte überzeugt. »Ich stand selbst ganz kurz davor, mir einfach irgendeinen Mann für die Festtage zu suchen, bloß um nicht mehr allein sein zu müssen.«

»Wen?«, hakte Lily nach, die zu riechen schien, dass ich das mehr als nur dahingesagt hatte.

»Niemanden«, versicherte ich schnell.

Denn Stephan, der beste Freund meines Bruders, stellte überhaupt keine Option dar. Klar, er war groß und kräftig, unter anderem weil er im Schwimmteam der Schulmannschaft gewesen war. Er war zwei Jahre älter als ich und warf mir immer diese Blicke zu oder stand manchmal viel zu dicht neben mir. Er würde einmal Farmer sein wie mein Bruder. Ein ewiger Kreis rund um die Maiskolben. Auf keinen Fall. Natürlich hätte ich darüber hinwegsehen können, wenn er mich auch nur für einen Moment so sehr in seinen Bann gezogen hätte wie mein Wolf. Aber das tat er nicht.

»Sicher?«, horchte sie mich aus.

»Ganz sicher. Ich will meinen Lykaner. Er ist es einfach wert, ihn zu suchen.« Das spürte ich mit jeder Faser meines jungfräulichen Körpers.

»Und wenn du es mal mit einem normalen Mann probierst?«, schlug Lucy vor. »Wenigstens so lange, bis du deinen Werwolf triffst?« Das brauchte ich wie ein Loch im Kopf, dass Lily und Lucy nun Lobpreisungen auf normale Männer trällern würden.

»Eher nicht.«

Sie griff nach meiner Hand. »Es kann doch sein, dass er dich bloß ein bisschen jung findet.«

Ich war nicht nur das Nesthäkchen zu Hause, sondern auch das Küken in unserer Gruppe. Die anderen hatten alle schon eine Zwei vornedran stehen.

Lily schien diesen Kommentar von Lucy auch etwas unsensibel zu finden, denn ich hatte das Gefühl, dass sie ihr unter dem Tisch ans Bein trat.

»Bald werde ich neunzehn«, erinnerte ich alle voller Stolz. So weit war ich von der Zwei dann also auch nicht mehr weg.

Umso blöder, dass ich noch keine Erfahrungen mit Männern gesammelt hatte. Ich meine, ich wollte doch überhaupt keine Spätzünderin sein. Aber mit irgendwem zu schlafen, bloß um es auch mal gemacht zu haben, leuchtete mir nicht ein. So toll konnte Sex dann auch wieder nicht sein, dass sich das lohnte.

»Jetzt freut euch doch einfach für uns«, schlug Lucy vor.

»Genau, wir sind so glücklich«, pflichtete Lily bei. »Es macht Spaß, verliebt zu sein.«

Hm. Vermutlich.

»Außerdem«, versprach Lucy, »werden wir uns weiterhin sehen und ich will unbedingt wissen, welche Männer ihr euch angelt.«

»Genau, vielleicht bekommst du demnächst deinen Lykaner«, schwärmte Lily und fuhr an Hope gewandt fort: »Und du deinen Geist aus dem Spiegel.«

Wir plauderten noch über Lilys und Lucys neue Männer, die beseelt von ihrer jungen Liebe waren. Die ganze Zeit spukte mir der Anblick meines Lykaners durch den Kopf. Ich musste ihn einfach finden und mein Glück bei ihm versuchen.

Falls er mir dann einen Korb geben sollte, könnte ich mich immer noch nach normalen Typen umsehen. Wie es aussah fanden Lily und Lucy – so wie die halbe Menschheit – das nicht weiter schlimm. Aber ich betete inständig, dass er mir eine Chance geben und mir nicht mehr nachtragen würde, dass ich ihn über den Haufen gefahren hatte.

Verdammt, warum war ich nur so ungeschickt gewesen?

»Deine Oma spricht doch immer von Hexen und Satyren, oder?«, erkundigte sich Hope.

»Ja, allerdings. Das geht in etwa so: *›Böse Hexen. Böse Satyre. Böse Tiermänner. Alles Teufelszeug.‹* Blabla. Das höre ich seit ich klein bin.«

Obendrein hielt sie sich für eine Geweihte von verschiedenen aztekischen Gottheiten. Azteken! Von allen Glaubensformen auf der Welt. Wie kam sie da bloß drauf? Ja, schon klar: Sie war ziemlich bescheuert.

»Aber es gibt ja Werwölfe«, grübelte Hope.

»Und?«

Was wollte sie damit andeuten? Dass es Satyre, Hexenflüche oder Omas aztekisches Brimborium deshalb auch in echt geben musste?

»Irgendwoher muss deine Oma doch ihr okkultes Wissen beziehen«, fand auch Lily. »Vielleicht hatte sie mal was mit einem Satyr.«

»Eher würde sie sich vergiften«, beschied ich. »Sie schimpft über diese Wesen. Ich meine, sie piekt mich mit einer Stricknadel, weil ich von einem Werwolf gesprochen habe. Was würde sie da wohl tun, wenn mich einer sogar anfasst? Geschweige denn sie.«

Allein die Vorstellung war abartig, dass Oma so etwas gemacht haben könnte. In dem Punkt wären Granny und ich uns mal einig.

»Aber irgendwas weiß deine Oma ja vielleicht doch«, grübelte Hope. »Ich habe mich schon mit Voodoo und Hexenkram befasst. Hast du deine Oma deswegen mal befragt?«

Ich gab ein Grunzen von mir. »Ich wollte an den Weihnachtstagen nicht ins Wespennest stechen. Und meine Mutter hat mir verboten, mit Granny über Satyre zu sprechen. Sie meinte, dass sie als Kind so viel Blödsinn von ihr gehört hätte, dass sie froh ist, wenn mal der Deckel auf dem Thema ruht.«

Jedoch schien Hope der Gedanke nicht loszulassen. »Aber deine Mutter hat nicht verboten, dass ich mit deiner Oma spreche.«

Lily verschluckte sich fast an ihrem Getränk. »Du willst ernsthaft Baileys Oma besuchen?«

»Wieso nicht? Sie scheint ein paar Dinge zu wissen. Hexen und Satyre liegen doch nicht so weit auseinander.«

»Nenne sie bloß nicht Hexe«, warnte ich sie. »Von denen hält sie nichts.«

»Gut.« Hope nickte. »Weil doch jeder weiß, dass Flüche von Hexen stammen. Und wenn sie diese nicht mag, hilft sie mir womöglich dabei, deren Hexenkunst zu brechen.«

Sie suchte noch immer nach einem Weg, den Geist aus ihrem Spiegel wiederzufinden und bei der Gelegenheit zu befreien. Es war doch gut möglich, dass er durch einen Fluch im Spiegel gelandet war.

Also zuckte ich mit den Schultern, denn gegen etwas Verstärkung auf der Farm hatte ich absolut nichts einzuwenden. Mein Bruder machte ständig Kojotenwitze. Das nervte tierisch. Und Granny täte es womöglich auch gut, wenn jemand mal Geschichten von ihr hören wollte, statt ihr Gerede als Unfug abzutun. »Klar. Komm vorbei. Ich habe nichts dagegen. Aber beschwere dich hinterher nicht darüber, dass meine Familie spinnt. Das ist nicht gelogen.«

Hope lächelte erfreut. »Gut. Wir beide bleiben am Ball.«

Ich freute mich drauf, sie schon bald wiederzusehen. Wie es schien, waren sowieso nur noch wir beide mit unserer Suche übrig. Da mussten wir zusammenhalten.

»Meine Nachforschungen haben außerdem ein paar Spuren zu Spiegelmachern ergeben«, fuhr sie fort. »Vielleicht komme ich damit auch noch weiter.«

Ich nickte aufmunternd.

»Ich bin froh, dass ihr nicht aufgebt«, erklärte Lucy solidarisch.

»Nein, ich höre nicht auf, nach ihm zu suchen«, versprach ich. »Er ist es einfach. Das sagt mir mein Gefühl.«

Kapitel 3

Die kommenden Tage verbrachte ich damit, mir zu überlegen, was ich als Nächstes tun sollte, während ich immer wieder *Twilight* schaute. Ja, das war armselig, was mir besonders auffiel, als ich irgendwann nur noch das Standbild von Jacob, dem Werwolf, anstarrte, obwohl er nicht mal annähernd aussah wie mein Lykaner. Denn Jacob war ein braun gebrannter, dunkelhaariger, dunkeläugiger Indianer, während ich einen nordischen Gott im XXL-Format getroffen hatte. Mit wilden, blonden Haaren, Augen wie Türkisen und einer Statur zum Niederknien.

Irgendwann merkte ich, dass ich immer wieder dieselbe Idee in meinem Kopf herumjonglierte. Ich hatte sie eigentlich nur mal zum Spaß beim Treffen mit den Mädels fallenlassen, aber es war wie in diesem anderen Film *Inception*: Als hätte ich damit den Gedanken in meinem Kopf gesät, der nun immer mehr Gestalt annahm.

Ich warf einen letzten Blick auf das Standbild von Jacob und nickte mir zur Bestätigung selbst zu. Blöder als das, was ich hier gerade tat, war es auf keinen Fall.

Jedenfalls war ich mir ziemlich sicher, dass mein Lykaner nicht zu mir durchs Fenster geklettert käme, während ich mein Leben vor dem Fernseher vergammelte. Das passierte doch höchstens im Märchen, dass der Prinz Rapunzel suchen kam und das Fenster bemühte, um zu seiner Holden zu gelangen.

Ich schnaubte frustriert. Klar, mein Lykaner würde mich bestimmt suchen kommen. Immerhin hatte ich ihn doch so schön angefahren und ihm ein paar Rippen gebrochen. Wie sollte er mir da noch widerstehen können?

Ich betete inständig, dass er keine bleibenden Schäden von dem Unfall davongetragen hatte. Falls man mich mit dem Kastenwagen erwischt hätte, wäre ich entweder tot oder noch immer in der Reha. Aber ich hatte zum Glück gesehen, wie sein wölfischer Körper im Mondlicht geheilt war. Allerdings hatte ich auch gesehen, dass er in menschlicher Form weiter stark verletzt ausgesehen hatte. Ich wollte und konnte einfach nicht daran denken, dass es ihn nicht mehr gab. Mein Herz sagte mir, dass er irgendwo dort draußen in der Wildnis war.

Wenn ich ein Werwolf wäre, dann hätte ich mir auch die einsame Landschaft Minnesotas ausgesucht. Es durfte einfach nicht sein, dass er nur auf der Durchreise gewesen war.

Bitte, du musst hier irgendwo sein.

Denn dann konnte ich ihn auch finden und wiedersehen. Wie das wohl wäre, wenn ich plötzlich vor ihm stünde? Ob er noch wüsste, wer ich war?

Vermutlich schon. Ich wollte mal nicht hoffen, dass er regelmäßig angefahren wurde. Alles Grübeln brachte mich nicht weiter. Selbst wenn ich mich für meinen Plan auf ein paar dumme Gesichter bei meiner Familie gefasst machen musste, war es an der Zeit zu handeln. Ich meine, sie waren meine Familie. Da sollten sie mich lieb haben, egal, was ich unternahm.

Ich schaltete den Fernseher aus, zog mich für draußen an und lief die Treppe herunter. Aus der Küche drangen die Stimmen meines Bruders und seines Freundes. Eigentlich wollte ich gerade keine Ablenkung haben, doch mein Magen knurrte und bestand darauf, dass ich mir noch ein Frühstück gönnte, bevor ich aufbrach. Wenn alles gut lief, würde es ein sehr langer Tag werden.

»... ist der größte Spieler aller Zeiten«, behauptete mein Bruder gerade, als ich in die Küche trat.

Christopher war groß und dunkel wie alle Männer in unserer Familie. Er saß über seinen leeren Frühstücksteller gebeugt am Tisch und blickte zu mir auf.

»Heute erst so spät auf den Beinen?«, zog er mich auf.

Ich zuckte mit den Schultern, weil ich ihm bestimmt nicht sagen würde, dass ich lieber zum hundertsten Mal *Twilight* geschaut hatte, als gemeinsam mit meiner Familie zu frühstücken.

Offensichtlich waren die anderen bereits fertig, da von ihnen jede Spur fehlte. Nur Christopher war noch übrig. Und er hatte Besuch von seinem besten Freund.

»Und wenn schon«, entgegnete ich unbestimmt.

Mein Blick fiel auf Stephan. Er hatte eine gewisse Ähnlichkeit mit diesem Sänger Justin Bieber. Singen konnte Stephan zwar nicht, aber ein paar verliebte Mädchen gab es seinetwegen durchaus im Ort. Andererseits war die Auswahl in Welcome schließlich auch ziemlich beschränkt.

Mein Herz hatte er bisher nie zum Schmelzen gebracht, aber dafür fühlte ich mich in seiner Nähe manchmal trotzdem etwas eigenartig. Ich sah genau, wie in seinen braunen Augen etwas aufblitzte, als ich ihn anschaute. Sein Blick war so intensiv, als würde dabei irgendeine Art Verbindung zwischen uns entstehen. Irgendetwas war jedenfalls nicht wie früher oder als wäre ich bloß Christophers kleine Schwester. Mein Bruder merkte davon natürlich nichts. Er würde mal ein guter Maisbauer werden, aber seine Antennen für Zwischenmenschliches waren absolut unterentwickelt.

Stephan lächelte mich an. »Guten Morgen, Bailey.«

Ich konnte kaum sagen, woran es lag, dass mir sein Gruß nicht ganz gewöhnlich vorkam. Vielleicht weil seine Stimme ein bisschen zu rau war oder möglicherweise auch weil er meinen Namen den Bruchteil einer Sekunde zu lange auf der Zunge trug.

Ich verfluchte meinen leeren Magen für die dumme Idee, überhaupt erst in die Küche zu kommen. Schließlich hätte ich mir unterwegs einen Snack beschaffen können. Aber wenn ich schon mal da war, wollte ich nun auch nicht gleich wieder auf dem Absatz kehrtmachen.

Brav nickte ich zum Gruß und huschte zum Apothekerschrank, in dem wir unsere Müslivorräte bunkerten. Ich konnte die Blicke der beiden Jungs in meinem Rücken spüren. Dabei mochte ich es überhaupt nicht, wenn ich mir beobachtet vorkam. Zu allem Überfluss musste ich feststellen, dass meine Lieblingsmüslisorte aufgebraucht war. Aber vielleicht stand ja im Vorratsraum noch eine Packung *Mandel-Honig-Crunchy*. Mein Magen quittierte die Vorstellung mit einem lauten Knurren.

Eilig schob ich den Schrank zu und lief nach nebenan. Wieso quatschten Chris und Stephan nicht einfach weiter über ihren langweiligen Lokalsport? Ich fühlte mich wie ein Zootier, das alle anstarrten.

»Du hast auch schon mal mehr gesprochen«, foppte mich Christopher, der es liebte, mich hochzunehmen. Wären meine Eltern nicht so faul gewesen, hätten sie mehr Geschwister für uns produziert. Dann gäbe es ein anderes Nesthäkchen und ich hätte womöglich meine Ruhe. Aber das war reines Wunschdenken.

»Ich suche nur mein Müsli«, erklärte ich und verschwand im Vorratsraum. »Lasst euch nicht stören!«

Und lasst mich bitte in Ruhe ...

Schließlich befand ich mich auf einer Mission, die nur von meinem Hungergefühl ausgebremst wurde. Wo war bloß dieses verflixte Müsli? Ich begann meine Suche im unteren Regalteil. Weil wir Castello-Frauen so klein waren, standen unsere Sachen meist weiter unten. Papa und Chris dagegen konnten sich lang strecken und ihren Kram oben abstellen.

Allerdings versteckte mein Bruder gerne mein heißgeliebtes Müsli auf dem obersten Regalbrett. Natürlich nur aus Versehen. Ja, natürlich. Und ich trat ihm dann auch nur aus Versehen gegen sein Schienbein.

Als ich aus der Hocke hochkam, um mein Glück weiter oben zu probieren, prallte ich gegen jemanden.

Bevor ich wusste, was los war, legte sich ein Arm um meinen Bauch, und ich hörte Stephans Stimme direkt an meinem Ohr: »Hoppla.«

Ich bekam Gänsehaut, als ich seinen Atem auf meiner Haut und seine Lippen in meinem Haar spürte. Außerdem fühlte sich seine Hand nicht an, als wollte sie mich bloß stützen. Er spreizte seine Finger über meinem Bauch und drückte mich an sich. Diese Berührung war viel zu persönlich.

Ich schob seinen Arm von mir und machte einen Schritt von ihm weg, was in der kleinen Kammer gar nicht so leicht war. Dann funkelte ich ihn an. »Das wäre nicht passiert, wenn du nicht so dicht hinter mir gestanden hättest.«

Stephan hob die Hände, als würde er sich ergeben, doch er lächelte mich herausfordernd an.

»Eindeutig mein Fehler«, gab er zu.

Ja, und eindeutig kein Versehen.

»Brauchst du Hilfe?«, erkundigte er sich und deutete in den oberen Regalteil.

»Nein, mein Müsli ist alle.« Jedenfalls ging ich davon aus, auch wenn ich mir das obere Regal nun gar nicht mehr angesehen hatte. Aber selbst wenn es dort noch stünde, würde ich nicht wollen, dass Stephans es mir reichte. »Ich gehe mir Neues kaufen.«

Mit diesen Worten wollte ich mich an ihm vorbei schieben, doch er rückte näher. »Ich wollte dir nur helfen, Bailey.«

Wieder raunte er meinen Namen und erneut richteten sich die Härchen an meinem Rücken auf.

Ich räusperte mich und schüttelte den Kopf. »Ist ganz lieb von dir, aber echt nicht nötig.«

Denn ich suchte seine Aufmerksamkeit nicht. Ich wollte meinen Lykaner.

Stephan legte den Kopf schief. »Hab ich was falsch gemacht?«

Sein Blick war so forschend, dass sich mein Magen zusammenzog. Hungrig war ich plötzlich gar nicht mehr.

»Quatsch, alles prima«, tat ich es ab. »Ich will nur los.«

Schnell verließ ich den Vorratsraum und winkte beim Durchqueren der Küche meinem Bruder zu: »Bis nachher.«

»Wo willst du denn hin?«, wunderte er sich.

Schade, dass er diese Frage nicht Stephan gestellt hatte, als er mir in die dunkle Vorratskammer gefolgt war. Bei seinem Freund dachte Christopher sich einfach nie etwas.

»Ich muss noch eine Besorgung in der Stadt machen.«

»Ihr Müsli ist alle«, steuerte Stephan bei, der lautlos hinter mir aufgetaucht war. Er setzte sich nicht sofort zurück an den Tisch, sondern blieb in meiner Nähe stehen.

»Du fährst extra wegen Müsli los?«, echote Chris. »Wegen *Müsli*? Da sind ja noch nicht mal kleine Wolfstatzen drauf.«

Es wäre ja auch ein Wunder gewesen, wenn er sich mal einen Tag lang auf die Zunge gebissen und keinen Wolfswitz gemacht hätte. Zum Glück stand Granny nicht mit ihren Stricknadeln in der Nähe. Jetzt hatte sie neue von mir bekommen und auch wenn das dumm klang, aber ich hatte im Laden mit der Fingerspitze geprüft, ob sie nicht zu stark piekten.

»Haha, Chris, wie immer mega witzig. Puh, gleich habe ich Bauchweh vor Lachen.«

»Du lachst ja gar nicht«, stellte er nicht ganz helle fest.

Ich schlug mir die flache Hand an die Stirn, als hätte ich das jetzt vergessen.

Stephan verschränkte die Arme vor der Brust und schüttelte nur schmunzelnd den Kopf.

»Wartet nicht auf mich«, trällerte ich und verabschiedete mich durch die Haustür.

Draußen begrüßte mich ein herrlicher Tag. Es hingen nur noch vereinzelte Wolkenfäden am Himmel und die Sonne strahlte die winterliche Landschaft so stark an, dass das Glänzen des Schnees in den Augen wehtat.

Es war das perfekte Wetter für einen Spaziergang. Aber ich wollte nicht mehr alleine spazieren gehen. Lucy und Lily würden mich auf meinem Weg zum Lykaner nicht mehr so begleiten wie früher, aber es gab schließlich noch den besten Freund des Menschen. Wozu lebte ich auf einer Farm mit viel Platz und Natur?

Es stromerten bereits mehrere Katzen über unser Gehöft, Mutter hielt außerdem ein paar Hühner für Frühstückseier und Oma besaß eine Ziege namens Wilbur. Das war ziemlich merkwürdig, weil sie sonst nichts mochte, was gehörnt war. Aber Wilbur war so ein braves Zicklein, dass sie bei ihm darüber hinwegsehen konnte. Vielleicht passte er ja auch zu ihrem aztekischen Glauben.

Jedenfalls war ich jetzt mal dran mit einem eigenen Haustier. Ich hatte beschlossen, mir einen Jagdhund anzuschaffen. Jawohl! Groß, mit einem wachen Verstand, schnellen Beinen und einer echten Spürnase. Weimaraner waren wunderschön. Aber ich könnte mir auch gut einen Pointer vorstellen. Ich könnte ihn Hunter nennen.

Die halbe Nacht hatte ich im Internet gesucht und eine Tierstation gefunden, die besonders viele Hunde anbot. Einige der Tiere, die sie gerade dort hatten, waren auch abgebildet. So etwas wie einen Pointer hatte ich auf jeden Fall entdeckt. Na, wer sagt's denn?

Bisher hatte mir der Computer vor allem zur Suche nach meinem Werwolf gedient. Ich hatte alles gegoogelt, was es über Werwölfe zu finden gab, und mich in Foren und sozialen Netzwerken herumgetrieben, aber alles war vergebens gewesen. Vielleicht waren Lykaner einfach nicht so gerne in virtuellen Gruppen unterwegs.

Was, wenn er seinen Rückhalt in einem Rudel fand?

Was, wenn er gar nicht ahnte, dass ich ihn suchte?

Dabei wusste ganz Welcome Bescheid, meinem Bruder sei Dank. Er hatte meine Beschreibung des Unfalls mit einem Werwolf so urkomisch gefunden, dass er sich überall darüber lustig gemacht hatte. Wochenlang. Im Grunde bis heute.

Wie aufs Stichwort sah ich die beiden Nachbarsjungen in der Nähe vom Zaun stehen. Sicher waren sie vom guten Wetter nach draußen gelockt worden. Nun setzten sie, wie immer seit einem halben Jahr, zum Gruß an, indem sie ein langgezogenes Jaulen von sich gaben, das Wolfsgeheul ähneln sollte.

Haha, oberlustig.

Da es nichts brachte und vermutlich auch nicht pädagogisch wertvoll war, sie als zurückgebliebene Idioten zu bezeichnen, zog ich mir nur genervt Lucys Mütze tiefer ins Gesicht und stieg in den Kastenwagen. Dann brauste ich davon und ließ den Hof mit dem Geheul hinter mir. Sogar ein Schwarm Krähen stieg auf und flog einige Zeit über mir die Straße entlang. Vermutlich waren auch sie vor den Nachbarskindern geflohen. Diese Stöpsel waren nur ungefähr halb so alt wie ich und machten sich ungehemmt über mich lustig.

Ja, es war an der Zeit, mir Verstärkung zu suchen.

Kapitel 4

Zwei braune Kulleraugen sahen mich herzerweichend süß an. *Oh. Mein. Gott.* Es war Liebe auf den ersten Blick. Völlig klar. Mein Herz schmolz wie Butter in der Sonne.

»Ja, was bist du denn für ein Süßer?«, hauchte ich.

Der kleine Hund schnüffelte in der Luft und tapste so langsam auf mich zu, als würde er mir nicht trauen, aber es gleichzeitig wollen. Ich konnte ihn richtig mit sich ringen sehen.

»Hallo, du, ich bin Bailey«, stellte ich mich vor. Klar konnte er mich nicht verstehen und trotzdem hatte ich das Gefühl, dass ich ihm damit eine Rettungsleine hinwarf, als würde ich nun keine Fremde mehr sein und als dürfte er sich ruhig auf mich einlassen.

Er machte noch einige Schritte auf mich zu. Mehrmals hielt er inne, als wartete er darauf, dass doch noch was passieren würde. Aber was auch immer er befürchtete, es trat nicht ein.

»Das ist ganz bemerkenswert«, fand die nette Dame von der Tierstation, die neben mir stand. »Sonst versteckt er sich fast nur.«

»Oh, aber wieso denn bloß?«, fragte ich mehr den Hund als die Frau.

»Er ist ein kleiner Angsthase. Gewitter mag er am allerwenigsten. Andere laute Geräusche wie Knallkörper sind natürlich auch schwierig.«

Sie schenkte mir einen bedeutungsvollen Blick. Oh, richtig: Silvester stand vor der Tür. Aber in Welcome steppte nicht gerade der Bär. Na, oder noch eher ein Bär als ein paar Neujahrsknaller.

»Was ist das für eine Sorte?«, wollte ich wissen.

So einen hatte ich noch nie gesehen. Wirklich noch nie. Er hatte beiges bis hellbraunes Fell mit ein paar dunkelbraunen Flecken. Ein Ohr war hell, das andere dunkel. Außerdem waren seine Ohren riesig wie bei einer Fledermaus und standen hoch wie Antennenschüsseln. Aber manchmal knickte er sie nach vorne ab. Das Tollste waren aber seine dunklen Knopfaugen. Er guckte so lieb.

»Ein Mischling. Da kann ein bisschen Terrier, Zwergpinscher, Podenco und Mops drin sein. Schwer zu sagen.«

Ich runzelte die Stirn. *Zwerg*pinscher? *Zwerg?*

»Ist er denn kein Welpe?«, wunderte ich mich. Er sah jedenfalls aus wie einer.

Die Frau lachte leise. »Gute Güte, nein. Er bleibt so.«

Ich war etwas schockiert, schließlich hatte ich mir einen Jagdhund ausgemalt: groß und ausgewachsen. »Der passt ja in eine Hand.«

»Ein bisschen größer ist er schon«, tröstete mich die Dame.

Ich war leicht besorgt: »Er wird im Schnee versinken.«

In Gedanken sah ich ihn mit wedelndem Schwanz hineinhüpfen und darin verschwinden, als würde er einen Kaninchenbau im Schnee anlegen. Aber er war so unglaublich süß. Und die Art, wie er mich ansah ...

Ich stieß einen schmachtenden Seufzer aus. Er war es einfach. Und in ihm drin schien er dasselbe zu fühlen, denn mit einem Mal stand er vor mir und rieb seine feuchte Nase über meine Fingerspitze.

»Sie werden schon auf ihn achtgeben«, versicherte mir die Frau.

Ja, unbedingt.

Mein Herz schlug schneller. Dass er sich mir so sehr öffnete, musste einfach ein Wink des Schicksals sein, ein magischer Moment. So wie damals mit meinem Lykaner. Bestimmt war dies genau der Hund, den ich suchte.

Hoffnungsvoll fragte ich: »Kann er denn auch, na ja, ein bisschen jagen?«

»Werfen Sie ruhig ein paar Bälle, er wird hinterherflitzen wie ein Wiesel.«

Ich kratzte mich am Nacken. »Und jagen? So mit Spuren erschnüffeln.«

Im Moment schnüffelte er vor allem an meiner Hand.

Sie seufzte. »Alle Hunde haben feinere Nasen als wir, aber er ist kein klassischer Jagdhund. Trotzdem ist die Fähigkeit zum Vorstehen angeboren. Sie könnten ihn da schon etwas trainieren.«

Ihr Blick sagte: *»Nur Mut.«*

Aber ...

»Was ist *vorstehen*?« Das sollte ich besser wissen, wenn das alle Hunde konnten, oder?

»Das heißt, dass der Hund ihnen zeigt, dass er Wild gefunden hat.«

Hm, das wäre doch nicht schlecht. Ich meine, das war allemal mehr, als ich selbst fertigbrächte.

Unsicher schaute ich zu dem Kleinen, der für alle Zeit klein bleiben würde. Eigentlich hatte ich mich an der Seite eines imposanten Hundes mit ausgeprägten Fähigkeiten gesehen. Und ja, ich hatte mir einen Vierbeiner gewünscht, durch den ich selbst auch ernster genommen wurde, weil sein Achtung gebietender Eindruck auf mich abgefärbt hätte.

Aber wem wollte ich etwas vormachen? In Welcome änderten sich die Dinge praktisch nie. Die Zusammenlegung des Schulbezirks mit Sherburn und Trimont im Jahre 1988 – also noch vor meiner Geburt – war als eine solche »Riesensache« empfunden worden, dass manche Leute bis heute davon sprachen. Sie hatten kaum Zeit gehabt, sich darauf einzustellen, als nur elf Jahre später auch noch die Polizeistation mit Sherburn verbunden wurde. Wenn zwei so große Ereignisse nicht beileibe genügend Gesprächsstoff für ein ganzes Leben boten, wusste ich es auch nicht.

Ansonsten unterhielt man sich besonders gerne über das Wetter und die Ernten. Alles folgte scheinbar auf ewig althergebrachten Traditionen. So wie auch das Erntejahr seinem eigenen Ablauf folgte. Aber ich war kein Maiskolben. Manchmal musste man aus der Spur treten und andere Ziele verfolgen.

Also, auch wenn dieser süße Kerl nicht das war, wofür ich hergekommen war, er verwischte spielend leicht meine alberne Vorstellung von einem eindrucksvollen Hund. Er hatte einfach etwas für sich, und wenn das Schicksal etwas beschloss, dann fackelte man nicht lange. Er und ich, wir waren füreinander bestimmt. Jetzt schleckte er mir sogar die Hand ab.

»Na, du süßer Schatz«, ermunterte ich ihn, auch wenn seine Zunge an meiner Handfläche kitzelte und mein Satz in einem Glucksen unterging.

Mein Bauchgefühl sagte mir, dass ich nicht ohne ihn fortgehen sollte. Die Tierstation war überfüllt und die Mitarbeiter freuten sich, wenn man den Tieren ein schönes Heim bot. Die Farm war natürlich ein idealer Ort dafür. Er würde bei uns sein Revier haben und Auslauf, so viel er wollte. Außerdem hätte er Menschen, die sich um ihn kümmerten.

Da hatte ich bei ihm keine Bedenken, denn so klein wie er war, würde meine Mutter ihn ebenfalls sofort in ihr Herz schließen.

»Möchten Sie mal etwas Zeit mit Teddy verbringen?«, bot mir die Mitarbeiterin an.

Teddy?

Auch das noch. Was für ein entzückender Name für so ein Knuffelchen!

Ohne darüber nachzudenken, nickte ich auch schon los. »Au ja.«

Und ein paar Stunden später schlummerte Teddy friedlich in meinem Schoß. In meiner Nähe wirkte er gar nicht mehr ängstlich, sondern so entspannt, dass er regelrecht umgefallen und eingeschlafen war. Als ob eine große Anspannung von ihm abgefallen wäre und er endlich schlafen konnte.

»Also gut, Teddy«, murmelte ich und kraulte ihn liebevoll, »du lässt mir keine andere Wahl.«

Zum Glück hatte ich den Kastenwagen genommen, denn als ich den Zündschlüssel abzog und mich im Auto umsah, konnte ich kaum fassen, was ich an Zubehör mit mir führte. Nein, ich hatte zwar keine riesige Hundehütte mit Aufbauanleitung besorgt, aber trotzdem war alles vollgepfropft. Ich hatte einen kuscheligen Schlafplatz beschafft, der im Beifahrerfußraum zusammen mit Teddy mitgefahren war. Dazu noch diverses Futter, einen Fress- und einen Wassernapf, eine Matte zum Darunterlegen, ein Halsband mit Leine, Hundespielzeug, einen tollen Kauknochen, eine Hundedecke, außerdem Bürste, Kamm und Shampoo, eine Transportbox für den Fall, dass wir mal eine weitere Reise unternehmen wollten, ein Erste-Hilfe-Set, Leckerlis und weil es so kalt war einen Hundemantel.

Es war der reinste Kaufrausch gewesen, obwohl ich nur die Sachen von der Liste besorgt hatte, die mir die Dame von der Hundestation zusammengestellt hatte. So also fühlte sich Hope andauernd, wenn sie wieder shoppen ging. Allerdings kaufte sie Prada oder Marc Jacobs und keine Haustierutensilien. Trotzdem war ich mir ziemlich sicher, dass ich für das Geld auch etwas von Prada bekommen hätte.

»Du bist eine teure Bekanntschaft«, stellte ich fest.

Teddy gab nur ein seliges Fiepsen von sich, das er im Schlaf erzeugte.

»Schnarchst du etwa?«

Das kleine Bündel Fell streckte sich genüsslich und blinzelte mich an.

»Ja, du«, sagte ich grinsend.

Teddy gähnte und reckte sich noch ein bisschen mehr. Aber das würde auch nicht helfen, um ihn größer zu machen.

»Du bist so klein, aber du hast so viel Zeug.«

Das war wie bei einem Baby.

Teddy legte den Kopf schief. Anscheinend wurde er langsam wach.

Ich machte eine umfassende Geste mit der Hand. »Sooooooo viel Zeug«, behauptete ich.

Er stellte ein Ohr auf. Der Kleine war einfach Zucker.

»Habe ich dir schon verraten, dass ich eigentlich für ein Auto spare?«

Er blinzelte, als wollte er mir sagen: *»Nö, Bailey.«*

Ich seufzte, sah mich schon den Sommer in diesem Vehikel verbringen und betete für ganz viel Regen und Wolken. Hauptsache keine Hitze.

»Dann stellen wir dich mal der Familie vor«, schlug ich vor.

Teddy machte ein skeptisches Gesicht.

Das entlockte mir ein verständnisvolles Nicken. »Ich weiß, was du meinst. Aber wir müssen es ja doch hinter uns bringen.«

Ich hielt ihm die Hände entgegen und er kam bereitwillig auf meinen Arm. Ich drückte ihn an mich, als wir in die Kälte ausstiegen.

Dumme Sprüche sind nicht das Ende der Welt, bläute ich mir wie in einer Endlosschleife ein, während ich mit Teddy auf das Haus zulief. Trotzdem hätte ich nichts dagegen gehabt, wenn mein Bruder mit Stephan unterwegs wäre. Von mir aus konnten sie die Stoppeln auf den Maisfeldern zählen. Oder Krähen. Davon hatten wir schließlich mehr als genug.

Ich atmete tief durch, zählte bis drei und drückte die Haustür auf. Unvermittelt sah ich mich Auge in Auge mit meiner Oma, die mit Strickzeug bewaffnet auf mich zukam.

»Baileymäuschen, ich habe dein Auto gehört. Hier, probiere das mal …« Dann verstummte sie plötzlich.

Dafür gab Teddy sein erstes Bellen seit ich ihn kannte von sich.

Oma wurde etwas blass und fiel völlig aus der Rolle. »Was hast du da?«

Mama nahm mir voller Entzücken die Antwort ab: »Jö, ist das ein süßer Fratz. Wo hast du den denn her?«

Anscheinend wurde das eine Begrüßungsrunde im Hausflur.

»Fratz, das ist Mama«, stellte ich sie vor. »Und das da ist Granny.«

»Heißt er wirklich Fratz?«, fragte Mama überrascht.

»Nein, das ist Teddy.«

Oma drückte die Stricknadeln an ihre Brust und sah aus, als wäre ihr das alles nicht geheuer. Immerhin benutzte sie ihre Stricknadeln nicht, um abwehrend ein Kruzifix zu formen.

»Aber wir haben doch Katzen«, stammelte sie.

»Und?«, wunderten sich Mama und ich.

»Das reicht doch«, fand Oma.

»Ich wollte aber einen Hund«, erklärte ich und kraulte Teddys Fell.

»Ja, jeder mag Hunde«, stimmte Mama zu. »Ich wollte auch immer Hunde, aber du hast mich nie gelassen.«

»Wir mögen Katzen«, behauptete Oma, als hätte sie einen Richterspruch gefällt.

»Was ist denn das für ein Trubel?« Das war Papa, der hinter Mama auftauchte und sie deutlich überragte.

Auch Christopher folgte dem Lärm. Na, wunderbar. Dann waren wirklich alle versammelt und mich heimlich in mein Zimmer hochzuschleichen, schied somit aus.

»Wir haben endlich einen Hund«, erklärte Mama.

»Wir wollen keinen Hund«, erinnerte uns Oma, die Teddy aus schmalen Augen anstarrte, als hätte ich tatsächlich einen gefährlichen Jagdhund mitgebracht. Dabei kuschelte er sich noch immer ganz friedlich an mich.

»Doch!« Mama stemmte die Hände in die Seiten. »Das hast du gut gemacht, Bailey.«

»Das ist doch kein Hund«, schaltete sich nun auch mein Bruder ein. »Hunde sind groß. Konntest du deinen Kojoten etwa nicht finden und gibst dich jetzt mit der abgespeckten Version zufrieden?«

Werwolf.

Ich suchte einen Werwolf.

Aber das würde ich dem Blödmann nicht schon wieder erklären, weil es bloß verschwendete Energie wäre. Ehrlich, Sisyphus hatte weniger damit zu tun, diesen Stein den Berg hinaufzurollen.

»Ja, war nett mit euch. Teddy und ich gehen dann mal schlafen«, beendete ich das Willkommensdrama und machte mich mit meinem Hund auf dem Arm auf den Weg nach oben.

»Ich helfe dir, seine Sachen reinzutragen«, bot sich Mama an, die so strahlte, als hätte sie gerade ein Weihnachtsgeschenk von mir bekommen. »Du hast doch hoffentlich etwas für ihn mitgebracht.«

Natürlich konnte man über die Definition von »etwas« streiten, mengenmäßig übertraf ich ihre Erwartungen sicherlich.

Ich nickte erleichtert. »Danke, Mama.«

»Aber er bleibt doch gar nicht bei uns«, probierte Oma, das unsägliche Ereignis ungeschehen zu machen. Vermutlich markierte sie den Tag, als ein Hund unter ihr Dach einzog, mit drei Grabsteinen im Kalender.

Papa ging einfach wieder fernsehen. »So ein Lärm um drei Gramm Fell«, war alles, was ihm dazu einfiel.

Mein Bruder klopfte Oma aufmunternd auf den Rücken. »Keine Sorge, Granny, du musst ihm bestimmt nix stricken.«

»Frecher Lümmel!«, wetterte sie.

Aber Christopher verschwand lachend, bevor sie ihn mit einer ihrer abgerundeten Stricknadeln pieken konnte.

»Willkommen bei uns«, murmelte ich Teddy ins Ohr.

Und Willkommen in Welcome – *the friendly city*, wie man sich auf dem Stadtschild rühmte.

Der kleine Hund blinzelte, als wüsste er die Lage nicht so recht einzuschätzen.

»Wir sind leider wirklich so bescheuert«, räumte ich ein. »Aber es gibt schlechtere Plätze auf der Welt.«

Zustimmend lehnte er seinen Kopf an meine Brust.

Kapitel 5

»Wilbur ist weg!«, keifte Oma.

Ich blinzelte benommen. Gehörte dieser bockige Schatten in der Tür mit der krummen Haltung etwa noch zu meinem Traum?

»Hä?«, gab ich gähnend von mir.

»Wilbur ist weg«, wiederholte sie ungeduldig.

»Wilbur, deine Ziege?«

»Ja, sag einmal …« Sie stemmte ihre Hände in die Seiten, was sonst nur Mama tat. »Wie viele Wilburs kennst du denn, bitteschön?«

Ich nickte resigniert und wischte mir den Schlaf aus den Augen. Dabei hätte ich noch so schön weiterschlafen können. Allerdings sah Oma nicht aus, als würde sie Ruhe geben. »Schon gut. Aber wieso kommst du deshalb ausgerechnet zu mir?«

Noch dazu so sauer. Oma klang eher vorwurfsvoll als alarmiert.

»Na, du hast uns einen Hund ins Haus geschleppt und nur einen Tag später ist unsere Ziege verschwunden.«

Ich konnte mein Hirn ja zermartern, wie ich wollte, aber …

»Ich sehe da keinen Zusammenhang, Granny.«

»Alles hängt zusammen«, orakelte Oma nur. Dann bohrte sie ihren Zeigefinger in meine Richtung. »Du holst mir Wilbur wieder.«

Langsam setzte ich mich im Bett auf. »Wie soll ich deine Ziege denn finden?«

»Was heißt hier: *meine* Ziege? Wilbur gehört zur Familie.« Der Schemen in der Tür nickte resolut.

Darüber konnte man wirklich streiten. Ich hätte Wilbur nicht unbedingt in unserem Stammbaum eingetragen.

Teddy gab ein leises Winseln von sich und stakste vom Fußende über die Bettdecke direkt in meine Arme. Er begrüßte mich mit einem Schlecken im Gesicht. Okay, das war gewöhnungsbedürftig, aber irgendwie auch niedlich.

»Hat er etwa in deinem Bett geschlafen?«, empörte sich Oma.

Ich hatte ehrlich probiert, ihn davon abzuhalten. Immerhin war sein eigener Schlafplatz doch sehr kuschelig. Aber Teddy hatte sich an diesem neuen Ort so fremd gefühlt, dass selbst sein hochwertiges Hundebett nicht hatte verhindern können, dass er mich vom Boden herauf aus diesen süßen, sehnsuchtsvollen Augen angesehen hatte. Es gab den Begriff »Hundeblick« wirklich nicht umsonst und so hatte er mich dazu gebracht, eine Ausnahme zu machen, indem er mein Herz wie Butter in der Sonne hatte dahinschmelzen lassen.

Außerdem war er von der ängstlichen Sorte und da wollte ich ihm ein Gefühl von Geborgenheit vermitteln. Das verstieß vermutlich gegen jede Lehre aus dem Hundelehrbuch, aber meine Füße waren wunderbar warm geblieben und da Teddy bereits ausgewachsen und erzogen worden war, hatte es auch keine unangenehmen Überraschungen hinsichtlich seiner Stubenreinheit gegeben.

»Er war nur am Fußende«, versicherte ich Oma.

»Aber ... aber ...«, stammelte sie entgeistert.

»Was ist denn nun mit Wilbur?« Ich war weniger an der Ziege interessiert, als daran, Oma von Teddy abzulenken.

»Ach, genau ...« Sie räusperte sich. »Du musst ihn suchen gehen. Nimm ruhig deinen Hund mit.«

Mir war natürlich klar, dass sie Teddy lediglich aus dem Haus haben wollte, aber eigentlich war es keine schlechte Idee, ihn für die Suche einzusetzen, denn dann konnte er mir gleich mal demonstrieren, wie gut er im Vorstehen war.

»Okay.« Ich nickte und schob die Füße über die Bettkante. Vermutlich musste mein Hund sowieso mal für kleine Mischlinge. Bei der Gelegenheit konnte ich ihm gleich sein neues Revier zeigen und Oma ihr Haustier zurückbringen. »Bestimmt steckt Wilbur hier irgendwo. Vielleicht hinter dem alten Verschlag.«

Dieser Ziegenbock war chronisch neugierig und absolut verfressen. Ich traute ihm durchaus zu, dass er seine Leine durchgekaut hatte und sich nun auf der Farm herumtrieb. Am Ende würde ich ihn hinter einem Stapel Feuerholz hervorziehen müssen.

»Er ist nicht auf der Farm«, behauptete Oma.

»Woher willst du das wissen? Hast du denn schon überall nachgesehen?«

Das war äußerst unwahrscheinlich, denn auch wenn ich Oma nur gegen das Licht des Flurs als Schattenriss ausmachte, konnte ich doch deutlich erkennen, dass sie noch immer bloß ihr Nachthemd trug. Es gehörte zu den wenigen Dingen, die sie nicht strickte, und es war viel zu dünn, um darin über die winterliche Farm zu streifen. Außerdem war unser Anwesen recht groß. Granny hätte lange suchen müssen, um jeden Winkel abzuklappern, und die Sonne schob sich eben erst über den Horizont und blendete mich durch das Fenster.

»Ich weiß es eben«, gab sie trotzig zurück.

Das war ja unglaublich überzeugend.

»Na dann ...«, murmelte ich und zog es vor, Granny nicht zu widersprechen.

Erst recht nicht bei ihrer Laune. Sie fand sowieso, dass Widerreden unangebracht wären. Einer ihrer Lieblingssprüche lautete: *»Baileymäuschen, das ziemt sich nicht für eine junge Dame wie dich. Ich bin viel älter als du.«*

Und jetzt? Sie würde immer viel älter sein, zumindest bis sie eines Tages den Löffel abgeben würde. Also sollte ich für den Rest ihres Lebens nett zu ihr sein und mich ansonsten sittsam verhalten. Gähn. Da hatten ja Klosterschüler mehr Spaß.

Manchmal musste ich meiner Mutter wirklich zugutehalten, dass sie normal geworden war, obwohl sie bei Oma aufgewachsen war. Ich an ihrer Stelle wäre durchgedreht.

Granny schien damit zufrieden zu sein, mich aus dem Bett gescheucht zu haben, und schloss mit einem Ruck die Tür von außen. Ihren Ziegenbock in allen Ehren, aber ich knuddelte zuerst mal meinen kleinen Teddy. Er belohnte mich auch prompt mit einem ganz verliebten Blick.

»Hey, Schatzi, wir müssen zwar Omas Ziege finden, aber mal schauen, wie gut du im Schnuppern bist.« Und weil ich nicht wollte, dass er glaubte, er könnte mich enttäuschen, fügte ich schnell an: »Notfalls folgen wir einfach seinen Abdrücken im Schnee.«

Der Winter hatte manchmal wirklich seine Vorzüge. Hätte damals auch Schnee gelegen, als mein Wolf mir davongelaufen war, dann hätte ich ihn vielleicht finden können. Aber es war müßig, darüber nachzudenken. Im Sommer war der Boden von der Hitze so knüppelhart gewesen, dass es fast leichter gewesen wäre, Fußabdrücke in Steinen zu hinterlassen. Es war sowieso ein Wunder, dass sie sich bei den Temperaturen nicht in Lava verwandelt hatten.

Ich prüfte, wie das Wetter heute war, indem ich kurz das Fenster öffnete und meine Hand hinaushielt. Dabei verwandelte sich mein Arm fast in einen Eiszapfen, aber das orange Glitzern der Sonne auf der vereisten Landschaft sah so zauberhaft aus, dass ich es nicht erwarten konnte, nach draußen zu gehen.

In Windeseile zog ich mich an. Danach ließ ich Teddy in sein Wintermäntelchen schlüpfen, weil er, anders als

Wilbur, kein so zottiges Fell besaß. Außerdem legte ich ihm sein Halsband an und hakte die Leine ein, da ich nicht wusste, wie er reagieren würde, wenn er eine Fährte aufnahm. Er war zwar klein, aber womöglich trotzdem zu flink für mich. Ich wollte ihn keinesfalls aus den Augen verlieren, denn mit seiner Größe und dem hellen Fell könnte ich ihn in der winterlichen Landschaft schnell übersehen.

»Okay, lass uns einen Deal machen«, schlug ich ihm vor. »Falls wir Wilbur auf der Farm nicht finden, frühstücken wir erstmal, bevor wir weitersuchen. Einverstanden?«

Teddy legte den Kopf schief.

»Ich deute das einfach als ein Ja.«

Trotzdem packte ich ihm ein paar Leckerlis ein, denn es konnte gut sein, dass Teddy sich beim Suchen meisterhaft anstellte, und dann wollte ich ihn belohnen.

Unter den wachsamen Augen von Oma, die sich mit ihrem Strickzeug im Schaukelstuhl vor dem Fenster positioniert hatte, verließen wir das Haus. Es wollte mir noch immer nicht so recht in den Sinn, weshalb ausgerechnet ich ihre Ziege suchen gehen sollte. Es war schon klar, dass Oma Hilfe brauchte, weil sie nicht mehr so gut zu Fuß war, aber ich hätte meine helle Freude daran gehabt, wenn sie mal meinen Bruder durch die Gegend gescheucht hätte. Hoffentlich war Wilbur nicht weit weg und kaute lediglich an der Rinde eines Baumes herum. Darin war er nämlich Weltmeister.

Eine Stunde voller Suchspiele auf der Farm und ein Frühstück später, brachen Teddy und ich ein zweites Mal an diesem Tag auf. Bisher hatten wir Wilbur nicht gefunden, aber wenigstens hübsche Spuren von ihm im Schnee entdeckt. Ich hatte eine ganz gute Ahnung davon, in welche Richtung der störrische Bock ausgerissen war, trotzdem hatte ich die Gelegenheit genutzt, um mit Teddy das Vorstehen zu üben.

Ich hatte ihn an Wilburs Stall schnuppern und ihn seine Fährte aufnehmen lassen. Es war zwar kalt, aber nicht so schneidend frostig, dass ich mir um Wilburs Wohlbefinden hätte Sorgen machen müssen. Also nahmen wir uns Zeit für das Training.

Allerdings ließ sich Teddy schnell ablenken und war dem Geruch einer toten Maus gefolgt. Es dauerte eine Weile, ihm zu zeigen, was ich wollte. Ich hatte auch extra Wilburs Leine eingepackt, damit es etwas gab, woran Teddy seinen Geruch jederzeit wieder aufnehmen konnte. Sie war zwar kürzer als zuvor, da der Ziegenbock einen Teil abgenagt hatte, aber sie würde mir später trotzdem noch gute Dienste dabei leisten, Wilbur zur Farm zurückzubringen. Außerdem hatte ich etwas Reisig und Brot für ihn dabei. Wer wusste schon, wann genau in der Nacht er ausgebüxt war? Inzwischen konnte er ziemlich hungrig sein, denn im Winter dürfte er nicht allzu viel Futter gefunden haben, von Baumrinden mal abgesehen.

Jetzt, bei unserem zweiten Anlauf, ihn aufzuspüren, hatte ich mir außerdem ein paar Schablonen eingepackt, auf die ich beim Einkauf von Omas neuen Stricknadeln in Sioux Falls gestoßen war. Ich hatte alles in der Hobbyabteilung im Kaufhaus entdeckt. Plötzlich hatte ich die Schablonen in den Händen gehalten, ohne mich überhaupt daran erinnern zu können, nach ihnen gegriffen zu haben. Und aus dem Bauch heraus hatte ich sie mitgenommen. Wenigstens dafür war der Stadtbummel gut gewesen.

Weil ich keine Lust hatte, die Schablonen von Hand auszumalen, hatte ich mir außerdem ein paar Sprühflaschen in die Jackentaschen geschoben. Als wir nun über den Hof liefen, schlugen sie aneinander. Teddy schaute mich skeptisch an.

»Ja, ich weiß, Sprühfarbe ist nicht so umweltfreundlich, aber das ist eine Notsituation.«

Wilburs Spuren führten nämlich genau in die Richtung, in der ich meinen Zusammenstoß mit dem Lykaner gehabt hatte. Wenn dieser Ziegenbock schon dorthin gelaufen war, konnte ich genauso gut zwei Fliegen mit einer Klappe schlagen und die Suche nach Wilbur mit der Suche nach meinem Lykaner verbinden.

In zwei Tagen war Silvester und ich wollte nicht ins neue Jahr starten, ohne noch einen Versuch unternommen zu haben, auf ihn zu treffen. Vielleicht wusste er gar nicht, dass ich nach ihm suchte. Er stammte zumindest nicht aus Welcome, denn dann würde ich ihn kennen, weil hier jeder jeden kannte. Das war nicht allzu schwer bei unter siebenhundert Einwohnern. Mit der Hälfte war man doch sowieso um drei Ecken herum verwandt. Ich hatte ihn nicht nur in seiner Wolfsgestalt, sondern auch als Mann gesehen, und er gehörte nicht zu uns.

Wir folgten Wilburs Spuren durch den Schnee und entfernten uns immer weiter von der Farm und der Ortschaft. Der Ziegenbock war querfeldein gelaufen, weshalb ich ihm leider nicht im Auto folgen konnte. Aber er hatte seine Hufe gut sichtbar in die Schneelandschaft geprägt. Das war wenigstens etwas, denn Teddy schien mehr daran interessiert zu sein, sein Revier auszukundschaften und zu markieren. Es war erstaunlich, wie viel Pipi in so einem kleinen Hund steckte.

Anfangs lief er ziemlich freimütig durch die Gegend, doch mit der Zeit kam seine ängstliche Natur durch und er hielt sich dicht an meinen Beinen.

»Alles okay, Teddy«, besänftigte ich ihn. »Wir müssen noch ein Stück weiter.« Mit dem ausgestreckten Zeigefinger wies ich ihm die Richtung. »Wilbur ist zum Wald gelaufen.«

Ich probierte, ihn mit Stöckchenwerfen von meinen Fersen zu lösen, doch Teddy schien keine Lust auf Apportieren zu haben. Dann eben nicht. Vermutlich war er müde. Mit seinen kleinen Beinchen sank er immer wieder tief im Schnee ein. Mir ging es da allerdings nicht anders. Manche Mulden in den Feldern waren unter der weichen Pulverschneedecke nur schwer auszumachen und ich versank selbst immer wieder knietief in der Landschaft. Zum Glück waren meine Stiefel imprägniert. Ansonsten trug ich eines von Omas warmen Strickkleidern über Winterleggins. Der Schal war bis über meine Nase gewickelt und Lucys kuschelige Mütze hielt meinen Kopf warm. Die behandschuhten Hände steckten in den Taschen meiner Daunenjacke und der anstrengende Fußmarsch tat sein Übriges. Mir war eher warm als kalt.

Auch Teddy war mit seinem dichten, kurzen Winterfell und dem süßen Hundemäntelchen im schottischen Karolook warm genug verpackt.

Als wir den Waldrand erreichten, kramte ich meine beiden Schablonen hervor und hielt sie nacheinander an den Baum, um sie zu besprühen. Ich achtete darauf, so zu stehen, dass mir der Wind die Farbpartikel nicht entgegentrieb. Dann drückte ich den Sprühkopf herunter und färbte die erste Baumrinde ein.

Teddy legte den Kopf schief und beobachtete mich neugierig. In der Tierstation hatte so etwas sicher niemand gemacht. Genau genommen hatte ich selbst das auch noch nie zuvor getan, aber nachdem das Internet und der Stadtklatsch nicht dazu geführt hatten, mich auf die Fährte des Wolfes zu bringen, nutzte ich nun ein althergebrachtes Kommunikationsmittel.

»Weißt du«, erläuterte ich Teddy. »Schon vor tausenden von Jahren gab es Höhlenmalereien. Die Bilder haben sich bis heute gehalten. Also probiere ich das auch mal aus. Mein Werwolf stromert bestimmt viel durch die Wälder.« Ich hielt inne und atmete durch. Es roch nach Farbe, aber das störte mich nicht. »Zumindest hoffe ich, dass er viel herumrennt.«

Aber was wusste ich schon über ihn? Mal abgesehen davon, wie phänomenal er nackt aussah.

Als ich mit dem Sprühen fertig war, hatte ich meine Motive am Baumstamm angebracht. Das eine stellte einen Wolfskopf dar, der wirklich cool aussah. Natürlich war es nicht explizit ein Werwolf, aber immerhin. Das musste reichen. Das zweite Bild zeigte ein rechteckiges Auto. Es hatte recht viel Ähnlichkeit mit unserem alten Kastenwagen, also passte es hervorragend. Beide Bilder hatte ich mit einem Pluszeichen verbunden und mit einem Fragezeichen am Schluss abgerundet.

»Schaut gut aus, oder?« Ich drehte mich zu Teddy.

Der kleine Kerl wackelte mit seinen Ohren.

»Mein Hundisch muss dringend besser werden«, stellte ich fest.

Teddy machte eher den Eindruck, als wäre ihm das nicht sonderlich geheuer. Wir gingen weiter durch den Wald. Etwa alle zwanzig bis dreißig Stämme hielten wir an und wiederholten die Prozedur. Ich sprühte einen Baum nach dem anderen ein und Teddy wirkte immer skeptischer.

Nach einer Weile winselte er. Es konnte nicht daran liegen, dass seine Blase drückte, immerhin hatte er sich regelmäßig erleichtert. Allerdings machte er es hier nicht mehr, obwohl es genügend Bäume gab. Auch auf meine Ermunterung hin wollte er sein Bein nicht heben.

Na gut. Vielleicht war seine Blase leer. Ich probierte es mit Leckerlis und einer Trinkflasche, aber Teddy schien einfach nur keine Lust mehr auf den Ausflug zu haben.

»Wir sind bald fertig«, versprach ich ihm. »Aber wir müssen noch Wilbur einpacken.«

Wie weit war dieser dumme Ziegenbock eigentlich gerannt? Seine Spuren führten eine Böschung hinab. Die Stelle war prima für weitere Markierungen geeignet, da der Baum, neben dem ich stand, aus mehreren Richtungen gut einsehbar war.

»Ich sprühe noch mal schnell, bevor wir dort runterkraxeln.«

Teddy winselte und drückte sich hinter mein Bein. Er zupfte mit seinen Zähnen an meinen Stiefeln und versuchte, mich von dem Baum wegzubewegen.

»Gleich, Teddy«, versprach ich.

Ungeduldig lief er im Kreis um meine Füße, legte die Ohren an, kniff den Schwanz ein und drückte sich wimmernd an mich heran.

»Ist dir kalt?« Ich ließ die Schablonen neben den Baum fallen und bückte mich zu dem kleinen Kerl herunter.

Teddy winselte erneut.

»Was ist denn los?« Neugierig stellte ich mich hin, legte die Hand an die Stirn, um die Sonne abzuschirmen, die durch die kahlen Baumkronen fiel, und begann, einen Blick in die Runde zu werfen. »Hast du Wilbur ...?«

Die Frage blieb mir nach einer halben Drehung im Hals stecken. Erschrocken taumelte ich rückwärts gegen den Baum und spürte, wie sich Teddy hinter mir versteckte. Ich hätte ihn gerne beruhigt, doch mein Herz schlug bis zum Hals.

Vor mir stand ein Mann. *Der* Mann. Mein Blick folgte einem kräftigen Oberkörper hinauf bis zu seinem extrem attraktiven Gesicht. Heute war er angekleidet und zum Glück nicht verwundet. Aber der Ausdruck in seinen türkisen Augen war so grimmig wie vor einem halben Jahr.

»Oh ... aber ... oh ...«, stammelte ich und nahm irritiert zur Kenntnis, dass er meine Schablonen aufgehoben hatte.

»Was soll das werden?«, fragte er mich und hielt sie in meine Richtung. Seine Stimme klang so düster, dass die Nacht hätte hereinbrechen können, aber gleichzeitig hörte er sich so unglaublich heiß und männlich an, dass ich hinter mich griff, um am Baum Halt zu finden.

Er sprach. Er konnte wirklich sprechen. Keine Fremdsprache und schon gar kein wölfisches Knurren. Etwas, das ich verstand und vor allen Dingen besser mal beantworten sollte, bevor ich ihn weiter anstarrte wie eine Idiotin, die ihrerseits nicht sprechen konnte.

»Das sind Schablonen«, stammelte ich, was nicht besonders hilfreich war. Ich merkte es selbst, aber die Worte waren schon aus mir heraus.

Sein Blick wurde schmal und meine Beine verwandelten sich in Knetmasse. Er kam dichter auf mich zu, was Teddy zu einem weiteren Winseln animierte. »Ich weiß, was das ist«, stellte er klar. »Aber ich habe dich gefragt, was das werden soll.«

Stimmt.

Ja.

Richtig.

Oma hätte bei meinem Geschick bloß den Kopf geschüttelt. Allerdings hätte sie vorher noch, weil *er* es war, irgendwelche Symbole in den Boden gekratzt und dreimal drauf gespuckt. Ich hatte sie so etwas wirklich schon mal tun sehen.

Meinem Bruder wäre vermutlich das dumme Grinsen vergangen. *Seht her, hier steht mein Lykaner.*

Oh. Mein. Gott. Hier steht wirklich mein Lykaner! Nach all den Monaten war er einfach so aus dem Nichts aufgetaucht und wartete jetzt noch immer mehr als ungeduldig auf meine Antwort. Dass keine Ader an seiner Schläfe pochte, war auch schon alles. Seine Kiefer hatte er jedenfalls so fest aufeinandergepresst, dass die Muskeln an seinen Wangen zuckten. Und er sah trotzdem immer noch verteufelt gut aus.

»Ich ... ich ... also, ich habe dich gesucht.« Mein bahnbrechendes Geständnis drang als Fiepsen aus meinem Mund und klang alles andere als souverän. Ich spürte, wie mir das Blut ins Gesicht schoss.

War der Baum hinter mir gerade geschrumpft oder der Mann vor mir gewachsen? Ich hatte reichlich Probleme, mich zu konzentrieren. Himmel, waren seine Augen türkis.

Meine Worte erzeugten leider nicht den magischen Moment, den ich mir in meinen Träumen stets ausgemalt hatte. Klar war das naiv von mir gewesen, aber ich hatte gehofft, dass er eine solche Offenbarung mit einem betörenden Blick und einem Lächeln erwidern würde, das mich vor Verzückung umkippen ließ. Dazu vielleicht noch die dahingeraunten Worte: *»Ich hätte nie zu hoffen gewagt, eine Frau wie dich zu finden, Bailey.«*

Aber dieser Traum war nur eine schillernde Seifenblase gewesen, die geradewegs in meinem Herz zerplatzte und mich mit tausend Nadelstichen durchsiebte, denn stattdessen antwortete er barsch: »Du hast in diesem Gebiet nichts verloren.«

»Was?«, flüsterte ich.

Ich kam mir so unerwünscht vor, dass ich das Gefühl hatte, schlechter behandelt zu werden als Abfall, den man wenigstens einer Mülltrennung unterzog.

»Du bist ständig auf meinem Grund und Boden. Ihn immer wieder zu betreten, ist schon provokant, aber dein Revier auf meinem zu markieren ...« Er tippte auf die gesprühten Symbole am Baum. »... das geht deutlich zu weit.«

»Welches Revier?« Ich verstand kein Wort von dem, was er sagte. »Wovon redest du?«

Er schaute mich an, als könnte er sich nicht entscheiden, ob er mich einfach nur für begriffsstutzig oder wirklich für ahnungslos halten sollte.

»Eure Farm, euer Territorium«, erklärte er grantig und zeigte auf mich. Dann streckte er seine Hand aus und beschrieb einen weiten Bogen. »Das Gelände von hier bis zum See ist unser Gebiet. Und ich sage dir das wirklich nur einmal.«

Der Ton, den er dabei an den Tag legte, machte deutlich, dass er das schon für zu viel hielt. Aber sein Ton war nicht das Einzige, was mich bedrückte.

Euer?

Unser?

»Ich verstehe nicht, was du meinst.«

Er stemmte seine Hand neben mir gegen den Baum und lehnte sich zu mir herunter. Als er sprach, konnte ich seinen Atem auf meiner Haut spüren: »Das nehme ich dir nicht ab.

Deine Unschuld-vom-Lande-Nummer zieht bei mir nicht. Ich weiß genau, was du bist.«

Das war doch keine Nummer. Jeder Trottel wusste, dass mein Leben so spannend wie eine Keksschachtel war. Aber viel spannender war doch die Frage, wofür er mich, bitteschön, eigentlich hielt.

Gerade, als ich ihn danach fragen wollte, fügte er an: »Richte deiner Oma aus, dass sie und ihre Sippschaft sich gefälligst von hier fernhalten sollten, wenn sie will, dass alles friedlich bleibt. Sie kennt die Regeln.«

Bei der Erwähnung des Wortes *friedlich* lief mir ein Schauer über den Rücken.

»Was denn für Regeln?«, fragte ich leise und fühlte mich wie versteinert.

Was zum Henker hatte mein Lykaner mit Oma zu tun?

Wieso beschimpfte er ihre Familie – und damit mich – als Sippschaft?

Offensichtlich mochte er mich schon allein deshalb nicht, weil ich mit ihr verwandt war, und es hatte mir todsicher keine Bonuspunkte eingebracht, dass ich ihn angefahren hatte.

Er war jetzt zwar bekleidet, aber an der Spannung in seinem Körper konnte ich erkennen, dass er fit und kräftig war. Seine Wunden waren wohl ausgeheilt, was mich trotz seiner Stimmung erleichterte.

Am liebsten hätte ich meine Hand nach ihm ausgestreckt, um seine Rippen zu berühren und mich zu vergewissern, dass er wirklich okay war. Aber er erweckte nicht den Anschein, dass ich mit meiner Hand auch nur in die Nähe seines Brustkorbs kommen sollte.

Gewiss würde er mir aber nichts tun, oder?

Unsicher schaute ich ihn an. Trotz seiner unverhohlenen Ablehnung und seiner rüden Art fühlte ich mich stärker denn je zu ihm hingezogen. Von seiner Größe, seiner schieren Präsenz, seiner Stimme, seiner markerschütternden Männlichkeit und diesen unglaublichen Augen. Ich war ein hoffnungsloser Fall, die lernresistente Königin aller Landeier.

»Wir lassen sie in Ruhe, wenn ihr uns nicht in die Quere kommt«, half er mir auf die Sprünge.

Toll. Wer hatte denn diesen Blödsinn vereinbart? Dafür gehörte Oma fast schon erschossen.

Sein Blick sprach Bände: Meine Anwesenheit stellte für ihn ein solches In-die-Quere-Kommen dar. Aber warum nur? Das war doch ein freies Land und so viel ich wusste, befanden sich dieser Wald und auch der von ihm genannte See nicht in Privatbesitz. Ganz anders als unsere Farm.

Trotzdem zog ich es vor, ihn nicht nach irgendwelchen Besitzurkunden zu fragen.

Stattdessen wollte ich etwas anderes von ihm wissen: »Woher kennst du Granny?«

»Oh, wie süß: *Granny*«, echote er. »Eine tolle Granny hast du da.«

Am liebsten hätte ich verlegen am Saum meines Strickkleides gefummelt. Gut und schön, sie war sicher nicht das tollste Exemplar einer Großmutter auf diesem Planeten, aber seine schroffe Art blieb für mich dennoch ein Rätsel. »Was hast du gegen meine Oma?«

Ich benutzte diesmal absichtlich nicht ihren Spitznamen, um ihn nicht weiter zu provozieren, doch er schien keine Lust auf große Ausführungen zu haben. Schön, aber düster, ragte er über mir auf.

»Sie tanzt gerne bei Vollmond«, antwortete er vage. »Sie ist eine Ausgestoßene.«

Hä?

Ausgestoßen? Von wo?

Und wann hatte er sie bei Vollmond tanzen sehen? Das musste aber verdammt lange her sein, schließlich setzte Oma inzwischen auf Stützstrümpfe. Und selbst wenn er sie mal tanzen gesehen hatte, wieso mochte er sie deshalb nicht?

Ihm schien es egal zu sein, dass in mir lauter Fragen tobten.

»Hör damit auf!«, forderte er und warf mir die Schablonen vor die Füße. »Du hast zehn Minuten, um von hier zu verschwinden.«

Mit diesen Worten machte er sich erneut aus dem Staub.

Mir blieb keine Gelegenheit, ihn nach seiner orakelhaften Bemerkung über Granny auszuhorchen. Was zur Hölle sollte das überhaupt alles? Sie würde mir einiges erklären müssen. Zumindest hoffte ich, dass sie das konnte.

Und wofür genau hielt er mich eigentlich?

Ich weiß genau, was du bist.

Dafür wusste ich es nicht. Na ja, ein Mädchen halt. Aber sonst? *Was* du bist hatte wenig mit *wer* du bist zu tun.

Was? Was? Was?

Frustriert trat ich gegen den Baum. Wenigstens fielen um diese Jahreszeit keine Nüsse mehr herunter, um auf meinem Kopf zu landen, auch wenn mich das nach dieser seltsamen Unterhaltung am wenigsten verwundert hätte.

Das war nun also die langersehnte Begegnung mit ihm gewesen, von der ich in tausend Varianten fantasiert hatte, doch diese hier war nicht dabei gewesen. Ich meine: Wie auch?

Das ganze Gespräch kam mir vollkommen absurd vor.

Zu allem Übel kannte ich noch immer nicht seinen Namen und ich hatte keine Lust ihn »Finsterschöner-Mann-mit-Aversion-gegen-Omas-und-Sprühfarben« zu nennen.

»Bitte, bleib doch!«, rief ich ihm verzweifelt nach. »Ich habe dich so lange gesucht.«

Von meinem geheimnisvollen Lykaner erfolgte jedoch keine Reaktion mehr.

In mir keimte der Verdacht auf, dass ich meine zweite Chance bei ihm gehörig vermasselt hatte. Doch welche Worte hätten dem Gespräch die nötige Wendung gegeben?

Wenigstens ein Problem löste sich wie von selbst, denn just in diesem Moment tauchte Wilbur blökend hinter einem Baum auf. Er rannte förmlich auf mich zu, um sich auf den Reisig in meiner Tasche zu stürzen.

Ich hatte geschafft, was ich mir bei meinem Aufbruch an diesem Morgen so sehr erhofft hatte: zwei Fliegen mit einer Klappe zu schlagen und sowohl Wilbur als auch meinen Lykaner aufzuspüren. Doch es war trotzdem alles völlig anders gekommen als geplant.

Kapitel 6

»Oma!«, rief ich schon von Weitem, weil ich wusste, dass sie sich vor das Fenster zum Hof gesetzt hatte, um alles mit ihren Argusaugen zu beobachten. Sie wusste einfach immer, was vor sich ging. Umso erstaunter war ich, dass sie die Haustür nicht längst aufgestoßen hatte, um ihr ach so vermisstes Haustier in Empfang zu nehmen.

Ich zog den störrischen Wilbur an seiner Leine hinter mir her, was mir seit etwa einer Stunde trotz der winterlichen Temperaturen elende Schweißausbrüche bescherte. Den Reisig und das Brot hatte er längst aufgefressen. Seit ich versuchte, ihn nach Hause zu bringen, war die Anfangseuphorie, mich zu sehen, verflogen wie eine Krähe im Wind.

»Na, komm schon, du bockiges Vieh!«, stieß ich ächzend hervor. Im selben Atemzug brüllte ich noch einmal nach Oma. Vielleicht war sie über ihrem Strickzeug eingeschlafen.

Zumindest folgte Teddy mir artig. Er hatte es gar nicht erwarten können, das Wäldchen zu verlassen, das er von Anfang an weder hatte betreten noch mit seinem Pipi hatte markieren wollen.

Inzwischen wusste ich auch weshalb und es war jammerschade, dass ich kein Hundisch beherrschte, sonst hätte ich gleich gewusst, was los gewesen war. Teddy war einfach nicht so lebensmüde, sich mit einem Werwolf in dessen Revier anlegen zu wollen. Oder überhaupt mit einem Werwolf, egal wo.

Mich hingegen hatte das Auftauchen des Lykaners komplett überrascht. Das Gespräch hatte ich dadurch auch vollkommen in den Sand gesetzt. Wieso konnte die Realität eigentlich nie mit der Fantasie mithalten? Was war so verkehrt an mir, dass er mich nicht mochte?

»Oma!«, japste ich, als ich Wilbur zu seinem Verschlag gezerrt hatte. Ich band ihn an und schloss gründlich die Stalltür, damit er kein zweites Mal türmen konnte.

Verdammt, wo steckte Granny überhaupt? Ich musste dringend mit ihr reden und dabei interessierte mich die Sache mit Wilbur am wenigsten. Kannte sie wirklich meinen Wolf?

Teddy und ich ließen den blökenden Ziegenbock hinter uns zurück und liefen zum Haus. Der kleine Hund freute sich riesig, als wir wieder drinnen waren, und rannte schnurstracks in die Küche. Das war vermutlich der Wink mit dem Zaunpfahl, dass er jetzt bereit für sein Fressen war. In seinem eigenen Revier schmeckte es ihm anscheinend besser.

Mir fiel sofort auf, dass Oma nicht mehr im Schaukelstuhl saß. In der Küche hielt sie sich allerdings auch nicht auf. Spätestens in ihrem Zimmer würde ich sie hoffentlich antreffen. Es war gut möglich, dass sie sich für ein kleines Schläfchen hingelegt hatte, und ich hätte keine Skrupel, sie genauso zu wecken, wie sie es heute Morgen mit mir getan hatte.

Teddy und ich, wir waren ziemlich lange unterwegs gewesen, weil Wilbur eine halbe Weltreise unternommen und sich auf dem Rückweg nicht sonderlich kooperativ verhalten hatte. Hätte Teddy nicht seinen Hundeblick aufgesetzt, während er hechelnd vor seinem Fressnapf Stellung bezog, wäre ich direkt zu Oma marschiert. Mir brannte es regelrecht unter den Nägeln, aus ihr herauszuquetschen, was mein Lykaner gemeint hatte.

Ich schälte meinen Hund aus seinem Wintermäntelchen und hängte es zum Trocknen neben den Küchenofen. Danach füllte ich Teddy eine Portion Futter in den Napf und reichte ihm eine weitere Schale voll Wasser. Er stürzte sich auf beides, als wäre er nie zuvor versorgt worden.

Von dem Erlebnis im Wald hatte ich indes noch ein ganz flaues Gefühl im Magen und mehr als ein paar Schlucke Milch bekam ich nicht herunter.

Sie tanzt gerne bei Vollmond.

Was für ein Käse! Oma verließ nicht einmal mehr die Farm. Ich konnte mich nicht daran erinnern, wann ich sie das letzte Mal woanders als auf unserem Anwesen gesehen hatte.

Ich wollte gerade den Flur zu ihrem Zimmer herunterlaufen, als ich aus dem Obergeschoss ein lautes Rumpeln vernahm, das mich mitten im Schritt verharren ließ. Dem Rumpeln folgte ein mehrmaliges Knarren, als würden Füße über Bretter trippeln.

»Mama?«, rief ich und wechselte meinen Kurs zur Treppe.

Keine Antwort.

»Papa?«, probierte ich es weiter, während ich die Stufen in den ersten Stock erklomm.

Wieder keine Antwort. Dafür tauchte ich gerade noch rechtzeitig am oberen Treppenabsatz auf, um zu sehen, wie Oma die Luke zum Dachboden verrammelte.

»Oma?«, fragte ich ungläubig.

Sie fuhr zu mir herum und strich sich über ihren dunklen Haarknoten, als wäre nichts gewesen.

»Baileymäuschen.« Sie bemühte sich darum, so unbeschwert wie möglich zu klingen.

»Was ...?« Ich deutete auf die Luke. »Warst du etwa auf dem Dachboden?«

Sie stieß ein Schnauben aus. »Lächerlich. Wie sollte ich die Stufen hochkommen? Denk doch mal nach!«

»Aber ...«

»Die dumme Klappe ist von allein aufgegangen. Bestimmt war der Riegel nicht richtig vorgelegt. Ich habe in meinem

Schaukelstuhl gesessen und friedlich gestrickt, als es plötzlich gepoltert hat. Mir ist fast das Herz stehengeblieben.« Oma fasste sich theatralisch an die Brust. »Und weil ich allein im Haus war, habe ich mich die Treppe hochgequält, um nachzusehen, ob wir ausgeraubt werden.«

Das machte alles wenig Sinn. »Hättest du die Einbrecher nicht über den Hof kommen sehen müssen?«

Und wieso wollte Oma es überhaupt mit Einbrechern aufnehmen? Sie konnte sie schließlich nicht mit ihren Stützstrümpfen verjagen. Außerdem lohnte sich ein Einbruch bei uns überhaupt nicht.

»Diese Nachbarsbengel hätten sich von hinten heranschleichen können«, grübelte sie und wedelte mit dem Finger, als könnte es keine andere Lösung geben. »Die sind immer so frech.«

Oma bewegte sich langsam auf mich zu. »Jetzt hilf mir lieber nach unten, statt dort dumm herumzustehen. Meine Beine tun weh.«

Sie krallte ihre Hand so fest in meine Armbeuge, dass sie mir dabei fast die Durchblutung abklemmte.

»Aua«, stöhnte ich.

»Sei nicht so ein Weichei!«, kanzelte sie meine Klage ab. »Sag mir lieber, ob du Wilbur endlich gefunden hast.«

Ihr Blick war grimmig. Dabei konnte sie sich ihren schroffen Ton sparen, denn wenn überhaupt hatte ich ein Hühnchen mit ihr zu rupfen. Wenn nicht gleich eine ganze Hühnerfarm.

»Er steht wieder in seinem Stall«, entgegnete ich knapp, während ich das zweite Mal an diesem Tag jemand Störrischen durch die Gegend beförderte.

»Gut so, Baileymäuschen«, lobte sie mich gnädig und knuffte mich so fest in den Arm, dass mir davon sichere ein blauer Fleck sprießen würde. Ob sie diese Schraubstockhände vom Stricken hatte?

Ich brachte Oma nach unten und beförderte sie zu ihrem Schaukelstuhl. Sie las erst einmal umständlich ihr Strickzeug auf. Keine Ahnung, woran sie diesmal strickte, aber ich hoffte inständig, dass es nicht für mich war. Die Farben, die sie mischte, gehörten einfach nicht zusammen.

Das Kleid, das ich im Moment von ihr trug, war schon nicht gerade ein Hingucker, aber natürlich musste ich genau diesen Lappen angehabt haben, als ich meinem Traummann wiederbegegnet war. Apropos ...

»Sag mal, Granny«, begann ich das Gespräch. Irgendetwas an meinem Tonfall musste sie so sehr überraschen, dass sie sich das Strickzeug vor die Brust drückte und mich misstrauisch beäugte.

»Hm?«, machte sie nur, als wäre sie zu sehr damit beschäftigt, auf meine Frage zu lauern, als dass sie großartig hätte antworten können.

»Ich bin vorhin dem Werwolf begegnet, den ich vor ein paar Monaten angefahren habe ...«

Omas Augen funkelten unheilvoll, aber sie gab keinen Mucks von sich.

»Er hat da ein paar Dinge gesagt ...«

Ihre Nasenflügel blähten sich vor Ärger auf.

»... über eine Abmachung zwischen euch, dass ihr euch nicht ins Gehege kommt. Was meint er damit?«

Granny sah aus, als hätte sie am liebsten ausgespuckt, aber da wir in unseren eigenen vier Wänden standen, nahm sie Abstand davon.

»Diesem Pack darfst du nicht trauen, Baileymäuschen.«

»Welchem Pack?«

»Na, allen Tiermännern.« Sie starrte mich aus großen Augen an. Ihr Blick grenzte beinahe an Besessenheit. »Satyre, Werwölfe, ganz gleich welcher von denen.«

Ihre Hand schnellte zu meinem Unterarm und sie bohrte ihre Nägel schonungslos in mein Fleisch.

»Au!«, schrie ich, doch sie schien mich gar nicht zu hören.

»Man kann ihnen nicht trauen«, beschwor sie mich, während mir die Tränen in die Augen schossen. »Sie sind schlecht. Sie sind böse. Sie sind die Wurzel allen Übels. Kreaturen ruchloser Magie.«

Wie für ein Schutzritual gab sie drei trockene Spuckgeräusche von sich. »Sie sind Gesandte des Teufels. Genau wie diese verschlampten Hexen oder Vampire.« Ihr Blick wurde ganz glasig. »Vor den Hexen musst du dich hüten, Baileymäuschen, denn sie treiben es mit diesen gehörnten Satyren.« Omas Stimme wurde von einem heiligen Zorn gepackt: »Nackt wie Huren auf kargen Felsen. Dann keuchen sie ihre Lust heraus. Hemmungslose Karnickel!«

Igitt. War Oma eigentlich bescheuert?

Endlich ließ sie meinen Arm los, um mit ihrer Hand eine Bewegung zur Zimmerdecke zu beschreiben. Sie merkte nicht einmal, dass ihr dabei eine der Stricknadeln vor der Nase baumelte.

»Unter dem Mondhimmel«, wisperte sie. Dann schaute sie mich direkt an, als würde ein Schleier von ihr abfallen, und sie nickte beharrlich. »Unter dem Vollmond, verstehst du mich? Geh niemals nach draußen bei Vollmond!«

Erst jetzt bemerkte sie ganz irritiert die Stricknadel vor ihrem Gesicht und ließ ihre Hand sinken. Sie räusperte sich indigniert.

»Aber, Oma, was hat es mit dieser Regelung auf sich?«, wollte ich wissen, während ich mir meinen geschundenen Arm rieb.

»Sie lassen uns in Frieden und du störst sie nicht. Geh da nicht mehr hin, verstanden?«

Im Grunde war ich nur dem blöden Wilbur hinterhergerannt, wozu sie mich schließlich selbst verdonnert hatte. Trotzdem glaubte sie doch wohl nicht ernsthaft, dass ich alles vergaß und begrub, als wäre nichts gewesen. Also schüttelte ich den Kopf. »Nein, Oma. Erklär mir das mal, bitte. Woher kennst du meinen Lykaner?«

Sie sah aus, als ob sie gleich ohnmächtig aus den Latschen kippen würde. »Er ist nicht dein Lykaner, Baileymäuschen!«

Ihre Stimme glich einem hysterischen Kreischen. »Du musst dich von ihm fernhalten. Er will dir Böses!«

Hatte er das damit gemeint, als er angedroht hatte, dass nicht alles friedlich bleiben würde? Ich konnte es mir nicht so recht vorstellen.

»Oma, wofür hält er mich denn eigentlich?«

Sie lächelte flüchtig. »Für meinen süßen Schatz natürlich.«

Hä?

»Nein, er hat gesagt: *›Ich weiß, was du bist.‹* Was bin ich denn, seiner Meinung nach?«, hakte ich nach.

Oma kniff die Lippen zusammen und zuckte mit den Schultern, als könnte sie sich keinen Reim darauf machen, aber sie sah eher aus, als würde sie etwas verheimlichen wollen. So leicht würde sie mir nicht davonkommen.

»Er hat auch gesagt, dass du gerne bei Vollmond tanzt und dass du ...«

... eine Ausgestoßene bist.

Aber ich kam gar nicht dazu, es auszusprechen. Oma ging hoch wie ein Dynamitfass.

»Das ist gelogen. Dreckige Lügen!«, keifte sie und stampfte auf. »Ich bin keine Hexe! Ich bin eine Geweihte des aztekischen Glaubens.«

Wutentbrannt ließ sie mich stehen und stürmte schneller den Gang herunter, als ich sie jemals zuvor hatte laufen sehen.

Kapitel 7

Ich war eindeutig im falschen Film. Teddy schien das auch zu finden, denn er strich mir winselnd um die Füße. Seit einer geschlagenen Stunde hockte ich auf meinem Bett, starrte die Decke an und versuchte, die Ereignisse des Tages in einem sinnvollen Licht erscheinen zu lassen. Darin erwies ich mich jedoch als äußerst talentfrei.

»Das ist doch Maismist!«, schimpfte ich.

Teddy legte seinen Kopf schief, klappte die Ohren an und schaute mich aus seinen süßen Hundeaugen an.

»Ja, ich weiß, das sagt man nicht.« Seufzend nahm ich ihn auf meinen Schoß und kraulte ihn. Dabei spielte ich an seinen Ohren, die er manchmal wie Funkschüsseln aufstellte und dann wieder hängen ließ wie Schlappohren. »Aber mal ehrlich, sind wir jetzt irgendwie schlauer als vorher?«

Granny hatte nicht wirklich etwas Sinnvolles gesagt, außer man würde halbgare Warnungen vor Hexen-Satyr-Paarungen als sinnvoll bezeichnen. Ich wusste noch immer nicht, woher mein Lykaner sie kannte oder wofür zum Henker er mich eigentlich hielt.

Hoffentlich dachte er nicht, dass ich denselben aztekischen Sprung in der Schüssel hatte wie Oma. Wie kam sie denn überhaupt auf den Blödsinn, die Geweihte einer mesoamerikanischen Kultur zu sein?

Klar träumte ich gerade jetzt im dunkel-kalten Winter auch manchmal von einem bombastischen Urlaub in Cozumel, mit Cocktails, in denen Schirmchen steckten, einer Liege am puderweißen Strand und so viel Sonne, dass man Sonnencreme brauchte, aber das war etwas völlig anderes.

Ich beschloss, Oma erneut zur Rede zu stellen, und erhob mich vom Bett. Teddy ließ ich dabei auf den Boden hopsen. Er schien müde zu sein und verkroch sich auf seinen Schlafplatz. Ich winkte ihm kurz zu und ging dann geradewegs zu Oma.

Vorsichtig klopfte ich an ihre Zimmertür. »Granny?«

Allerdings reagierte sie nicht. Ob sie wegen unserer Unterhaltung schmollte?

Ich klopfte beherzter und rief erneut nach ihr. Aber weil sie sich noch immer nicht meldete, drückte ich sachte die Klinke herunter und steckte die Nase durch den Türspalt.

»Oma?«, probierte ich es abermals. Vielleicht war sie eingeschlafen. Manchmal döste sie einfach weg. Dann konnte sie in der einen Sekunde noch mürrisch schauen und in der nächsten fielen ihr die Augen zu, als wäre sie im Koma.

Ich erhielt noch immer keine Antwort.

Also trat ich vollends ein, doch statt meiner schlafenden Großmutter fand ich nur ein leeres Bett vor, das so akkurat gemacht war, als hätte man das Bettzeug mit einem Lineal gefaltet. Darüber war eine gestrickte Tagesdecke drapiert worden, deren wild gemustertes Motiv vermutlich aztekischen Ursprungs war. Was auch sonst?

Das fahle Restlicht des Tages drang durch das Fenster herein und warf ein paar harte Strahlen auf Omas Kommode. Eigentlich wollte ich wirklich nicht schnüffeln, aber was sich ebenda direkt im Lichtkegel auf dem Häkeldeckchen befand, ließ mich stutzen: Dort lagen ein paar Stricknadeln – und zwar nicht die neuen, die ich aus Sioux Falls mitgebracht hatte, sondern die alten, die ich Rupert, der Vogelscheuche, in den Bauch gebohrt hatte.

»Aber das ist doch …«

Ich stutzte und warf einen Blick zum Fenster hinaus. In den länger werdenden Schatten der heraufziehenden Dämmerung sah ich Oma in der Nähe der Vogelscheuche stehen, wo sie mit ruckartigen Bewegungen Brotkrumen für die Krähen streute. Die dunklen Vögel flatterten wild um sie herum. Immer mehr und mehr Scharen von ihnen flogen heran und versammelten sich auf unserem Hof, als würde gleich eine finstere Zeremonie stattfinden. Es mussten Hunderte sein. Alfred Hitchcock hätte seine helle Freude gehabt.

Oma hatte ihren Haarknoten gelöst und der eisige Wind rüttelte an ihrer pechschwarzen Mähne wie an einer alten Baumkrone. Sie schwankte keinen Millimeter, sondern fuhr unbeirrt mit ihrer Fütterung fort.

Bei ihrem Anblick zog sich mein Magen zusammen und die Worte des Lykaners schossen mir durch den Kopf: *»Eine tolle Granny hast du da.«*

Was wusste er von ihr, was sie mir nicht gesagt hatte?

Dass sie völlig wahnsinnig war?

Der Wind nahm zu, schwarze Wolken türmten sich auf und ein greller Blitz zuckte über den Himmel, so gleißend und nah, dass der Boden unter meinen Füßen dröhnte und der Donner direkt in meinem Kopf zu entstehen schien, als er kurz darauf die Luft zerriss. Doch als sich das Getöse legte, hörte ich vor allem das Lachen meiner Großmutter, so laut, dass es bis an meine Ohren drang.

Sie ballte eine Faust gen Himmel, ließ das Futter darin mit dem peitschenden Sturmwind treiben wie Sand, den man in eine steife Brise warf, und reckte ihr Gesicht zu den Wolken, als würde sie sich gleich selbst ihren Göttern opfern wollen.

Mit wachsweichen Beine wankte ich aus ihrem Zimmer und suchte nach meiner Mutter.

»Es tut mir wirklich leid«, beteuerte ich, als Mama seufzend die Tür zu Omas Zimmer schloss. Ich hatte sie auf das grausige Schauspiel, das sich mitten auf unserer Farm zutrug, aufmerksam gemacht.

Zum Glück hatte Mama genau gewusst, wie sie mit Omas Kapriolen umgehen musste, und sich Papa geschnappt, damit er ihr half, Granny zurück ins Haus zu verfrachten.

Aus dem Fenster hatte ich gesehen, wie die beiden behutsam auf sie zugegangen waren und dass Oma zunächst desorientiert gewirkt hatte, als würde sie aus einer Art Trancezustand erwachen. Anschließend war sie in ihrer Haltung zusammengesackt wie eine Hundertjährige und hatte sich brav von meinen Eltern an den Ellbogen herführen lassen, als besäße sie keinerlei Energie mehr. Aus dem Bild einer Wahnsinnigen war der Anblick einer erschöpften alten Frau geworden, der man nicht mehr zutraute, dass sie eben noch draußen auf dem Feld gewütet hatte.

Mama hatte ihr beim Umziehen geholfen und sie ins Bett gesteckt, als wäre Granny ein kleines Kind. Jetzt schaute sie mich müde an.

»Das hat sie schon lange nicht mehr gemacht.« Mama rieb sich die Stirn. »Ich frage mich, was das ausgelöst hat.« Bei diesen Worten schaute sie mich erwartungsvoll an.

Natürlich fühlte ich mich für das, was da gerade passiert war, verantwortlich, weil Oma erst wegen unseres Gesprächs so aufgebracht gewesen war. Allerdings würde ich Mama unmöglich davon erzählen können, dass ich meinem Lykaner zum zweiten Mal begegnet war, denn sie hatte mir schon beim ersten Mal nicht geglaubt und würde es auch jetzt nicht tun.

Also milderte ich die Ereignisse etwas ab, denn im Notlügen war ich inzwischen schon ganz gut geworden: »Wir sind nur nebenbei auf Werwölfe zu sprechen gekommen.«

Mama stöhnte.

»Und dann hat sie sich über Hexen, Satyre und andere

Wesenheiten ausgelassen und sich dabei ziemlich aufgeregt«, gestand ich.

»Bailey!«, herrschte Mama mich an. »Wie oft habe ich dir schon gesagt, dass du Granny auf keinen Fall mit diesem Thema behelligen darfst? Du weißt doch genau, wie sie sich immer gleich hineinsteigert. Sie ist unverbesserlich, aber wenigstens du könntest etwas Vernunft zeigen. Ist das denn zu viel verlangt?«

Betrübt schüttelte ich den Kopf. »Nein, Mama.«

»Und habe ich es dir nicht immer gesagt?«

»Ja, Mama.« Zu meiner Verteidigung warf ich ein: »Aber sonst ist sie nicht so schlimm wie heute.«

Papa schlurfte vorbei, um zu sehen, wie der Stand der Dinge war.

»Sie schläft jetzt«, beruhigte Mama ihn.

Er rollte nur mit den Augen, schaute mitleidig auf sie herunter und tätschelte ihre Schulter. »Zum Glück. Ich gehe jetzt auch schlafen. Heute habe ich den ganzen Tag mit Chris den alten Traktor auf Vordermann gebracht.«

»Du warst sehr fleißig«, lobte sie ihn.

»Ich habe Wilbur zurückgeholt«, steuerte ich bei.

Papa rollte erneut mit den Augen. »Wir sollten den blöden Bock einfach schlachten. Dann wäre Ruhe.«

Mama drückte ihm die Hand. »Bitte nicht, sie hängt doch so an ihm.« Ihr Blick wanderte zu Omas Zimmertür.

Papa fand nur: »Auch wenn sie deine Mutter ist, aber sie hat echt ’nen Vogel.«

»Sie hat sogar hunderte«, gab ich zu bedenken. Allein bei dem Gedanken an ihre Krähenfütterung wurde mir anders.

»Ich wette, sie hat jede Krähe aus Minnesota gefüttert«, stöhnte Mama. »Wie mich dieses Vogelvieh nervt.«

»Mich auch, Mama«, stimmte ich kleinlaut zu, vor allem, weil ich als Kind immer Angst vor diesen schwarzen Vögeln gehabt hatte. Sie hatten so böse Augen, ganz anders als mein kleiner Teddy.

Oh nein, Teddy! An ihn hatte ich überhaupt nicht mehr gedacht. Er war ein echter Schisser vor dem Herrn und mochte keine Gewitter. Zumindest hatte das die Dame von der Tierstation erzählt.

»Ich muss schnell zu Teddy«, erklärte ich Mama und ließ sie auch schon stehen.

»Meinetwegen«, hörte ich sie noch murmeln. Zumindest wenn es um den Hund ging, zeigte sie sich äußerst milde.

Ich fand den kleinen Kerl unter meinem Bett ängstlich an die Wand gedrückt. Vom Dachboden mal abgesehen, war dies eindeutig der hinterste Winkel des Hauses. Ich streckte ihm meine Hand entgegen und lockte ihn mit sanften Worten zu mir: »Hey, mein Kleiner.«

Es dauerte eine gefühlte Ewigkeit, bis er sich beruhigte, und noch länger, ehe er sich auf mich zu bewegte. »Das war nur ein Gewitter«, versicherte ich ihm. »Nichts passiert.«

Doch noch während ich das sagte, hatte ich das Gefühl, dass es nicht stimmte.

Kapitel 8

So, jetzt nur noch ein bisschen ...

»Ah!«, fluchte ich und blinzelte die Mascara weg. Verdammt, wer hatte diese Bürstchen bloß konstruiert? Damit konnte man sich ja ein Auge ausstechen. Auf jeden Fall war das Tuschen von Wimpern schlimmer als das Schneiden von Zwiebeln.

»Wer schön sein will, muss leiden«, äffte ich diesen blöden Satz nach. »Es muss doch echt nicht immer was an den ausgeleierten Sprüchen dran sein.«

Ich atmete tief durch, machte eine beschwichtigende Bewegung mit den Händen, um mich zu konzentrieren, und sah mir selbst tief in die getuschten Augen. »Du schaffst das.«

Okay, das klang ziemlich lahm und mehr nach Angst.

Also wiederholte ich es energischer: »Du schaffst das!«

Toll, es klappte ganz toll, mein eigenes Spiegelbild anzufeuern.

Stöhnend legte ich den Kopf in den Nacken. Es war ja nicht so, als würde ich mich mit einem Mafiaboss treffen.

Nein, irgendwie war es sogar noch schlimmer, denn hier stand mein Herz auf dem Spiel. Also brezelte ich mich auf. Ich hatte das hübscheste Strickkleid angezogen, das ich besaß. Es war A-linienförmig, weit schwingend und von einem dunklen Weinrot. Damit hatte Granny sich wirklich selbst übertroffen. Ich hatte es mir eigens für das Weihnachtsfest von ihr gewünscht.

Es war nicht mal ansatzweise wie die Kleider meiner Freundin Hope, die Designerkram von Marc Jacobs kaufte, aber ich fühlte mich durchaus hübsch darin.

Ich hatte einen im Grunde schon idiotensicheren Plan, wie ich meinen Lykaner wiedersehen würde, allerdings war der Ausgang der Begegnung völlig unklar.

Hoffentlich würde der rote Lippenstift aufregend genug wirken, um seinen Blick auf mich zu ziehen. Das letzte Mal, dass ich mich aufgehübscht hatte, lag eine Weile zurück, denn für ein paar Maiskolben brauchte ich mich keinesfalls in Schale zu schmeißen. Nein, es war für *ihn* gewesen.

Mein Blick wanderte zu dem kleinen Laptop auf meinem Schreibtisch, an dem ich vor einer Weile das Facebookprofil erstellt hatte, um ihn anzulocken. Ich hatte das heißeste Foto der Welt von mir gemacht und mich selbst kaum darauf erkannt: verführerisch, sinnlich, eindeutig volljährig. Also ein Bild, von dem meine Eltern einen Herzinfarkt bekommen würden, wenn sie auch nur von dessen Existenz wüssten, aber Mister Sexy-Wolf-rennt-lieber-in-den-Wald-davon-statt-mir-auch-nur-seinen-Namen-zu-nennen hatte nicht angebissen. Und nachdem sich ausschließlich Perverse bei mir gemeldet hatten, hatte ich das Profil auch wieder gelöscht.

Nun machte ich mich ein zweites Mal für meinen Lykaner schön. Um den negativen Eindruck, den er bisher von mir hatte, aufzupolieren, bürstete ich mein dunkles Haar aus und ließ es offen über meine Schultern fallen. Statt der warmen, aber gänzlich unattraktiven Daunenjacke, zog ich meine dünnere, tailliert geschnittene Frühlingsjacke an. Darin würde ich mir zwar den Allerwertesten abfrieren, aber wenigstens besser aussehen.

Genau.

Hm.

Oh Mann!

Ich fühlte mich wie der letzte Angsthase.

»Hier geht es nicht nur um dich«, erklärte ich meinem Spiegelbild.

Ich musste unbedingt mehr herausfinden: sowohl über meinen Lykaner als auch über meine Großmutter.

Aber weil Oma ein paar Stricknadeln locker hatte, konnte ich sie vorerst nichts mehr fragen. Deshalb blieb nur noch eine Person in der Rechnung übrig: *er*.

Allerdings konnte ich mir im Spiegel so viel zunicken, wie ich wollte, ich würde mir trotzdem nicht vormachen können, bloß als Sherlock Bailey zu ihm zu gehen. Ja, ich würde zu ihm gehen!

Uh, ich konnte mir seinen grimmigen, wenngleich sexy Blick lebhaft vorstellen, wenn ich wieder bei ihm auftauchte. Allein die Vorstellung trieb mir einen wohligen Schauer über den Rücken. Wie konnte ein Mann allein so sexy sein?

Also ja, ich würde mich trotz seines Verbotes nicht von seinem Revier fernhalten. Vermutlich grenzte das an pure Lebensmüdigkeit, aber ich hegte die stille Hoffnung, dass ich ihn zu besänftigen vermochte und er womöglich doch noch meinen Reizen – ähem – erliegen könnte.

Sorgsam strich ich mit dem Finger an der Unterseite meiner Wimpern entlang, damit später nichts verschmieren würde.

Reize betonen.

Tja.

War der Lippenstift vielleicht doch zu knallig?

Mann, ich würde sonst was dafür geben, wie Scarlett O'Hara auszusehen! Sie war auch klein gewesen, aber irre schön mit diesen hohen Wangenknochen, der Stupsnase und dem Schmollmund.

Skeptisch versuchte ich mich an einem Schmollmund und spitzte die Lippen. Gut möglich, dass ich selbst mein schärfster Kritiker war, aber das erinnerte mich eher an eine Grimasse, als an das verführerische Gesicht von Scarlett.

Ihre strahlend blauen Augen hätte ich ihr gleich mit geklaut. Meine waren nur braun. Na ja hellbraun, wie diese Toffeebonbons. Aber kein Vergleich zu seinen türkis strahlenden Augen.

Ich konnte es kaum erwarten, ihn wiederzusehen. Er übte diese fatale Anziehungskraft auf mich aus, die jede Faser in meinem Körper zum Kribbeln brachte, als wäre ich ein Kompass, der auf sein Magnetfeld ansprach.

Ich wollte, dass er, verdammt noch mal, auch auf mich reagierte.

»Los jetzt!«, ermahnte ich mich selbst.

Noch mehr Schminke würde sowieso nicht helfen, also wandte ich mich Teddy zu. Da er nur ein einziges Mäntelchen besaß, bekam er es wieder an. Am Ofen war es schön trocken geworden und es war außerdem ganz kuschelwarm, als ich es ihm überstreifte. Er schaute mich selig an und freute sich auf unseren Spaziergang. Noch ahnte er ja nicht, dass wir wieder in den Werwolfwald gehen würden.

Allerdings war das die einzige zuverlässige Information, die ich von meinem Lykaner hatte: nämlich dass er das Gebiet vom Waldrand bis zum See als sein Territorium betrachtete.

Oh mein Gott, ich kannte endlich sein Zuhause! Also, ungefähr wenigstens. Wie er wohnte, wusste ich dagegen nicht. Aber das war ganz gleich, denn wie ich wohnte, das war auch nichts zum Angeben. Das kleine Zimmer unter der Dachschräge mit dem in die Ecke gequetschten Bett, den Strickfummeln im quietschenden Wandschrank, den mein Opa mal gezimmert hatte, und – ach ja – ganz zu schweigen davon, dass ich bei meinen Eltern, ja sogar bei meiner Oma, lebte. Auf einer ultraspannenden Maisfarm. *Geh damit mal angeben.*

Manchmal, wenn ich diese Endzeitfilme schaute, in denen die halbe Menschheit dahingerafft und der Rest von ihnen damit beschäftigt war, ums nackte Überleben zu kämpfen, was sie unweigerlich aus den ruinenhaften Städten aufs Land hinaustrieb, um dem kargen Boden unseres geschundenen Planeten noch ein wenig Ackerbau abzunötigen, dann fühlte ich mich ganz seltsam, weil ich schon jetzt auf einer Farm lebte.

Natürlich war das nicht dasselbe. Aber ich hatte sicher schon zwanzig Mal *Interstellar* geschaut, zumindest wenn ich ausnahmsweise mal nicht mit der Twilight-Saga beschäftigt gewesen war, und diese Farm, auf der Matthew McConaughey in dem Film mit seinen Kindern lebte, besaß frappierende Ähnlichkeit mit unserer Farm.

Sich dann vorzustellen, wie jetzt noch ein paar Endzeitsandstürme über das Land trieben, die das Atmen erschwerten, und wie unsere Nachbarn auf den umliegenden Farmen – darunter auch Stephans Familie – wegen massiv auftretenden Pilzbefalls ihre Felder anzündeten, damit die Kulisse des Films heraufbeschworen wurde, war bedrückenderweise nicht allzu schwer.

Opa hatte sein Leben lang nur von der Landwirtschaft gesprochen, die seine Familie bereits Generationen vor ihm betrieben und geprägt hatte. Hin und wieder hatte er mit traurigem Blick von der Vergangenheit erzählt. Vom *Dust Bowl*, jenem Trockengebiet in den USA, das besonders stark von Bodenerosion und Staubstürmen betroffen war: vor allem Texas, Kansas und Oklahoma.

Opas deutlich älterer Bruder Joseph, den ich nie kennengelernt hatte, hatte eine Farm in Texas besessen. Es war ihm gut gegangen und alles hätte ewig so weiterlaufen können, als in den Dreißiger Jahren in drei dicht aufeinanderfolgenden Wellen einige der schlimmsten Dürrejahre seit dem Bestehen der Wetteraufzeichnungen über das Land hereingebrochen waren: die *Dirty Thirties*.

Auch Josephs Farm war davon betroffen gewesen. Gewaltige Staubstürme, die wie Hochhäuser in den Himmel aufragten und sich über eine so weite Länge erstreckten, dass sie den Horizont zu umspannen schienen, waren tosend laut über seine Felder hinweggefegt. Einer dieser Stürme hielt für zwei ganze Tage an. Und da, wo vorher noch Josephs Weizen gestanden hatte, waren bloß noch Sanddünen zurückgeblieben, als wäre dort statt Ackerland schon immer nur eine Wüste gewesen.

Sein halbes Farmhaus war unter dem Dreck verschüttet worden, das Dach seiner Scheune hatte ebenso gefehlt wie die meisten Bretter jener Wand, die dem Sturm am stärksten ausgesetzt gewesen war, und nur die Dächer der Traktoren und die Oberkanten seiner Maschinen hatten noch aus den Staubweiten geragt wie traurige Reste einer längst vergangenen Zivilisation.

Die Staubwolken aus Ackerboden fegten bis in die großen Städte wie New York oder Washington D.C. und setzten sich überall fest. In jenem Winter, der den Stürmen folgte, fiel roter Schnee auf Neuengland.

Endzeitstimmung eben. Manchmal war sie gar nicht so weit von uns weg. Die wiederkehrenden Dürreperioden mit ihren Schäden und Ernteausfällen hatten Großonkel Joseph in den Ruin getrieben und in eine solche Verzweiflung gestürzt, dass er sich erhängt hatte. Das alles hatte sich lange vor meiner Zeit ereignet, aber alles, was schon einmal geschehen war, konnte wieder passieren.

Eigentlich. Hier in Minnesota befanden wir uns zum Glück nicht im *Dust Bowl*, aber schlechte Ernten durch Trockenheit, Schädlinge oder Krankheiten konnten ebenfalls auftreten. Umso erstaunlicher war es, dass wir bisher komplett davon verschont geblieben waren.

Als Kind hatte ich mir nie weiter den Kopf darüber zerbrochen, aber irgendwann war mir aufgefallen, dass wir selbst dann noch gute Ernten einfuhren, wenn unsere Nachbarn alle, wie sie da waren, schlechte Erträge zu beklagen hatten. Ob ich es wollte oder nicht, ich musste an Omas obskure Rituale denken. Ich wusste nicht, woher ihre Affinität für aztekische Götter stammte, aber sie betete jedes Jahr zu Cinteotl, dem Maisgott, für eine gute Ernte.

Für unsere ausgezeichneten Erträge hielt sie stets dieselbe Erklärung parat: »Wir leben eben auf geweihtem Boden.«

Jedes Jahr opferte sie Cinteotl sieben der schönsten, gelben Blüten ihres kleinen Hochbeets und begrub sie dann unter schlammigem Dreck.

»Oma, was machst du mit den schönen Blumen?«, hatte ich sie einmal gefragt.

Ihr Blick hatte ganz glasig gewirkt. »Sie sind für Cinteotl, den Fruchtbarkeits- und Maisgott. Ich bete für eine gute Ernte. So wie immer.«

»Was soll er damit?« Die schönen, maisgelben Blumen waren ja eine Sache, aber was sollte er mit diesem Dreck?

»Seine Eltern waren Piltzintecuhtli – das bedeutet Siebenblume –, der Gott der aufgehenden Sonne ...« Liebevoll tippte sie auf die sieben Blüten, die, wenn man es recht bedachte, nicht nur als maisgelb, sondern auch als sonnengelb bezeichnet werden könnten. »... und der Halluzinogene. Also, bitte, iss oder rauche nichts von diesen Blüten, Baileymäuschen.«

Ihr wässriger Blick hatte sich in meinen gebohrt. Als ob ich Drogen nehmen könnte! Das war absolut nicht mein Fall.

»Bestimmt nicht, Oma.«

»Gut.« Sie hatte genickt. »Die Blüten haben nämlich eine halluzinogene Wirkung.«

Unsicher hatte ich zum Haus zurückgeschaut, wo in Omas Blumenbeet noch mehr von diesen gelben Dingern standen. »Darfst du die überhaupt anpflanzen?«

»Das ist doch jetzt unser Geheimnis.« Sie hatte mich eindringlich angesehen und ich hatte schnell genickt.

Dann bohrte sie ihren knöcherigen Finger in den Schlamm, der die Blumen bedeckte, und fuhr fort: »Und Cinteotl ist auch der Sohn von Tlazolteotl.«

Ich bewunderte ehrlich, wie sie diese seltsamen Namen so flüssig aussprechen oder sich überhaupt merken konnte. Ich vergaß sie praktisch in der Sekunde, in der Granny sie mir nannte. Aber ihr gingen die Namen so leicht von den Lippen, als hätte sie diese schon hunderte Male gesagt.

»Tlatzi…«, probierte ich es.

Oma seufzte theatralisch. »Das bedeutet Dreckfresserin.«

Angewidert verzog ich den Mund. »Ist ja eklig.«

Aus Grannys Augen traf mich ein so tadelnder Blick, dass ich vor Schreck fast versteinerte.

»Nein, das ist die Natur«, rügte sie mich und riss die Arme gen Himmel. Es hätte mich nicht gewundert, wenn sie damit einen Blitz heraufbeschworen hätte, doch es war keine Wolke am Himmel zu sehen. »Das ist die Kraft, die uns gute Ernten schenkt.«

Ich hatte hart geschluckt und mich kaum getraut zu fragen, was ich in dem Moment von ihr gedacht hatte. Also konnte ich es nur flüstern: »Granny, bist du eine Hexe?«

So ähnlich wie gestern hatte meine Frage bei ihr das Fass zum Überlaufen gebracht. »Diese widerlichen, liederlichen Hexen!«

Oma hatte in weitem Bogen ausgespuckt. Zwar hatte ihre Spucke weder gezischt noch gedampft, doch der Ausdruck in ihrem Gesicht war so von dunkler Energie erfüllt gewesen, dass ich einen Schritt rückwärts gestolpert war.

Sie hatte mir ihren vor Gicht gekrümmten Finger hingehalten, an dem noch immer die Reste jenes Drecks geklebt hatten, den sie der Dreckfresserin geopfert hatte: »Ich verachte Hexen. Merk dir das, Baileymäuschen!«

Hexen gab es doch sowieso nicht. Zumindest hatte ich das damals gedacht. Inzwischen war ich mir dessen nicht mehr so sicher.

Ich war ganz allein mit Granny auf dem weiten Feld gewesen und hatte nur vage zugestimmt. Oma hatte mich erleichtert angelächelt und die dunklen Schatten, von denen ich hätte schwören können, dass sie ihre Silhouette trotz der herabscheinenden Frühlingssonne Momente zuvor noch eingehüllt hatten, waren verschwunden gewesen.

»Gut, Baileymäuschen, denn mit Hexen wollen wir nichts zu tun haben.«

»Nee, will ich auch nicht«, hatte ich versprochen, und das stimmte sogar.

Ich wollte wirklich keiner Hexe begegnen. Das galt für heute wie für damals. Schließlich war mir meine eigene Großmutter schon unheimlich genug. Wie würde da erst eine leibhaftige Hexe sein?

Trotzdem kam ich nicht umhin, mich zu fragen, ob an ihrem Hokuspokus etwas dran war. Hatten wir mit unseren Ernten bisher einfach nur Glück gehabt, oder waren wir wirklich durch Omas religiöse Opfergaben begünstigt worden?

Das schien weit hergeholt zu sein. Ich meine, hey, gelbe Blüten und ein bisschen Schlamm?

Aber ich musste endlich mehr herausfinden. Eilig packte ich meinen Rucksack für den Ausflug zusammen, schulterte ihn und pfiff Teddy herbei, der mir bei Fuß folgte. Diesmal würden wir den Kastenwagen nehmen, da ich keinen Ziegenbock verfolgen musste und mein Ziel bereits kannte.

Das Geräusch von lautem Hämmern schallte über den Hof, als wir nach draußen gingen. Mein Bruder richtete gemeinsam mit Stephan das alte Scheunentor, hinter dem sich unsere Mähmaschinen befanden. Was sollte man auch sonst mit den wenigen Stunden Tageslicht im Winter anfangen, außer Wartungsarbeiten vorzunehmen? Der Boden war noch immer gefroren und an Maisanbau war längst nicht zu denken.

Als Stephan mich entdeckte, legte er seinen Hammer beiseite, setzte seinen Hut auf und kam mit langen Schritten auf mich zugeeilt.

»Bailey!«, rief er und deutete auf Teddy. »Hab schon gehört, dass du auf den Hund gekommen bist.«

»Ja, ich wette, dass mein Bruder sich seine Witze nicht verkneifen konnte.« Etwa den, dass ich Teddy mit meinem *Kojoten* verwechselt hätte.

Christopher beschränkte sich darauf, mir kurz zuzunicken. Dann hämmerte er weiter. Sollte er sich ruhig abrackern. Schließlich würde später einmal alles ihm gehören. Da durfte er ruhig auch mehr Einsatz zeigen. Und wann, wenn nicht im kalten Winter, hätte ich sonst mal Zeit für etwas Müßiggang gehabt? Sobald das Frühjahr wieder einsetzte, gäbe es viel zu viel zu tun.

»Hey«, meinte Stephan und berührte meinen Arm. Eine Geste, die ich als viel zu intim empfand. »Jetzt sei doch nicht gleich sauer.«

»Bin ich nicht.« Was natürlich gelogen war. »Ich will nur mit Teddy spazieren gehen.«

Stephan hatte mich kurz vor dem Kastenwagen abgepasst. Deshalb fragte er nun leicht amüsiert: »Etwa im Auto?«

Ich rollte nur mit den Augen und zog meinen Arm aus seiner Berührung zurück. »Haha.«

»Du magst wohl keine Scherze«, stellte er gewieft fest.

»Stimmt.« Ich seufzte und zuckte mit den Schultern. Allmählich fröstelte ich in meiner dünnen Jacke und wollte endlich los. »Ich will nur ein Stück fahren und ihm dann die Gegend zeigen.«

Stephan runzelte die Stirn. »Allein?«

»Nein, Teddy ist dabei.«

»Der zählt doch nicht«, fand er. »Du solltest nicht allein durch die Wildnis streifen.«

Ich funkelte ihn herausfordernd an. »Wieso nicht? Weil ich so klein bin, dass ich sonst in einem Schneeloch steckenbleibe und alleine nicht mehr rauskomme?«

Witze über meine Größe gingen mir fast genauso sehr auf den Keks wie Kojoten-Werwolf-Hunde-Anspielungen.

Seine Augenbrauen wanderten überrascht nach oben und er rieb sich am Ohrläppchen, während er mich betrachtete. »Nein, weil du so aussiehst.«

Richtig. Ich hatte mein Weihnachtskleid zum Gassigehen an. Aber das konnte ihm doch egal sein.

»Ja und?«

»Wenn du so allein unterwegs bist ...«, setzte er an.

Ich riss die Wagentür auf, weil ich sonst noch zum Eiszapfen mutieren würde, bevor ich den Waldrand auch nur erreicht hätte, und Teddy hopste hinein.

»Ach, papperlapapp. Wer würde mich schon wollen?«, fiel ich ihm ins Wort und stieg ebenfalls ein.

Mein Lykaner hatte sich jedenfalls nicht großartig um mein Bekenntnis geschert, dass ich ihn hatte wiedersehen wollen. Allein daran zu denken, bescherte mir einen Stich im Herzen.

»Aber ...«, hob Stephan erneut an. »Ich ...« Er schluckte, als wir uns einen Moment schweigend ansahen. »... könnte dich begleiten.«

Das hätte mir gerade noch gefehlt. Ich fand ja, dass ein Aufpasser in der Familie schon mehr als ausreichte. Meine Oma ging mir mit ihrem Gerede von Sittsamkeit jedenfalls gehörig auf den Keks. Zum Kuckuck mit diesen Vorschriften, was ich tun durfte und was nicht.

»Nicht nötig«, versicherte ich ihm.

Bevor Stephan sich weiter in der Rolle als mein zweiter großer Bruder, den ich zum Glück nicht hatte, oder – schlimmer noch – als Aufpasser aufspielen konnte, startete ich den Motor und ließ ihn einfach stehen.

Kapitel 9

Teddy hockte auf dem Beifahrersitz und schaute erwartungsfroh aus dem Fenster, während wir die winterliche Straße entlangrumpelten. Der Schnee war von unzähligen Reifenspuren zerfurcht, in die sich Dreckklumpen von den Feldern mischten. Ein Winterräumdienst bestand in Welcome vor allem in der Form, dass die örtlichen Bauern die Schaufeln ihrer Traktoren bemühten, und das war okay so. Man half sich eben, brachte sich in der Gemeinde ein, kannte einander und übernahm verschiedene Aufgaben. *Welcome, the friendly city.*

An erster Stelle stand die Familie, dann die Gemeinschaft und erst sehr viel später der Rest der Welt, der im Wesentlichen aus Minnesota bestand.

Ich könnte mir ein Leben in einer Großstadt überhaupt nicht vorstellen. Sioux Falls mit seinen einhundertfünfzigtausend Einwohnern stellte für mich schon ein unübersichtliches Gewirr aus Straßen und Häusern dar, das ich jedes Mal gerne wieder verließ, sobald ich meinen allmonatlichen Kaffee mit Lucy, Lily und Hope getrunken hatte.

Dagegen wollten die meisten meiner ehemaligen Schulfreundinnen am liebsten direkt nach New York, wenigstens mal für ein Praktikum, während ich mich schon von der hiesigen »Metropole« erschlagen fühlte.

Ich war ganz sicher nicht der Typ, der nach LA türmen würde, um ein Hollywoodstar zu werden. Am liebsten wohnte ich auf dem Land. Ganz schlicht und einfach. In der Hinsicht war das Farmleben also gar nicht so verkehrt. Allerdings hätte ich lieber ein eigenes Leben jenseits der Kontrolle meiner Eltern geführt, auch wenn sie liebe Menschen waren.

Am besten an der Seite meines Wolfes. Ja, ich weiß: Wunschdenkalarm!

Obendrein musste es auch wirklich nicht für immer eine Maisfarm sein. Ich konnte die Nächte gar nicht zählen, in denen ich schon von Mais geträumt hatte. Mais, Mais, Mais. Es reichte allmählich. Sollte ich wirklich mit meinem Lykaner zusammenkommen, würde sich in meinem Leben vermutlich einiges ändern, denn ich bezweifelte stark, dass er ein Farmer war.

Wir erreichten jenen Teil der Straße, der dem Waldrand am nächsten lag, und mein Puls schoss in die Höhe. Er war hier irgendwo! Die Vorstellung von Wolfsspuren im Schnee ließ mein Herz höher schlagen.

Sachte steuerte ich den Kastenwagen an den Straßenrand, zumindest in jenen Bereich, in dem ich den Straßenrand vermutete, was angesichts der Schneemassen schwer zu sagen war. Ich war ehrlich heilfroh, als ich dort sicher parken konnte, ohne dass die Reifen in eine verschneite Senke absackten.

Teddy sprang mit mir aus dem Auto und gemeinsam hinterließen wir unsere Abdrücke im frischen Schnee. Allerdings versuchte er ganz eindeutig, eine andere Richtung einzuschlagen als ich, nämlich weg vom Wald.

Ich machte ein paar Knutschgeräusche und rief ihn möglichst einladend heran: »Hierher, Teddy!«

Der kleine Hund hielt im Laufen inne und schaute sich zu mir um.

»Ja, genau«, bestätigte ich und klopfte mehrmals auf meinen Oberschenkel.

Teddy legte nur den Kopf schief und schien zwischen seinen eigenen Instinkten und dem Wunsch, mir nah zu sein, hin- und hergerissen zu sein.

Ich wies auf den Wald und nickte aufmunternd. »Dorthin will ich. Keine Sorge, uns passiert schon nichts.«

Jedenfalls hoffte ich das. Ich wollte wirklich so gerne endlich meinen magischen Moment mit dem Lykaner erleben. Vermutlich hatte uns nun auch jedes hellhörige Wesen im weiten Umkreis vernommen, was durchaus meine Absicht war. Er sollte schließlich wissen, dass ich hier war.

Jenseits der Straße hatte sich anscheinend noch niemand außer Teddy und mir herumgetrieben, zumindest konnte ich keine fremden Spuren im Schnee erkennen. Auch keine Wolfsfährte. Allerdings hatten in der Nacht schwere Wolken über dem Land gehangen und einige frische Schneeflocken in die Welt entlassen. Es war schwer zu sagen, wie viel sie verdeckten.

Sicher war aber, dass ich diesmal noch tiefer einsank als bei unserem letzten Spaziergang. Teddy stakste mit seinen kurzen Beinchen auf mich zu. Er wog wesentlich weniger als ich, aber der Schnee war so locker, dass er trotzdem hin und wieder absackte.

Die Kälte kroch an meinen Beinen hoch und ich lief trotz des unebenen Geländes so zügig, wie ich konnte, damit mir ein bisschen wärmer wurde. Teddy hielt mit meinem Tempo mühelos mit, doch er lief nicht voraus, wie er das in der anderen Richtung getan hätte, sondern klebte regelrecht an meiner Seite wie ein kleiner Schatten aus meliertem Fell und einem süßen Mäntelchen. Himmel, ich besaß ihn erst seit Kurzem, und trotzdem hatte ich ihn längst in mein Herz geschlossen.

Suchend schaute ich mich nach vorne um. Die verschneiten Ausläufer des Waldes befanden sich direkt vor mir. Alles schien in einen Winterschlaf gefallen zu sein. Fast schon tat es mir leid, dass ich die friedvolle Ruhe stören musste.

Dennoch legte ich meine Hände zu einem Trichter an den Mund. »Bist du hier irgendwo?«, probierte ich es auf gut Glück und wieder einmal wurde mir schmerzlich bewusst, dass ich seinen Namen nicht kannte.

Ich nahm mal an, dass er sich trotzdem denken konnte, dass ich bloß seinetwegen hierhergekommen war. Aber er gab sich nicht die Ehre und bis auf Teddys Hundelaute und den Ruf eines Vogels blieb, nachdem meine Frage im Wald verhallt war, alles still. Es war jene Stille, die nur Schnee erzeugte. Jedes Geräusch wurde gedämpft oder ganz verschluckt und alles lag in diesem eigenwilligen Frieden erstarrt da, als befände man sich im Inneren einer Schneekugel.

»Na schön, wie du willst«, murmelte ich und fischte meine Sprayerutensilien aus dem Rucksack.

Ich drückte die Wolfsschablone an die erste noch unbemalte Baumrinde. Sie gehörte zu einer gewaltigen Buche, an deren Wetterseite sich Moosflechten angesiedelt hatten und in deren Borke Schneekrumen hingen, als hätte sie sich ein glitzerndes Wintergewand übergezogen. Entschlossen nebelte ich sie mit Farbe ein und kam mir dabei so verwegen vor, wie jemand, der illegale Graffiti an öffentlichen Gebäuden anbrachte.

Allerdings war es auch ein bisschen lächerlich, weil ich eben doch nur allein im Wald stand und grüne Sprühfarbe verteilte. Es war beileibe nicht so, dass ich das hier den ganzen Tag machen wollte, schon gar nicht in meiner hübschen, aber viel zu leichten Bekleidung, aber wenn es nötig war, würde ich wiederkommen, bis auch der letzte Baum von hier bis zum See markiert wäre, selbst wenn ich dafür als Bailey, die Baumkünstlerin, in die Annalen von Welcome eingehen würde.

Jawohl, ich war auf einer Mission. Da gab es doch dieses Lied: *Fight for your love* oder so ähnlich.

Mein Lykaner hatte mir selbst erzählt, dass die Kennzeichnung seines Reviers eine völlig inakzeptable Handlung darstellte, die er mir nicht durchgehen lassen würde. Deshalb baute ich darauf, dass ihm die Hutschnur platzen würde, bevor ich erfroren war, und ich sollte recht behalten.

Etwa zwanzig Baumstämme später – ich hatte mich darauf beschränkt, nebeneinanderstehende Bäume zu markieren und auf halbe Weltreisen zwischen den Stämmen zu verzichten – richteten sich die Härchen in meinem Nacken auf.

Teddy winselte los und sprang mich förmlich an. Schneller, als ich gucken konnte, hing er mit einer seiner Pfoten regelrecht in meinem Stiefelschaft. Ich atmete zittrig durch, hob ihn hoch und drehte mich um.

Mein Lykaner fragte mich nicht, was das werden sollte. Er stand einfach nur direkt hinter mir und hatte einen so finsteren Blick aufgesetzt, dass er damit jede New Yorker Straßengang eingeschüchtert hätte.

Ein nervöses Husten drang über meine Lippen. Ich stand wie angewurzelt da und starrte in seine türkis lodernden Augen. Ganz am Rande bemerkte ich, dass mir die Flasche mit der Sprühfarbe aus den Händen glitt und mit einem dumpfen Geräusch im Schnee aufschlug.

Plopp.

Mein Lykaner legte gefährlich ruhig den Kopf schief und blinzelte kein einziges Mal. Von mir selbst konnte ich leider nur behaupten, dass sogar meine Wimpern regelrecht zitterten. Trotzdem waren meine Knie nicht nur vor Respekt weich wie Quallen.

»Hi«, hauchte ich und sah es mehr an dem Atemwölkchen, das vor meinem Gesicht aufstieg, als daran, dass ich es hörte, dass wirklich etwas über meine Lippen gedrungen war.

Sein Brustkorb blähte sich auf und der Muskel an seiner Wange zuckte. Ich wollte jetzt wirklich nicht zwischen seinen mahlenden Zähnen stecken.

»Ich … ähm …« Wieder kam nur ein dünnes Wispern aus meinem Mund.

»Du was?«, erwiderte er schroff. Seine Stimme trieb mir wohlige Schauer über den Rücken.

Ich schluckte und verspürte den irren Drang, mich gleichzeitig bei ihm zu entschuldigen und ihn zu küssen. Allerdings regte ich mich so wenig wie eine Eisskulptur.

Und dennoch ... die harten Kanten in seinem Gesicht waren zum Dahinschmelzen.

Küss mich. Küss mich. Küss mich.

Mein Hirn war unfähig, einen vernünftigen Satz herauszubringen, und meine Hormone waren sich weiterhin darin einig, dass er seinen Kopf zu mir herabsenken und mich dringend mit seinem sexy Mund erforschen sollte. Mein Herz hämmerte so laut, dass es mir wie ein Specht im Wald vorkam.

»Hast du mich letztes Mal etwa nicht verstanden?« Er sah nicht danach aus, dass er es glauben würde, falls ich nun nickte.

»Na ja«, druckste ich und brach ab, denn der Ausdruck *grimmiger Wolf* kam nicht von ungefähr. Seine Präsenz war eindrucksvoll und selbst in seinem menschlichen Gesicht glaubte ich, wölfische Züge ausmachen zu können. Seine Brauen waren etwas zu buschig und der Ansatz seiner Nase verlief in jener typischen Form, wie sie Wölfen zu eigen war. Seine goldblonden Haare waren dicht und fest wie Fell. Ich musste mich zusammenreißen, um nicht meine Hand danach auszustrecken.

Außerdem war sein Körper so angespannt wie der eines auf der Lauer liegenden Raubtieres und sein Blick ... dieser Blick war von einer solch animalischen Natur, dass ich mir sicher war, ihn unter Millionen zu erkennen.

Von meiner Schwelgerei ahnte er indes nichts.

»Muss ich etwa noch deutlicher werden?«, half er mir auf die Sprünge.

Bei seinen Worten fiel mir etwas ein, woran er garantiert nicht dachte. Ich benetzte meine geschminkten Lippen und nahm aufgeregt zur Kenntnis, dass diese Bewegung seinem Blick nicht entging. Gut möglich, dass ich es mir nur einbildete, doch er wirkte irritiert.

Irgendetwas sollte ich wohl erwidern.

»Ich bin Bailey«, kramte ich aus meinem hintersten Hirnwinkel hervor.

Sein Blick wurde schmal, doch er ging darauf ein. Immerhin. Dabei klang er jedoch so herzlich wie ein Kühlschrank: »Bailey Castello.«

Überrascht sog ich die Luft ein. »Du hast es dir gemerkt?«

Tausend Glücksgefühle durchströmten mich. Ich hatte mich ihm schon beim Unfall vorzustellen versucht und darauf gehofft, ihm seinerseits den Namen entlocken zu können. Das wollte ich nach wie vor.

Er atmete tief durch, vermutlich um irgendeine innere Mitte zu finden. »Ich weiß, wie sich die Sippe deiner Großmutter nennt.«

Sippe klang nicht nett. So unwirsch. Ob er das wusste? Vielleicht waren Werwölfe weniger spracherprobt.

»Wir nennen uns Familie«, flüsterte ich.

Okay. Das schien er schon zu kennen. Sein Blick driftete nämlich ins Ungläubige und auch eindeutig ins Beleidigte ab.

Er schob sich dichter an mich heran. Fast berührten sich unsere Körper. Oh, du liebes bisschen! Wie oft ich davon schon geträumt hatte. Wenn er mich jetzt noch in seine Arme reißen würde, wie Rhett Butler das bei Scarlett O'Hara gemacht hatte, dann würde ich die Vorstufe zum Paradies erreichen. Und zwar express.

»Was willst du hier?«, fragte er lauernd.

»Ich habe Fragen und ...« Erneut benetzte ich meine Lippen und sah unter einem Augenaufschlag zu ihm hoch. »... ich wollte dich gerne wiedersehen.«

Er knirschte mit den Zähnen. Vermutlich musste er alle Nase lang Groupies abschütteln und ein Gefühl der Eifersucht durchbohrte mich wie ein Stachel. Sicher war er unerreichbar für mich. Er war viel zu toll und ich war einfach nur ich.

Seine Antwort folgte auf dem Fuße: »Das solltest du dir abschminken.«

»Wieso?« Die Frage drang wie von selbst aus meinem Mund. Zum Teufel mit meiner Würde. Ich spürte, wie sich etwas in meinem Brustkorb zusammenzog und wie meine Augen brannten.

Ich konnte ja selbst kaum sagen, weshalb ich ihn so unbedingt wollte. Es war ein Gefühl, das jenseits meiner Kontrolle oder irgendwelcher Vernunft lag. Ich spürte nur, dass ich bei ihm sein musste, als hätte mein Herz an den rechten Platz gefunden und wäre nur bei ihm zu Hause. Ich war noch nie zuvor verliebt gewesen, aber ich musste keine Expertin darin sein, um zu wissen, dass es mich dieses Mal erwischt hatte.

Teddy winselte und versuchte, unter meine Jacke zu kriechen. Bisher hatte er sich eisern in meiner Armbeuge gehalten, doch er war eben ein kleiner Schisser.

Mein Lykaner schien Teddy erst jetzt Beachtung zu schenken. »Was ist das?«

»Mein Hund«, entgegnete ich und ließ ihn in meine Jacke schlüpfen. Er drängte sich Schutz suchend an mich und die Wärme, die sein kleiner Körper dabei verströmte, tat unheimlich gut. Wenigstens er suchte meine Nähe. Am Ende war ein Werwolf eben doch drei Nummern zu groß für mich und alles, was ich für mich erhoffen konnte, war die Liebe eines kleinen Schoßhündchens.

»Das ist doch kein Hund«, befand mein Lykaner mit tönerner Stimme und wirkte irgendwie befremdet.

»Doch«, widersprach ich, obwohl ich nicht mit ihm streiten wollte, und schloss den Reißverschluss meiner Jacke, bis Teddy verpackt war. »Er ist eben nur etwas kleiner.«

Einige Sekunden des Schweigens folgten, in denen ich ihm ansehen konnte, dass er nachdachte. Doch was auch immer es war, das ihn beschäftigte, das Urteil fiel nicht zu meinen Gunsten aus.

»Nimm ihn einfach und geh wieder!«, verlangte er.

»Aber warum? Bitte, ich habe so viele Fragen.« Wie von Geisterhand geführt legten sich meine Finger auf seinen

Arm. Es war das erste Mal, dass ich ihn anfasste. Die Berührung traf mich wie ein Schlag. Es war, als würden Blitze zwischen unseren Körpern surren.

Er sog abrupt die Luft ein und drängte mich gegen den Baum, als hätte ich ihn angegriffen und müsste nun fixiert werden. Das tat er so gründlich, dass ich mich sehnlichst an ihn schmiegte.

Meine Reaktion schien ihn unvorbereitet zu treffen, denn er packte mein Kinn und zwang mich, ihm in seine Wahnsinnsaugen zu schauen.

»Verdammt, Bailey!«, knurrte er.

Absichtlich oder nicht, er benutzte endlich meinen Namen.

»Ja?«, wisperte ich und sah ihn wie gebannt an.

»Du weißt doch überhaupt nicht, was du willst.« Sein Vorwurf traf mich aus heiterem Himmel. Besonders, weil ich ziemlich genau wusste, was ich wollte.

Also sagte ich es ihm: »Ich will bei dir sein.«

Er schnaubte abfällig. »Bei mir, bei einem Vampir, bei ...«

»Vampir?«, fiel ich ihm ins Wort. »Ich will doch keinen Vampir!«

Diese Beißnummer wäre absolut nichts für mich.

Er maß mich mit einem verächtlichen Blick und tippte sich an die Nase, als wäre die Beweisführung damit abgeschlossen. »Du kannst mir nichts vormachen. Ich rieche ihn an dir.«

Ich war fasziniert und erschüttert zugleich. Er konnte so was riechen? Und vor allem: Wieso roch er *das* überhaupt an mir?

Bitte, lieber Gott, mach, dass niemand aus meiner Familie ein Vampir war! Und bitte auch nicht Stephan, der mich auf dem Hof berührt hatte. Der Moment, als er mit mir am Kastenwagen gestanden und seine Hand nach mir ausgestreckt hatte, brannte sich in mein Bewusstsein ein.

»Ich ... ich kenne keinen Vampir«, stammelte ich, doch mir war ganz bang zumute.

Bitte, ich will auch gar keinen Vampir kennen. Oma war zwar nicht explizit auf Vampire eingegangen, aber mehrere Jahrzehnte der Kinokunst hatten ihren Eindruck bei mir hinterlassen. Und ich spielte bei Twilight eindeutig nicht in Team Edward.

Mein Lykaner sah mich an, als wollte ich ihn verarschen. Mit einem Ruck zog er mir die Mütze vom Kopf und hielt sie mir unter die Nase.

»Ich rede hiervon«, stellt er klar.

»Aber ...« Ungläubig starrte ich auf die weinrote Mütze, die ganz unschuldig in seiner Hand lag und sich bisher vor allem dadurch ausgezeichnet hatte, dass sie fabelhaft zu meinem gleichfarbigen Strickkleid passte. »... die gehört Lucy.«

Sekundenlang regte sich nichts in meinem Kopf. Die ganze Welt kam zum Erliegen. Dann fiel es mir wie Schuppen von den Augen: Lucy musste mir etwas verheimlicht haben. Ausgerechnet! Nach all den Monaten, in denen wir uns getroffen hatten. Ich war gelinde gesagt geschockt. Sie hatte Kontakt mit einem Vampir gehabt? Anders konnte ich mir nicht erklären, weshalb ihre Mütze so roch.

»Wieso hat sie mir nichts gesagt?« Mein Lykaner schaute misstrauisch drein. Deshalb erklärte ich: »Meine Freundin Lucy sucht einen Vampir. Die Mütze war ein Geschenk von ihr.«

Er gab mir die Mütze zurück, verschränkte die Arme vor der Brust, wodurch er leider auch etwas von mir abrückte, und guckte mich finster an: »Illustre Gesellschaft, in der du dich da bewegst: Vampire, Hexen ...«

»Hexen?«, fiel ich ihm einen Ton zu schrill ins Wort.

Er sah aus, als wäre er mit seiner Geduld am Ende. »Na, deine Oma.«

Stimmt, er hatte diese »Tanzt bei Vollmond«-Andeutung gemacht, von der Oma behauptet hatte, dass sie für Hexen gelte.

Trotz seines Blickes, kam ich nicht umhin zu glucksen: »Oma hasst Hexen. In dem Punkt täuschst du dich einfach.«

Er kam meinem Gesicht so nahe, dass Teddy fiepte. So nahe, dass mein Herz beinahe aussetzte. Ich starrte auf seine vollen Lippen und träumte einmal mehr von einem Kuss. Stattdessen fragte er: »Kann es wirklich sein, dass du so ahnungslos bist?«

»Ich weiß nicht«, flüsterte ich und hob ihm mein Kinn entgegen, um seinen Lippen näher zu sein. Wenn er noch ein paar Millimeter auf mich zukäme ...

Ich spürte seinen Atem auf meiner Haut und das Knistern, das in der Luft zwischen uns vibrierte.

Doch der Satz, den er für mich fand, grillte meine romantischen Fantasien: »Deine Oma hat eine Identitätsstörung.«

Kapitel 10

Identitätsstörung?

Mein Verstand ächzte unter dem Wort. Das konnte er doch nicht ernst meinen!

»Niemals«, flüsterte ich und legte meine Hände schützend vor die Brust, wodurch ich Teddys Körper unter meinen Fingern spürte, der sich weiterhin an mich drängte.

»Wie kannst du das nicht wissen!«, fuhr er mich an.

Hilflos leckte ich über meine Lippen und schluchzte los.

»Ah, verdammt«, knurrte er und wirkte plötzlich unbeholfen. »So war das nicht gemeint.«

Doch ich fühlte mich ganz elend und die Tränen sickerten immer weiter aus meinen Augen, zwei klägliche Rinnsale, die erst von meinem Schal am Kinn gestoppt wurden.

Mein Lykaner, der bisher keinen Riss in seiner unterkühlten Fassade gezeigt hatte, schien mit weinenden Frauen überfordert zu sein.

»Tut mir leid«, schluchzte ich, weil ich mein Image bei ihm eigentlich hatte verbessern wollen. Und nun das. »Vermutlich heulen Werwolffrauen nie.«

Seine Reaktion kam aus dem hohlen Bauch heraus. Er legte den Kopf in den Nacken, als würde er den Mond, der gerade nicht zu sehen war, anheulen wollen, doch stattdessen lachte er lauthals los.

Teddy schien nicht so recht zu wissen, was er mit diesem ungeahnten Lärm anfangen sollte und steckte neugierig und mit aufgestellten Ohren seinen Kopf aus meinem Kragen heraus. Dann blinzelte er mehrmals, als würde er seinen kleinen Hundeaugen nicht trauen. Ich konnte es ihm nachfühlen. Schließlich zog er es vor, sich wieder unter meiner Jacke zu verstecken.

Mein Lykaner wischte sich mit der Hand über das Gesicht und schüttelte den Kopf, als wollte er gleich seinen ganzen Körper schütteln. »Teufel auch, die sähen dann vermutlich ähnlich scharf aus wie Zwergenfrauen, wenn's sie gäbe.«

»Das ... tja ...«

... konnte ich beim besten Willen nicht beurteilen.

»Hör zu, Bailey«, sagte er und sah mir fest in die Augen. »Du solltest ein paar Dinge in deinem Leben auf die Reihe kriegen. Aber ich sehe nicht, was das mit mir zu tun haben soll.«

»Ist es wegen meiner Oma?«

»Ist was wegen deiner Oma?« Sein Blick war forschend.

»Dass du mich nicht magst.« Ich wischte mir eine Tränenspur von der Wange.

Er stieß den Atem aus und stierte angestrengt auf den Ast über mir. »Auch. Aber ich mag dich noch aus anderen Gründen nicht und die wirst du nicht besser finden.«

Seine Worte fühlten sich an wie ein Schlag in die Magengrube. Er mochte mich nicht. Eigentlich kannte er mich überhaupt nicht, aber das wollte er wohl auch nicht ändern. So ähnlich musste es den Hunden in der Tierstation gehen, wenn sie die Menschen an ihren Käfigen vorbeigehen sahen und hofften, sie würden von ihnen angenommen werden. Wie schrecklich war es, wenn glücklich zu werden von jemand anderem abhing, und man es einfach nicht in der Hand hatte? Ich wusste mir nicht zu helfen. Mein Lykaner zog es vor, an mir vorbeizugehen, anstatt die Gitterstäbe zwischen uns einzureißen.

»Welche Gründe?«, flüsterte ich.

Er schüttelte nur den Kopf. »Das führt zu nichts.«

Ich schniefte und wollte nicht schon wieder weinen. Tapfer blinzelte ich die Tränen weg, obwohl ich mich innerlich wund fühlte. Ich tippte mir auf die Brust. »Hast du eigentlich eine Ahnung, wie es mir geht, wenn du so kalt bist? Ich habe dir mein Herz offengelegt und du trittst darauf herum, ohne mir auch nur zu sagen, weshalb. Machst du das immer so mit Frauen?«

Ich sah die Glut in seinem Blick: die pure Weißglut. Er war nah dran, die Zähne zu fletschen. »Du solltest nicht von dir auf andere schließen, Bailey. Dass hier ist verdammt persönlich. Also nein: Zu anderen Frauen bin ich wesentlich netter.«

Seine Worte saßen wie ein Hieb.

»Und wieso ist es persönlich? Verdammt, du kennst mich doch gar nicht!« Ich hatte nicht gemerkt, dass ich immer lauter geworden war, bis mein letztes Wort regelrecht in einem Schrei der Verzweiflung unterging, der durch den sonst so winterstillen Wald hallte. Teddy quittierte meinen Ausbruch, was damit endete, dass meine Jacke zu knurren schien und der kleine Kerl hektische Tretbewegungen gegen meinen Bauch ausübte.

Zittrig atmete ich aus und zwang mich dazu, ihn zu kraulen. Es war mehr mechanisch, denn das Adrenalin und der Schmerz brandeten durch meine Nervenbahnen, so dass sich die ganze Welt um mich herum nicht mehr real anfühlen wollte.

Doch auch meinem Lykaner platzte der Kragen und er war nicht minder laut: »Fuck, du hast mich überfahren!«

»Das war ein Unfall«, verteidigte ich mich.

Seine Augen wurden schmal. »Ach, war es das?«

»Was denn sonst?« Ich war geschockt, dass er denken konnte, ich hätte es absichtlich getan.

»Und was sollte dann der Fluch auf dem Wagen?«

»Der was?«, stammelte ich.

»Der gottverdammte Hexenfluch, der dafür gesorgt hat, dass ich nicht normal heilen konnte. *Der* Fluch.«

»Ich weiß von keinem Fluch.«

Scheiße! Hatte Oma das etwa gemacht? Konnte sie so was?

Er ballte die Hände zu Fäusten. »Komm schon, Bailey. Wer belegt seinen Wagen denn extra mit Unheil, wenn er nicht darauf hofft, dass ein *Tier* wie ich es abbekommt? Denn das bin ich für deine Oma und dich doch wohl, oder? Nur ein dreckiger Tiermann.«

»Das bist du garantiert nicht. Sonst würde ich dich ja wohl nicht wollen!«

Ups. Ich hatte ihm die Worte ziemlich hitzig vor den Latz geknallt. Unter den fünf unromantischsten Liebesbekenntnissen der Welt war das ganz sicher dabei.

Aber wie konnte er das nur glauben? Als ob ich auf ihn herabsehen könnte. Dabei war er doch derjenige, der für mich unerreichbar war. Mehr wie ein funkelnder Stern am Himmel, aber ganz sicher nicht wie ein *dreckiger Tiermann.*

Ich räusperte mich und fuhr schnell fort: »Das ... das muss mit Oma zu tun haben.«

Irgendwie jedenfalls. Es sähe ihr zumindest ähnlich bei ihrer Aversion gegen Tiermänner. Es wollte mir noch immer nicht in den Kopf, dass sie zu so etwas fähig sein sollte. Sie hatte mir wesentlich besser gefallen, als ich noch geglaubt hatte, dass sie lediglich einen an der Waffel hätte. Aber die Macht zu fluchen. So richtig mit Auswirkungen ...

»Du kannst nicht alles auf deine Oma schieben. Immerhin hast du hinter dem Steuer gesessen. Ist ein starker Zufall, dass ein Fluch gegen Tiermänner auf dem Wagen lastet und du ausgerechnet einen Werwolf damit anfährst. Wie stehen wohl die Chancen dafür?«

Offensichtlich bei hundert Prozent. Aber die Wahrscheinlichkeit für etwas zu berechnen, das längst eingetreten war, war äußerst müßig.

»Es war ein Unfall. Bitte, glaub mir doch.« Ich wünschte, ich hätte seinen Namen gekannt, um ihn viel direkter ansprechen zu können. Es war einer jener Gitterstäbe, die mich von ihm trennten.

»Nenn mir doch wenigstens deinen Namen«, bat ich ihn.

»Damit es noch persönlicher wird?« Sein Blick war nicht mehr so finster wie zuvor, doch ich merkte, dass er mir nicht entgegenkommen wollte.

»Ja«, gab ich zu und zuckte mit den Schultern. »Was wäre so verkehrt daran?«

»So ziemlich alles.« Er machte eine wegwerfende Handbewegung. Plötzlich schien er nur noch gehen zu wollen. »Hör mal, du bist ein hübsches Ding, ich bin mir sicher, du findest in deinem Ort einen netten Kerl.«

Während er mir einen weiteren Korb gab, ohne irgendetwas von sich preiszugeben, fragte ich mich, wie alt er wohl war. Vielleicht Mitte zwanzig. Schwer zu sagen. Die Männer, die ich kannte, sahen alle nicht mal halb so markant aus wie er, und ich hatte keine Ahnung, ob Lykaner anderen Alterungsprozessen unterlagen als normale Menschen.

Mein Kopf sagte mir, dass ich ihn mir abschminken sollte, dass es vergebene Liebesmüh war. Immerhin wollte er mich hier gerade allen Ernstes mit einem anderen Mann verkuppeln und ihm schien es dabei ziemlich egal zu sein, mit wem. Die Hauptsache wäre nur, dass ich ihm nicht mehr auf den Wecker ging. Von Eifersucht sah ich überhaupt nichts in seinem Blick. Ebenso wenig von Sehnsucht oder Verlangen.

Doch mein Herz und mein Bauch wollten sich nicht von der Stelle rühren. Lag es daran, dass er ein Kompliment in seine Abfuhr gepackt hatte? *Du bist ein hübsches Ding.*

Na ja, es war nicht das Kompliment des Jahrtausends. *Ding.* Ich war doch kein Ding.

Aber das »hübsch« versöhnte mich mit seiner Behauptung. Trotzdem war ich offenbar nicht hübsch genug, um ihn zu reizen, und mir war klar, dass ich ihn nicht überreden konnte, mich zu wollen.

Er stand da, als befände sich eine gewaltige Mauer zwischen uns. Eine, die ich nicht wahrhaben wollte, aber eine, die für ihn meterhoch und anscheinend unüberwindlich war.

Oma war eine Geheimniskrämerin und er rückte ebenfalls nicht so recht mit der Sprache heraus, obwohl ich von ihm mehr erfahren hatte als von irgendwem sonst. Allerdings nur über andere und nichts über sich.

Er hatte mir enthüllt, dass Lucy Kontakt zu einem Vampir gehabt haben musste, hatte mir enthüllt, dass meine Großmutter ein Problem hatte.

Identitätsstörung. Da war es wieder, jenes schreckliche Wort, das sich wie ein Schatten über meine Gedanken legte. Wenn er mich schon vertreiben wollte, dann musste ich zumindest noch versuchen, mehr über Oma herauszufinden. Vielleicht würde er mir das verraten. Über andere sprach er ja immerhin.

»Wie wirkt sich das aus?«

Seine Brauen schoben sich fragend zusammen. »Wie sich ein Freund auf dich auswirkt?«

Oh je, meine Frage passte wirklich nicht zu seinem letzten Satz.

Schnell schüttelte ich den Kopf. »Omas Störung.«

Er hatte einen so merkwürdigen Blick, dass ich ihn kaum deuten konnte. Ich spürte, dass er etwas zurückhielt. Weiß der Henker, wieso. »Sie will nicht wahrhaben, was sie ist.«

»Eine Hexe«, vergewisserte ich mich.

Er nickte. »Ganz genau.«

»Aber ...« Ich strich mir eine Strähne hinters Ohr und setzte mir Lucys Mütze wieder auf. Ich hatte gar nicht bemerkt, wie kalt mir geworden war, bis ich meine Hand zittern spürte. »Sie glaubt an aztekische Götter«, stieß ich bibbernd hervor.

Bis auf die Stelle, an der Teddy sich an mich kuschelte, fühlte sich gar nichts mehr an meinem Körper warm an.

»Das ist Teil ihrer Störung. Sie glaubt daran, aber das ändert nichts an dem, was sie ist.« Sei Blick wurde wieder durchdringend. »Vielleicht solltest du lieber gehen«, schlug er vor. »Sonst läufst du noch blau an.«

»Aber …«

»Du musst schon selbst in ihrer Vergangenheit graben. Du scheinst ja nicht allzu viel zu bemerken.« Er wandte sich ab, doch drei Schritte später warf er einen knappen Blick über seine Schulter. »Ach, und Bailey, komm nicht wieder her.«

Kapitel 11

Drei Erkenntnisse wirbelten durch meinen Kopf und ich fühlte mich, als wären es Steine, die an meine Schädeldecke schlugen und regelrecht Migräne bei mir verursachten. Erstens, was ich noch immer am schlimmsten fand, auch wenn das egoistisch war: Mein Lykaner konnte mich nicht leiden. Toll, dass ich das einen Tag vor Silvester noch mal ganz deutlich erfahren hatte. So klang das alte Jahr gleich viel besser aus. Zweitens: Oma war eine waschechte Hexe. Wenn es also schon mies lief, dann gleich richtig. Und drittens: Lucy hatte mich über ihren Vampir belogen. Das machte den Kohl im Grunde genommen nun auch nicht mehr fett.

Gegen das erste Problem konnte ich herzlich wenig tun, schließlich konnte ich mich in niemand anderen verwandeln, und ich hätte sowieso nicht gewusst in wen, da ich seinen Geschmack nicht kannte. Andererseits war er ja nach eigenen Angaben zu so ziemlich allen anderen Frauen außer mir nett. *Nimm es ruhig persönlich, Bailey.*

Bei dem Gedanken an seine Worte bohrte ich das Messer, mit dem ich gerade eine Orange schälte, etwas zu tief in das Obst. Der Saft lief mir über die Hand und das Ding sah eher aus, als würde ich es zu Saft pressen wollen, statt es einfach nur in Scheibchen zu zerlegen. Frustriert warf ich die Orange in den Müll, wusch meine Hände und starrte finster in das Spülbecken.

Mama kam in die Küche und blickte mich verwundert an. »Was ist denn mit dir los? Angezogen bist du, als wäre Weihnachten, aber dein Blick passt eher zu sieben Tagen Regenwetter.«

Das war keine so verkehrte Einschätzung, auch wenn sie hinsichtlich meines Gesichtsausdrucks maßlos untertrieb. Trotzdem konnte Mama mir womöglich bei meinem zweiten Problem – nämlich Oma – behilflich sein.

Falls Granny eine Hexe war, musste sie doch mal was mitbekommen haben, als sie kleiner gewesen war.

»Sag mal, Mami«, hob ich an. Sie sammelte das fertige Geschirr aus der Spülmaschine und reichte mir einen Stapel Teller. Ich nahm ihn und ging zum Schrank.

»Hm?«, fragte sie, während sie eine Schüssel trockenrieb, an der noch Wassertropfen hingen.

»Hast du dich eigentlich nie gefragt, ob Oma eine Hexe ist?«

Mama stöhnte und verdrehte die Augen. »Geht das schon wieder los.«

»Nein, mal im Ernst«, verlangte ich und sortierte die Teller mit dem alten Hirschkopfmotiv ins Fach. Sie waren noch von Opa, der stets gefunden hatte, dass kein Mann ein echter Mann war, wenn er keine Jagdflinte in seinem Wandschrank stehen hatte, mit der er hin und wieder auf Wild ballerte.

Ich war ehrlich froh, dass Granny nie damit losgezogen war und Lykaner erschossen hatte. Jedenfalls hoffte ich das. Aber es passte nicht zu ihr, auch wenn sie manchmal aussah, als würde sie ihren Gehstock werfen wollen. Meistens benutzte sie ihn allerdings gar nicht, weil sie sich lieber auf uns stützte.

»Bailey«, seufzte Mama.

»Hat sie das früher schon gemacht, das mit ihrem aztekischen Kult?«

Sie stieß den Atem aus, lehnte ihre Hüfte an die Arbeitsplatte und dachte nach. »Ich glaube schon, ja.« Sie zuckte mit den Schultern. »Diese unaussprechlichen Namen kenne ich jedenfalls von klein auf.«

»Und als Granny selbst noch klein war?«, bohrte ich weiter.

»Oh jemine! Du fragst mich was.« Mama kratzte sich am Hals. »Ich weiß, dass meine Oma nicht so verrückt war.« Dann grinste sie mich frech an. »Vielleicht überspringt es immer eine Generation.«

»Danke, Mama.« Hätte ich ihr doch nur nie von meinem Werwolf erzählt. Früher hatte sie nie angenommen, dass ich ein Rad ab hätte.

Sie wedelte mit dem Geschirrtuch in meine Richtung, doch dann wurde sie wieder ernster. »Also, von ihrer Mutter hat sie es jedenfalls nicht«, kam Mama auf das Thema zurück. »Als kleines Mädchen war sie bestimmt noch nicht so. Aber wann das kam ...« Sie zuckte mit dem Achseln. »Wer weiß das schon?«

Oma ganz sicher. Und vielleicht auch mein Lykaner. Aber beide waren maulfaul.

»Dann weißt du es nicht?«

»Nein.« Sie schüttelte den Kopf, doch es sah nicht so aus, als würde sie es bedauern. »Im Grunde kenne ich Mama nicht anders, als du sie als Oma kennst. Nur dass ich finde, dass sie im Alter immer verschrobener wird.«

Ich nickte mechanisch, doch dann hielt ich inne und beschloss, genauer nachzufragen. Vielleicht wusste Mama ja gar nicht, dass sie etwas wusste. »Wie äußert sich das denn?«

»Ach, pfff ...« Mama stieß den Atem aus, während sie zur Decke blickte und ihren Kopf nach Beispielen durchforstete. »Na, das mit den Krähen, die sie gerne füttert, war früher nicht so schlimm. Katzen hatten wir schon immer. Und Wilbur auch ...«

»Wilbur ist schon so alt?«, hakte ich nach.

Natürlich konnte es gut sein, dass eine Ziege mein Alter erreichte, aber Mamas? Sie ging auf die Fünfzig zu.

»Ja, seltsam, oder?«, stimmte sie zu und schien sich trotzdem nicht viel dabei zu denken. »Wobei ich mir da nicht ganz sicher bin. Als ich dreizehn war, hatte er mal einen Unfall. Er ist zu dicht an die Mähmaschine gekommen. Ich habe ihn tagelang nicht gesehen. Später war er völlig gesund, aber ich habe mich gefragt, ob sie ihn nicht heimlich mit einem anderen Bock ersetzt und den alten begraben hat, um mich nicht traurig zu machen.«

»Und den hat sie dann auch Wilbur genannt?«, fragte ich zweifelnd. »Du hättest doch sicher einen Unterschied bemerkt.«

Ich war ehrlich kein Spezialist für Ziegen, aber welches Fell war schon genau gleich?

»Im Grunde schon, aber Wilbur war so schwer verletzt gewesen, dass er es eigentlich nicht hätte überleben können. Und hinterher hatte er nicht mal eine Narbe. Das geht doch gar nicht.«

Außer wenn Oma Hexenkräfte besaß. Vielleicht hatte sie ihn damit geheilt und eventuell sogar sehr alt werden lassen. Aber weshalb denn, bitteschön? Er war nur ein Ziegenbock, lieb und ein bisschen dumm, ja, das schon, aber niemand, den ich mit Magie durchgeschleppt hätte. Es hatte mir schon gereicht, ihn neulich an seiner Leine querfeldein zu ziehen.

Omas Worte fielen mir wieder ein: *Wilbur gehört zur Familie.*

Hatte sie das wörtlich gemeint?

Es wollte mir einfach nicht einfallen, was eine Hexe mit einer Ziege anfangen sollte. Müde rieb ich mir die Augen, doch als ich meine Hände herunternahm, belud Mama sie mit einer weiteren Ladung Geschirr. Diesmal waren es Tassen. Ich verräumte sie artig im Schrank.

»Weißt du, warum sie so an Wilbur hängt?«

Mama schnitt ein Gesicht. »Na, wenn er wirklich so alt ist, wäre das doch ein Grund.« Dann grinste sie. »Als ich klein war, hat sie ihn manchmal vor meinen Schlitten gespannt.

Dann hat er mich durch die Gegend gezogen. Nur wohin es ging, konnte man vorher nicht sagen, und oft genug hat er mittendrin keine Lust mehr gehabt und blieb stur in der Landschaft stehen.« Sie zuckte mit den Schultern und zwinkerte mir zu. »Ich hätte ja lieber einen Hund gehabt.«

Es war schön, dass sie sich über Teddy freute. Dennoch ging mir plötzlich Wilbur nicht mehr aus dem Kopf. Fünfzig Jahre. Heiliger Heuschober! Wieso hatte Granny keine Geburtstagsfeier für ihn geschmissen? Und wieso stand er nicht im Guiness-Buch der Rekorde?

Später, als wir mit dem Geschirr fertig waren, warf ich mir meine Daunenjacke über, weil ich heute schon genug gefroren hatte, und schlenderte nach draußen zu seinem Verschlag. Der Ziegenbock stand da, wie er immer dastand. Eher phlegmatisch und kauend. Dieses ewige Wiederkäuen war ein so vertrautes Bild bei ihm. Ich las etwas Reisig auf und hielt es ihm hin. Wilbur machte sich darüber her und wirkte dabei völlig unspektakulär. Ich hatte mir eigentlich nie viel aus ihm gemacht, aber ich spürte, dass er von Bedeutung sein könnte.

»Kannst du mich hören?«, fragte ich ihn, was im Grunde eine dumme Frage war. Denn Wilbur war zwar störrisch, aber nicht taub.

Er wackelte mit dem Ohr, mehr so, als wollte er eine Fliege verscheuchen. Allerdings hätte so ein armes Insekt bei diesen kalten Temperaturen schon als Eiswürfel unterwegs sein müssen. Wilbur und ich waren allein.

»Bist du unter Umständen so was wie ...« Ich machte eine drehende Handbewegung und suchte nach Worten, weil ich mich zu wenig mit der Welt der Magie auskannte. »... Omas Hexentier?«, schlug ich vor.

Wilbur schaute mich an, während er weiterkaute.

»Ist das ein Ja?«

Kau. Kau. Kau.

Ich stöhnte und rieb erneut über meine müden Augen. Was hatte ich mir bloß dabei gedacht, zu ihm zu gehen?

Ich kannte ihn mein Leben lang und er war immer nur ein sturer Bock gewesen.

Aber da ich schon mal hier war, konnte ich genauso gut mit ihm quatschen, wobei »auf ihn einreden« wohl die bessere Bezeichnung wäre.

»Mit Oma stimmt etwas nicht«, erläuterte ich ihm.

Er zupfte mit seinem Maul nach weiterem Futter. Kleine Raupe Nimmersatt.

»Sie ist vermutlich eine Hexe.«

Wilbur wackelte wieder mit dem Ohr und kaute.

»Eine, die fluchen kann.«

Er meckerte kurz und schaute mich an. Mich traf fast der Schlag. Redete er etwa mit mir?

»Wilbur?«, krächzte ich.

»Mäh.«

»Du meinst also auch, dass sie eine Hexe ist?«, hauchte ich gebannt.

Sein Mähen wuchs sich zu einem lauten Meckern aus, bis mir klar wurde, dass er mehr von dem Reisig wollte, der hinter mir lag.

»Oh«, machte ich und reichte ihm enttäuscht ein paar Büschel.

Du liebes bisschen, was tat ich hier eigentlich? Ich unterhielt mich mit einem uralten Ziegenbock und erwartete von ihm echte Kommunikation.

Wer war jetzt bescheuert: Oma oder ich?

Für ein so betagtes Tier sah er bemerkenswert rüstig aus. Ich hatte keine Ahnung, was es war, aber irgendetwas war definitiv mit ihm los.

Ob ich mit Oma über Wilbur sprechen könnte? Heute lieber nicht mehr. Sie schnarchte sicher schon selig vor sich hin, denn die Nacht lag dunkel über der Farm. Von den Feldern drang kein Licht zu mir heran. Wie auch? Aber dadurch wirkte alles so verlassen und verloren, als wären wir ganz allein hier draußen am Arsch der Welt. Menschenleer. Und ganz gewiss werwolfleer, denn dies war unser Territorium. Das Land der Castellos, Omas Sippe. Durch jene ominöse Regelung würde mein Wolf niemals hierherkommen. Hier sagten sich nur Katzen und Ziegen oder Füchse und Hasen gute Nacht.

Ich wollte so gerne Omas Geheimnis ergründen. Aber es gab da ja noch jemand anderen mit einer Leiche im Keller.

Kapitel 12

Allerdings würde mein Gespräch mit Lucy erst im neuen Jahr stattfinden können, denn heute war zunächst einmal Silvester. Als ich an diesem Morgen die Augen aufschlug, fühlte ich mich bleischwer. Das Jahr zog an mir vorbei, als wären alle Ereignisse auf einer Kette aufgefädelt worden, und wenn ich es mit dem gegenüberstellte, was ich mir erhofft hatte, war es denkbar schlecht verlaufen.

Es war traurig, das zu sagen, aber das Beste war ein Autounfall gewesen.

Okay, ich hatte die Schule fertig gemacht, was sich damals richtig gut angefühlt hatte, aber inzwischen war die Euphorie darüber verflogen, da der Schule nur ein anderer Trott gefolgt war.

Wichtiger Vorsatz fürs neue Jahr: bei meinen Eltern ausziehen. Weg von der Farm und den Maiskolben! Weg aus Welcome, vielleicht sogar weg aus Minnesota.

Bisher war ich hiergeblieben, weil ich meinen Lykaner hatte wiedersehen wollen. Weil ich gehofft hatte, dass er mich mögen könnte. Das war ja super gelaufen.

Zweiter Vorsatz fürs neue Jahr: ihn mir endlich aus dem Kopf schlagen. *Komm nicht wieder her, Bailey.*

Ich war ihm nachgelaufen wie Teddy mir manchmal, wenn auch mit anderen Absichten. Und dabei hatte mir eine

Abfuhr allein nicht gereicht. Nein, ich war noch einmal hingegangen. Wenn ich das denn als Punktestand ausdrücken müsste: Stolz null, Demütigung hundert.

Die einzige Person, über die vermutlich noch mehr gespottet wurde als über mich, war meine Oma.

Dritter Vorsatz fürs neue Jahr: Grannys Geheimnis und ihre Vergangenheit ergründen. Dieser ganze Azteken-Hokuspokus. Was sie da bisher mit ihren Ritualen getan hatte, war zwar wirksam gewesen, aber aus anderen Gründen. Nicht weil sie eine Geweihte wäre, sondern aufgrund ihrer Hexenmagie.

Irgendwann in ihrem Leben musste sie mal anderen Hexen begegnet sein. Ihre Beschreibung von ihnen war äußerst bildhaft gewesen und für meinen Geschmack auch viel zu detailreich. Dieses Kopulieren mit Satyren unter dem Vollmond wollte mir nicht mehr aus dem Kopf gehen. Das war mehr als eklig. Ob Oma so was mal gesehen und dabei ihren Sprung in der Schüssel bekommen hatte?

Ich war wild entschlossen, es herauszufinden. Ich musste sie sowieso mal darauf ansprechen, wann sie das mit den Stricknadeln bemerkt hatte, die ich in ihrem Zimmer gesehen hatte, bevor das mit dem Sturm und den Krähen passiert war.

Gab es einen vierten Vorsatz? Vielleicht den, die anderen Vorsätze auch einzuhalten. Allerdings hatte ich das Gefühl, einen kaum zu bewältigenden Berg an Arbeit vor mir zu haben, so dass ich mich regelrecht davon erschlagen fühlte. Das bleischwere Gefühl, das ich beim Aufwachen verspürt hatte, wurde eher noch schlimmer.

Am liebsten hätte ich mir die Decke über den Kopf gezogen.

Hm ...

Also tat ich es.

»Bailey!«, rief mich Mama.

Stöhnend wischte ich mir eine Haarsträhne aus dem Gesicht und setzte mich im Bett auf. Toll, ich war wirklich wieder eingeschlafen und ein Blick auf den Wecker verriet mir, dass ich dabei ganze Arbeit geleistet hatte, denn es war Mittag.

Am liebsten hätte ich den ganzen Tag verschlafen, denn draußen herrschte eine nebelige Suppe, die ein derart gedämpftes Zwielicht erzeugte, dass man wunderbar müde wurde. Aber die Pflicht rief und ich half meiner Familie mit den Vorbereitungen für den Abend, während Teddy mir neugierig um die Füße strich.

Ich setzte ihm ein Glitzerhütchen auf, das dem kleinen Kerl leider vom Kopf rutschte, bevor ich einen Schnappschuss mit dem Handy machen konnte. Dafür fand er großen Gefallen daran, das Hütchen mit den Füßen wegzuschubsen und ihm dann nachzujagen. Ich wünschte, mich hätte etwas so Banales dermaßen in Begeisterung versetzen können. Es war herrlich zu sehen, wie Teddy immer mehr auftaute und sich bei uns wohlfühlte.

Mama faltete gerührt die Hände vor der Brust zusammen, als Teddy an ihr vorbeiwuselte. Nur Oma quittierte sein Treiben mit einem mürrischen Blick, der sie als ausgemachte Katzenliebhaberin auswies. Sie hockte in ihrem alten Schaukelstuhl vorm Fenster und hatte wie gewohnt ihr Strickzeug im Schoß liegen. Sie sah eindeutig viel zu grantig aus, als dass ich sie jetzt auf den Fund der Stricknadeln oder ihren Status als »Ausgestoßene« hätte ansprechen wollen.

Auch Stephan war bei uns, um uns zur Hand zu gehen, weil er als bester Freund meines Bruders lieber mit ihm als auf seiner eigenen Farm feiern wollte. Da er gleich dableiben würde, hatte er sich bereits in Schale geschmissen. Gut sitzende Jeans, ein schwarzes Hemd, silberne Uhr, etwas Gel in seinen Justin-Bieber-Haaren und als kleines Dekoelement eine rot glänzende Fliege am Hals, die prima mit dem Hemd kontrastierte.

Ich dagegen war noch ungeschminkt und, um der Wahrheit genüge zu tun, auch ungekämmt, trug nur ein ausgeleiertes Sweatshirt von meiner High School, eine alte Schlabberhose und warme Winterpantoffeln mit Rentiermotiv. Trotzdem hatte ich das Gefühl, dass Stephan mich ständig anschaute. Einmal erwischte ich ihn dabei, wie er mir auf den Hintern gaffte. Ich versuchte, seine seltsamen Blicke zu ignorieren. Was hätte ich auch tun sollen? Es gab kein Gesetz, das blödes Gucken verbot.

Wir dekorierten praktisch das gesamte Erdgeschoss, hängten Ballons und Luftschlangen auf, Girlanden und Dekowirbler in allen Farben des Regenbogens. Die Ballons schwebten, weil wir sie mit Helium gefüllt hatten. Sie waren silber, gold, rosa und blau. Stephan und Christopher brachten sogar eine Diskokugel im Wohnzimmer an, obwohl hoffentlich niemand tanzen würde. Doch mir gefiel, wie sie glitzerte und schillerte, als ein paar bunte Strahler auf sie gerichtet wurden.

Das alte Farmhaus war am Ende kaum wiederzuerkennen. Wir waren stundenlang zugange und hinterher war ich fix und fertig. Mama hatte derweil den Tisch mit einem bunten Läufer, Sektgläsern und Windlichtern gedeckt. Zwischen das Geschirr hatte sie Zuckerstangen, buntes Lametta und Dutzende kleiner Marzipanschweine gelegt. Außerdem war neben jedem Teller eine Packung Wunderkerzen platziert worden. Auf Tischknaller hatte sie extra verzichtet, um Teddy nicht zu erschrecken, und es standen überall Uhren in unterschiedlichen Größen und Formen, die alle genau gleich gingen, damit wir die Zeit immer im Auge hätten.

Auf Papas Platz lag Opas alte Taschenuhr, bei Oma dagegen eine etwas kitschig anmutende Porzellanuhr, welche die Form einer Schäferin im rosa Kleid hatte. Vielleicht hatte Mama mir, weil ich so lange geschlafen hatte, einen Wecker hingestellt.

Alle Teller waren mit Namensschildern beschriftet. Ich würde zwischen Mama und Oma sitzen. Das war für mich in Ordnung. Stephan saß am anderen Ende vom Tisch bei meinem Bruder.

Zufrieden ging ich hinauf ins Badezimmer, nahm eine lange Dusche und machte mich für den Abend hübsch. Das war allerdings nicht so leicht, weil ich ja außer Strickkleidern recht wenig im Schrank hängen hatte. Schulterzuckend griff ich zur blau-weißen Tunika, die Oma mir vor drei Jahren genäht und die ich schon letztes Jahr an Silvester getragen hatte. Sie war das, was einem Partykleid noch am nächsten kam, weil sie im typischen Sixties Look gemustert war mit großen, knallblauen Kreisen. Außerdem war die Länge so, dass es wie ein Minikleid wirkte, weil Granny mich damals noch nicht hatte verhüllen wollen.

Ich kombinierte die Tunika mit einer weinroten Strumpfhose, um noch mehr Farbe reinzubringen. Mir gefiel das Ergebnis und ich hoffte, dass die anderen nicht finden würden, dass ich Lady Gaga imitierte. Auf meinem Laptop schaute ich mir bei YouTube verschiedene Anleitungen dafür an, wie man sich die Haare im Sechziger-Jahre-Stil toupierte, und machte es nach. Dazu trug ich einen kräftigen Lidstrich auf.

Natürlich feierte ich nur mit meiner Familie, aber ich wollte es mir selbst wert sein, mich einmal aufzuhübschen, ohne dass es dabei um meinen Lykaner ging. Hope wäre sicher stolz auf mich gewesen, immerhin machte sie sich ständig schön zurecht.

Außerdem hegte ich die stille Hoffnung, dass das neue Jahr einen besseren Start hinlegte, wenn ich mir Mühe damit gab, und sei es nur optisch. Das wäre auch noch ein guter Vorsatz für das neue Jahr: kleidertechnisch flügge werden und Omas Strickschick hinter mir lassen.

Um das zu ermöglichen, sollte ich mir überlegen, welchen Job ich ausüben könnte. Außer einem Schulabschluss und Erfahrung mit Farmarbeit hatte ich nichts vorzuweisen. Auf ein College würde ich nicht gehen, weil das zu teuer war. Ich war in der Schule okay gewesen, aber keine solche

Überfliegerin, dass mir ein Vollstipendium zur Verfügung gestanden hätte.

Mein ganzes Leben lag noch vor mir und ich hatte keinen vernünftigen Plan dafür, was vor allem daran lag, dass ich im letzten halben Jahr von meinem Lykaner besessen gewesen war und sich mein Handeln im weitesten Sinne um ihn gedreht hatte.

Es fiel mir immer noch schwer, mich an die Vorstellung zu gewöhnen, dass es damit nun vorbei sein sollte. In ein paar Stunden brach das neue Jahr an und ich kam mir bei dem Gedanken, dass er nicht dazugehören sollte, ganz leer vor. Mein Herz fühlte sich dabei an wie die Orange, die ich vor Kurzem zerdrückt hatte. Leider ließen sich meine Gefühle für ihn nicht so leicht entsaften.

Ich wollte ihn immer noch.

Verdammt, ich wollte ihn wirklich immer noch.

Ich war ja so blöd, dass ich mir am liebsten den Kopf gegen die Dachschräge gehämmert hätte, aber das würde auch nichts ändern. Schöner Maismist.

Als ich die Treppe herunterging, war Stephan gerade im Hausflur damit beschäftigt, einige Silvesterraketen aus seinem mitgebrachten Karton zu laden. Mit weit aufgerissenen Augen eilte ich auf ihn zu.

»Was ist das?«, rief ich.

Er fuhr zu mir herum und fror dann förmlich ein. Ich sah seinen Kehlkopf hüpfen, als er schluckte. »Wow, Bailey …«

Er brach ab und stierte mich weiter an. Sein Blick wanderte an mir hoch und runter, als hätte er mich noch nie gesehen.

Genervt schüttelte ich den Kopf und grapschte mir die Raketen. »Du kannst doch so was nicht hierher mitbringen«, warf ich ihm vor.

Er stand da wie ein Trottel. »Wieso nicht?«

Sein Blick klebte an meinen Beinen. Okay, der Effekt des Minikleids war vielleicht nicht so besonders gut von mir einkalkuliert worden. Wäre ich doch lieber mal schon neulich mit dem Teil in den Wald gezogen. Allerdings war mir auch ohne den dünnen Fummel kalt genug gewesen.

»Teddy hat Angst vor Lärm.« Ich gestikulierte mit dem Böllerwerk herum. »Wenn du das hochschießt, macht es viel zu viel Krach.«

Er runzelte die Stirn und war noch immer sichtlich aus dem Konzept gebracht. »Aber es ist Silvester, Bailey. Ein neues Jahr, ein neuer Anfang.« Stephan schaute mir in die Augen. »Zeit für eine Rakete«, erklärte er mit schiefem Lächeln.

»Kommt nicht infrage.«

»Bailey«, hob er an und versuchte, mir die Raketen abzunehmen.

Ich wich ihm aus. »Du willst sie immer noch anzünden?«, fragte ich ungläubig.

Dabei hatte ich ihm das mit Teddy doch gerade erklärt.

»Was denn sonst?«

»Aber es ist draußen total neblig. Du würdest sie eh nicht sehen, sondern nur hören können.«

Ungefähr wie Flakgeschütze. Mein armes Hundilein. Auf keinen Fall!

Stephan zuckte belustigt die Schultern. »Kann doch sein, dass der Nebel dann wenigstens ein bisschen bunt leuchtet.«

»Das braucht kein Mensch«, attestierte ich. Wenn er schon nicht auf meinen Hund Rücksicht nehmen wollte, dann ja vielleicht auf die Umwelt. »Das ist total schlecht für die Ozonschicht. Und wir brauchen die Ozonschicht, weil wir sonst mutieren.«

Er grinste mich an und griff schon wieder nach den Raketen. Erneut wich ich vor ihm zurück, doch bald würde ich mit dem Rücken an der Wand stehen. »Dann lass uns eben ein bisschen mutieren, Bailey.«

Die Art, wie er meinen Namen sprach, klang eher nach »Süße«.

»Spinnst du jetzt völlig?«

»Angeblich stehst du auf Mutierte«, konterte er.

Mir fiel fast die Kinnlade herunter. »So machst du dich über meinen Lykaner lustig?«

Ich war fassungslos.

»Was willst du nur von dem?«

»Gar nichts!«, behauptete ich, und da ich langsam Expertin fürs Flunkern war, schmeckte ich die Lüge regelrecht auf der Zunge. Ein schaler Geschmack breitete sich in meinem Mund aus, als ich daran dachte, ihn nie wiederzusehen.

»Bist du dann endlich von diesem Hirngespinst therapiert?«, erkundigte er sich und streckte erneut seinen Arm aus.

Eilig ließ ich die Raketen hinter meinem Rücken verschwinden, nur um festzustellen, dass er dieses Mal gar nicht danach gegriffen hatte. Stattdessen berührte er meine Wange.

Hhhh!

Mir blieb fast die Luft weg.

Ich zuckte zurück und sah ihn herausfordernd an. Darauf, dass er meinen Lykaner als Hirngespinst beschrieb, ging ich nicht mal mehr ein. »Versprich mir, dass du die Raketen nicht abschießt.«

Ein Lächeln machte sich auf seinem Gesicht breit. »Was bekomme ich denn dafür?«

Seine Frage klang so anrüchig, dass ich nicht fassen konnte, sie gehört zu haben.

»Ich bin Christophers Schwester«, zischte ich.

»Das weiß ich doch.«

Ähm ...

»Seine kleine Schwester«, probierte ich es.

»Klein stört mich nicht.«

Spielte er damit nun auf meine geringe Größe statt auf mein Alter an?

Ich wich in einem Bogen vor ihm zurück, um der Begegnung mit der Wand zu entgehen.

»Hast du getrunken?«

Oh Gott, ich klang wie meine Eltern, als sie mir Drogenkonsum unterstellt hatten.

Er hob feierlich die Hand zum Schwur. »Nur Cola. Den Alkohol spare ich mir für meinen einundzwanzigsten Geburtstag auf.«

Sein Blick war irgendwie seltsam. So, als hätte er sich noch etwas anderes aufgespart. Hoffentlich nicht mich! Seit wann stand er denn, bitteschön, auf mich? Das war doch alles nicht mehr normal. Ich kannte ihn schon länger als mein halbes Leben. Seit ich acht gewesen war, oder so. Er hatte mich mit Pickeln und Zahnspange gekannt, hatte mich noch mit Barbiepuppen spielen sehen.

Mann, war das alles lange her. Nächsten Monat würde ich neunzehn werden. Das bedeutete elf Jahre Bekanntschaft mit Stephan, aber früher war er mir nie auf die Pelle gerückt. Und eigentlich ging es immer noch um seine blöden Feuerwerkskörper.

Also wechselte ich lieber mal das Thema darauf zurück. »Ich will wirklich nicht, dass du die Dinger anzündest.«

»Wie willst du das verhindern?«, zog er mich auf.

Falsche Antwort. Völlig falsche Antwort.

Er hätte die Chance gehabt, sie wieder einzupacken und mitzunehmen, um sie bei einem anderen Silvesterfest zu verwenden. Stattdessen war das Schicksal dieser Böller jetzt besiegelt.

Ich rannte zur Haustür, riss sie auf und stürmte auf meinen Pantoffeln hinaus in den Schnee.

»Bailey!«, rief er mir überrascht nach.

Für eine Sekunde war er unschlüssig, ob er mir folgen sollte, denn schließlich trug er selbst nur Socken an den Füßen. Doch dann hörte ich plötzlich schnelle Schritte, die mir folgten. Der verdammte Kerl rannte!

Und ich wusste, dass er schnell war. Stephan war deutlich größer als ich und seine Beine damit länger. Außerdem war sein Körper vom Schwimmen trainiert. Mit jedem Schritt verkürzte er den Abstand zwischen uns. Ich hörte ihn immer näherkommen.

Rasch schlug ich einen Haken und hetzte zu Wilburs Stall. Der Schnee unter meinen Füßen war rutschig und die Pantoffeln boten einen miesen Halt. Schlitternd und mit einem deutlichen Rums stoppte ich an Wilburs Stalltür, riss sie auf und eilte in seinen Verschlag. Im selben Moment, als Stephan ihn erreichte, versenkte ich die albernen Raketen in Wilburs Tränke, wo sich die Papphüllen mit Wasser vollsogen.

Da würde nichts mehr fliegen!

Triumphierend wirbelte ich zu Stephan herum, nur um von ihm gepackt zu werden. Erst dachte ich, er würde mich schütteln, wie mein Lykaner das mit mir getan hatte, doch dann drückte er mir seine Lippen auf. Ich konnte gerade noch meinen Mund wegdrehen, so dass er nur meine Wange erwischte, aber Himmel, Arsch und Wolkenbruch, er wollte mich küssen!

Kapitel 13

»Hör auf damit!«, fauchte ich und verzog das Gesicht.

In der Beengtheit des Ziegenstalls versuchte ich mich von ihm loszumachen. Es war dunkel hier drin, noch dunkler als draußen auf dem Hof, aber dafür nicht so frostig, was sicher am warmen Ziegenkörper lag, der wie eine kleine Heizung wirkte. Allerdings roch es auch nach Wilbur, was nicht gerade für romantische Stimmung sorgte. Schon gar nicht mit dem falschen Mann.

Durch Stephans Bemühen, mir näherzukommen, wurde mir nur bewusst, wie sehr ich noch immer an meinem Lykaner hing. Ich hätte den Versuch wagen können, mich auf Stephan einzulassen, um den Mann, in den ich wirklich verliebt war, zu vergessen, aber alles in mir sträubte sich dagegen. Ich hatte noch keine Erfahrung mit Männern und ich wollte sie ganz gewiss nicht mit einem »Ersatzspieler« sammeln.

»Komm schon, Bailey«, raunte er. »Niemand muss es erfahren. Was wäre so schlimm an einem kleinen Kuss?«

Na, zunächst mal, dass es die völlig falschen Signale aussenden würde. Ich war überrascht, wie direkt er mich anbaggerte. Machte man das etwa so? War ich bei meinem Wolf nur zu zurückhaltend gewesen? Ich war ehrlich keine Expertin im Flirten, doch Stephan hatte schon einige Eroberungen gemacht.

»So eine Art von Beziehung haben wir nicht«, belehrte ich ihn und versuchte gleichzeitig, sein Verhalten als Lehrstunde für mich zu verbuchen. Hier in der Enge des Stalls fasste ich den Entschluss, noch nicht aufzugeben. Ich würde mich wie heute aufbrezeln und dann meinen Wolf im großen Stil anbaggern.

Geänderter Vorsatz Nummer zwei fürs neue Jahr: Stephans Methode des aggressiven Balzens beim Lykaner anwenden.

»Willst du es nicht wenigstens mal ausprobieren? Ich stelle mich gerne zur Verfügung«, bot er an. Es war schwer, das im Dunkeln zu erkennen, aber er schien mit den Augenbrauen zu wackeln.

Ob er mit der Masche sonst die Mädels herumkriegte? Ich hatte durchaus mitbekommen, wie Chris ihm manchmal anerkennend auf die Schulter geklopft und dabei Sachen gesagt hatte wie: *»Na, hast du wieder eine klargemacht, du alter Aufreißer?«*

»Lieber nicht.«

»Das ist echt schade«, fand er. In seiner Stimme schwang ein merkwürdiger Unterton mit. So als wäre er wegen meiner Abfuhr verschnupft. Er bekam sicher nicht oft einen Korb. Ich konnte ihm nachfühlen, wie es ihm damit ging.

Deshalb erklärte ich möglichst rücksichtsvoll: »Ich gehe jetzt wieder ins Haus. Meine Pantoffeln sind total aufgeweicht und ich habe schon ganz kalte Füße.«

»Frag mich mal«, murrte er. »Du hast wenigstens Hausschuhe an.«

»Na, also.« Hoffentlich wäre er jetzt endlich vernünftig.

»Aber das ist doch kein Grund«, entgegnete er stattdessen.

Soviel dazu.

»Stephan, lass uns das einfach vergessen«, schlug ich vor, denn das Letzte, was ich wollte, war, dass wir uns künftig nicht mehr in die Augen blicken könnten. Vorläufig wohnte ich noch hier und das bedeutete, dass wir uns oft sehen würden.

Ich schob ihn von mir weg. Wilbur war vermutlich schon ganz verstört von den beiden ungebetenen Gästen in seinem Stall, die seine Tränke unbrauchbar gemacht hatten und sich jetzt nicht einigen konnten, ob Mundsport auf dem Abendprogramm stehen sollte oder nicht.

Jedenfalls schien er jedes Wort unserer Unterhaltung gespannt mitzuverfolgen. Möglich, dass ich mir das nur einbildete, aber seine Ohren waren aufgestellt wie bei Teddy, wenn er etwas hörte, und der Ziegenbock wich uns nicht eine Sekunde von der Seite.

Als ich mich abwenden wollte, rückte Stephan mir erneut auf den Leib. »Bailey, du siehst so …«

Weiter kam er nicht. Kaum dass er mich wieder bedrängen wollte, holte Wilbur aus und trat ihm buchstäblich in die Eier. Ich hörte das unschöne Geräusch, das seine Hufe auf Stephans Körper verursachten, und keine Sekunde später das erstickte Keuchen, als Stephan sich zusammenkrümmte und vornüber auf die Knie sank.

Ach du Scheiße!

Ich schlug die Hände vor dem Mund zusammen und sah ratlos dabei zu, wie Stephan sich die Kronjuwelen rieb. Etwa eine Minute lang sagte er überhaupt nichts, sondern wimmerte und stöhnte nur wie ein angeschossener Soldat, der kurz vorm Ableben stand. Als er endlich wieder Luft bekam, fluchte er so derb, dass jedem Seemann die Schamesröte ins Gesicht gestiegen wäre. Unter seinem weitreichenden Wortschatz befanden sich auch Ausdrücke, die ich nie zuvor gehört hatte, und die anatomisch äußerst schwer umzusetzen wären. Im Wesentlichen hatten sie mit Bereichen zu tun, die ihm gerade wehtaten.

Etliche Minuten später rappelte er sich so ungelenk hoch, wie Oma es tat, wenn sie ihre Krücke nicht fand.

»Geht's wieder?«, erkundigte ich mich und tätschelte ihm den Rücken, jetzt, da die Gefahr, dass er mich angraben könnte, gebannt war.

Ich hätte behaupten können, mit ihm mitzufühlen, allerdings hatte ich keine Ahnung, wie es ihm ging, da sein Problem außerhalb meines Erfahrungshorizonts lag. Obendrein gab es einen Teil in mir, der sich über den Vorfall köstlich amüsierte, auch wenn das gemein war.

Der gute Wilbur war mir schlagartig sympathisch geworden, ein unerwarteter Retter von Jungfrauen in Nöten. Später würde ich ihm eine Extraportion von seinem Lieblingsbrot bringen. Einstweilen streichelte ich ihm nur über den Kopf, wenn Stephan nicht hinsah.

Danke, Wilbur.

Später, nachdem ich die Raketen aus Wilburs Tränke entsorgt und ihm frisches Wasser eingefüllt hatte, saßen wir alle bei Tisch. Stephan zog es vor, nicht über den Vorfall zu reden. Mir sollte es recht sein, denn dann brauchten wir vor den anderen nicht zu klären, dass er mir bis in den Stall nachgestellt hatte.

Ich hatte ihm ein paar Socken von Chris gebracht und mir selbst ebenfalls etwas Trockenes an die Füße gezogen. Viel mehr war nicht nötig gewesen. Die Hufabdrücke hatte er behutsam von seiner Jeans abstauben können, so dass keine verdächtigen Spuren mehr existierten.

Allerdings sah er noch etwas lädiert aus und rutschte unbehaglich auf seinem Stuhl umher, was Oma zu dem Kommentar bewegte: »Wir haben eine herrliche Toilette gleich den Gang runter.«

Ehrlich, ich wollte gar nicht prusten, aber es rutschte mir einfach so heraus.

Mir war klar, dass er nicht musste. Vermutlich hätte Stephan sich lieber auf einen Eisblock gesetzt, um seine Beschwerden zu lindern, oder er würde sich stattdessen Tiefkühlprodukte in den Schritt pressen wollen. Unverzüglich baute sich in mir das Bild von diesem Film *American Pie* auf, wie dieser eine Darsteller den Apfelkuchen gebumst hatte, und mir geisterte Stephan durch den Kopf, der sich an etwas aus unserem Gefrierschrank gütlich tat. Ich wusste, dass wir Brokkoli und natürlich Tonnen von Mais hatten. Es fiel mir schwer, nicht blöd zu grinsen.

Stephans Blick traf mich über den Tisch hinweg und wurde schmal. Ich schaute schnell in die andere Richtung, bevor er mir die Häme von den Augen ablesen konnte, nur um festzustellen, dass Granny mich ebenfalls merkwürdig von der Seite betrachtete.

Mama, die nichts von Stephans Ruhelosigkeit mitbekommen hatte, wunderte sich über Omas Bemerkung: »Was hast du denn plötzlich mit der alten Toilette?«

»Na, hör mal, Margret«, beschwerte sich Oma, die Mama sonst nur *Margimaus* nannte, so ähnlich wie sie mich immer als *Baileymäuschen* bezeichnete, außer wenn sie sich über uns ärgerte.

Dann waren die Maus und das Mäuschen vergessen. Sie deutete mit der Hand über den Tisch, weil sie von der Gepflogenheit, nicht mit den Fingern auf Leute zu zeigen, wenig hielt. »Der Bengel rutscht schon die ganze Zeit auf seinem Stuhl herum.«

Bengel?

Normalerweise mochte Oma Stephan. Jetzt tupfte sie sich nur indigniert mit der Serviette den Mund ab und nippte an ihrem Punsch.

Besagter Bengel verschluckte sich fast an seinem Bissen, aber es hörte sich nicht mal ansatzweise so schlimm an wie das Keuchen im Stall. Dieser Laut würde mir noch lange in den Ohren klingen.

»Ey, Alter, du weißt doch, wo bei uns das Klo ist«, steuerte mein Bruder bei, der schließlich nie eine Gelegenheit ausließ, um andere zu foppen. Dazu stieß er ihm den Ellbogen in die Seite, was vermutlich kumpelhaft gemeint sein sollte.

Doch Stephan sah aus, als würde er ihm für diesen Scherz gerne die Gabel ins Bein stechen. »Ich habe mir nur was gezerrt«, murrte er.

»Was denn gezerrt?«, wollte Chris wissen.

Stephan rollte mit den Augen, mied meinen Blick und stieß zwischen den Zähnen hervor: »Die Leiste.«

Chris lachte los, klopfte ihm anerkennend auf den Rücken und tuschelte ihm laut genug, dass wir es alle noch hören konnten, zu: »Oh Mann, echt jetzt? Mit der Kleinen von neulich? Du alter Rammbock!«

Stöhnend rieb ich mir die Schläfe und wünschte mich meilenweit weg ... in einen Wald unweit der Farm. Was *er* wohl an Silvester machte?

Ich seufzte und aß noch ein paar Häppchen. Später legte Chris etwas Partymusik auf, doch Stephan, der bei Scheunenfesten für gewöhnlich nichts anbrennen ließ, verzichtete auf unnötige Bewegungen. Am Ende landeten meine Eltern unter der Diskokugel, was fast schon wieder süß war.

Ich schnappte mir Teddy, nahm ihn auf den Arm, hielt sein Pfötchen und wippte mit ihm zum Takt der Musik. Unterdessen animierte mein Bruder Oma sogar dazu, in ihrem Stuhl mitzuschunkeln.

Als ich ihr ein Glas Punsch brachte, zog sie mich mit ihrem typischen eisernen Griff zu sich herunter. Sie nickte in Stephans Richtung und erklärte mir: »Der Bengel hat vorhin die Tischkarten ausgetauscht, um neben dir zu sitzen.«

Interessant. Irgendwie war ich trotz der Sache von vorhin überrascht. Nachdenklich rieb ich meinen Nasenrücken. »Seit wann stört dich das? Ich dachte, du magst Stephan.«

Oma guckte mich trotzig an. »Das war, *bevor* er dir zum Stall nachgerannt ist. Danach habe ich die Kärtchen wieder umgestellt.«

Verwundert schnappte ich nach Luft. »Das hast du gesehen?«

»Ich sehe alles.«

Hoffentlich nicht.

Trotzdem war das ein guter Zeitpunkt, sie zu fragen: »So wie deine Stricknadeln?«

Jetzt lächelte sie mit stolzgeschwellter Brust. »Natürlich. Dachtest du wirklich, du könntest sie vor mir verstecken?«

Ich nickte matt. »Eigentlich schon, ja.«

Granny schien es mir nicht nachzutragen, als sie meine Wange tätschelte. »Ei, ei, Baileymäuschen, vielleicht hast du ja doch ein bisschen von meinem Temperament in dir.«

Ich wusste, dass sie eine Hexe war, und sie konnte auch wirklich ein echter Besen sein. Sie hatte keinen Buckel am Rücken und auch keine Warzen im Gesicht, keine Hakennase und keine schwarzen Katzen, auch wenn gleich mehrere Katzen auf unserer Farm herumstreunten, sie waren alle bloß gescheckt oder getigert. Und Oma schenkte ihnen nicht mehr Beachtung, als ihnen regelmäßig eine Schale mit Sahne hinzustellen.

Nein, sie mochte Wilbur mehr als jede Katze. Aber jetzt war nicht der richtige Zeitpunkt, sie darauf anzusprechen. Es war Silvester und Mama würde mir den Hals umdrehen, wenn ich ihr diesen letzten Tag des Jahres ruinierte. Sie tanzte gerade so ausgelassen mit Papa.

Am Ende wurde es doch noch ein netter Abend. Das Mitternachtsfeuerwerk blieb aus. Stattdessen zündeten wir alle unsere Wunderkerzen an und zählten gemeinsam die Sekunden bis zum neuen Jahr herunter.

Draußen hing noch immer dichter Nebel in der Luft, so dass wir ohnehin kein hübsches Feuerwerk gesehen hätten. Dafür stromerte Teddy freudig durch das Zimmer und das war es wert gewesen, die Raketen zu versenken. Ich lächelte zufrieden.

Dann sah ich zu Stephan, der einen gequälten Blick zur Schau trug. Vermutlich weil er nur eine einfache Wunderkerze in der Hand hielt und seine Raketen vermisste oder weil ihm noch immer etwas wehtat. Ich hatte keine Ahnung, wie nachtragend seine Testikel waren.

»Drei, zwei, …«

Wo ich wohl nächstes Jahr an Silvester sein würde? Mit welchen Augen würden mich die Menschen sehen? Und würde mein Lykaner mich endlich eines Blickes würdigen?

Ich betrachtete den Funkenregen, der von meiner Wunderkerze ausging, und betete, dass es zwischen meinem Lykaner und mir ebenso funken würde.

»... eins ...«

Lass unsere Liebe wie eine Wunderkerze sein. Und bitte, lass es überhaupt mal Liebe sein.

»Frohes Neues!«, jubelte meine Familie und mein Wunsch spülte ins neue Jahr hinein.

Ich betete inständig, dass den Wünschen einer Silvesternacht eine besondere Macht innewohnte. Ich meine, Oma war eine Hexe, also war doch irgendwie alles möglich.

Papa ließ den Korken knallen und schenkte Sekt ein, von dem wir »Kinder« aber nichts abbekamen. Stephan, Chris und ich tranken alkoholfreien Punsch. Auch Oma trank Punsch, aber sie hatte sich einen ordentlichen Schuss Schnaps hineingekippt. Wir stießen alle miteinander an.

Papas Blick war freundlich.

Mama guckte eher hoffnungsvoll in meine Richtung, so als wünschte sie sich, dass ich nächstes Jahr die Mär vom Lykaner endlich begrub und Oma nicht mehr aufregte.

Oma wiederum schaute mich wie eine Frau an, die mehr wusste, als sie preisgab. Es war gut möglich, dass ich da nur etwas hineininterpretierte, weil ich sie mit demselben Blick ansah. Oh, es gäbe noch viel zu klären.

Chris drückte mich kurz und schlug sein Glas gegen meines. »Frohes Neues, Baileybubbs. Bleib sauber!«

Ich rollte mit den Augen. »Danke, Chris-*Bubbs*, du auch.«

Dann stand Stephan vor mir. Er rang sichtlich nach Worten. »Hey, Bailey, ähm ...«

»Halb so wild«, beruhigte ich ihn. »Schon vergessen.«

Ich lächelte ihn aufmunternd an, doch er erwiderte es nicht, sondern nickte nur stumm. Die Stimmung, mit der er das neue Jahr beging, war so lausig, dass er mir fast schon leidtat.

Mama und Papa gaben sich einen herzlichen Kuss, was Stephans Miene bloß noch mehr verfinsterte. Sogar Chris, dem sonst praktisch alles entging, was in seinem Umfeld geschah, bemerkte es und klopfte ihm auf die Schulter. »Falls du auch knutschen willst, meine Oma ist solo.«

Ich massierte mir mit einer Hand die Schläfe, während ich mit der anderen das Glas an meine Lippen setzte. Es war zwar kein Alkohol drin, doch ich wünschte mir, dass es so wäre. Manchmal verstand ich, weshalb Menschen sich betrinken wollten und warum Oma einen Flachmann hatte.

»Chris, du Pfeife ...«, gab auch Stephan genervt von sich.

»Ja, hast recht, lass es besser«, stimmte ihm mein Bruder zu. »Granny hat fiese Stricknadeln.«

Stephan nickte genervt. »Ja, das ist der Grund. Wenn die Stricknadeln nicht wären ...« Er klatschte meinem Bruder die flache Hand auf den Hinterkopf.

Was sollte er auch werden: Unser Stiefopa?

»Ist eh gut, wenn du die Weiber mal für einen Moment vergisst, Kumpel.« Christophers Stimme bekam einen verschwörerischen Unterton. »Nach dem Ritt von letzter Nacht solltest du dich besser schonen.«

Mit hochrotem Kopf erklärte Stephan: »Ich habe nie behauptet, dass es so ein Unfall war.«

Aber Chris hörte ihm gar nicht zu, als er gluckste: »... sonst fällt er dir noch ab.«

»Verdammt, so viel vögele ich überhaupt nicht herum!« Stephan warf mir einen verstohlenen Blick zu. Es schien ihn gar nicht so sehr zu stören, dass Chris seine Sprüche machte, sondern dass ich sie hörte.

Falls er die Sorge hatte, dass ich ein falsches Bild von ihm bekommen könnte, täuschte er sich. Wir wohnten in Welcome, wo Klatsch und Tratsch beliebter waren als die Weltpolitik. Ich wusste also genau, welche fünf Mädels Stephan schon in seinem Bett gehabt hatte. Das machte mich weder eifersüchtig, noch wollte ich darüber urteilen.

Jetzt war Neujahr, die Zeit für gute Vorsätze und neue Chancen. Ich würde bei meinem Lykaner nicht aufgeben, sondern im Gegenteil das Flirten noch vertiefen.

Oh Gott, hoffentlich traute ich mich!

Kapitel 14

Lucy sah aus wie ein angefrorener Engel.

Sie stand in der Nähe des Eingangs vom *Eastern Farmers Co-Op*, einem Konsumladen, der sich alles rund um Bauernhöfe, Pferde und Tierbedarf auf die Fahnen geschrieben hatte. Es war das erste Mal, dass ich sie ohne Hope und Lily traf. Deshalb hatten wir uns nicht in unserem üblichen Café in Sioux Falls verabredet, sondern auf halber Strecke in Magnolia, einem Kaff, das noch kleiner als Welcome war. Zu Neujahr war hier garantiert so richtig die Post abgegangen. Vielleicht mit drei Wunderkerzen und einem Knallfrosch. Also so ähnlich wie bei uns. Tröt.

Die halbe Fahrt zu unserem Treffen hatte ich mir das Gehirn zermartert, weshalb Lucy mir nichts erzählt hatte. In meinem Kopf herrschte fast so viel Nebel wie draußen auf dem Parkplatz. Ich vermisste den Sommer, während ich durch meine Windschutzscheibe in das graue Nichts hinausspähte, das schwerlich als Landschaft zu bezeichnen war.

Als ich ausstieg, biss der Nebel in meine Haut, als hätten sich Eiskristalle daruntergemischt. Die Temperatur lag nur knapp unter dem Gefrierpunkt, was für diese Jahreszeit regelrecht warm war. Aber mein Körper bestand dennoch darauf, dass es viel zu kalt war.

Lucy lächelte mich an, als ich auf sie zuging, doch ich erkannte auch die Neugier in ihrem Blick. Sicher fragte sie sich, was ich von ihr wollte. Als Erstes fiel mir ihre neue Mütze auf. Sie war königsblau, was ihren Augen schmeichelte, aber das war nicht der Grund, weshalb sie mir ins Auge stach. Nein, ich fragte mich unweigerlich, ob sie auch nach Vampir duftete? Mein Lykaner hätte es sofort gewusst.

»Danke, dass du gekommen bist«, begrüßte ich sie und war wirklich froh, dass sie es hatte einrichten können. »Wartest du schon lange?«

Sie schüttelte den Kopf. Ihr blondes Haar hing klamm vom Nebel an ihrem Gesicht herunter und ihre Wangen und Nase waren rot vor Kälte. »Nein, zehn Minuten höchstens.«

»Tut mir leid, dass du meinetwegen so durchgefroren bist. Ich hätte dich auch drinnen gefunden.«

»Ach, wieso denn?«, wunderte sie sich. »Es ist so ein herrlicher Tag. Ich liebe Nebel. Alles sieht so friedlich aus.«

Bitte was?

Sie sah aus, als würde sie das ernst meinen.

»Aber ...« Verdattert starrte ich sie an. »Man sieht doch im Grunde gar nichts.«

»Ja, toll oder?« Sie stieß einen schmachtenden Seufzer aus und mich beschlich das Gefühl, dass Lucy noch immer auf ihrer rosaroten Wolke schwebte, weil sie einen neuen Freund hatte.

»Aber es ist kalt«, wandte ich ein.

»Ja, da kann man gut durchatmen.«

»Die Sonne fehlt.«

»Die ist eh zu grell.«

»Die schönen Blumen sind weg.«

»Aber nein! Hast du sie noch nicht gesehen?« Sie zog mich zu einer Ladenscheibe, an der Schneekristalle hingen. »Eisblumen.« Lucy nickte ganz begeistert. »Sind die nicht toll?«

»Doch, sicher.« Etwas lahm stimmte ich in ihr Nicken ein und schlug schaudernd den Kragen meiner Daunenjacke hoch. Dann krächzte auch noch irgendwo eine Krähe und die Gänsehaut am Rücken war perfekt.

»Oh, ich liebe dieses Krächzen«, schwärmte Lucy stattdessen. »Schau, dort ist sie.«

Sie deutete auf einen schwarzen Fleck im grauen Wetter-Mischmasch. Die kahlen Zweige der Baumkrone, die so krumm gewachsen war, als würde sie sich vor Kälte am liebsten verkriechen, sahen aus wie knöcherne Finger, die Schlieren in den Nebel rissen. Total gruselig.

»Ich liebe kahle Bäume«, sagte Lucy entzückt. »Wenn ich ein Vogel wäre, hätte ich mir auch diesen Platz ausgesucht.«

Also, ich mochte Lucy wirklich, auch wenn sie offensichtlich mal von Außerirdischen entführt und darauf konditioniert worden war, Eisplaneten zu verehren. Davon abgesehen war sie ein liebes Mädchen.

Endlich gingen wir nach drinnen. Sie zog sich ihre Mütze vom Kopf und verstaute sie in der Jackentasche. Ich konnte nicht umhin, der Kopfbedeckung hinterherzustieren.

»Alles okay bei dir?«, erkundigte sich Lucy.

Ich nickte automatisch. »Klar.« Doch dann schüttelte ich den Kopf. »Das heißt, nicht so ganz.«

Sie wirkte so aufrichtig, ganz als ahnte sie nicht, dass unser Gespräch etwas mit ihr zu tun haben könnte. Ich überlegte, wie ich das Thema möglichst so anschneiden konnte, dass es nicht vorwurfsvoll klingen würde, während wir an der Kinderbekleidung mit Pferdemotiven vorbeigingen.

Auf seine eigene Art war der Laden reizend. Wenn ich als Kind geritten wäre, hätte ich das ganze Zeug haben wollen. Allerdings hatte ich nur das Traktorfahren gelernt und die rosa Gummistiefel mit den weißen und pinken Pferdesilhouetten darauf gab es eindeutig nicht in meiner Größe. Trotzdem musste ich lächeln, als ich mir vorstellte, wie mein Lykaner wohl gucken würde, wenn ich mit solchen Dingern in seinem Waldabschnitt aufkreuzen würde. Er hatte diesen ungläubigen bis grimmigen Blick ganz gut drauf. Lachen hatte ich ihn dagegen nur einmal gesehen.

»Weißt du«, hob ich an und knetete meine kalten Finger. »Mir ist da etwas passiert.«

Lucy schaute mich fragend an.

»Ich habe endlich meinen Lykaner getroffen.«

»Was?«, rief sie erstaunt und schlug die Hände zusammen. »Wieso hast du das nicht gleich gesagt? Das ist ja wunderbar. Mein Gott, Bailey, endlich!« Sie strahlte mich an und lehnte sich vertrauensvoll zu mir: »Und ist er noch so toll wie damals?«

Ich nickte wie eine überdrehte Wackelfigur. »Er ist sogar noch toller und er hat mit mir gesprochen. Es war so ein Wahnsinnsmoment, als ich seine Stimme zum ersten Mal gehört habe.«

Lucy war dermaßen gerührt, dass ihr Tränen in den Augen schwammen. »Oh, das glaube ich dir.«

Natürlich wollte sie alle Einzelheiten wissen, also erzählte ich ihr von der Begegnung mit meinem Werwolf. Während ich von ihm sprach, spürte ich das Flattern in meinem Magen, das Kribbeln in meiner Brust und das Lächeln auf meinem Mund. Mir war klar, dass ich so verliebt aussehen musste wie Lucy, als sie bei unserem letzten Treffen von ihrem neuen Freund gesprochen hatte.

Sie nahm mich in den Arm und drückte mich. »Das ist mega toll, Süße.«

Na ja, zu dem Part, bei dem er gesagt hatte, dass ich nicht wieder auftauchen sollte, war ich auch noch gar nicht gekommen. Ich hatte zunächst einmal nur den rosaroten Teil der Geschichte erzählt, den mit Luftballons, Schmetterlingen und Regenbögen, ohne unüberwindbare Mauern, finstere Blicke oder kalte Abfuhren.

Lucy löste sich aus der Umarmung, um mir in die Augen schauen zu können. »Aber warum willst du denn nicht, dass die anderen davon erfahren?«

»Weil es auch um dich geht und ich es deshalb zuerst nur mit dir besprechen wollte.«

»Um mich?«, wunderte sie sich. »Aber ich kenne ihn doch gar nicht. Oder kenne ich ihn etwa?«

Ich schüttelte den Kopf. »Nein, das nicht. Aber er hat da etwas gesagt ... über dich.«

»Du machst es ja spannend«, fand sie und wirkte ebenso nervös wie ratlos.

Als ich in der Nähe einen Verkäufer herumlaufen sah, zog ich sie hinter ein Regal mit Reitgerten und Lederstiefeln, wo wir ungestört waren. »Er dachte, ich würde mich mit einem Vampir treffen«, flüsterte ich.

»Was?« Sie schaute mich aus riesigen Augen an. »Warum das denn?« Dann sog sie den Atem ein und hielt sich die Hand vor die Lippen. »Triffst du dich etwa mit einem?«

Der Gedanke war derart absurd, dass ich beinahe geschnaubt hätte. Aber das tat ich nicht. Stattdessen fasste ich in meine Tasche und holte ihre Mütze hervor. »Nein, aber du.«

Ich sah ihr an, dass sie nicht wusste, woher diese plötzliche Wendung gekommen war. Sie schluckte schwer und starrte auf die Mütze, die ihr vor einiger Zeit noch gehört hatte. Sie runzelte die Stirn und sagte nichts mehr.

Also tat ich es für sie: »Weißt du davon? Oder ist es neu für dich?«

Schließlich stieß sie geräuschvoll den Atem aus. Schon durch ihren um Verzeihung bittenden Gesichtsausdruck kannte ich die Antwort, bevor sie diese aussprach: »Ich wollte es dir sagen, wirklich, aber ich durfte es nicht. Es tut mir so leid.«

Ich hatte das Gefühl, innerlich zusammenzusacken. Als ob die gesamte Welt, die mich umgab, nur aus Geheimnissen bestand. Nebel, wohin man auch blickte.

Lucy fasste nach meinen Händen. »Ich bin ehrlich erleichtert, dass du es nun weißt. Jetzt können wir uns endlich alles erzählen.«

Dann fingen wir doch am besten gleich damit an. »Wieso durftest du mir nichts sagen?«

Nun senkte auch Lucy ihre Stimme zu einem beinahe mystischen Flüstern: »Weil sie im Verborgenen leben und ein Riesengeheimnis um sich machen. Du bist nie einem von ihnen begegnet und suchst ja auch gar keinen Vampir. Soweit ich weiß, sind Werwölfe und Vampire nicht die besten Freunde, also hat es nicht gereicht, dass du einen Lykaner finden willst.«

»Aber ich bin deine Freundin«, wandte ich ein.

»Das bist du auch«, versicherte sie mir. »Doch ich musste es versprechen. Schau, ich darf es nicht einmal meinen Eltern sagen.«

»Oh«, hauchte ich. »Sie wissen gar nichts?«

»Nein.«

Das nahm mir den Wind aus den Segeln. Etwas versöhnlicher fragte ich: »Und wer ist er? Dieser Vampir, meine ich?«

»Adam«, gestand sie und ihre Augen leuchteten auf. »*Mein* Adam.«

»Wow.« Ständig eine Lüge zu leben, während man sein Glück eigentlich herausschreien wollte, war sicher nicht leicht für sie. Lucy sah mich so lieb an, dass ich ihr direkt verzieh.

»Er ist der Vampir, der mich damals vor dem Ertrinken gerettet hat«, schwärmte sie. »Aber er hatte mich hypnotisiert, damit ich mich nicht mehr an ihn erinnern konnte.«

Den Satz sagte sie, als würde sie ihm das ein bisschen krumm nehmen. Kein Wunder, wenn man bedachte, dass sie eine beinahe lebenslange Suche nach ihm hinter sich hatte.

»Dann bist du mit deinem Vampir zusammen? Mit dem Richtigen?«

Sie nickte selig. »Oh ja, und es ist so unbeschreiblich schön.«

Also gab es doch Happy Ends. Vor allem die Hoffnung, die sie mir damit schenkte, war unbeschreiblich schön.

»Das freut mich für dich«, flüsterte ich mit erstickter Stimme, denn plötzlich spürte ich einen Knoten in meinem Hals.

Lucy schien es zu bemerken, denn sie fragte vorsichtig: »Und du? Seid ihr denn ein Paar?«

Ich schüttelte den Kopf. »Er will mich nicht.«

»Was? Oh, Süße.« Sie schloss mich erneut in die Arme. »Aber dann muss er ein totaler Trottel sein.«

Das entlockte mir ein Glucksen. »Wieso? Weil mich jeder Kerl mögen muss oder sonst bescheuert ist?«

Lucy schob mich ein Stück von sich weg und nickte energisch. »Genau. Du bist toll, lieb und herzlich. Wie kann er dich nicht mögen?«

»Es hat wohl auch mit meiner Oma zu tun.«

»Der Satyr-Oma?«, hakte Lucy nach.

Es konnte gut sein, dass Vampire Geheimniskrämer waren, aber ich kam verflucht noch mal nicht weiter, wenn immer jeder nur schwieg. Deshalb schenkte ich Lucy reinen Wein ein und hoffte, dass sie mir helfen könnte.

»Oma ist eine Hexe.«

Lucy verstand mich allerdings falsch. »Ist es so schlimm mit ihr?« Sie strich mir eine Strähne hinters Ohr. »Ich wäre aber auch sauer, wenn meine Oma schuld daran wäre, falls ich Adam nicht bekommen hätte.«

Das war wirklich äußerst hypothetisch, da Lucy nicht einmal mehr eine Oma hatte. Aber das war gerade nicht der Punkt.

»Nein, ich meine, dass sie wirklich eine Hexe ist. Eine echte Hexe.«

Lucys Augen wurden groß. »Aber du hast doch gesagt, dass sie Hexen nicht leiden kann.«

»Kann sie auch nicht.« Ich schraubte mir den Finger gegen die Schläfe. »Sie hat eine Identitätsstörung. Granny ist total ausgerastet, als ich sie als Hexe bezeichnet habe.«

»Ach du grüne Neune!« Lucy sah aus, als hätte sie sich am liebsten auf einen Hocker gesetzt, doch hier waren nur

Reitgerten und Stiefel. »Und wir haben noch Witze über sie gemacht.«

»Dabei war alles echt.«

Sie schüttelte den Kopf. »Aber was hat sie mit deinem Lykaner zu tun?«

Ich senkte meine Stimme zu einem vertraulichen Flüstern, weil dieser seltsame Verkäufer wieder um uns herumschlich. Gab es denn hier echt keine anderen Kunden? Im Hintergrund düdelte eine Feld-Wald-und-Wiesen-Melodie, die kein bisschen zu unserem geheimen Treffen passte. »Wenn ich das nur wüsste. Allerdings hat er sie eine Ausgestoßene genannt und davon gesprochen, dass wir Castellos auf unserem Gebiet bleiben sollten und uns von seinem Revier fernzuhalten hätten.«

»Das ist doch schräg«, fand Lucy. »Dann wirst du mit ihr über einen Kamm geschoren?«

»Sieht so aus.« Hilflos zuckte ich die Schultern. »Dabei ist sie komplett verrückt. Sie kann total gruselig lachen und hat in so einer Sturmnacht Dutzende Krähen angelockt, während die Blitze um sie herum einschlugen. Ich hab echt Schiss gekriegt.«

Aber Lucy runzelte nur die Stirn und murmelte: »Krähen ...«

»Ja, wieso?«

»Adam hat da mal was erwähnt über Krähen. Gott, wenn ich das doch bloß noch wüsste.«

In dem Moment wurde mir klar, dass sie für mich die Tür in eine andere Welt aufstoßen konnte. Was ihr Vampir wohl alles wissen mochte?

Ich packte ihre Hände und beschwor sie: »Kannst du ihn bitte fragen?«

Sie nickte feierlich. »Versprochen.«

»Granny hat auch Katzen und einen Ziegenbock«, zählte ich auf. »Nur für den Fall, dass das auch wichtig sein könnte. Und meinen Hund mag sie nicht. Sie sagte: *›Wir mögen Katzen.‹*«

Lucy grinste mich an. »Du hast einen Hund?«

Ich schnappte nach Luft. »Habe ich dir das denn noch gar nicht erzählt?«

Sie schüttelte bloß amüsiert den Kopf.

»Er heißt Teddy und ist so toll. Mama macht gerade eine Fotosession mit ihm, weil er so ein Hübscher ist. Aber mein Wolf fand, er wäre kein richtiger Hund.«

»Wieso das denn? Müssten die sich nicht super verstehen?« Sie machte eine umfassende Handbewegung. »Hunde und Wölfe sind doch irgendwie verwandt, oder nicht?«

Ratlos zuckte ich mit den Schultern. »Na, vielleicht weil Teddy so klein ist.« Ich deutete mit den Händen einen Abstand an, in den er hineinpasste. »Oder vielleicht, weil er ein kleiner Angsthase ist. Aber schau nur ...«

Mit Feuereifer zog ich mein Handy aus der Tasche und zeigte ihr das Bild, das ich an Silvester von ihm gemacht hatte, als ihm das Hütchen leider schon wieder vom Kopf gerutscht war.

»Och, jö!« Lucy geriet neben mir in Verzückung. »Der ist ja knuffig.« Dann bekam sie leuchtende Augen und sah sich zwischen den Regalen um. »Los, lass uns für ihn ein hübsches Mitbringsel finden. Was hältst du von einem quietschenden Kauknochen?«

Teddy hätte sicher seinen Spaß damit und Oma würde schön genervt sein.

»Au ja«, stimmte ich zu.

Wir ließen die Pferdeabteilung hinter uns und gingen weiter zum Hundezubehör.

»Aber deine Oma kann doch nicht der Grund dafür sein, dass er dich nicht mag«, griff Lucy das frühere Thema wieder auf. »Das wäre doch total fies.«

»Stimmt«, gab ich zu. »Vielleicht tue ich Granny auch unrecht und er würde mich so oder so nicht mögen, weil ich so ein graues Entlein bin.«

Lucy stemmte die Hand in die Seite und trippelte mit dem Fuß auf den Boden. »Das kann ja jetzt wohl echt nicht dein Ernst sein.«

Seufzend griff ich nach einem Knochen aus dem Regal. »Er ist einfach so toll, Lucy. Wirklich, er sieht aus wie ein nordischer Gott. Ich meine …« Ich durchforstete mein Gehirn auf der Suche nach einem passenden Vergleich. »Kennst du den Film *Thor*? Dieser eine Schauspieler, der den Thor gespielt hat.«

Schwärmend faltete Lucy die Hände vor der Brust zusammen, als wollte sie ihn gleich anbeten. »Du meinst Chris Hemsworth?«

»Genau den«, stimmte ich zu und fasste nach einem zweiten Kauknochen, um die beiden miteinander zu vergleichen.

»Mann, diese Australier sind echt heiß!«, tuschelte sie, als befürchtete sie, dass Adam sie hören könnte. Ihr Blick wurde entschlossen. »Den *musst* du dir schnappen.«

Ich verschluckte mich fast vor Lachen, weil Lucy sich so für ihn begeistern konnte. »Na, er ist es ja nicht wirklich. Er sieht nur so aus.«

Eigentlich sah er sogar noch besser aus, denn er hatte diese animalische Seite an sich. Mir würde sein nackter Körper im silbernen Licht des Mondes nie mehr aus dem Kopf gehen.

»Das ist doch toll.«

»Ja, aber schau mich an!«, verlangte ich und schüttelte hilflos die Hundeknochen in den Händen. »Er ist hier …« Ich streckte meinen Arm so weit ich konnte nach oben, damit ihr die Messlatte bewusst wurde, und ließ, um meine Behauptung zu unterstreichen, den Kauknochen quietschen. »… und ich bin da.« Mit der anderen Hand bückte ich mich ganz herunter und drückte wieder auf das Spielzeug.

Quietsch. Ich bin am Boden. Quietsch.

»Also, Bailey«, schimpfte Lucy und schnappte sich die Knochen aus meinen Händen. »Du spinnst doch wohl! Du bist nicht da unten.«

Ihr Blick wurde entschlossen. Sie suchte mir einen Knochen aus und packte den anderen wieder weg. »Das ist der

›Hier oben‹-Knochen. Den anderen bekommst du nicht mehr.«

Dieses Mal war sie diejenige, die damit ein energisches Quietschen verursachte. Anschließend drückte sie ihn mir in die Hand. »Ich habe meinen Vampir bekommen und du wirst dir gefälligst deinen Lykaner angeln, jetzt, wo du ihn schon einmal gefunden hast. Das wäre doch gelacht.«

Haha.

»Wie stellst du dir das vor?«

Sie zwinkerte zufrieden. »Indem wir einen Plan schmieden, wie du deinen heißen Lykaner verführst. Am besten sorgen wir dafür, dass du dich nicht mehr wie ein hässliches Entlein fühlst, und machen einen Schwan aus dir.«

Wow. Was?

Ich als Verführerin? Etwas ratlos zuckte ich die Schultern. »Ich könnte diese eine Tunika anziehen, die mir Oma ...«

»Ah!«, rief Lucy und hielt sich die Ohren zu. Sie sah ein bisschen aus wie der kleine Junge aus *Kevin allein zu Haus*. Sofort beschied sie: »Nichts von deiner Oma!« Neugierig reckte sie ihren Hals und sah sich um. »Die haben hier bestimmt auch Sachen für Frauen.«

»Aber ich spare für ein Auto und ich habe schon für Teddy ein halbes Vermögen hingeblättert.«

Eine Generalüberholung war einfach nicht drin.

»Ah, ah, ah, das will ich gar nicht hören«, verbot mir Lucy und schwor feierlich. »Ich habe eine Kreditkarte und ich werde sie benutzen. Meine Familie hat Kohle bis zum Umfallen. Die merken das nicht mal.«

Wie aufs Stichwort wollte der aufmerksame Verkäufer schon auf uns zueilen, doch Lucy winkte ab und erklärte ihm rigoros: »Das ist ein Mädelsding. Nichts für ungut. Wir sehen uns einfach später an der Kasse.«

Er grinste zufrieden und rieb sich doch tatsächlich die Hände, als er davonhuschte, um uns Privatsphäre zu gönnen.

»Aber das kann ich doch nicht annehmen«, stammelte ich.

»Wehe, wenn nicht!« Sie wedelte drohend mit dem Finger in meine Richtung, aber ihr Gesicht sah vor allem furchtbar lieb aus.

Lucy schnappte sich meine Hand und zog mich zur Damenbekleidung. Ich war angenehm überrascht, hier nicht nur Reitutensilien vorzufinden. Ganz im Gegenteil. Da waren richtig schöne Sachen dabei.

»Ah!«, kreischte Lucy. »Das musst du alles anprobieren.«

»Aber das ist doch zu viel.«

Sie begann, diverse Kleider auf ihrem Arm zu stapeln. »Und das noch ... und das noch ...«

»Aber ...«

»Und wenn du noch einmal *aber* sagst, schreie ich.« Ihre Drohung war wenig angsteinflößend, zumal sie mir dabei zuzwinkerte. War sie etwa gerade im Kaufrausch?

»Aber das ...«

... schießt doch völlig übers Ziel hinaus.

Jedoch schaffte ich es nicht, den Satz auszusprechen, weil Lucy zu einem weiteren und diesmal waschechten Schrei ansetzte, für den ich sie fast mit dem Kauknochen knebeln musste, damit sie Ruhe gab.

Wow.

Shoppen.

Das war eine ganz neue Erfahrung.

Allerdings waren die Kleider allein ja nicht des Rätsels Lösung. Das Wort »verführen« bereitete mir regelrecht Panik.

»Darf ich dich mal was fragen?« Unsicher spielte ich an dem Knochen herum.

»Klar doch.« Lucy schob mich mit dem Kleiderberg im Arm auf eine der Kabinen zu.

»Also, wenn du mit Adam zusammen bist und er ein Vampir ist ...«

»Ja?«, juchzte sie vergnügt.

»Ist das dann irgendwie anders? Als mit einem normalen Mann, meine ich.«

Sie kicherte und wählte mir ein erstes Kleid für die Anprobe aus. »Das kann man wohl sagen. Er ist viel leidenschaftlicher und sinnlicher. Und wenn er mich beißt ...« Sie stieß einen Seufzer aus. »... dann bleibt die Zeit stehen.«

Ich räusperte mich und spähte aus der Kabine heraus nach links und rechts, damit uns auch wirklich niemand belauschte. Verlegen kratzte ich meinen Arm. »Und der Sex?«

Lucy lachte vergnügt. »Das ist der Wahnsinn. Besonders weil er mich gerne beim Sex beißt und dann alles so intensiv wird.«

»Aha.«

Hm.

Was sollte ich mir darunter vorstellen? *Alles wird so intensiv.*

»Kannst du das genauer beschreiben?«

Lucy schaute mich etwas befremdet an.

»Ich meine, weil ich doch noch nie ...«

»Oh, das. Tja, mein erstes Mal hatte ich leider nicht mit Adam. Aber es wäre bestimmt toll geworden.«

Mit einem mulmigen Gefühl zog ich mein Strickkleid aus. »Und wie war es wirklich?«

Sie gab ein missfallendes Geräusch von sich.

»So blöd?«

»Allerdings.«

Irgendwie war mir ganz komisch zumute. »Tut es denn weh, wie alle sagen?«

Sie nickte und schnitt eine Grimasse. »Dieses blöde Jungfernhäutchen«, zischte sie. »Wer hat das nur erfunden?«

Vor Schreck blieb ich mit den Haaren am Reißverschluss des Kleides hängen. Aua.

»Komm, ich helfe dir, Süße«, erbot sich Lucy sofort.

Dabei bereitete ein herausgerissenes Haar sicher deutlich weniger Schmerzen als die Sache mit dem Jungfernhäutchen.

»Oh je«, murmelte ich bang.

»Es tut schon weh«, gab sie zu. »Der Mann kann Probleme haben reinzukommen und wenn er nicht aufmerksam ist, wirst du es nicht mögen.«

Im Klartext: Schmerzen.

»Ich glaube, ich will keinen Sex«, murmelte ich schaudernd.

Lucy schüttelte entschieden den Kopf. »So ein Unsinn! Mit dem richtigen Mann wird es toll. Es muss doch gar nichts heißen, dass mein erstes Mal kein Knaller war.« Sie wackelte mit den Augenbrauen. »Dein Werwolf ist bestimmt ein sinnlicher Typ. Das muss er sein, wenn er wie Chris Hemsworth aussieht.«

Oh ja, er war unfassbar attraktiv. Mir fiel sein sexy Mund ein. Wie gerne hätte ich ihn geküsst!

»Leidenschaftlich«, schlug Lucy vor, »stark, ungebändigt und durchtrainiert. Voller Testosteron.«

»Hm.« Ich schluckte nervös.

»Und du weißt ja, was Testosteron mit einem Mann macht. Also Adam ist der Hammer. Wenn er mich berührt und verwöhnt, ...«, schmachtete sie. »... vergesse ich die ganze Welt um mich herum. Dann gibt es nur noch uns beide. Wie sollte man seine Liebe besser besiegeln?«

Lucy zupfte das Kleid zurecht und schloss den Reißverschluss in meinem Rücken. Dann drehte sie mich zum Spiegel um. »Sehr schön«, fand sie.

Puh! War ich das etwa?

Das schwarze Musselinkleid schmeichelte meinen Kurven.

Mit einem Mal kam mir die sonst so unschuldige Lucy wie eine Geweihte der Finsternis vor, die sich mit Sex, Vampiren und dem Reich des Übernatürlichen auskannte.

Und nun weihte sie mich in alles ein, was ich über Sex wissen musste, und machte aus mir eine Verführen. Sie war die Wächterin einer Schwelle, die ich erst noch übertreten musste: Mein erstes Mal.

Mit ihm.

Allein von der Vorstellung, dass er mich berührte, wurde mir sterbensheiß.

Lucy lächelte mich im Spiegel an. »Das ist schon mal prima. Aber wir brauchen noch was für den richtigen Wow-Effekt.«

Plötzlich fühlte ich mich wie eine Prinzessin und nicht mehr wie eine unscheinbare graue Strickmaus. Mit Lucy als Verbündete hatte ich das Gefühl, alles erreichen zu können.

Und ich wollte nach den Sternen greifen.

Nach ihm ...

Kapitel 15

Hm.

Ich hielt mitten in meiner Bewegung auf der Stufe inne und dachte über das Geräusch, das ich soeben gehört hatte, nach. Eigentlich war es nur ein Knarren, so leise, dass man es eher als Flüstern der Treppe hätte bezeichnen können, unauffällig genug, dass mein Vater es noch nicht repariert hatte. Aber mein Kopf sagte mir, dass damit etwas nicht stimmte.

Vorsichtig machte ich einen Schritt zurück und wieder hoch. Es knarrte erneut.

Woran erinnerte mich das bloß?

Ich wiederholte es noch ein paar Mal. Stufe runter und wieder rauf, immer noch die Bettwäsche in der Hand, die ich gerade aus dem Trockner gefischt hatte, während ich mit der anderen Hand das Geländer umschloss.

Knarr. Knarr. Knarr.

Aus dem Dunkel meiner Erinnerung spukte etwas hervor und als ich meiner Übung auf der Treppe noch schneller nachging, kam es mir wieder in den Sinn: jenes schnelle Trippeln von neulich, als ich von meinem Ausflug mit Teddy zurückgekehrt war.

Mein Blick huschte zur Dachbodenluke. Ich wollte einen Besen fressen, wenn sich die Klappe wirklich gelöst hatte.

Oma war eine Frau mit Geheimnissen. Wie sie dort hinaufgestiegen sein sollte, mochte eines davon sein. Aber vielleicht gäbe es oben auf dem Speicher unter all den alten Staubschichten ja etwas, das Licht in die Sache bringen könnte.

Ich brachte die Bettwäsche in mein Zimmer, verschob das Neubeziehen auf später und huschte zurück in den Flur. Ein wenig kam ich mir wie eine Einbrecherin in den eigenen vier Wänden vor und ertappte mich dabei, wie ich mich nach meiner Familie umsah. Doch es war niemand außer mir hier. Oma hielt um diese Zeit vermutlich ein Mittagsschläfchen, Mama hatte eine Nachbarin besuchen wollen und Papa war mit Chris am Traktor zugange.

Stephan hatte sich seit der Silvesternacht nicht mehr gemeldet. Gut, das war nicht lange her, aber trotzdem seltsam, weil er sonst fast täglich hereinschaute. Nach der Sache im Stall brauchte er vermutlich etwas Zeit für sich. Ich drückte ihm die Daumen, dass er sich in den nächsten Tagen fangen würde. Er war der beste Freund meines Bruders, und so sehr Chris mir auch den letzten Nerv rauben konnte, ich wollte bestimmt nicht schuld sein, dass die Freundschaft Schaden nahm.

Ich atmete tief durch und kam mir im selben Augenblick lächerlich vor. Hey, ich stand hier doch wirklich nur vor der Dachbodenluke. Also schön, dann mal los. Ich ließ die Leiter herunter und kletterte die schmalen Trittbretter hoch. Das Ding war ganz schön wackelig und ich hatte Mühe, in meinen Kopf zu bekommen, wie Oma es geschafft haben sollte, dieses flotte Trippeln zu erzeugen.

Ich trug weder Stützstrümpfe, noch brauchte ich einen Gehstock, aber ich klammerte mich am Lauf fest, um keinen Sturzflug hinzulegen. Was hatte Oma, bitteschön, gemacht? Sie war sicher nicht auf ihrem Gehstock hinaufgeflogen.

Oben angekommen, staubte ich meine Leggins und das Strickkleid ab und schaute mich um. Ich war sicher schon seit zehn Jahren nicht mehr hier gewesen. Der Speicher kam mir riesig vor. Er erstreckte sich über die gesamte Grundfläche des Hauses. Altes Gebälk zog sich kreuz und quer unter dem Dach entlang und mehrere Pfeiler ragten vom Dielenboden auf, die sich, ebenso wie die Kisten, als Hindernisse im Raum aufbauten.

Die Luft war erfüllt von Staub, der unter dem Licht der nackten Glühbirne flirrte, die keine zwei Meter von mir entfernt von einem Balken baumelte.

Ein muffiger Geruch, der von alten Pappkartons, noch älteren Möbeln und dem Mangel an Frischluft herrührte, reizte meine Nase so sehr, dass ich niesen musste. Zum Glück war ich weder Allergiker noch Asthmatiker.

Mit staubiger Luft käme ich klar, solange mich das nur endlich weiterbrächte, doch die schiere Flut an hier abgestellten Utensilien ließ mich zweifeln. Wo sollte ich bloß anfangen? Ich hatte keine Ahnung, was davon Oma gehörte. Langsam schritt ich zwischen Kisten, Bücherstapeln, Schränken, Regalen und Klappstühlen entlang.

Manches erkannte ich wieder. Dort stand mein altes Schaukelpferd und die Puppenstube. Soweit ich wusste, hatten Mama und Oma schon vor mir mit den Sachen gespielt. Den Sekretär hatte Opa früher benutzt. Hm ...

Kurzentschlossen ging ich hin und klappte ihn auf. Ich stöberte in den Fächern und Schubladen, doch außer vergilbtem Papier, einer abgebrochenen Schreibfeder und einem eingetrockneten Tintenfass war hier nichts zu holen. In meiner Paranoia tastete ich das Möbelstück sogar nach versteckten Böden und Geheimfächern ab, doch in dieser Hinsicht war Opa entweder zu langweilig veranlagt gewesen, oder zu geschickt für mich, um dahinterzukommen. Ich tippte auf Ersteres und setzte meine Suche zwischen Staub und Kisten fort.

Himmel, Mama hatte sogar meine Babysachen aufgehoben. Manche dieser Teile waren unglaublich süß und ich musste mich beherrschen, um mit meiner Nachforschung weiterzumachen, statt mich in Kindheitserinnerungen zu verlieren.

Ich fand sogar meine Milchzahndose. Unglaublich, dass ich mit so kleinen Dingern mal hatte kauen müssen. Ich erinnerte mich sogar noch genau daran, wie stolz ich gewesen war, als bei mir bereits mit fünf Jahren der erste Zahn gewackelt hatte, während es bei vielen erst mit sechs losging. In dem Moment hatte ich mich groß und erwachsen gefühlt. Tja, also das mit dem Großwerden hatte leider nie wirklich geklappt.

Ich weiß, ich weiß, das spart Wolle.

Und erwachsen? Also, ich freute mich auf meinen neunzehnten Geburtstag. Im Grunde war aber alles unter einundzwanzig nicht das Wahre! Erst dann dürfte ich Alkohol trinken oder einen Leihwagen mieten. Hm, ab wann waren Casinos eigentlich erlaubt? Andererseits war das auch egal, weil ich sowieso kein Geld hatte, um es zu verprassen. Mit etwas Glück fände ich hier vielleicht eine alte Münzsammlung. Verkaufen würde ich sie allerdings nicht, denn dies war nicht bloß ein staubiger Dachboden, sondern vor allem ein Speicher alter Erinnerungen. Als hätte man sie in eine Konservendose getan, um sie aufzubewahren.

Es gab alte Bilderbücher von Christopher und mir, ein Kegelspiel, Sportpokale von Papa, der in der Schulmannschaft Ringer gewesen war – die Flut an Krimskrams war überwältigend.

Ich war sicher schon drei Stunden hier oben, bevor ich eine angegraute Kiste aufklappte, die uralten Kram beinhaltete: eine Puppe aus Porzellan, der eine Gesichtshälfte abgebrochen war, eine rabenschwarze Haarlocke, die mit einem weißen Band umwickelt war, ein handbesticktes Taschentuch, ein altertümliches Springseil. Das musste Omas Zeug sein, auch wenn es mir schwerfiel, mir Granny als so junges Mädchen vorzustellen, dass sie einmal damit gespielt hatte.

Nachdenklich ließ ich das Hüpfseil durch meine Finger gleiten. Die Fasern waren schon ganz rau und verfärbt. Wo Omas Hände einst geschwitzt hatten, waren dunkle Flecken, und dort, wo es über den Boden geschleift war, sah es ziemlich aufgescheuert aus.

Sie musste wie eine Wilde gesprungen sein, nicht bloß zwei, drei Mal.

Deine Oma tanzt gerne bei Vollmond.

Ich runzelte die Stirn und versuchte, den Gedanken zu vertreiben. Doch das trappelnde Geräusch von Füßen gesellte sich zu meiner Erinnerung dazu. Omas Gesicht fiel mir ein, wie sie sich bemüht hatte, unbekümmert zu wirken, nachdem ich sie bei der Luke entdeckt hatte.

Stöhnend legte ich das Seil beiseite und massierte meine Kopfhaut. Die letzte Zeit war ziemlich turbulent gewesen: das Wiedersehen mit meinem Werwolf, die Anschaffung von Teddy, Stephans Anmache, Omas kleines Hexengeheimnis, Lucys Vampir. Unweigerlich fragte ich mich, was noch alles geschehen würde. Ein bisschen kam es mir vor, als hätte jemand die Büchse der Pandora geöffnet, und nun strömte alles nach draußen. Allerdings war in Pandoras Kästchen nur Unheil gewesen. Ich hoffte, dass ich mehr Glück hätte.

Abermals griff ich in die Kiste, kramte nach dem erstbesten Gegenstand und hielt plötzlich ein Fotoalbum in den Händen. Ich entdeckte Bilder von Oma, Opa und Mama. Alles erinnerte an Eintracht auf der Farm, aber auch an ein hartes Leben in der Landwirtschaft, dann wiederum Scheunenfeste. Allerdings zeigten die meisten Bilder diese etwas eingefrorenen Gesichter mit den streng gescheitelten Frisuren, die damals üblich gewesen waren.

Ich spähte in die Kiste und entnahm ihr ein weiteres Album. Auch darin fanden sich Oma und Opa inklusive Hochzeitsfotos. Mama war in diesem Album noch nicht dabei, doch dafür hatte Granny einen runden Bauch. Sie hatte Kittelschürzen getragen, Johannisbeeren entsaftet,

Äpfel gemostet und natürlich gestrickt, genäht und gehäkelt.

So wie ich das sah, gab es in dem Album nur langweilige Hausfrauenbilder, aber es war verrückt, wie jung Oma einmal ausgesehen hatte.

Und dann entdeckte ich das dritte Fotobuch. Ich hätte es beinahe übersehen, weil es kleiner und dünner war als die anderen beiden. Außerdem hatte jemand eine lachsfarbene Schleife darum gewickelt, so dass es mehr einer Pralinenschachtel glich.

Das Leben ist wie eine Schachtel Pralinen. Man weiß nie, was man bekommt. Da hatte Forrest Gump völlig recht gehabt.

Neugierig löste ich die Schleife und klappte das Buch auf. Ich ging besonders behutsam vor, weil das dünne Pergamentpapier, das die Fotos schützte, schon ganz porös war. Es war eindeutig noch älter als die anderen beiden Alben.

Auf den Bildern war Granny ungefähr in meinem Alter, womöglich sogar jünger, was sich ein bisschen seltsam anfühlte. Sie war eine echte Augenweide gewesen. Im ersten Moment wusste ich nicht, was mich so verwirrte, weil es doch eigentlich immer noch meine Oma auf den Fotos war, doch dann fiel mir auf, was anders war. Es war nicht allein das Alter oder ihre Schönheit, sondern ihr Lächeln. Ja, Granny lächelte, oder vielmehr strahlte sie regelrecht. Sie war eindeutig glücklich und als ich die Seite umblätterte, wusste ich auch, weshalb. Denn dort war Oma mit einem unglaublich attraktiven Mann zu sehen, der eindeutig nicht Opa war.

Mann, Mann, Mann! Mein lieber Scholli! Wieso hatte sie *den* Kerl bitte laufen lassen und anschließend Opa geheiratet? Gewiss, Grandpa war ein netter Kerl gewesen, aber der Typ, an dessen Seite Oma zum ersten Mal glücklich wirkte, sah wie eine andere Version meines Werwolfs aus: dunkel, charismatisch, eben einfach mit dem gewissen Wow-Faktor.

Wer war das? Und vor allem: Wieso war er nicht mein Großvater?

Schon klar, dass es mich ohne meinen richtigen Opa gar nicht geben würde, aber Oma lachte. Sie war glücklich. Das waren zwei Worte, die bisher nicht zusammengepasst hatten: *Oma* und *glücklich*.

Sie schmiegte sich in seine kräftigen Arme, trug ein geblümtes, luftiges Kleid, das gar nicht altbacken aussah, hatte offenes Haar, lackierte Fingernägel und bemalte Lippen. Sie war jung, schön und lebensfroh gewesen und man müsste schon ein blinder Ochse sein, um nicht zu sehen, dass es an ihm lag. Sie war verliebt gewesen.

Mir blieb fast die Spucke weg, als ich das begriff: Er war Omas große Liebe gewesen. Die Sorte Mann, die einem nur einmal im Leben begegnete, falls man überhaupt das Glück hatte.

Für heute ließ ich den Dachboden hinter mir. Ich packte das Buch ein, schloss den Deckel der Kiste und stieg die wackelige Leiter hinunter. Und dann ging ich noch ein Stockwerk tiefer direkt zu Omas Zimmer.

Kapitel 16

Oma lag friedlich auf ihrem Bett, hatte die Hände über dem Bauch gefaltet und starrte an die Zimmerdecke.

»Hallo, Granny, bist du gerade aufgewacht?« Ich hielt den Kopf zur Tür hereingesteckt und schaute sie fragend an.

Ihr Blick wanderte von der Zimmerdecke zu mir. »Nein, ich denke nur über ein Strickmuster nach, Baileymäuschen. Was ist denn? Soll ich dir wieder was Hübsches machen?«

Lächelnd schüttelte ich den Kopf. »Im Moment gerade nicht. Darf ich reinkommen?«

»Sicher.« Sie nickte, setzte sich im Bett auf und klopfte einladend auf den Platz neben sich. Doch kaum betrat ich ihr Zimmer, so dass sie mich und das, was ich in den Händen hielt, sehen konnte, sprang sie wie von der Tarantel gestochen aus dem Bett. Für eine Frau mit ihren Gebrechen war das doch ganz beachtlich.

»Gib das her!«, krähte sie und rannte mich förmlich über den Haufen, um das Fotobuch an sich zu reißen. Ich wusste kaum, wie mir geschah.

»Oma?« Verdattert sah ich dabei zu, wie sie sich schützend über das Album beugte und sich damit an das Fenster zurückzog.

»Das gehört nämlich mir«, erklärte sie und streichelte verträumt über den Buchrücken.

Ihre Strenge war so schnell verpufft, wie sie aufgetaucht war.

»Ich weiß, Granny.«

Sie lächelte mich beruhigt an.

»Zeigst du mir die Fotos?«

Für einen Moment hielt sie inne, doch dann nickte sie und setzte sich in ihren Schaukelstuhl, der in der Ecke ihres kleinen Zimmers neben einem Korb stand, in dem sie Wolle aufbewahrte. Hinter ihr an der geblümten Wand hingen braun-rot gemusterte Knüpfteppiche, die sie vor Ewigkeiten selbst gemacht hatte.

Ich rückte auf die Armlehne des schweren Schaukelstuhls und sah ihr geduldig dabei zu, wie sie das Buch aufschlug. Ihre alten Finger strichen so geschickt über das brüchige Papier, dass sich die Seiten wie von selbst umblätterten. Vielleicht war ja Magie im Spiel.

»Da war ich sechzehn«, erklärte sie schmunzelnd. Sie deutete auf ein vergilbtes Bild, auf dem sie artig neben einer Hofpumpe stand und ein Kopftuch trug. Ihre ganze Kleidung stammte aus einer anderen Zeit.

»Ach«, stöhnte sie. »Was ich an Wasser aus dieser Pumpe geholt habe, damit könnte man einen Teich füllen.«

Es musste Sommer sein. Sie war hübsch, doch sehr nach innen gekehrt. Das Strahlen in ihren Augen war auf dieser Fotografie noch nicht erwacht.

Für zwei, drei Seiten blieb das so, doch dann änderte sich ihr Gesichtsausdruck. Und nicht nur die junge Frau auf dem Bild lächelte glücklich, sondern auch die deutlich ältere Version, die neben mir saß. Man merkte, dass sie sich verändert hatte, dass etwas in ihrem Leben passiert war.

»Du sahst sehr hübsch aus, Granny.«

Sie kicherte. »Oh, das war ich auch.« Dann nickte sie ganz versunken und wiederholte: »Das war ich auch.«

Oma hielt inne. Ich merkte ihr an, dass sie wusste, welches Bild sie auf der nächsten Seite erblicken würde. Schließlich fand sie seufzend die Kraft dazu. Dort war es wieder, jenes

Foto, das mich schon auf dem Dachboden in seinen Bann gezogen hatte. Jenes Glück, das wie Wolken am Himmel schwebte.

Ich bemerkte, dass Omas Finger zitterten, als sie zärtlich über das Antlitz des Mannes fuhr.

»Oma, das ist ...«

»Wilbur«, hauchte sie mit verklärtem Blick.

Verdattert zuckte ich zusammen. »Wil... Was? Wilbur?«

Oma nickte bewegt.

»Du hast deine Ziege nach diesem Mann benannt?«

Das war wirklich schräg, aber kein Wunder, dass sie so dermaßen an ihrem Haustier hing. Vielleicht war es sowieso ihr Hexentier – benannt nach ihrer einzig wahren Liebe. Ein bisschen romantisch war das schon. Verschroben, aber romantisch.

Doch Oma schüttelte den Kopf und ein seltsamer Ausdruck stahl sich auf ihr Gesicht, der halb Zufriedenheit, halb Genugtuung war. »Nein, Baileymäuschen, ich habe Wilbur nicht nach ihm benannt.«

Ich schluckte schwer und benetzte meine Lippen.

Bumm, bumm. Ich hatte das Gefühl, dass mein Herz gleich aussetzen würde, denn eine ungute Ahnung machte sich in mir breit.

Nein, oder?

»Sondern?«, flüsterte ich.

Jetzt schmunzelte sie, als würde sie einen guten Witz kennen. Dennoch strich sie liebevoll über die Fotografie. »Wilbur ist Wilbur.« Ihr Blick suchte meinen. »Verstehst du?« Sie tippte auf den Mann im Bild.

Scheiße!

»Du ...« Ich verschluckte mich an meiner eigenen Spucke und hustete los. Während ich noch immer nach Atem rang, krächzte ich: »Hast *du* ihn etwa in einen Ziegenbock verwandelt?«

Denn von allein war ihm das ganz sicher nicht passiert.

Konnte Granny so was? Das war ja zum Fürchten.

»Es war nicht so schwer«, winkte sie ab, als würde es dabei lediglich um magische Kniffe und nicht um das Schicksal eines Mannes gehen. Es war das erste Mal, dass sie sich nicht darum bemühte, ihre magischen Fähigkeiten vor mir zu verbergen, doch es konnte durchaus sein, dass sie es ihrer religiösen Gabe zuschrieb. »Satyre sind ja schon zur Hälfte Böcke.«

Was?

»Das ist ein Satyr?«, krakeelte ich und war außerstande, meine Stimme zu kontrollieren. Sie kippte völlig ins Schrille.

Das konnte doch wohl nicht wahr sein! Ich wusste bisher nicht einmal, wie ein Satyr überhaupt aussah. Also im echten Leben. Natürlich hatte ich irgendwann meinen Laptop zurate gezogen. Laut der griechischen Mythologie waren es Dämonen, Mischwesen mit tierischen Gliedmaßen: zottigen Beinen, Hufen und Hörnern auf dem Kopf. Ich hatte auch gelesen, dass sie phallische Geschöpfe waren, gewissermaßen die Gegenspieler von Nymphen. Ja, genau, Nymphen – so wie bei »nymphoman«. Doch was im Internet stand und was man in der Wirklichkeit vorfand, war nicht unbedingt dasselbe.

Demnach konnten Satyre – ebenso wie Werwölfe – Menschengestalt annehmen? Dem Foto nach zu urteilen: ja. Himmel, der heiße Typ war ein Satyr!

»Aber nein«, beruhigte sie mich. »Jetzt ist er keiner mehr. Früher schon, aber inzwischen ist er bloß noch und für alle Zeit ein Ziegenbock.«

Ich wusste wirklich nicht, was an dieser Aussage beruhigend sein sollte.

»Das lässt sich nicht mehr ändern?«, vergewisserte ich mich.

Oma schnitt eine Grimasse und zuckte mit den Schultern. »Nee. Es hat mich ganz schön Kraft gekostet, denn wenn man dauerhafte Flüche wirkt, gibt man auch dauerhaft einen

Teil der eigenen Macht weg. Ein Teil von ihm gegen einen Teil von dir. So ist das eben.« Dann grinste sie verstohlen. »Aber es hat sich gelohnt.«

Ob ihr eigentlich klar war, dass sie gerade das Wort »Fluch« benutzt hatte? Ich wollte jetzt jedoch noch nicht auf ihr hexisches Wesen zu sprechen kommen. Sie war gerade so gut in Fahrt, was Wilbur betraf.

»Er war ein Satyr ...« Ich konnte es noch immer nicht fassen. Omas Satyr!

Sie hatte ihren Exliebhaber in eine Ziege verwandelt. All die Jahre. Das musste länger her sein als die Beziehung zu Opa. Alles noch vor Mamas Geburt.

»Du hast deinen Exliebhaber dein Leben lang behalten«, stieß ich hervor. Das war krank. Eindeutig krank.

Mir kamen ihre Worte in den Sinn, dass Hexen es mit Satyren unter dem Vollmondhimmel trieben. Dann hatte sie gar nicht bloß von anderen gesprochen? Ich wollte mir meine eigene Großmutter doch nicht bei so was vorstellen.

»Tja, Baileymäuschen, er ist jetzt nur noch ein hohler Ziegenbock. Die Verwandlung hat ihn etwas in Mitleidenschaft gezogen.« Sie schraubte sich den Zeigefinger gegen die Schläfe, um mir klarzumachen, dass er geistig nicht mehr auf der Höhe war.

Toll, sie hatte ihm nicht nur seinen menschlichen Körper gestohlen, sondern auch seinen Verstand, vermutlich seine Seele. Alles, was ihn jetzt nur noch kümmerte, war sein Futter.

»Ich habe deinen Lover mit Reisig gefüttert«, stöhnte ich und rieb mir die Schläfen.

Von wegen Hexentier!

Oma kicherte so hämisch, dass es wie die Schadenfreude einer Hexe klang, die Kinder in ihr Lebkuchenhaus lockte, um sie hinterher zu essen.

»Aber wieso?«, beschwor ich sie. »Du sahst doch so glücklich aus.«

Ich starrte auf das Foto, auf das Glück zweier Menschen darauf: Liebe.

Himmel, ich würde es meinem Lykaner nie wünschen, für immer nur ein Wolf und nie mehr ein Mann zu sein, ganz egal, was vorfallen würde.

»Wieso ich ihn verwandelt habe?«, fragte sie mich mit wachsamem Blick. »Weil ich ihn geliebt habe.« Sie nickte und ihre Stimme verlor sich in einem düsteren Raunen. »Jawohl, geliebt. Hexen lieben immer die Tiermänner. Normale Männer sind nie dasselbe.«

Nicht, dass ich das jetzt verstand, aber ...

»Was ist mit Opa?«

Granny machte eine wegwerfende Handbewegung, als redeten wir über altes Obst. »Früher hat man eben geheiratet.«

Das klang nicht nach echter Liebe und es hatte auf den Fotos auch nicht danach ausgesehen. Nur noch streng dreinblickende Gesichter. Ich hatte es der damaligen Zeit zugeschrieben, die von Ernsthaftigkeit und Entbehrungen geprägt gewesen war, und als man sich noch für den Fotografen seinen Sonntagsanzug angezogen hatte. Doch Oma hatte so geschaut, weil sie ihre wahre Liebe verloren hatte, und womöglich hatte sie Opa nur geheiratet, *weil* er ihr nichts bedeutet hatte.

Das war das Gegenteil von dem, wie es hätte laufen sollen. Traurig schaute ich auf das Foto voller Glück. Trotz ihrer wahnsinnigen Art, tat mir Oma plötzlich leid.

»Also, du hast nie einen anderen als Wilbur geliebt?«, hauchte ich.

»Nein«, gestand sie. »Er war der Eine für mich, das wusste ich einfach. Mein Satyr.« Sie schniefte und nickte. Dann gestand sie: »Alle Hexen mögen Satyre und Katzen.«

Hatte sie sich gerade selbst eine Hexe genannt?

Sie schaute mich vorwurfsvoll an. »Also dieser Hund, den du da hast ... Das ist ja fast so schlimm, wie auf einen Lykaner zu stehen.« Sie schnaubte und schüttelte den Kopf.

»Tiermänner taugen leider alle nichts. Sie sind einfach nicht treu.«

Hatte sie deshalb den Kastenwagen verflucht? Weil sie eine Wut auf Tiermänner hatte?

Ich rutschte von der Armlehne, ging vor ihr in die Hocke und hielt ihre Hand. »War das euer Problem, Granny?«

Das Glück, das in ihren Augen gefunkelt hatte, als sie sein Bild betrachtet hatte, war wie ausgelöscht. Mit Grabesstimme erklärte sie: »Er hat mich betrogen, als ich den Sommer in Mexiko war. Während ich mich in aztekischen Kulten verlor, um meine Macht zu bereichern, verlor er sich in Mona de Batista. Diese dreckige, liederliche Schlampenhexe!« Ihr Gesicht verzog sich angewidert. »Alles Schlampen!«

Sie sah mich halb irre an. Soviel zu ihrem Hexenbekenntnis.

Ich nickte schnell. »Schlampen. Genau. Ähm ...«

Ach, du dickes Ei.

Oma war nicht nur verrückt, sie hatte einen Satyr auf dem Gewissen. Schön und gut, er war nicht tot, aber er lebte in einem Stall und meckerte. Es bestand keinerlei Ähnlichkeit mehr zu dem Mann auf dem Foto, der er einst gewesen war. Zu jenem Adonis. Was für eine Verschwendung an Gefühlen und Leben.

Sicher war sie dadurch zu einer Ausgestoßenen geworden. Sie hatte einen Tiermann verflucht und die anderen Tiermänner grenzten sie und ihre »Sippe« nun dafür aus. Es war verständlich, dass sie Oma nicht auf ihrem Gebiet haben wollten, wenn sie so was mit anderen anstellte. Da hätte sie bei mir auch lebenslang Hausverbot.

Aber ich musste meinen Lykaner davon überzeugen, dass ich anders drauf war als Oma, auch wenn ich blöderweise mit diesem verfluchten Auto unterwegs gewesen war.

»Stirbt er denn gar nicht?«, erkundigte ich mich besorgt. »Für eine Ziege ist er ganz schön alt.«

»Er stirbt im Satyralter.« Oma hatte ihre Maske wieder auf.

Aha.

»Wann ist das?«

Sie wackelte nachdenklich mit dem Kopf hin und her. »Na, so mit zweihundert, dreihundert Jahren, schätzungsweise.«

»Was?«, keuchte ich.

»Keine Bange.« Sie tätschelte beruhigend meine Hand. »Er ist erst hundertdreißig.«

Als ob ich mir deswegen Sorgen gemacht hätte.

»Wer pflegt ihn, wenn du mal nicht mehr bist? Oder wirst du auch viel älter?«

Sie zuckte die Achseln. »Die meisten von uns werden hundert. Manche einhundertfünfzig. Aber dann wird es zappenduster.« Oma wedelte mürrisch mit ihrem Finger in meine Richtung. »Ich will in die Erde kommen, hörst du mich? Keine Feuerbestattung.«

Auch wenn Oma alt werden würde, so lag es doch auf der Hand, dass Wilbur sie gut und gerne bis zu hundert Jahre überleben konnte. »Aber, Oma, was geschieht danach mit ihm?«

»Dann kannst du ihn haben.«

Innerlich verdrehte ich die Augen. Bis dahin wäre ich selbst tot, denn wie es aussah wurde Granny älter als ich. Sie hatte ja immer ihr Alter betont.

»Du hast gesagt, dass Hexen Satyre mögen.«

Sie nickte energisch. »Ja, das ist ein großer Fehler. Tiermänner sind nicht gut. Sie können ihren Pimmel nicht bei sich behalten.«

Ahhh!

Nachdem ich mich Dank Lucys Einkauf vorhin wie eine Prinzessin gefühlt hatte, war es nun mit dieser erhabenen Regung vorbei. Es war eine Sache, solche Wörter irgendwo zu hören, aber eine völlig andere, wenn sie aus dem Mund der eigenen Großmutter kamen.

»*Du* mochtest einen Satyr«, wandte ich ein.

»Er konnte seinen Pim...«

»Ja, ja, schon gut«, unterbrach ich sie schnell. »Was ich eigentlich andeuten wollte …« Ich räusperte mich. »Also, Oma, jetzt mal so ganz unter uns, wenn Hexen auf Satyre stehen und du in einen verliebt warst, …«

Sie blinzelte mich an wie ein Blinklicht, aber offensichtlich wollte ihr kein Licht aufgehen.

»Kann es nicht sein, dass du möglicherweise ein paar Hexenkräfte in dir hast?«

Ihre Augen wurden tellergroß. »Nein, Baileymäuschen, das sind meine Geweihtenkräfte. Wie oft muss ich dir das denn noch …?«

»Okay.« Ich gab mich mit einer Geste meiner Hände geschlagen. »Na, schön.«

Sie zog eine spitze Schnute. Dann räumte sie ein: »Das verwirrt dich nur, weil sich Hexenmagie auch aus der Kraft der Natur speist. So ähnlich wie meine Naturrituale.«

Aus der Kraft der Natur. Das klang so harmlos wie Werbung für Kräuterbonbons oder Gesundheitstees.

»Ah, ja, da ist was dran«, stimmte ich zu. Hauptsache, sie würde nicht wieder Krähen fütternd in einem Gewitter enden. Wobei es draußen eher danach aussah, als würde sich ein Schneesturm zusammenbrauen. Ganz toll. Blizzards waren ja fast so schön wie baden im See bei Sonnenschein. Blöder Winter!

»Aber, Oma, wenn wir jetzt schon ganz ehrlich zueinander sind«, tastete ich mich vor, »dann würde ich gerne etwas wissen.«

Sie schaute mich beunruhigt an. Ich wusste nicht, ob ihr bloß meine nächste Frage nicht geheuer war, oder ob sie das Ding mit der umfassenden Ehrlichkeit anstößig fand.

Mir war bei dieser Überleitung vor allem daran gelegen, dass sie dachte, ich würde ihrer Erklärung für die Hexengeschichte glauben. Mama würde mich sonst eigenhändig an eine Silvesterrakete binden und doch noch ein verspätetes Feuerwerk veranstalten, falls Granny wieder austicken sollte.

»Wie bist du eigentlich auf die Idee gekommen, bei Rupert nach den Stricknadeln zu suchen?« Ich bemühte mich, so zu klingen, als würde ich das unglaublich clever finden. Wenn Oma sich geschmeichelt fühlte, blieb sie in der Regel lammfromm. »Ich meine, das liegt doch nicht gerade auf der Hand.«

Granny lächelte tatsächlich und stieß sich mit dem Fuß vom Boden ab, damit ihr Schaukelstuhl ein wenig wippte. Da ich seitlich vor ihr kauerte, bestand keine Gefahr, dass sie mich traf. »Es war andersrum, Baileymäuschen.«

Ich runzelte die Stirn. »Wie meinst du das?«

»Na, andersrum.« Sie nickte aufmunternd, als müsste es mir nun doch klar werden.

Andersrum. Hä?

»Das ergibt keinen Sinn«, fand ich.

Entnervt schnalzte Oma mit der Zunge. »Tze, tze, tze, Baileymäuschen, kein Wunder, dass du nie was merkst.«

Ich versuchte mal, nicht beleidigt zu klingen, zumal ich etwas ganz Ähnliches von meinem Lykaner zu hören bekommen hatte. »Was denn merken?«

»Na, zum Beispiel die Sache mit Stephan. Das hätte ein taubstummer, komatöser Blinder wahrgenommen.«

Hinterher konnte man das immer behaupten.

»Also, das lag überhaupt nicht auf der Hand«, sträubte ich mich. »Ich kenne ihn seit …«

»Dein toter Opa hat es vermutlich sogar mitgekriegt«, fiel sie mir ins Wort. »Und der ist ja – wie gesagt – tot.«

»Danke, Oma.«

»Und dabei«, fuhr sie fort und hob mahnend einen Finger, »hat er auch zu Lebzeiten nichts gemerkt.«

Vermutlich spielte sie darauf an, dass er ihre Farce von Ehe nicht durchschaut hatte.

Plötzlich wirkte Oma sehr amüsiert und gluckste: »Vielleicht hast du das von ihm geerbt.«

Ich rollte mit den Augen und wechselte lieber das Thema. »Also, wie war das denn jetzt eigentlich mit den Stricknadeln?«

Oma seufzte und ließ sich zu einer Antwort herab. »Nicht ich habe nachgesehen, sondern Rupert hat es bemerkt.«

»Rupert, die Vogelscheuche?« Ich deutete mit der Hand zum Fenster hinaus und gab mir keine Mühe, meinen Unglauben zu verbergen.

»Genau.«

» ... hat mich dabei beobachtet?« Ich zupfte am Kragen meines Strickkleides, nur damit es kein Missverständnis gab.

Sie grunzte. »Der brauchte dich eigentlich gar nicht beobachten. Du hast ihm die Dinger in den Bauch gebohrt.«

»Er ist eine Vogelscheuche!«, verteidigte ich mich.

»Ein Strohmann«, gluckste Oma.

Sekundenlang schaute sie mich erwartungsvoll an.

Als ich nicht reagierte, betonte sie: »Ein *Stroh*mann. Verstehst du? Hahaha.« Sie lachte lauthals los, dass ihr die Tränen in die Augen traten. So hatte ich sie noch nie erlebt. »Mann, ist das lustig!«, gackerte sie.

»Oma, ein Strohmann ist jemand, der für eine Person im Hintergrund ...«

Sie schoss mir einen ungläubigen Blick zu, weil ich es ihr erklären wollte. »Das weiß ich doch, Bailey.« Oh, oh, sie hatte das Mäuschen weggelassen. Kopfschüttelnd lehnte sie sich in ihrem Stuhl vor, um mir fest in die Augen zu sehen. »Ja, sag mal, was meinst du, worüber wir gerade lachen?«

Wir?

Ich hatte sicher nicht gelacht. Und jetzt gerade, als nach gefühlten hundert Jahren der Groschen bei mir fiel, war mir noch viel weniger nach Lachen zumute.

»Er *›arbeitet‹* für dich?«

»Himmel, Bailey, er ist mein Späher!« Sie stieß geräuschvoll die Luft aus und sank in ihrem Stuhl zurück, als wäre sie erschöpft. »Ich sag ja nicht umsonst, dass du nie was merkst.«

»Späher? Er ist ein Objekt.«

»Ich sehe alles, was er sieht«, versicherte sie mir. »Immer.«

Dem blöden Ding würde ich eine Augenbinde verpassen.

Er war so aufgestellt, dass er zum Haus schaute, und zwar direkt mit Blick auf mein Zimmer. Fassungslos rieb ich mir die Schläfen. Dann war mein merkwürdiges Gefühl in Bezug auf diese Vogelscheuche immer richtig gewesen, wenn ich mir beobachtet vorgekommen war. Eine Gänsehaut breitete sich auf meinem Rücken aus und ich schauderte so sehr, dass Oma mich zucken sah.

»Kann er auch Dinge hören?«

Ich wollte gar nicht wissen, was ich schon alles in der Nähe ihres Strohmanns gesagt hatte.

»Du musst nicht alles wissen«, vertröstete sie mich. »Jetzt gib mir meinen Krückstock. Ich muss mal auf den Pott.« Oma sah so gebrechlich aus wie eh und je und natürlich sagte sie ständig Dinge, die ich nicht unbedingt wissen musste, während sie die wirklich spannenden Sachen gerne für sich behielt.

Doch ich erinnerte mich noch gut daran, wie sie mich vorhin fast umgenietet hatte. »Gerade klappte es mit dem Laufen auch ohne Krücke ganz prima, Granny. Du bist aus dem Bett gesprungen und auf mich zugerannt.« Ich nickte vielsagend. *»Gerannt.«*

»Das war nur das Adrenalin, als ich gesehen habe, dass du an meinen Sachen warst.«

»Die Sachen vom Speicher?«, erkundigte ich mich leutselig.

Ihr Blick wurde schmal. »Du wirst doch wohl noch wissen, wo du mein Album geklaut hast.«

»Ich habe es dir nur gebracht«, berichtigte ich sie. »Aber wie bist du neulich eigentlich die Leiter zum Dachboden hochgekommen? War das etwa auch ein Adrenalinschub?«

»Jetzt werde mal nicht frech und hör auf, deine Faxen mit einer alten Frau zu treiben!«

Es war wohl eher Oma, die ihre Faxen mit uns allen trieb. Ob sie wirklich noch bei Vollmond tanzte? Das fragte ich sie natürlich nicht, aber mir kam es mit einem Mal gar nicht mehr so abwegig vor.

Ich ging auf Omas Spiel ein, las ihre Krücke vom Boden auf und reichte sie ihr. Granny kämpfte sich aus dem Schaukelstuhl hoch, zwängte ihr dünnes Handgelenk in die Armstütze des Gehstockes und umklammerte den Griff, als könnte sie ihn kaum halten. Dabei kannte ich ihre Schraubstockhände nur zu gut. Dann watschelte sie in ihrer üblichen, gebückten Haltung davon.

Sie war wirklich eine grandiose Schauspielerin. Falls jetzt ein Sturm aufzog und ich hier im Haus festsäße, würde ich die Zeit wohl damit totschlagen, ihr einen Oscar zu basteln. Es musste anstrengend sein, die Leute immer glauben zu lassen, man wäre so gebrechlich wie andere herkömmliche Großmütter.

An der Tür blickte sie sich zu mir um. »Worauf wartest du noch? Das ist mein Zimmer und du musst hier nicht herumlungern, wenn ich nicht drin bin.« Dann dachte sie kurz nach und fügte an: »Und sonst auch nicht.«

So, Bailey, mein Zimmer. Basta!

»Ich mag dich auch, Granny«, neckte ich sie und erhob mich.

Sie ging zwar nicht darauf ein, doch ich sah, wie ihr Mundwinkel belustigt zuckte. Als wollte sie diesen Schnitzer in ihrer Fassade wiedergutmachen, murrte sie: »Und pack' das Fotobuch zurück in seine Kiste, wo es hingehört. Wie soll ich alte Frau denn, bitteschön, die Leiter zum Dachboden hochkommen?«

Ich nahm das kleine Album und betrachtete es nachdenklich. »Tut es dir manchmal leid, dass er eine Ziege ist?«

Oma seufzte und zuckte die Schultern. »Mir tut vor allem leid, weshalb es passiert ist.«

Sicher sehnte sie sich immer noch danach, mit ihm glücklich zu sein. »Magst du deine Ziege mehr, als du Opa mochtest?«

Sie klopfte mit dem Stock auf den Boden. »So jung will ich auch noch mal sein, dass mir solche Fragen einfallen würden. Und jetzt los, meine Blase drückt!«

Ich lenkte ein und verließ ihr Zimmer, damit sie beruhigt zur Toilette gehen konnte.

»Eine Sache solltest du aber noch wissen«, munkelte ich, denn im Stall konnte mich ihre Vogelscheuche nicht gesehen haben. »Wilbur hat auf mich aufgepasst, als Stephan zudringlich wurde. Er hat ihm ... ähm ...« Ach, was soll's? Oma war ja ohnehin nie prüde. »... einen kräftigen Tritt in die Eier verpasst.«

Wie erhofft, kicherte sie los. Ich hörte sie noch feixen, als sie hinter der Toilettentür verschwand.

Kapitel 17

Es schneite drei Tage lang durch. Die Temperatur fiel von minus vier auf minus dreiundzwanzig Grad. Natürlich kannte ich diese Winter in Minnesota. Aber immer, wenn die Temperatur unter minus achtzehn Grad sank, musste ich daran denken, dass es in unserem Gefrierschrank plötzlich wärmer war als draußen.

Wir beschäftigten uns mit Hausarbeit, während Christopher und mein Vater sich damit abwechselten, unsere Landmaschinen als Schneepflüge einzusetzen, um den Hof und die Zufahrt freizuhalten. Manchmal fuhr Papa auch einfach so durch den Ort, um die Straßen zu räumen, weil er niemand war, der es ertrug, lange drinnen zu sein.

Und da man sich in Welcome gerne selbst zu helfen wusste, war er nicht der Einzige, der mit seinem Trecker durch die Gegend gurkte und den Schnee von den Straßen schob. Nun türmten sich riesige Schneemassen an den Rändern der Straßen auf, als wären es weiße Labyrinthgänge. Ich kam mir ein bisschen vor, als wäre ich im Film *Frozen* gelandet, nur ohne den schönen Gesang. Natürlich hätte ich versuchen können, Granny dazu zu überreden, ein paar Lieder zum Besten zu geben, aber sie würde sich sowieso nicht so gut anhören wie Elsa, die Schneekönigin, also ließ ich es blieben.

Vor lauter Langeweile bastelte ich ihr wirklich einen Oscar. Als ich ihn ihr für die Kategorie *»Adrenalinschub«* überreichte, sah sie aus, als könnte sie sich nicht entscheiden, ob sie mir das Ding über den Kopf ziehen oder es lustig finden sollte. Zum Glück entschied sie sich für das Lustigfinden.

Erstaunlicherweise kamen Granny und ich nach unserem Gespräch viel besser miteinander klar als früher und ab und an stahl sich ein Lächeln auf ihre Lippen, wenn wir uns unterhielten. So, als würde sie mir das mit dem Lykaner nicht mehr vorwerfen. So, wie sie vor meinem Autounfall manchmal gelächelt hatte.

Mittlerweile war mir klar, dass sie mir den Unfall selbst auch nie übel genommen hatte, sondern nur, dass ich dieses Leuchten im Blick gehabt hatte, wenn ich von meinem Lykaner sprach. Jenes Leuchten, das sie selbst einmal gehabt hatte. Ich konnte mir kaum vorstellen, wie sie mit ihren Erinnerungen an frühere Tage zurechtkam.

Ab und zu brachte ich Wilbur sein Lieblingsbrot vorbei, ja, ich backte es sogar extra für ihn. Er hatte mir bei Stephan geholfen und außerdem war er mal ein Mensch gewesen. Zur Hälfte zumindest. Doch wenn ich ihn da in seinem Stall stehen und auf seinem Futter herumkauen sah, fiel es mir schwer, ihn mit der Fotografie in Einklang zu bringen. Es machte mich traurig zu sehen, dass das alles war, was von ihm übriggeblieben war. Deshalb war ich besonders nett zu ihm und kraulte ihm auch ab und zu die Ohren, was er zu mögen schien.

Entgegen Omas Anweisung hatte ich das Album noch nicht zurückgelegt. Es beschäftigte mich einfach zu sehr. Manchmal stellte ich mir vor, dass ich das Mädchen auf dem Bild war – Himmel, Oma war darauf sogar jünger gewesen als ich –, und dass der Mann an meiner Seite mein Lykaner war. Würden wir auch einmal unsere eigene Liebesgeschichte bekommen oder so ein Foto?

Endlich, am vierten Tag, verzogen sich die gewaltigen Wolkenmassen und gaben herrliche Sonnenstrahlen frei, die das kalte weiße Wintergewand blendend grell schimmern ließen. Es wurde sogar wärmer. Brrr, richtig warm mit minus sechzehn Grad.

Trotzdem blieb ich noch zwei weitere Tage zu Hause, bis die Schneemassen so weit gebändigt waren, dass ich zu meinem Lykaner gehen konnte. Dabei warf ich die halbe Zeit sehnsüchtige Blicke auf die Einkaufstüte von meinem Ausflug mit Lucy und konnte es kaum erwarten, ihm mit den schönen Sachen unter die Augen zu treten.

Er musste einfach darauf reagieren. Er *musste*!

Schließlich war es so weit und ich zog mein tintenblaues Spitzenkleid und die weichen, sexy Wildlederstiefel an, die Lucy mir spendiert hatte. Alles war feminin geschnitten und betonte Kurven an mir, auf die sonst niemand achtete. Lucy hatte mir auch einen neuen Wintermantel gekauft. Er war silbergrau und einfach wunderschön mit seinen Aufschlägen und dem taillierten Schnitt. Außerdem hielt er richtig schön warm. Jetzt musste ich nicht mehr frieren, um gut auszusehen.

Ich lächelte, als ich mir die blaue Mütze aufsetzte. Es war dieselbe, die Lucy vor dem *Eastern Farmers Co-Op* getragen hatte. Irgendwie landete ich ständig bei ihren kuschelweichen Angoramützen. Aber sie passte fantastisch zum Kleid.

Sie hatte mir noch einen passenden Schal und elegante Wildlederhandschuhe besorgt. Doch damit nicht genug: Damit ich auch wirklich keine kalten Finger bekäme, hatte sie mir einen Muff geschenkt. Wie in diesen alten Filmklassikern *Doktor Schiwago* oder *Anna Karenina*. Als wäre ich eine russische Märchenprinzessin.

Hübsch geschminkt, aufwendig frisiert und in den herrlichen Klamotten hopste ich die Treppe herunter, um meinen Ausflug zu starten.

»Wie siehst du denn aus?«, staunten Granny und Mama wie aus einem Munde, als sie mich sahen und offensichtlich kaum wiedererkannten.

»Schön, oder? Das hat mir Lucy geschenkt.« Ich vollführte eine Drehung um die eigene Achse und hätte vor Glück am liebsten noch die Hacken zusammengeschlagen.

Mama nickte bewundernd. »Umwerfend!«

Doch Oma war von skeptischer Natur: »Hat sie was gutzumachen?«

»Sie ist einfach ein lieber Mensch«, beruhigte ich sie.

Mir war gar nicht in den Sinn gekommen, dass ihr schlechtes Gewissen darüber, dass sie mir von ihrem Vampir nichts erzählt hatte, Lucy womöglich zusätzlich motiviert haben könnte.

»Niemand ist so lieb«, beschied Oma kategorisch. »Niemand.«

»Ihre Eltern sind sehr reich«, beruhigte ich sie.

»Es ist trotzdem nicht dasselbe, wie wenn du einen Maiskolben verschenkst, nur weil wir viele davon haben.«

»Mutter«, beschwor Mama sie. »Lass das Kind doch glücklich sein.«

Aber Oma schaute mich an, als wüsste sie genau, wohin ich in meiner Aufmachung wollte. »So willst du garantiert nicht deinem Papa beim Schneeschippen helfen.«

»Die Straßen sind seit gestern frei«, verteidigte mich Mama.

»Oder zum Ziegenfüttern«, probierte Oma es weiter.

»Etwa Wilbur?« Ich sprach seinen Namen ganz gedehnt aus, bis Oma sich geschlagen gab.

»Na ja«, fand sie. »Meine Strickkleider sind trotzdem hübscher.« Sie hob einen Finger, damit ich wartete, und kraxelte dann auf die Hutablage zu. Das machte sie so überzeugend, als würde ihr das Wetter in den Knochen stecken. Dabei war sie vermutlich bumsfidel und vollführte in ihrem Zimmer Stepptänze, wenn sie allein war.

Sie fischte ein paar gestrickte Stulpen aus dem Fach und reichte sie mir. »Hier, Baileymäuschen, zieh wenigstens etwas von mir an. Du machst mich sonst ganz traurig.«

»Weswegen denn?«, wunderte sich Mama.

»So sieht sie aus, als ob sie flügge würde«, klagte Granny. »Mein kleines Mäuschen ...«

»Ist ja schon gut«, stimmte ich zu und zog die Stulpen über.

Woraus sie sich aber auch echt immer gleich etwas machte, war schon erstaunlich. Na gut, nun waren meine Handgelenke anständig bedeckt. Ich sah da kein Problem, denn die Stulpen fielen nicht großartig auf. Solange ich mir keine Strickweste über das Kleid, das sie unter dem Mantel noch gar nicht gesehen hatten, ziehen sollte.

»Du könntest auch noch diese Strickweste ...«, setzte Oma an, doch ich schüttelte energisch den Kopf und wünschte beiden einen schönen Tag.

Teddy ließ ich zu Hause, weil er Angst vor meinem Werwolf hatte, aber er wäre vermutlich auch gnadenlos im neuen Schnee versunken. Mama störte es nicht, wenn er zu Hause blieb, und Oma sollte sich wegen drei Gramm Hund nicht so anstellen. Mein Teddy war ein lieber Schatz, der tapfer mit mir *Twilight* geguckt hatte und mich dabei sein Pfötchen hatte halten lassen.

Okay, er würde nie – wirklich niemals – erfahren, wie gut diese Stiefel mir standen, weil ich so tief im Schnee versumpfte, dass es aussah, als würden meine Beine an den Knien enden.

Zwar waren die Straßen frei, aber hier im Wald hatte niemand irgendetwas geräumt. Ich kämpfte mich mühsam voran und schnaubte wie ein Arbeitspferd. Einerseits war es immer noch viel zu kalt, doch andererseits geriet ich ins Schwitzen.

Es fühlte sich merkwürdig an, dass mir am Körper zu heiß war, aber andere Bereiche wie mein Gesicht halb erfroren waren.

Ich starb fast vor Nervosität, weil ich so sehr hoffte, ihn gleich wiederzusehen. Um mich abzulenken, sang ich zur Melodie von *Morning has broken* meinen ganz eigenen Song:

»Der Schnee ist ätzend,
ich steck' hier jämmerlich fest,
frier' mir den Arsch ab ...«

Wobei.

Nein, eigentlich nicht. Grinsend klopfte ich mir selbst auf den Hintern. Der war Dank des Mantels wirklich super verpackt. Gut gelaunt griff ich nach meiner Sprühflasche. Schablonen waren mir jetzt viel zu umständlich. Immerhin musste ich mit der freien Hand meinen Muff festhalten. So cool, ich hatte einen Muff! Nimm das, Doktor Schiwago.

Wild entschlossen und halb robbend bewegte ich mich auf eine Föhre zu, die geradezu prädestiniert dafür war, angesprüht zu werden.

»Nicht übel nehmen, aber du stehst in seinem Wald«, erklärte ich ihr, bevor ich mir etwas komisch vorkam, weil ich mit einem Baum sprach.

Verflucht aber auch, der Schnee war wirklich nervend. Ich schob mich noch ein Stück näher und zückte die Sprühflasche, doch bevor ich draufdrücken konnte ...

»Ahhh!«

Ich hörte mich selbst schreien, während der Schnee unter mir absackte und mich mit sich riss. Ich fiel eine gefühlte Ewigkeit, obwohl es vermutlich keine drei Sekunden waren, doch es dauerte lange genug, dass mir mein Herz in die Strumpfhose rutschte.

Ich schlitterte einen blöden Abhang herunter und steckte plötzlich fest.

»Scheiße!«, fluchte ich und sah meiner eigenen Rodelspur nach. Irgendein Schneebrett musste beim Baum nachgegeben haben und weggebrochen sein. Aber während ich eben noch am Gipfel des kleinen Buckels gestanden hatte, saß ich nun in einer Senke fest. Der Schnee reichte mir bis über den Bauchnabel und ich stemmte mich wie eine Verrückte mit den Ellbogen ab, um mich wieder hochzuziehen.

Leider klappte das überhaupt nicht. Ich fühlte mich wie eine Weißbrotscheibe, die von alleine nicht mehr aus dem Toaster kam – bloß ohne die Wärme.

Oh Gott, nein! Ich hatte mir alles so schön ausgemalt und hing nun wirklich in einem Schneeloch fest. Meine Sprühflasche war sonst wo vergraben, bloß der Muff hing noch auf meinem Arm. Immerhin. Den würde ich bitter brauchen, falls ich hier nicht herauskam.

Allerdings war es viel zu kalt, um draußen bleiben zu können. Die kuschel-warmen minus sechzehn Grad wären längerfristig schon kaum auszuhalten, doch sobald es dunkel werden würde, könnte man mich mit einem Eis am Stiel verwechseln. Egal, wie gut mich Lucys Mantel im Moment noch warmhielt.

»Scheiße!«, wiederholte ich mich wenig eloquent.

Ich versuchte, mich nach oben zu strampeln, doch meine Beine waren gefangen und steckten völlig unbeweglich unter einer Tonne Schnee fest, als wäre ich gelähmt. Für einen Moment hoffte ich, dass meine Körperwärme ihn antauen könnte, bis ich etwas Bewegungsspielraum hätte, doch dann verwarf ich den Gedanken. Obwohl ich kein Genie in Physik gewesen war, war mir klar, dass meine Wärmeenergie nicht reichen würde. Der Schnee würde mich kaltstellen.

Und als die Panik in mir das Ruder übernahm, begann ich zu schreien: »Hilfe!«

Ich rief immer weiter, immer lauter, immer verzweifelter.

Niemand wusste, wo ich steckte. Und ja, ich steckte buchstäblich fest, nämlich unter einer gefühlten Tonne Schnee. Einer eisigen Tonne Schnee. Einer todbringenden Tonne Schnee.

»Hilfe! Hilfe! Hilfeeeeeeeeeeee!«

»Das hält man ja am Kopf nicht aus«, unterbrach mich eine mürrische Stimme. *Seine* Stimme.

Erleichtert stieß ich den Atem aus. »Oh, Gott sein Dank.«

Ich schaute über meine Schulter den Hang hinauf und dort stand er: Oh, mein Gott, er war als halber Wolf unterwegs! Seine Beine steckten in Hosen, aber sein Oberkörper war unbekleidet. Statt einer warmen Jacke schützte dichtes, goldblondes Fell seinen kräftigen Körper. Sein Gesicht sah richtig wild aus: Zwar besaß es seine menschliche Form, aber das Haupthaar spross voll und üppig bis über seinen Nacken und verband sich mit der Körperbehaarung, ein rauer voller Bart rahmte seine untere Gesichtshälfte und seine Brauen wirkten viel buschiger. Er sah verflucht attraktiv aus. Der reine Wahnsinn! Ich schluckte bei seiner imposanten Erscheinung.

Ich war so glücklich, dass er hier war. »Danke.«

Er verschränkte die behaarten Arme vor der Brust. »Wofür denn?«

»Dafür, dass du mich retten kommst.«

Ich sah, wie sich seine Nasenflügel aufblähten. »Das wäre überhaupt nicht nötig, wenn du nicht ständig hier auftauchen würdest.« Er schüttelte gereizt den Kopf, so dass sein Fell wogte, und deutete über seine Schulter. »Ich sollte einfach verschwinden und dich hier ...«

»Hilfe!«, begann ich wieder zu schreien.

Er setzte einen fassungslosen Blick auf. »Hey, das ...«

»Hilfe, Hilfe, Hilfe!«, schrie ich.

»Teufel auch«, stieß er zwischen zusammengebissenen Zähnen hervor und war mit zwei langen Sätzen bei mir unten. »Hör auf mit diesem Höllenlärm!«

Wow.

Also, das war einfach nur wow. Wie er sich so schnell bewegt hatte.

»Wie hast du das ...?«

... gerade gemacht.

Allerdings ließ er mich nicht aussprechen. Er war stinksauer und es wurde ihm eindeutig zu bunt mit mir. Er starrte mich finster an, was angesichts seiner Erscheinung noch bedrohlicher wirkte, und packte mich fest bei den Schultern. Gerade, als ich den Eindruck hatte, dass er mich jetzt einfach aus meinem Schneekerker herausreißen würde, so als wäre es eine seiner leichtesten Übungen, auch riesige Bäume zu entwurzeln, bat ich ihn: »Bitte, sei sanft.«

Er hielt inne und schaute mich ungläubig an. Nach ein paar Sekunden fragte er: »Ist dir eigentlich klar, wie das klingt, wenn du mir das so hinhauchst?« Dann machte er mich nach, als wäre ich eine willfährige Frau auf dem Laken ihres Geliebten: *»Oh, Baby, bitte, sei sanft zu mir.«*

Beleidigt schnappte ich nach Luft. Ich hätte sonst was dafür gegeben, ihm ans Schienbein treten zu können, doch leider war ich gerade verhindert und brauchte ihn noch dringend als meinen Retter. Und, na ja, ich brauchte ihn außerdem auch, um glücklich zu werden. So ganz großes Kino mit Herzchen und Luftballons.

Verflucht, wieso konnte er nicht einfach mein Freund sein wollen?

Aber zum Glück hörte er trotzdem auf meine Worte und begann, den Bereich um mich herum behutsam freizulegen. Ich spürte seine Klauen an meinem Körper, als er den Schnee wegschob. Obwohl ich eben noch Angst gehabt hatte, hier zu erfrieren, war er leider viel zu schnell und effizient bei seiner Arbeit.

Das musste an seinen riesigen Pranken liegen. Wenn er mich umarmen würde, könnte ich mich in seinen starken Armen richtig sicher fühlen. Wie warm er sich anfühlen musste mit all dem Fell.

Oh, ja, bitte.

Ihm entging mein schmachtender Blick anscheinend nicht, doch was immer er sich dabei dachte, er schaufelte kopfschüttelnd weiter. Schließlich war ich nur noch bis zu den Knien gefangen. Vor meinen Augen ließ er seine Pranken zu menschlichen Händen werden und tat, womit er vorhin sofort hatte beginnen wollen: Er packte mich und zog mich heraus.

Dabei legten sich seine fellbedeckten Arme wie Schlingen um meinen Rumpf und ich wurde dicht an ihn gepresst. Plötzlich war ich frei. Für einen Moment baumelten meine Beine sogar in der Luft, als ich völlig auf ihm landete.

Heiliges Blech, er fühlte sich so toll an mit all den Muskeln und seinem Wolfspelz und mir rutschte ein Seufzen heraus.

Resolut stellte er mich ab. »Was soll das eigentlich werden?« Er deutete auf mich und dann auf die Umgebung. »Aller guten Dinge sind drei?«

Nervös benetzte ich meine Lippen und konnte mich kaum konzentrieren, weil ich meine Hände durch sein Fell gleiten lassen wollte. »So ähnlich. Danke für deine Hilfe.«

»Was hätte ich denn sonst machen sollen?«

»Gar nichts anderes«, beteuerte ich und vermisste seine Berührung.

Er hatte mich wahr und wahrhaftig in seine Arme gezogen. Ich war so überwältigt, dass ich kaum wusste, was ich sagen sollte.

»Ich lasse hier niemanden sterben«, betonte er.

Sein Blick nahm jeden Zentimeter von mir in Augenschein, glitt an mir herauf und herunter. Gerahmt von den buschigen Brauen und seinem Vollbart stachen seine türkisfarbenen Augen noch stärker heraus.

»Das ist schon erstaunlich«, fand er mit rauer Stimme. »Jedes Mal, wenn du hier bist, siehst du anders aus. Erst hundsgewöhnlich, dann mit rotem Kleidchen und Schminke und jetzt das!«

Ich nahm mal an, dass er das als Steigerung empfand. Wenn ich mutiger gewesen wäre, hätte ich den Reißverschluss meines Mantels geöffnet, damit er mein blaues Kleid ausgiebig bewundern konnte. Aber ich stand wie angewurzelt da und war unfähig, mich zu rühren.

»Wie würdest du wohl beim nächsten Mal aussehen, hm?« Er zuckte mit den Schultern. »Aber das werden wir nicht herausfinden, weil es kein nächstes Mal gibt.« Unmissverständlich deutete er mit dem Zeigefinger auf mich. »Denn du kommst nicht wieder, Bailey.«

Mein Herz zerbarst in tausend Splitter. Ich wollte nicht schniefen und schluckte den harten Kloß in meiner Kehle herunter. Dann murmelte ich leise: »Ich fürchte, das ist sowieso nicht steigerungsfähig.«

Wenn er mich jetzt noch immer nicht wollte, dann war ich ihm einfach nicht gut genug, und das konnte ich ihm nicht einmal verdenken, auch wenn es mich bis ins Mark traf.

»Ach, echt?«, brummte er und schaute mich durchdringend an. »Das denke ich aber doch.«

»Wirklich?«, flüsterte ich mit erstickter Stimme und sah ihn hoffnungsvoll an. Ich betete inständig, dass er jetzt nichts Gemeines sagen würde – von einer Brottüte auf dem Kopf oder so –, denn das würde ich nicht ertragen.

Doch stattdessen knurrte er: »Ich erinnere mich da an diese heißen Hotpants aus dem Sommer, in denen du kilometerlange, nackte Beine hattest.«

Wow.

Oh, Himmel!

Er hatte etwas Nettes gesagt. Sogar etwas extrem Nettes. Hätte ich es nicht besser gewusst, würde ich annehmen, dass er mit mir flirtete. Aber dann erklärte er: »Weißt du, was die anderen zu mir sagen, weil du immer herkommst?«

»Welche anderen?«

Er schoss mir einen tadelnden Blick zu, der mir klarmachte, wie viel er von meiner Ahnungslosigkeit hielt. »Mein Rudel natürlich.«

»Oh«, hauchte ich.

Er hatte ein Rudel? Es gab hier eine ganze Horde von Lykanern? Unsicher schaute ich mich nach rechts und links um, doch wir standen allein im Wald.

»Sie sagen: ›Wenn dir die Kleine immer hinterherläuft, Caiden, dann leg sie doch einfach mal flach. Das würde ihre Oma so richtig schön auf die Palme bringen.‹«

Und schon war sein Kompliment ruiniert.

»Was?«, stammelte ich.

Er musterte mich mit einem so intensiven Blick, dass ich den Eindruck hatte, einem Röntgengerät gegenüberzustehen.

»Das sagen die anderen«, stellte er klar. »Aber ich würde so was nicht machen.«

»Okay«, flüsterte ich.

Moment, hatte er mir gerade versehentlich seinen Namen verraten? Als ich den Schock über seine Worte überwunden hatte, erinnerte ich mich an dieses »Caiden« in seinem Satz. Ich fühlte mich sofort zu diesem Namen hingezogen.

»Denn wenn ich eine Frau flachlege«, sagte er gerade, »dann nicht, um mich an ihrer Großmutter zu rächen, bloß weil mich deren Fluch getroffen hat.«

Ah, wieso musste Oma auch immer um sich fluchen, wenn es um Tiermänner ging? Da war einer mal untreu gewesen ... Andererseits verteufelte sie ja auch alle Hexen, nur weil eine von ihnen sie hintergangen hatte.

Caiden rückte an mich heran, fasste nach meiner Taille und presste meinen Körper unerbittlich gegen seinen. Sofort fegte er sämtliche Gedanken von Oma aus meinem Kopf. Ich fühlte mich weich wie Wackelpudding. »Wenn *ich* Sex habe, dann weil ich die Frau will.«

Sprachlos stierte ich ihn an. Oh. Mein. Gott.

Ich konnte kaum atmen, geschweige denn denken. Völlig überrumpelt hing ich in seinem Griff.

»Was ist, Bailey? Bist du am Ende etwa gar nicht so promiskuitiv wie deine Granny?«

»Granny ist nicht ...«, sagte ich automatisch.

Er fiel mir ebenfalls ins Wort: »Doch ist sie.« Dann zuckte er einseitig mit der Schulter. »Zumindest war sie es. Sie und ihr Satyr waren eine ganz scharfe Nummer.«

Hitze brandete durch meinen Körper. Ich wollte nichts von Omas Sexleben wissen, aber meinem Lykaner so nahe zu sein, brachte mich um den Verstand.

»Also, wie magst *du* es gerne?« Er presste seine Hüften gegen mein Becken. »Bist du deshalb hergekommen?«

»Ich weiß nicht«, flüsterte ich hilflos und genoss sein Fell unter meinen Händen. Es war seidig und warm.

»Da wärst du die Erste, die das nicht weiß«, feixte er.

Zittrig stieß ich den Atem aus. »Ich weiß es wirklich nicht.«

Etwas in seinem Blick schlug um. Aus dem Spott wurde Unglauben. »Du weißt es echt nicht, oder?«

Stumm und verlegen schüttelte ich den Kopf.

»Du bist noch Jungfrau?«, keuchte er.

»Ja, und wenn schon?«, entgegnete ich gereizt, weil ich nicht fand, dass das etwas war, wofür man sich entschuldigen musste. Das war schließlich mein Körper und ich ließ nicht jeden Kerl einfach so ran. Ich wollte, dass mein erstes Mal etwas Besonderes werden würde. Es sollte etwas bedeuten.

»In deinem Alter?«, wunderte er sich.

»Ich bin erst achtzehn. Na gut, fast neunzehn, aber …«

»Aber keine Hexe in deinem Alter lebt abstinent«, wies er mich zurecht.

Ich hörte seine Worte. Sie trieben durch meinen Kopf wie Packeis auf dem Meer. Wieder und wieder, träge und zäh. Doch sie ergaben keinen Sinn. »Was sagst du da?«

»Dass ihr normalerweise …«

Mit erstickter Stimme flüsterte ich: »Wer ist *ihr*?«

Caiden sah mich ruhig an. »Na, ihr Hexen.«

Kapitel 18

»Ich ... ich bin keine Hexe.«

Also, so was Lächerliches.

»Dasselbe sagt deine Oma auch immer. Aber wofür man sich hält und was man wirklich ist, sind zwei paar Schuhe. Deine Oma ist trotzdem eine Hexe und sie hat von ihren Flüchen reichlich Gebrauch gemacht. Was meinst du wohl, weshalb sie verstoßen wurde?«

Er zählte es an seinen Fingern ab: »Bei uns *Tiermännern* braucht sie sich nicht mehr blicken zu lassen, weil sie den Satyr verflucht hat. Dann diese Bannzauber. Und bei ihrem Hexenzirkel ist sie rausgeflogen, weil sie nicht einmal davor zurückgeschreckt hat, eine andere Hexe zu verwünschen ...«

Bei mir schrillten die Alarmglocken. Was hatte Oma gleich wieder erzählt? Dass ihr eine andere Hexe Wilbur ausgespannt hatte.

»Mona de Batista?«, fiel mir ihr Name wieder ein.

Das musste die Hexe sein, von der er da sprach.

»Du kennst sie also«, stimmte er zu. »Prima, denn die Geschichte kennt hier ohnehin jeder. Noch so eine Hexe. Genau wie du.«

»Das ist ...« Ich schluckte. »Also, das ist absurd.«

Sein Blick sprach Bände. »Anscheinend ist deine Oma nicht die Einzige in eurer Familie mit einer Identitätsstörung.«

Das war doch komplett an den Haaren herbeigezogen. Trotzdem schien sich die Welt um mich herum ganz merkwürdig zu drehen.

»Ich bin wirklich keine Hexe«, beteuerte ich wie gelähmt. Wie kam er denn bloß darauf? »So was hätte ich doch sicher mal gemerkt: *›Huch, mir ist ein Zauber rausgerutscht‹* oder *›Ups, da hat ja glatt ein Fluch geklappt.‹*«

Er ließ mich los und gab mir Freiraum. Sofort fehlte mir seine Wärme. »Du hilfst ihr doch bei ihrer Magie.«

Ich fühlte mich wie betäubt. Als er damals behauptet hatte, meine Oma sei eine Hexe, hatte es auch gestimmt, und ich hatte es genauso wenig wahrhaben wollen. So musste es Großwild gehen, wenn man es mit der Flinte traf. Zack. Betäubungspfeil. Eine flaue Ahnung breitete sich in meinem Magen aus. Ich hatte das Gefühl, dass mir meine Beine wegsacken würden, und als ich mich plötzlich am Boden wiederfand, merkte ich, dass sie es wirklich getan hatten. Erschöpft rieb ich mir die Schläfen.

»Nein, ich helfe ihr nicht«, stammelte ich.

Das Blut rauschte mir in den Ohren und alles flimmerte vor meinen Augen von diesem schrecklichen, weißen Schnee. Lauter grelle Lichtpunkte.

Ich war nie ... hatte nie ...

Eine *Hexe*?

Caiden ging vor mir in die Hocke. »Hey, alles okay bei dir?«

Er klang wirklich besorgt.

»Aber ich ... Wann habe ich denn ...?« Mehrmals strich ich mit der Zunge über meine Lippen. Sie waren ganz trocken und mein Mund fühlte sich richtig pelzig an.

»Wann du ihr geholfen hast? Zum Beispiel, als ihr beide den Bann auf euer Land gelegt habt.«

»Welchen Bann?«

»Den Bann, der Tiermänner und Hexen von eurer Farm fernhält.«

Vor Entsetzen schauderte ich. Dann hatte sie nicht nur die Autos verflucht, sondern unser ganzes Land mit Zaubern belegt? Es kam mir vor, als hätte Oma sich geradezu pedantisch vor ihnen abgeschottet. Das war ja schon wahnhaft.

»Davon weiß ich nichts.« Ich sah ihn flehentlich an, doch ich hatte das Gefühl, mit einer Mauer zu sprechen. »Bitte, ich schwöre dir, dass ich das zum ersten Mal höre.«

Er schnalzte mit der Zunge und rieb sich sein bärtiges Kinn. »Fällt mir schwer zu glauben, dass du bei ihrem Kampf zwischen Magie und Okkultismus nicht mitmischst. Besonders, weil du den Stock gehalten hast, mit dem die Bannlinie gezogen worden ist.«

Stock? Bannlinie?

Ratlos knetete ich meine Hände. Die Kälte des Bodens kroch an mir hoch. Allerdings fehlte mir gerade die Kraft, um aufzustehen.

»Der einzige Stock, den ich ab und zu halte, ist Omas Gehstock. Sie ist schon gebrechlich und dann trage ich ihn ihr hinterher.«

Schön und gut, am Ende war sie gar nicht so gebrechlich, doch der Rest stimmte.

Caiden schüttelte den Kopf. »Den meine ich nicht.«

»Welchen dann?«, fuhr ich ihn verzweifelt an und breitete meine Arme aus.

»Als du kleiner warst. Da hast du eine Linie in den Boden gezogen.« Seine türkisblauen Augen schauten in mich hinein und konfrontierten mich mit alten Bildern.

Aber das war doch ...

Entsetzt starrte ich ihn an. Er war immer noch attraktiv, doch die Konturen seines Gesichts verschwammen vor meinen Augen, als ich mich an jenen Sommertag erinnerte, als Oma mich beiseite genommen hatte, um wieder eines ihrer aztekischen Rituale abzuhalten.

»Das war ein Fruchtbarkeitsritus«, erklärte ich ihm. »Damit unsere Ernte gut wird. Ich weiß noch, dass Granny mich gebeten hat, diese Linie in den Boden zu kratzen, weil sie sich nicht mehr so gut bücken konnte.«

Es hatte Stunden gedauert, weil unsere Farm ziemlich groß war, und die ganze Zeit hatte Oma diese Gurr- und Zischlaute von sich gegeben, als wäre sie ein Reptil. Das war auf der einen Seite zwar etwas gruselig gewesen, auf der anderen Seite aber auch ziemlich lustig. Und vor allem war es totaler Humbug gewesen. Eben genau das, was ich als spaßigen Kindernachmittag empfunden hatte.

Mama hatte nie so abgedrehten Kram mit mir veranstaltet und als ich klein war, hatte ich Oma unterhaltsam gefunden. Vor allem hatte sie sich Zeit für mich genommen. Das Leben auf der Farm war arbeitsreich und besonders im Sommer schienen die Arbeitstage kein Ende nehmen zu wollen. Dann war Granny für mich da gewesen und hatte mich in ihre Rituale einbezogen. Na und?

Deswegen war ich doch keine Hexe.

Ich war fast erleichtert, dass es bloß das war, was er mir vorwarf.

»Caiden, es war nur ein Spiel, nichts weiter.«

Sein Blick wurde schmal. »Ah, da hat jemand bei meinem Namen aufgepasst.«

Ich lächelte ihn an. »Er ist dir rausgerutscht und du kannst ihn nicht zurücknehmen.« Ich tippte gegen meine Schläfe und zwinkerte ihm zu. »Ist alles hier drin abgespeichert.«

Er machte nicht den Eindruck, als würde ihn meine Antwort zufriedenstellen. »Das war kein Spiel.«

»Mag sein«, räumte ich ein. »Granny nimmt das sehr ernst. Und du hast ja gesagt, dass sie auch wirklich zaubern kann, aber bloß weil ich einen Stock halte, heißt das noch lange nicht, dass ich hexen kann.« Ich schnaubte. »Ehrlich, ich wünschte, ich könnte es.«

»Ach ja und wofür?« Seine Frage klang lauernd.

Um dich mit einem Liebeszauber zu belegen.

Das gehörte zu den Dingen, die ich ihm garantiert nicht sagen würde.

»Ist doch egal«, verwarf ich den Wunsch und rappelte mich hoch.

Es war deshalb egal, weil ich ihn mir die ganze Zeit noch nicht hatte herbeiwünschen können. Da war keine Magie in mir, keine höhere Macht, die mir beistand, um aus ihm meinen festen Freund zu machen.

Er hockte wie ein großer Schatten in der winterweißen Welt vor mir. Ein paar Lichtstrahlen brachen durch das Geäst der Bäume und ließen sein Fell golden leuchten.

Schnapp ihn dir, hatte Lucy gesagt.

Ich wüsste nur zu gerne wie.

Langsam erhob er sich. »Vielleicht würde es helfen, wenn du die Stricksachen weglässt«, sagte er und klopfte sich den Schnee von den Jeans. Ein paar nasse Flecken blieben darauf zurück, doch das fiel bei dem verwaschenen Look kaum auf.

Verwirrt schnitt ich eine Grimasse. Was sollte das denn nun schon wieder bedeuten? Heute hatte ich doch sowieso fast nichts Gestricktes an.

Ich zerrte mir Omas Stulpen von den Armen, klopfte mir mit den Dingern ebenfalls den Schnee vom Po und schaute ihn provokativ an. »So, jetzt zufrieden? Soll ich etwa nur noch Hotpants für dich tragen?«

Er grinste, doch sein Lächeln zeigte vor allem Zähne. Caiden sah so lauernd aus wie jemand, der sich nicht ungestraft herausfordern ließ. Mit der Hand deutete er in meine Richtung. »Sag mal, die schicken neuen Sachen: Hast du die meinetwegen an?«

Ertappt spürte ich, wie mir das Blut in die Wangen schoss. »Das ist dir doch sowieso gleichgültig.«

Er nickte gereizt, so als fiele ihm gerade wieder ein, dass er mich eigentlich aus seinem Wald hatte vertreiben wollen. Caiden machte einen Schritt auf mich zu. »Stimmt genau.«

Seine Abfuhr verletzte mich.

Aber da war etwas in seinem Blick, nur ein leichtes Flackern, das nicht zu seinen Worten passen wollte. Sicher bildete ich es mir bloß ein und schöpfte Hoffnung, wo es keine gab. Herrje, er hatte mir ungefähr so deutlich gemacht, dass er mich nicht wollte, wie ich das bei Stephan getan hatte.

Trotzig reckte ich das Kinn vor, weil er ruhig ein bisschen netter hätte sein können. Ich hatte wenigstens versucht, einfühlsam mit Stephan umzugehen.

»Du benimmst dich wie ein Eisblock«, warf ich ihm vor.

»Ich habe dich nicht eingeladen, Bailey. Im Gegenteil.«

Energisch bohrte ich mir den Finger in die Brust. »Aber ich komme trotzdem her.«

Er machte noch einen Schritt näher. »Ist mir nicht entgangen.«

»Du hast mir nämlich gar nichts zu sagen.« Plötzlich baute sich der ganze Frust in mir auf und kochte hoch.

Verdammt, wieso hatte ich mich auch in ihn verlieben müssen? Er war ein Rüpel und total unsensibel.

»Du willst es wohl wissen, was?«, entgegnete er und stieß mit mir zusammen. Seine Hände packten meine Oberarme und schlossen sich darum wie Handschellen. Oh, er hatte Kraft! Und er wandte den Großteil gerade dafür auf, sich zu beherrschen.

»Damals, als ich dich angefahren habe, tat es mir leid«, stellte ich klar, aber ich knallte es ihm dermaßen vor den Latz, dass ich nicht sonderlich reumütig klang.

Seine Antwort ranzte er ähnlich wohlwollend heraus: »Vielleicht nehme ich deine Entschuldigung ja an.«

Sein Blick war so geladen wie der Blizzard, der vor ein paar Tagen hier hindurchgezogen war. Die Spuren jenes Sturms konnte man deutlich an den abgeknickten Zweigen erkennen, die weit verstreut im Schnee steckten oder halb abgerissen von den Bäumen hingen.

»*Damals* hat es mir leidgetan«, betonte ich. »Aber jetzt gerade hätte ich gut Lust, dich noch mal anzufahren.«

»Sag mal, geht's noch, Bailey?«, grollte er und grub seine Finger fest in meine Arme.

»Damit es dir genauso wehtut, wie deine Worte mir wehgetan haben.«

Sein Mund wurde eine harte Linie, als er die Zähne ganz fest zusammenbiss.

»Ich hätte noch mehr von deinen Bäumen einsprühen sollen«, ärgerte ich ihn und bot ihm buchstäblich die Stirn, als ich mich ihm entgegenstreckte, während er auf mich herabsah. Unsere Köpfe berührten sich leicht. Ich spürte seine Augenbrauen auf meiner Haut und sein Gesicht war so gefährlich nah, dass ich ihm fast in die Augen schielen musste.

Aus der Nähe war Caiden sogar noch schöner. Schon klar, dass man Männer gemeinhin nicht als schön beschrieb, aber verflucht noch mal, er war es. Wie bekam er diesen Bronzeton auf der Haut hin, wenn Winter war? Ich fühlte mich blass wie Käse, wobei mein spanisches Blut mich längst nicht so welk aussehen ließ wie die restlichen Milchzwerge in Welcome.

Und seine Augen glänzten so klar, als würden sie von innen heraus strahlen. Im Augenblick vor Wut. Caiden stand vor mir und unterdrückte seinen Zorn. Jedenfalls versuchte er es. Aber ich sah ihm deutlich an, dass meine Worte und meine Haltung ihn ärgerten.

»Meinst du, ja?«, fragte er mit tönerner Stimme und beugte sich noch ein kleines Stück tiefer, bis sich unsere Nasenspitzen auch noch berührten.

Er roch herb und männlich, eine Spur nach Wald und Tannengrün. Wie der Baum, den wir an Weihnachten aufgestellt hatten. Vielleicht hatte er Holz gehackt. Ein besonders fantasievoller Winkel meines Gehirns spuckte mir ein Bild von ihm aus, wie er mit nacktem Oberkörper das Beil schwang, während ihm trotz der Temperaturen Schweißperlen auf der Haut glänzten.

Ich erinnerte mich genau daran, wie er nackt vor meiner Stoßstange gelegen hatte. Richtig nackt. Mit einem rosigen Penis, der auf seinem Oberschenkel geruht hatte.

Ich erkannte die Wut in seinem Blick und lächelte ihn an, weil ich ihn mir gerade nackt vorgestellt hatte, sogar sein bestes Stück. Caiden konnte so wütend werden, wie er wollte, aber das Bild hatte sich in meine Erinnerung eingebrannt.

Mein Blick fiel auf seine aufregenden Lippen und einfach so, ohne darüber nachzudenken, überbrückte ich die wenigen Zentimeter, die er noch zwischen uns gelassen hatte, und küsste ihn auf den Mund. Dabei kitzelte sein Bart meine Haut, was nur noch aufregender war.

Wenn dies das Ende zwischen uns war, dann wenigstens mit dem ersten Kuss, den ich je in meinem Leben einem Mann gegeben hatte. Ich schenkte ihn meinem Lykaner, ob er ihn wollte oder nicht. Seine Lippen waren weich und warm, gar nicht so fest, wie ich sie mir vorgestellt hatte. Er sah immer aus wie ein harter Kerl, doch sein Mund war sinnlich zart.

Bevor ich ihn näher erkunden konnte, knurrte er überrascht auf. Er verstärkte den Druck auf meine Arme und schneller, als ich gucken konnte, landete ich erneut im Schnee. Dieses Mal mit dem Rücken nach unten und Caiden auf mir drauf.

Er starrte aus glutvollen Augen auf mich herunter. Sein Gesicht schwebte direkt über mir. »Was soll das werden, Bailey?« Seine Stimme klang noch tiefer als sonst. Mehr wie das Grollen eines Unwetters.

»Tut mir leid«, stammelte ich, doch als ich in seine türkisen Augen sah, schluckte ich und korrigierte mich: »Nein, eigentlich tut es mir nicht leid.«

Er lachte kurz auf und maß mich mit einem ungläubigen Blick. Schließlich schüttelte er mich kurz bei den Schultern. Sein Schraubstockgriff war sogar noch schlimmer als der von Oma, so als wollte er mir mit seiner Kraft gleich noch ein bisschen Vernunft einbläuen. Aber es war mir egal, ob ich blaue Flecken davon bekäme, solange er mich überhaupt berührte.

Und das tat er.

Und wie!

»Denkst du wirklich, du bist dem hier gewachsen?«, fragte er zweideutig und presste mir sein hartes Glied an den Schoß. Natürlich trug er Jeans und ich einen Mantel und das Wahnsinnskleid, das er noch immer nicht gesehen hatte. Aber ich spürte sehr deutlich, dass er knüppelhart war. Fast wie ein Maiskolben, obwohl er auf den Vergleich vermutlich verzichten konnte.

»Ich will mehr von dir als das«, gestand ich und strich ihm zärtlich über die Unterlippe. Ganz vorsichtig fuhr ich die Konturen seines Mundes entlang. Himmel, wie ich es genoss, ihn berühren zu können und ihm ganz nah zu sein, selbst wenn er so tat, als sei er der große, böse Wolf. »Aber wenn ich nur *das* von dir kriegen kann, dann nehme ich es auch.«

Er blinzelte mehrmals und forschte in meinem Gesicht, ob ich noch bei Trost war.

»Es stimmt, ich habe keine Erfahrung mit Männern«, fuhr ich fort und legte mein Bein über seines, um ihn anzunehmen. »Weil ich auf den Einen gewartet habe, der mein Herz stiehlt.«

»Bailey ...«, warnte er mich.

»Und der bist du.« Ich spürte, wie mir Tränen in die Augen stiegen und wie meine Lippen zu zittern begannen, weil er mir so viel bedeutete.

Die Strenge wich aus seinen Zügen und als er sprach, klang er nicht mehr schroff, sondern eher bedauernd: »Du und ich, das kann nichts werden, Bailey. Du bist quasi tabu.«

Staunend schaute ich zu ihm auf. Was redete er denn da?

»Und eigentlich sollte ich es für dich auch sein«, ergänzte er.

Ja, ist klar. So ein Schwachsinn. Das hatte sicher wieder mit Granny zu tun.

»Also, ich gebe nichts auf den Zwist zwischen Oma und den anderen. Das ist mein Leben. Wieso sollte ich nicht bei dir sein dürfen?«

»Wieso?« Er sucht nach Worten. »Falsche Kreise.«

Hm.

Caiden war Teil eines Rudels und in Rudeln herrschte wohl dieses Gruppendenken vor. In ihren Augen gehörte ich damit zu Omas geächtetem Rudel. Sippe hatte er es genannt. Und Oma wiederum würde nicht wollen, dass ich etwas mit einem von ihnen anfing, weil sie Tiermänner waren.

»So wie Romeo und Julia?«, versuchte ich, es zu verstehen.

Caiden aus dem Haus der Lykaner und ich, Bailey, aus dem Hause Castello.

Er nickte vage. »So ähnlich.«

Als er meinen leuchtenden Blick sah, schüttelte er sofort den Kopf. »Nein, nicht *so* ähnlich. Daraus wird nichts.«

»Ich bin Bailey«, stellte ich mich einfach noch einmal vor und rieb meine Nasenspitze zärtlich über seine. »Und du?«

Inzwischen kannte ich zwar endlich die Antwort, aber ich wollte, dass er uns eine neue Chance gab, so als hätten wir beide keine Altlasten.

Caiden hustete seine Antwort regelrecht heraus: »Nicht Romeo.«

Ich wölbte mein Becken gegen sein hartes Glied, auch wenn mir dabei die Hitze in die Wangen schoss und ich mich vermutlich komplett ungeschickt anstellte. Er würde es schon verstehen. »Das fühlt sich nicht so an, als würdest du mich nicht mögen, Caiden.«

Als Tüpfelchen auf dem i raunte ich seinen Namen so sinnlich ich konnte.

Und es funktionierte! Er schluckte hart und wich meinem Blick aus. »Männer bekommen ganz leicht mal 'nen Ständer.«

Erst, als er mit dem Blödsinn fertig war, konnte er mir wieder in die Augen sehen.

Ich nagte an meiner Unterlippe und lächelte zufrieden.

»Was?«, wollte er wissen.

»Nichts, nur hast du vorhin gesagt, dass wenn du mit einer Frau Sex hast, dann weil du sie willst.«

»Bailey«, stöhnte er und ich wusste nicht, ob es Verzweiflung oder mangelnde Beherrschung war, die in seiner Stimme mitschwang.

»Ich will mit dir zusammen sein«, flüsterte ich.

Statt mich zu küssen, wie ich es gehofft hatte, rappelte er sich hoch. Dabei erwies er sich als Gentleman und half mir ebenfalls auf die Beine. Doch als ich stand, ließ er meine Hand nicht los.

»Ich will, dass du nicht mehr herkommst«, erklärte er und mir rutschte das Herz in die Hose. Er beugte sich zu mir herunter. »Denn wir sind hier nicht ungestört und schon gar nicht unbeobachtet.«

Unsicher sah ich mich um. Für mich sah der Wald so leer wie zuvor aus.

»Dies hier ist Rudelgebiet. Triff mich auf neutralem Boden. Morgen früh um neun an der alten Eisenbahnbrücke bei Winnebago.«

Unglaublich, ich hatte ein Date. Ich stierte ihn aus großen Augen an. Hatte er das gerade wirklich gesagt? Grundgütiger! Sicher strahlte ich wie ein Honigkuchenpferd. Aber bevor ich losjubeln konnte, musste ich noch eine Sache wissen: »Wo ist die?«

Ich wusste zwar, wo Winnebago lag, immerhin war es nicht so weit weg und doppelt so groß wie Welcome. Ja, schon klar, das war immer noch ein Kaff. Aber ich hatte noch nie die Eisenbahn dorthin benutzt. Wozu auch?

Caiden machte eine einladende Handbewegung. »Komm, ich bringe dich zurück zu deinem Wagen, während wir reden«, erklärte er und wir liefen los. Leider ließ er dabei auch meine Hand los. Dafür erklärte er erstaunlich geduldig: »Die Brücke führt über den Blue Earth River.«

Dann grinste er mich von der Seite an. »Apropos blue, zieh doch bitte noch mal das blaue Kleid von heute an, von dem ich nur den Saum sehen konnte. Ich will es mir richtig angucken.«

Von seinem Kompliment wurde mir ganz warm ums Herz. »Es ist dir aufgefallen?«

»Ja, und vor allem ist es nicht gestrickt. Ich habe das vorhin nicht als Scherz gemeint.«

»Weil du Stricksachen nicht magst?«, wunderte ich mich.

Caiden schnaubte und half mir über eine verschneite Anhöhe. Sie lag in der Nähe von der Stelle, wo ich gestürzt war. Wie es schien, entstanden die besten Begegnungen in meinem Leben durch Unfälle. »Nein, sondern weil deine Oma die Kleider, die sie dir macht, mit ihrer Magie belegt.«

Verwirrt hielt ich mich an seiner Hand fest. »Doch nicht etwa wieder mit Flüchen gegen *Tiermänner*?«

Falls das so wäre, würde ich sofort alles verbrennen.

»Das wäre schon fast die bessere Antwort«, sagte Caiden grimmig, während er mich zum Waldrand begleitete. Da er ein halber Wolf war, achtete er darauf, im Schatten der Bäume zu bleiben. »Aber diesmal richtet sich ihre Magie gegen dich.«

»Das würde sie nicht tun.«

Ganz gleich, was auch immer es war. Sie hatte mich lieb. Davon war ich überzeugt.

»Sie hat auch ihren Liebhaber in eine Ziege verwandelt«, erinnerte er mich. »Erst dachte ich, du hilfst ihr freiwillig. Deine Oma ist alt und wird schwächer. Du hast ihr schon als kleines Mädchen geholfen, also warum nicht auch jetzt? Für mich hat das Sinn ergeben.«

»Du dachtest auch, ich hätte dich absichtlich angefahren.«

Er nickte. »Ja, da lag ich falsch. Das ist auch der Grund, warum wir uns morgen treffen werden. Das und wie du in Hotpants aussiehst. Aber die Sachen, die sie dir macht und die du freiwillig anziehst, teilen deine Kraft mit ihr.«

»Teilen?« Mir wurde schlecht bei dem Gedanken, dass Oma ihre Magie auf mich losließ.

»Wohl eher klauen«, gab Caiden zu Bedenken. »Ich habe das ernst gemeint: Du bist eine Hexe. Und wenn du es bisher noch nicht gemerkt hast, dann würde ich mal sagen: Sie zapft dich leer.«

Aber ...

Das wäre ja ...

Bevor ich straucheln konnte, zog er mich in seine Arme und gab mir Halt.

Wenn ich wirklich eine Hexe wäre ...

Oma mochte keine Hexen. Wohin führte es, wenn ich wirklich eine war? Dahin, dass sie mir durchaus meine Magie rauben würde, so wie sie ihren Satyr verkrüppelt hatte.

»Oh nein.«

Trotz meines Dates, das ich mit Caiden haben würde, war mir plötzlich mehr zum Heulen als zum Jubeln zumute.

Kapitel 19

Wie ich nach Hause gekommen war, konnte ich hinterher nicht einmal mehr sagen. Irgendwie befand ich mich auf einmal auf unserem Hof und zog den Schlüssel vom Zündschloss. Die Dämmerung tauchte alles in ein unwirkliches Schattenreich: die Scheune, den Traktor, Wilburs Stall und natürlich unser Haus. Ein böiger Wind trieb kleine Schneeflöckchen durch die Luft, die von der Kälte so kristallin waren, dass es aussah, als segelte weiße Plastikspäne auf meine Windschutzscheibe nieder.

Gerade, als ich mich in ihrem Anblick verlor, zerriss ein Bellen die Stille, und dann rannte durch den Lichtkegel, der aus der Haustür fiel, ein kleiner Schatten auf mich zu. Ich stieg aus dem Wagen, ging in die Hocke und ließ Teddy in meine Arme hüpfen.

Kaum berührte mich sein kleiner Fellkörper, übermannten mich die Ereignisse des Tages, und ich begann zu schluchzen. Mann, war das doof! Wieso musste mir das gerade jetzt passieren?

Mama stand in der offenen Tür und lächelte mich an. Ich wischte mir eine Träne, die zwischen meinen Wimpern hing, fort, und ging auf sie zu. Teddy schleckte mir dabei den Hals ab. Brrr. Ich hatte das Gefühl, dass sein feuchter Atem direkt auf meiner Haut gefror.

Eigentlich hatte ich gehofft, mir vor Mama nichts anmerken zu lassen, doch gleich ihr erster Satz zerstreute diesen Wunsch: »Was ist denn mit dir los, Spatz?«

»Nichts«, erklärte ich und schniefte so dezent es ging. »Es ist alles bestens.«

Trotzdem sickerten neue Tränen hervor. Vor Glück wegen Caiden und vor Schock wegen Oma. Nicht zu vergessen vor kompletter Überforderung mit mir selbst: Ich sollte eine Hexe sein! Das war wie ein gruseliger Traum. Wie waren Hexen denn überhaupt? Wer war *ich* eigentlich? Und was tat meine Großmutter mir an?

»Bailey«, sagte Mama verwundert.

»Ich will nur rauf in mein Zimmer.«

Mit Teddy auf dem Arm huschte ich an ihr vorbei nach drinnen. Es roch nach gekochtem Essen, vermutlich Gemüseeintopf. Bei der Vorstellung, jetzt einen Bissen herunterkriegen zu müssen, zog sich mein Magen zusammen, obwohl er völlig leer war.

»Ist Bailey endlich wieder da?«, krächzte Omas Stimme aus dem Wohnzimmer und ich zuckte zusammen.

»Ja, Mutter«, rief Mama zurück.

»Wo ist denn das Kind?« Es klang, als würde Oma sich auf die Tür zubewegen.

Schnell rannte ich die Treppen hinauf. Meine Schritte polterten auf den Stufen, als würde ich um mein Leben laufen.

Ich konnte ihre Nähe jetzt einfach nicht ertragen. Es war sowieso ausgeschlossen, dass ich sie vor Mama zur Rede stellte.

Als ich auf mein Zimmer zueilte, hörte ich Omas Stimme aus dem Erdgeschoss heraufdringen: »Was hat sie denn bloß?«

Und Mama antwortete: »Ich glaube Liebeskummer.«

»Oh, na so was …«

Dann warf ich die Tür hinter mir zu und war allein. Nur Teddy kuschelte sich an mich. Sollten sie ruhig glauben, dass ich eine schlecht gelaufene Verabredung hinter mir hatte. Das war allemal besser als die Wahrheit. Schaudernd setzte ich mich auf mein Bett. Teddy winselte und schaute mich aus seinen treuen Augen an.

»Du bist ein guter Schatz«, lobte ich ihn und kraulte ihn hinter den großen Ohren.

Er legte den Kopf schief in den Nacken und blinzelte verzückt.

»Caiden sagt, ich bin eine Hexe«, informierte ich ihn.

Obwohl das ziemlich starker Tobak war, reagierte er nur mit einem kleinen Fiepsen, das mehr Wonne als Bestürzung ausdrückte.

»Ich weiß bloß nicht, was das bedeutet.« Ratlos kraulte ich ihn weiter.

Er ließ seine Zunge aus dem Mund hängen und hechelte mich glücklich an.

»Ich kann dir erzählen, was ich will, oder?«

Teddy drückte seine Pfötchen in meinen Oberschenkel und rollte sich dann auf meinem Schoß zusammen, was ich mal als Zustimmung auslegte, obwohl ich eindeutig ein Selbstgespräch führte.

»Also schön.« Ich nickte und kramte mein Handy aus der Manteltasche hervor. Dann schrieb ich Lucy eine SMS und vertippte mich mehrmals, weil meine Finger so stark zitterten: *»Meine Welt steht Kopf. Es kann sein, dass ich eine Hexe bin. Ich weiß gerade nicht weiter. Kannst du Adam mal fragen?«*

Erschöpft legte ich das Handy auf den Nachttisch und ließ mich ins Bett zurücksinken, bis ich dalag wie ein Mordopfer. Mechanisch kraulte ich Teddy weiter und schloss die Augen. Ich hörte seinen ruhiger werdenden Atem, das fast schon klickende Geräusch, das der Schnee erzeugte, der gegen meine Fensterscheibe rieselte.

Dunkelheit umgab mich und ich schlief ein ...

»Hier, Baileymäuschen, nimm den Stock und zieh damit eine Linie in den Boden.«

Granny stand neben mir, ein gebückter Schemen mit faltigem Gesicht, und schaute mich erwartungsvoll an.

»Wo soll ich dir denn eine Linie malen?«, wunderte ich mich und nahm den knorrigen Stock in die Hand. Das Holz sah beinahe poliert aus und ich fragte mich, von welchem Baum er wohl abgefallen sein mochte. Von seiner Struktur her glich er eher einer Wurzel, aber er war fest und glatt.

»Einmal um die ganze Farm.« Sie zwinkerte.

»Aber das dauert doch Stunden«, wandte ich ein.

»Was hast du schon groß anderes vor? Jetzt komm und hilf mir mal! Wir wollen doch eine gute Ernte.«

Ja, das schon. Mama und Papa freuten sich immer, wenn sie viel Mais hatten. Maisreich. Wir wären maisreich.

Ich kicherte und drückte die Spitze des Steckens in den sandigen Boden. Dann begann ich mit der Markierung. Derweil kraxelte Oma neben mir her. Sie zischte und gurrte und verdrehte manchmal die Augen. Dann konnte ich ganz viel Weiß darin sehen.

Das sah richtig gruselig aus. Das Weiß ihrer Augen starrte mich direkt an. Wind kam auf und wehte das Licht davon. Ein statisches Rauschen legte sich über das Farmland, bis ich nur noch weiß sah.

Weiß.

Omas Augen waren noch immer weiß.

Schatten wuchsen aus ihren Wimpern hervor, die auf mich zukrochen wie sich windende Schlangenleiber. Große, unheilvolle Würgeschlangen, als wäre jedes von Omas Augen eine Medusa.

»Ssssss-sch. Ssssss-sch«, zischelte sie weiter. »Ssss-sangrasch-zsch!«

Und ihre weißen, blinden Augen schienen zu raunen: »Ich sehe alles.«

Die Schatten griffen nach mir und zogen mich in die Dunkelheit hinab. Ich stieß mit dem Stock nach ihnen, doch Oma lachte nur.

»Hexen!«, zeterte sie. »Dreckige Schlampenhexen!«

»Ich bin eine Hexe, Granny«, flüsterte ich voller Angst.

»Auch du ...« Ihre Enttäuschung bohrte sich in mein Herz. Das Weiß ihrer Augen wurde schwarz wie Teer. »Was tust du mir an, Baileymäuschen?«

»Es tut mir leid, Oma.«

Die Dunkelheit zerrte an mir wie Widerhaken. Sie griffen nach meinen Haaren, zogen an meinen Kleidern, bis die Wollfäden aufribbelten, und bohrten sich in meine Haut. Finsternis rüttelte an meiner Seele: einer Hexenseele.

Als ich das erkannte, brach eine unwirtliche Nacht über mich herein. Eine, die keine Sterne am Firmament kannte. Keinen Mond. Kein noch so kleines Licht in der tiefschwarzen Düsternis.

Was war nur mit dem Himmel geschehen?

Wolken aus Kohlenstaub schoben sich über einen Zenit aus Schieferstein. Schwarze, scharfkantige Felsen ragten um mich herum auf. Es war kein Platz, den ich je zuvor auf der Erde erblickt hatte. Mehr wie ein Abgrund, ein finsterer Höllenschlund, in dem ich mich wie begraben fühlte.

Inmitten des Orkus' tauchten Felszeichnungen auf. Haarige Leiber von Satyren mit Bockbeinen, Widderhörnern und einem Phallus, so abschreckend groß wie mein Unterarm. Als der Satyr ihn vorstieß, brachen Brocken aus dem Gestein, und die Bilder zerbarsten im schwarzen Staub dieser Unterwelt.

»Alles Tiere!« Die Abscheu in Omas Stimme war so dunkel wie dieser Ort. »Das soll nicht dein Schicksal sein.«

»Wo bin ich?«

»In meiner Enttäuschung.«

Die Schatten der Würgeschlangen legten sich um meinen Körper und begannen, mir die Luft abzudrücken.

»Ich kann nicht mehr atmen«, keuchte ich entsetzt.

»Wir müssen die Magie aus dir herauspressen.«

Enger, immer enger schnürten mich die Schatten ein.

»Aber wieso?«

Omas schwarz ausgefüllte Augen schoben sich vor mein Gesicht und loderten wie Asche, unter der noch Glut brannte. »Damit du keine Schlampenhexe wirst.«

»Ich bin keine …« Die Worte drangen nur stockend aus meinem Mund. Luft, ich brauchte Luft.

»Ich habe dich gesehen!«, gellte Omas Stimme aus ihrer Kehle und hallte von den Steinwänden wider. »Du hast mit ihm herumgehurt!«

»Ich habe nichts …«

Schatten zwängten sich um meine Lunge. Ich konnte kaum noch atmen.

»Er lag auf dir mit seinem harten Ding!« Ihr Finger bohrte sich in meine Brust. Tiefer und tiefer, bis mein Herz brannte.

»Ich liebe ihn.«

»Schlampenhexe!« Sie spuckte in mein Gesicht und stieß ihre Hand in meine Brust. Kalte Finger legten sich um mein Herz und packten es voller Abscheu. »Ich werde dir deine Liebe herauspressen!«

»Nein!«, schrie ich. »Granny, nein!«

»Du kleine Hure. Denkst du, ich kenne dich nicht, Mona de Batista?«

»Du irrst dich! Granny, ich bin es: Bailey.«

»Du hast ihn mir gestohlen, widerliche, liederliche Hexenhure!«

»Oma, nein!«

»Ich verfluche dich. Du sollst nie wieder lieben können und vom heutigen Tage an kein Herz mehr haben. Du sollst ihn betrügen, wieder und wieder, und vergessen, dass du je bei ihm lagst.«

Was?

Flecken tanzten vor meinen Augen.

»Und dieser geile Bock soll ein Bock bleiben – für alle Zeit. Ich verfluche euch.«

»Oma!«, flehte ich sie an. »Bitte, lass mich frei.«

Plötzlich klang sie am Boden zerstört wie eine Frau, der man das Herz zertrampelt hatte: »Oh, Wilbur, wir waren füreinander bestimmt, aber du hast mich betrogen und alles kaputtgemacht. Ich werde nie wieder lieben und du wirst mich nie mehr betrügen.«

»Oma, so hör mich doch!« Aber während ich schrie, klang meine Stimme, als käme sie von ganz weit her. Als wollte man rennen und käme nicht vom Fleck. Die Worte versickerten im Hintergrundrauschen, als würden sie wie Wassertropfen von einem Schwamm aufgesaugt.

Grannys schwarzer, hasserfüllter Blick wandelte sich erneut zum reinen Augenweiß. Blind für die Welt, blind für Liebe. Blind für ihre eigene Art.

»Gib mir deine Magie«, forderte sie. »Du brauchst sie nicht. Eine Hexe zu sein, macht dich schlecht.«

»Was hast du getan?«

»Du wirst immer mein Baileymäuschen sein. Rein und unschuldig.«

Ihre Schatten pressten etwas aus mir heraus, von dem ich nicht gewusst hatte, dass es überhaupt da war, bis mein Verstand im Nebel versank. Bis alles schwarz wurde. Bis es keine Magie mehr in mir gab. Bis sie mich gereinigt hatte …

Piep. Piep.

Das Geräusch meines Handys riss mich aus der Schwärze. Benommen setzte ich mich auf und wischte mir über die Stirn. Kalter Schweiß blieb an meinen Fingern kleben. Als ich stöhnte, sprang Teddy von meinem Schoß und tapste schlaftrunken in sein Körbchen.

Ich tastete nach dem Stück Plastik auf meinem Nachttisch. Als ich das Handy aktivierte, leuchtete mir das grelle Display in die Augen. Blinzelnd nahm ich die Konturen meines Zimmers wahr, und war dankbar für das Gefühl, wieder im Hier und Jetzt angekommen zu sein. Scheißalbtraum!

Vielleicht hätte ich vorhin doch mit Oma reden sollen, denn was mein Unterbewusstsein an Ängsten ausgespuckt hatte, konnte nicht schlimmer als die Wahrheit sein. Aber nun schlief sie längst und ich brachte einfach nicht die Energie auf, mein Zimmer zu verlassen und mich ihr zu stellen.

Stattdessen rief ich die SMS auf, die gerade eingegangen war. Sie stammte von Lucy. *»Ach du dickes Ei, Bailey! Adam will wissen, wer dich anleitet.«*

»Anleitet?«, tippte ich kraftlos zurück. Mein Gehirn war noch irgendwo zwischen wach und schlafend.

»Deine Kräfte. Er sagt, wenn du eine Hexe bist, dann gibt es eine Macht in dir, die wild und chaotisch ist. Wer bringt dir bei, damit umzugehen?«

Wild und chaotisch. Das wäre ja mal was ganz Neues. Im Augenblick kam ich mir komplett abgekämpft vor.

»Keine Ahnung. Bisher hat meine Oma mir anscheinend diese Kraft gestohlen.«

Es dauerte fünf Minuten, bevor mein Handy wieder aufleuchtete. *»Ach, du Schreck. Adam sagt, das wäre ein verbotener Fluch. So richtig schwarze Magie.«*

Die beklemmenden Bilder meines Schreckenstraums waren nicht minder schwarz gewesen. Granny hatte mich verflucht. Von wegen Strickkleider, weil sie mich so lieb hatte. Sie hatte nur ihr Netz um mich gesponnen wie einen Kokon, der meine Hexenfähigkeiten klein und im Larvenstadium gehalten hatte. In meinem Kopf tauchte die Vorstellung auf, wie ich diesen Kokon abstreifte und mir Schmetterlingsflügel aus Magie wuchsen. Schillernd und schön ... und ja, auch ein bisschen wild und ungebändigt.

Es war absurd, aber ich sehnte mich nach einem Teil meiner selbst, den ich nicht einmal kannte und der mir auch Angst machte.

»Meine Oma ist verrückt. Sie hasst alle Hexen, obwohl sie selbst eine ist. Was soll ich nur tun?«

»Du brauchst unbedingt Hilfe. Hast du jemanden? Sonst kommst du zu uns. Adam wird schon jemanden finden, der dich ausbildet. Oh, mein Gott, Bailey, ich weiß gar nicht, was ich sagen soll.«

Ich starrte auf ihre Worte und spürte tief in mir drin, dass sich mein Schicksal gerade änderte. Ich konnte und wollte nicht länger hierbleiben. Es gab keinen Weg zurück in mein altes Leben, das nur eine Lügenmär war.

»Ich werde Caiden fragen – so heißt mein Wolf. Morgen treffe ich ihn.«

Als ich einen Blick auf die Uhr warf, bewegte sich der Sekundenzeiger langsam wie Sirup über das Ziffernblatt. Noch so viele Stunden. Ich hatte jede Nacht meines Lebens in diesem Zimmer geschlafen und konnte es plötzlich nicht mehr erwarten, von hier fortzukommen.

»Wow, Bailey, wenigstens eine gute Nachricht ... Wobei es auch echt cool ist, wenn du wirklich eine Hexe bist.«

Cool? Hm.

So hatte ich das noch gar nicht betrachtet.

War das echt cool?

»Ich bin eher geschockt, seit ich es erfahren habe.«

Ich starrte auf den schlafenden Teddy, der mich weiterhin zu mögen schien, ganz gleich, was ich nun war. Irgendwie gab mir das Kraft. Er war treu und ich war nicht allein. Die Wahrheit war, dass nicht nur ich ihn aus dem Tierheim gerettet hatte, sondern dass auch er so viel Glück in mein Leben gebracht hatte.

Hexe. Ich war eine Hexe. Ich drehte das Wort in meinem Kopf herum wie ein Puzzlestück und wartete auf den Moment, da das Teil passte.

Apropos passende Teile: Ich hatte fast nichts mehr anzuziehen. Wenn ich alles, was von Oma stammte, ob nun genäht oder gestrickt, außen vor ließ, dann war ich praktisch meiner gesamten Garderobe beraubt.

Nun war ich noch viel dankbarer über Lucys Geschenke.

Sie schrieb: *»Ja, aber wenn du den Schock überwunden hast, dann fang an, dich zu freuen. Adam sagt, Hexen können abgefahrenes Zeug.«*

Ach, echt? Hoffentlich nicht bloß Fruchtbarkeitszauber für Maisfelder. Mit Omas Aztekengemüse war ich ein für allemal fertig.

»Was denn genau?«, wollte ich wissen.

»Elementmagie.«

Wow. Das klang wirklich ziemlich cool. Alles, was ich bisher geschafft hatte, war, Schneeflocken in meiner Handfläche schmelzen zu lassen, Wasser in der Mikrowelle warm zu machen oder Feuer mit einem Streichholz zu entfachen. Das bezeichnete man allerdings nirgendwo auf der Welt als Elementmagie.

Ich hielt meine freie Hand vor mein Gesicht, starrte sie voller Willenskraft an und versuchte, eine Flamme darin entstehen zu lassen.

Aber alles, was ich schaffte, war, Kopfschmerzen zu bekommen, weil ich mich dabei total verkrampfte. So viel dazu. Vielleicht brauchte man dafür eine Art Beschwörungsformel. So wie Omas bekloppte Zischlaute.

Ich machte ein paar Mal »Sch« wie eine Schlange mit Sprachfehler, wodurch sich jedoch nur Teddys Ohr alarmiert aufstellte. Bevor ich ihn ganz wecken würde, ließ ich den Blödsinn bleiben.

»Falls Caiden dir nicht helfen kann, dann weißt du, wo du mit offenen Armen empfangen wirst. Wir sind für dich da, Süße.«

Erleichtert legte ich das Handy beiseite und als ich das zweite Mal einschlief, hatte ich keine Albträume mehr.

Vielleicht lag vor mir eine Zukunft voller Möglichkeiten.

Und Caiden.

Kapitel 20

Dies ist der Anfang, dachte ich, während ich durch den Schnee stapfte. Ich schritt meiner Zukunft entgegen. Teddy hatte ich im Wagen gelassen. Er wartete eingekuschelt in einer Decke auf mich. Zu wissen, dass er da war, gab mir Kraft, denn egal, was heute geschah, er war für mich da. Innerlich bebte ich vor Aufregung. Da war die Hoffnung, dass Caiden mich wollen könnte, und die Angst, dass er mich versetzte. Aber so grausam konnte das Schicksal nicht mit mir sein. Nicht nach all dem, was sich meine Großmutter mit mir geleistet hatte. Diese Verabredung musste echt sein.

Vor lauter Lampenfieber spürte ich den Schnee kaum, auf dem ich lief, so als würde ich auf Wolken wandeln. Ich hatte den Wagen in der Nähe der Straße stehengelassen und ging nun die restlichen Meter zu Fuß zur Brücke. Durch das Dickicht der Bäume hindurch konnte ich sie noch nicht erkennen, doch ich hörte bereits das leise Plätschern des Wassers, das den *Blue Earth River* entlangströmte, wie ein Flüstern in der Luft.

Das Licht schien diesig unter einem blassgrauen Himmel hervor. Alles wirkte eigenartig fahl, als würde der Winter die Natur ihrer Farben berauben. Nur eine schwarze Krähe stach aus der weißen Schneedecke heraus. Trotzdem war diese winterliche Welt ein wunderbarer Ort, weil ich

Caiden sehen würde und weil mir Lucys Nachricht Hoffnung gegeben hatte.

Ich drückte die Zweige eines Strauches beiseite und bahnte mir meinen Weg durch das Gestrüpp. Der Schnee lag so hoch, dass die Stämme der Bäume zum Teil verborgen waren, und was nun wie Büsche wirkte, waren in Wirklichkeit Baumkronen von jungen, noch niedrigen Buchen. Der Anblick war geradezu bizarr. Auf den dünnen Zweigen hing dichter Schnee, unter dem sich das Geäst absenkte.

Als ich hinter einer Tanne hervortrat, stand unvermittelt Caiden vor mir. Dieses Mal hatte er keinen fellbedeckten, nackten Oberkörper, sondern eine Jacke an. Seine Hände legten sich um meine Taille und stützten mich ab. »Hey, Bailey, Vorsicht an der Stelle. Die Böschung senkt sich dort vorne zum Flussbett ab.« Er deutete in die entsprechende Richtung. »Ich will nicht, dass du reinfällst.«

Ich schaute an ihm vorbei zum Fluss, der so stark gefroren war, dass gezackte Eisränder nur eine schmale Rinne für das noch fließende Wasser übriggelassen hatten.

Alles war dicht bewachsen mit Bäumen und Sträuchern. Nur an manchen Stellen fiel das Ufer so steil zum Fluss hin ab, dass senkrechte Erdwände entstanden waren. Die Landschaft war wild und unberührt. Nur die Eisenbahnbrücke spannte sich über den Wasserlauf: ein stummer Beweis menschlicher Zivilisation.

Sicher spielte Caiden mit seiner Bemerkung auf meinen gestrigen Sturz an.

»Hast du Angst, dass ich wieder einen Höllenlärm veranstalte?«, neckte ich ihn.

Der Fluss interessierte mich so wenig wie der berühmte Reissack in China. Ich hatte nur Augen für Caiden. Er überragte mich um mehr als einen Kopf, seine Schultern waren so breit wie mein Bett – also fast – und ich war wie gebannt von seinen topasklaren Augen. Er lächelte mich an und es hätte mich nicht gewundert, wenn der Schnee um uns herum geschmolzen wäre, so sehr ging die Sonne in meinem Herzen auf.

»Hallo, Bailey«, grüßte er mich und beugte sich zu mir herunter, um mir links und rechts ein Küsschen auf die Wange zu geben. Dann sah er mich prüfend an. »Wie geht's dir?«

»Geht schon«, behauptete ich, während meine Lippen auf meine Wangen neidisch waren.

Er quittierte meine Antwort mit einer spöttisch gehobenen Braue, der ich offensichtlich nichts vorzumachen brauchte. »Hast du denn schlafen können?«

»Ja, irgendwann schon.« Ich zuckte mit den Schultern. »Davor hatte ich allerdings einen ziemlich irren Albtraum, in dem meine Oma herumgespukt ist.«

Er runzelte die Stirn. »Ein Albtraum? Erzählst du mir davon?«

Ich stieß meinen Atem in die kalte Winterluft aus und blickte dem Wölkchen nach, das aus meinem Mund aufstieg. »Ich habe geträumt, dass sie meine Magie aussaugt, dass sie nicht erträgt, dass ich eine Hexe bin. Dann hat sie mich plötzlich für Mona de Batista gehalten und mich dazu verdammt, niemals mehr lieben zu können und Wilbur zu vergessen.«

Caidens Griff um meinen Arm verstärkte sich. »Und hat sie dir davon schon mal erzählt?«

»Wovon?«, wunderte ich mich.

»Na, von dem, was sie dieser anderen Hexe angetan hat.«

Ich schüttelte den Kopf. Als ich Caidens gedankenvollen Blick sah, stutzte ich. »Was hat sie ihr denn angetan?«

Er sah mir fest in die Augen. »Genau das.«

»Du meinst, sie hat ihre Liebe verflucht?«

Caiden nickte. »Das war ein Fluch unter die Gürtellinie. Ihr Hexenzirkel war danach fertig mit ihr und du wirst keine Hexe im Umland von Welcome finden, die etwas mit ihr zu tun haben will.« Er zuckte vage die Schultern. »Außer vielleicht, um es ihr heimzuzahlen.«

Oma war in Gefahr?

Nervös knabberte ich an meiner Unterlippe. »Aber der Vorfall liegt doch schon ein halbes Jahrhundert zurück.«

Jetzt grinste er doch tatsächlich. »Hexen sind rachsüchtig und nachtragend. Das müsstest du doch schon gemerkt haben.«

Ich schnitt eine Grimasse. »Sehr witzig.«

Denn mich selbst würde ich bestimmt nicht so beschreiben.

»Ist Mama etwa auch eine Hexe?«

Himmel, daran hatte ich noch keine Sekunde gedacht. Ich konnte es mir bei ihr wirklich nicht vorstellen, aber Oma hatte schließlich auch eine Identitätsstörung und ich selbst hatte von meiner wahren Natur ebenfalls noch nichts bemerkt.

Zum Glück schüttelte Caiden den Kopf. »So was überspringt auch mal eine Generation. Sogar mehrere manchmal.«

Trotzdem wurde mir etwas mulmig. »Aber ich könnte es weitervererben?«

Sein Blick wurde intensiv. »Ja, allerdings.«

Okay, irgendwie wollte ich noch gar nicht über Fortpflanzung nachdenken. Erst recht nicht beim ersten Date.

Eine neue Frage spülte wie Treibgut in meine Gedanken. »Wieso habe ich das geträumt? Ich meine, es war nur ein Traum. Woher kamen diese Bilder?«

»Obwohl du nie zuvor davon gehört hast?«, murmelte er und betrachtete mich versunken.

Seine Art, mich anzusehen, machte mich ganz ruhelos. Ich wusste selbst nicht, wohin mit mir, wenn er mich so unter die Lupe nahm. »Genau.«

»Vielleicht, weil du keine verfluchten Sachen anhattest und deine Magie in dir erwachen konnte.«

»Aber das allein ergibt doch keinen Sinn.«

Lucy hatte Elementmagie erwähnt. Träume zählten allerdings nicht zu den Elementen.

»Doch«, widersprach er. »Wenn du das dritte Auge hast, schon.«

»Das dritte Auge?«

»Den Blick in die Vergangenheit.« Mit dem Zeigefinger beschrieb er einen rückwärtigen Bogen über seine Schulter. »Quasi das Fenster zum Hinterhof.«

Echt jetzt? Er machte Witze, die so ähnlich wie Hitchcock-Filme klangen?

Eigentlich war ich doch diejenige, die mit der Kulisse von Hitchcocks *Die Vögel* aufgewachsen war.

Caiden grinste mich an. »Da kannst du dir was drauf einbilden. Das kommt nicht so oft vor.«

Ich sog den Atem ein. Er war eisig kalt. »Und du weißt davon, weil ...?«

»Weil Hexen und Tiermänner viel miteinander rumhängen.« Er zwinkerte mir zu und deutete zwischen uns hin und her. »Ich Lykaner, du Hexe«, erklärte er in bester Tarzanmanier. Dass er sich nicht auf die Brust trommelte und einen Schrei ausstieß, war auch schon alles.

»Ich dachte, wir stehen auf Satyre«, zog ich ihn auf.

Er sah mich an, als würde er den Fehdehandschuh aufnehmen. »Soll ich etwa gehen, Süße?«

»Hey«, beschwerte ich mich und piekte ihm den Finger in die Brust.

»Hey«, erwiderte er und legte im Gegenzug einfach seine Hand auf meine Brust.

Ich verfiel in Schnappatmung und klatschte seine Hand weg.

Ach, du heilige Sch...

Dort hatte mich ja wohl noch nie ein Kerl begrabscht.

»Hoppla«, entgegnete Caiden nur und grinste mich ziemlich zufrieden an. Dabei konnte er durch den dicken Mantel nicht allzu viel gespürt haben. Trotzdem hatte ich das Gefühl, einen tomatenroten Kopf zu kriegen.

Nervös benetzte ich meine Lippen. »Hattest du denn viele Hexen?«

Er betrachtete mich lauernd. »Eifersüchtig?«

Ich atmete zittrig aus, hielt seinem Blick nicht mehr stand und starrte stattdessen auf meine behandschuhten Finger, die ich aufgewühlt ineinander verflocht. »Und wenn?«

Er griff nach meinen Händen und hielt sie fest. »Sieh mich an!«

Zaghaft schaute ich ihm in die Augen.

»Ich hatte noch nie was mit einer Hexe, okay?«

Ich nickte erleichtert.

»Und eigentlich sollte ich nicht mal was mit dir haben, weil deine Familie durch deine Großmutter bei uns Tiermännern unten durch ist.«

Statt einmal mehr Groll gegen Granny zu empfinden, beschäftigten mich die Worte, die er soeben ausgesprochen hatte, wesentlich mehr. »Haben wir denn was miteinander?«

Seine Mundwinkel verzogen sich zu einem süffisanten Grinsen. »Bisher noch nicht.«

Zumindest hatten wir gerade ein Date. Das hätte ich mir vor einer Woche nicht träumen lassen.

Apropos Traum ...

»Wegen der anderen Sache noch mal. Dann ist das, was ich geträumt habe, also wahr?«

Er sah mich an, als würde ich nur vom Thema ablenken wollen, doch er ließ sich darauf ein und nickte. »Ein Teil davon wohl schon.«

»Ich habe auch geträumt, dass Oma mich vor dem Hexensein bewahren will, damit ich gewissermaßen rein bleibe. Damit ich keine ... ähm ...« Verlegen studierte ich diesmal den Ast hinter seiner Schulter. »... *Hexenschlampe* werde.«

Caiden packte mich bei den Schultern und zwang mich, in sein zorniges Gesicht zu blicken.

»Omas Worte, nicht meine«, stellte ich sogleich klar. »Ich sehe mich nicht als Hexen... Dingsbums.«

... Schlampe.

»Verdammt, deine Oma ist echt verkorkst.«

»Ja, aber vielleicht wollte sie mir nicht nur Schlechtes. Denn wenn sie denkt, dass es schlecht ist, eine Hexe zu sein, dann kann man es ihr fast schon als Hilfe auslegen.«

Caiden starrte mich ungläubig an. »Ich nenne dir noch eine Art, wie man es auslegen kann: Deine Oma ist alt, ihre Kräfte schwinden und sie hat sich in der Vergangenheit außerdem gründlich mit ihren Flüchen verausgabt.«

»Weil dauerhaftes Fluchen auch dauerhaft Magie kostet?«, fielen mir ihre Worte wieder ein.

»Ganz genau. Also hat sich deine Oma gedacht, sie kriegt das mal besser auf die Reihe und bedient sich ganz einfach an deinem jungen und unverbrauchten Pool an Energie.«

Ich stellte mir vor, ein Planschbecken voller Magie zu sein, wenn er das so sagte. Und Granny war mit einem Abfülleimer hineingesprungen und hatte darin gebadet wie Kleopatra in Milch und Honig.

Was für eine unschöne Vorstellung.

»Okay, du magst sie nicht«, stellte ich einmal mehr fest.

»Sie hasst Tiermänner«, zählte er auf. »Sie hat dein Auto verhext und der Fluch hat mich getroffen, was ich ihr persönlich übelnehme. Sie vergeht sich an dir. Sie hat ihren Satyr verstümmelt. Sie hat eine Hexe verwünscht. Sie ...«

Ich hob die Hand, um ihn zu bremsen, und nickte zustimmend. »Ist schon gut, Caiden, ich finde es auch furchtbar.«

Seine finstere Miene milderte sich etwas ab.

»Gut«, antwortete er lakonisch.

»Gut«, erwiderte ich ebenfalls.

Aber gut war an der Sache herzlich wenig.

Eine Weile schwiegen wir uns an, schauten einander nur in die Augen, und in der Stille des Moments schlug die Stimmung zwischen uns um.

»Na dann«, brummte er.

Ohne Vorwarnung legte er seine Hände um mein Gesicht und küsste mich. Seine Lippen waren sanft, aber fordernd. Granny war ein wunder Punkt bei ihm und dass ich hinter ihm stand, statt hinter ihr, schien ihn zu diesem spontanen Ausbruch hinzureißen.

Aber ich genoss einfach, dass er mir nahe war. Dass ich ihn spüren und auf meinen Lippen schmecken konnte. Die Purzelbäume in meiner Brust ließen mich meinen Herzstillstand beinahe vergessen.

Caiden küsste mich!

Vor Glück fühlte ich mich ganz schwerelos.

Haben wir denn was miteinander?

Bisher noch nicht.

Aber vielleicht jetzt?

Leider verweilte sein Mund viel zu kurz auf meinem. Ich wollte mich gerade an ihn schmiegen, als er sich auch schon wieder von mir löste.

»Aber …«, protestierte ich.

Caiden schaute ziemlich ernst – ja, sogar etwas barsch – drein und erklärte knapp: »Sah mir aus, als ob du das brauchen könntest.«

Aha.

Das stimmte zwar schon, aber ich hätte doch bitte gern noch viel mehr davon gehabt. Ich bemühte mich, meine Atmung in den Griff zu bekommen, und knetete meine Hände.

Doch während ich mit meiner eigenen Sehnsucht kämpfte, ging mir auf, dass er den Kuss womöglich auch für sich selbst gebraucht haben könnte, und ich lächelte ihn an.

»Ich habe noch nicht mit ihr gesprochen«, gestand ich. »Ich weiß, dass ich sie eigentlich zur Rede hätte stellen müssen, aber das wäre mir gestern zu viel gewesen.«

»Du musst dich vor mir nicht rechtfertigen.«

Das wäre ja das erste Mal. Entsprechend belustigt schaute ich ihn auch an.

Er zuckte mit den Schultern und gab sich geschlagen. »Okay, sonst schon, aber diesmal nicht.«

Ich lachte ihn an.

»Lachst du mich aus?« Seine Frage klang lauernd.

»Dafür finde ich dich viel zu toll«, entwaffnete ich ihn.

Er fuhr sich mit der Hand durchs Haar und brummte: »Was mache ich hier bloß?«

»Dasselbe habe ich mich auch schon gefragt.«

Caiden wölbte fragend eine Braue.

Ich deutete auf die Brücke hinter ihm, auf der sich seit unserer Ankunft rein gar nichts getan hatte. »Was machen wir hier? Ich meine: genau hier?«

»Das ist eine Kreuzung«, erklärte er. »Wir stehen an einer Kreuzung.«

Vielleicht sollte das symbolisch sein, aber ...

»Die Schienen führen bloß in eine Richtung.«

»Man kann den bequemen Weg mit dem Zug nehmen und fährt immer geradeaus. Nichts würde sich je ändern ...«

»Oder?«, flüsterte ich.

Er deutete auf den *Blue Earth River*. »Oder man beschreitet den ungeebneten Weg und lässt sich auf das Abenteuer Wildnis ein.«

»Und das machen wir heute?« Hoffnungsvoll schaute ich ihn an.

»Anfangs dachte ich da mehr bloß an dich.«

»Und jetzt?«

»Der Fluss sieht gar nicht so schlecht aus«, gab er zu.

Mein Herz begann zu rasen. Bedeutete das, dass er bereit dazu war, mit mir gemeinsam Neuland zu betreten und mit mir zusammen über den Fluss zu reisen?

»Finde ich auch«, wisperte ich.

Natürlich war mir klar, dass wir nicht wirklich auf dem Fluss reisen konnten. Dafür war hier alles viel zu vereist und unwegsam. Aber etwas fiel mir dann doch ein.

»Hast du ein Blatt Papier?«

Caiden runzelte die Stirn, aber er klopfte sich die Taschen ab und beförderte einen Zettel zutage. Er war klein zusammengefaltet und Caiden faltete ihn wieder auseinander und schaute mich fragend an. Das Papier war bedruckt und an einigen Stellen bekritzelt. »Das ist der Bestellschein von meiner letzten Holzlieferung. Reicht dir der?«

Ich schmunzelte. »Ein Bestellschein ist super.« Immerhin war ich sozusagen auch dabei, etwas zu bestellen. »Und hast du auch einen Stift?«

Er wölbte eine Augenbraue und ließ die Hand in seiner Hosentasche verschwinden. Dann holte er einen winzig klein gespitzten Bleistift hervor. Der Mann vergeudete wirklich kein Holz. »Habt nicht eigentlich ihr Frauen immer alles in der Handtasche?«

Was andere so machten, wusste ich nicht. Ich führte lieber Leckerlis für Teddy spazieren.

»Es geht eben nichts über einen gut organisierten Mann«, lobte ich ihn.

Er schüttelte bloß lächelnd den Kopf. »Und jetzt?«

Konzentriert faltete ich das Papier zu einem kleinen Bötchen zusammen. Dann schrieb ich *»Bailey + Caiden«* drauf und betrachtete zufrieden mein Werk. Einmal eine Bestellung für Bailey und Caiden.

Stolz hielt ich ihm das Ergebnis hin.

Jetzt grinste er noch breiter, aber er sah mich auch mit diesem Blitzen in den Augen an. Da es an dieser Stelle zum Fluss herunter recht abschüssig war, überreichte ich ihm das Papierschiffchen. Ich hatte ja gestern erlebt, wie er mit zwei langen Sätzen eine Böschung heruntergesprungen war.

»Kannst du es in den Fluss setzen?«, bat ich ihn.

Er sah amüsiert aus, als würde er sich seinen Teil über Hexen und Symbole denken, doch er nahm es und nickte. So geschickt und schnell wie gestern bahnte er sich seinen Weg ans Ufer hinunter. Vorsichtig betrat er das Eis, um zur Wasserrinne zu gelangen, und es brach nicht unter ihm ein. Symbole über Symbole. Wir würden auch auf brüchigem Eis schreiten, wenn wir gegen alle Regeln verstießen, die andere für uns machen wollten. Aber ich war so glücklich, dass er bereit dafür war.

Behutsam entließ Caiden das Bötchen ins Wasser und es strudelte auf den Wellen tanzend davon. Das waren wir. Jenseits der geradlinigen Eisenbahnstrecke auf dem Weg ins Abenteuer.

Caiden gelangte nach wenigen Sprüngen wieder oben bei mir an.

»Erledigt«, murmelte er.

Ich nickte und wieder breitete sich diese angespannte Stille zwischen uns aus.

Himmel, ich hatte gerade unsere Namen nebeneinander geschrieben wie ein verliebter Teenager. Aber es kam mir so romantisch vor und ich war froh, dass er mir geholfen hatte.

Schließlich fragte er: »Ist das dein blaues Kleid von gestern?«

Ich schaute an mir hinunter und sah den Saum unter dem Mantel herausgucken. »Ja, ist es.«

Allerdings war es hier viel zu kalt, um es ihm vorzuführen. Mir war mehr danach zumute, den Kragen meines Mantels höherzuschlagen, statt den Reißverschluss aufzuziehen.

»Es ist ziemlich kalt an deiner Kreuzung«, gab ich zu bedenken.

Caiden nickte und fasste nach meiner Hand. »Lass uns einen wärmeren Platz finden.«

Als er mich in eine andere Richtung zog, als die, aus der ich gekommen war, hielt ich ihn auf. »Wohin willst du?«

»Mein Wagen steht dahinten.« Er deutete flussaufwärts zu einem Wall aus Gestrüpp.

»Aber wir müssen zu meinem Auto«, wandte ich ein und zeigte in die entgegengesetzte Richtung.

»Dem Fluchmobil?«, zog er mich ungläubig auf.

»Da sind ein paar persönliche Dinge von mir drin.«

Caiden wandte sich mir zu und sah mich forschend an. »Die da wären?«

»Eine Tasche mit Zeug. Und Teddy.« Als ich von dem süßen Fratz sprach, stahl sich ein Lächeln auf meine Lippen.

»Er wartet doch auf mich.«

»Ich nehme an, wir reden von keinem Kuschelbären?« Caiden machte den Eindruck, als schwante ihm die Antwort bereits.

»Nein, das ist mein kleiner Hund«, verkündete ich stolz.

»Etwa der ängstliche Kläffer von neulich?«

»Nein, er ist ein echter Schatz. Er hatte nur Angst vor dir, aber er hat wirklich nicht an deine Bäume gepinkelt.«

Caiden stieß ein resigniertes Stöhnen aus und rieb sich die Stirn.

»Oh toll«, lautete sein trockener Kommentar.

»Du wirst ihn lieben.«

»Glaub nicht zu fest daran.«

Ich lachte und zog ihn mit in meine Richtung, doch es war klar, dass er mir freiwillig folgte, weil ich diesen starken Mann sonst keinen Millimeter hätte bewegen können.

»Du wirst schon sehen.«

Kapitel 21

Teddy gab sich ähnlich skeptisch wie Caiden, als wir beim »Fluchmobil« auftauchten. Er freute sich eindeutig, mich zu sehen, aber er stellte seine Ohren auf und guckte ganz alarmiert, als er den Mann an meiner Seite in Augenschein nahm. Und das tat er äußerst gründlich. Er wollte sich gar nicht mehr von mir aufmuntern lassen.

»Na, komm, Teddylein, Caiden ist nicht böse«, versicherte ich ihm.

Teddy hopste von seinem bequemen Platz mit Decke auf dem Beifahrersitz, doch leider nicht in meine offenen Arme, sondern in den hinteren Teil des Wagens. Das Winseln, das er dabei von sich gab, war herzerweichend.

»Das muss dein Lykanergeruch sein«, entschuldigte ich ihn. »Der macht ihn ganz empfindlich.« Ich tippte mir an die Nase. »Er hat nämlich ein feines Riechorgan.«

Caiden sah aus, als würde er um seine Beherrschung ringen. »Ist nicht wahr …«

»Komm, Teddy, sei ein lieber Hund. Ich habe hier auch ein Leckerli für dich.«

Ich streckte ihm seinen Lieblingssnack entgegen und gab kleine Schmatzgeräusche von mir, aber mein Hund bewegte sich keinen Millimeter aus dem Fußraum der Rückbank hervor.

»Er isst es vermutlich lieber, wenn du es ihm einfach hinwirfst«, foppte mich Caiden.

»Das ist nicht hilfreich«, tadelte ich ihn und schmatzte dann wieder Teddy an. »Komm, kleiner Schatz, ich habe noch viel mehr davon.«

»Du hast auch noch viel mehr von mir«, gab Caiden zu bedenken. »So viel Naschkram kannst du gar nicht dabei haben, dass er darauf einsteigt.«

»Ich wollte Teddy aber nicht zu Hause lassen.«

»Wieso nicht? Gestern hattest du ihn auch nicht dabei.«

»Schon«, räumte ich ein und schielte unsicher in seine Richtung. »Aber gestern bin ich auch wieder nach Hause gefahren.«

Das erweckte seine Aufmerksamkeit. Er schob seine Hände in die Hosentaschen und sah mich gespannt an. »Und heute?«

»Na ja.« Verlegen drehte ich das Leckerli in der Hand hin und her und bekannte: »Erstmal will ich nicht wieder zurück.«

Caiden, dessen Hände noch immer in den Hosentaschen steckten, nickte in Richtung meines kleinen Gepäckstücks. »Und das da ist deine Notfalltasche?«

»Ich habe eh nicht besonders viele Sachen, die nicht von Granny stammen.«

Es waren sogar erschreckend wenige. Das hatte ich im Morgengrauen festgestellt, als ich es endgültig aufgegeben hatte, wieder einschlafen zu wollen. Dazu war ich wegen meines Dates mit Caiden viel zu aufgeregt gewesen. Unterwäsche zu finden, war kein Problem gewesen, denn schließlich häkelte sie mir keine BHs oder dergleichen. Aber Kleider und Pullis bestanden fast ausschließlich aus Grannys Handarbeitsfundus. Sie war wirklich fleißig dabei gewesen, ihre Flüche für mich zu weben. Fast wie eine Spinne, die ein Netz um mich gesponnen hatte, um mir meine Magie auszusaugen.

»Du nennst sie noch Granny?« Caidens Blick verfinsterte sich.

Ich warf ihm einen um Verzeihung bittenden Blick über die Schulter zu, während ich mich weiter in die offene Wagentür kauerte, um Teddy anzulocken. »Macht der Gewohnheit.«

»Nenn sie lieber einen alten Besen«, schlug er vor. »Oder einen Drachen.« Dann ging ihm ein Licht auf. »Oder eine Gewitterziege.«

Ich grinste ihn an, weil er Wilburs Ziegendasein und ihre Gruselnummer im Sturm damit unter einen Hut brachte. »Könnte ich hinkriegen.«

Als Gewitterziege würde sie auch viel besser zu Wilbur passen. Doch während ich diese kleinen Gemeinheiten dachte, überkam mich ein schlechtes Gewissen. Oma mochte reichlich Fehler haben, sogar solche, die ich am eigenen Leib zu spüren bekommen hatte, aber ich wollte trotzdem nicht gemein werden, bloß weil sie es war.

»Einigen wir uns auf Oma«, entschärfte ich es.

Caidens Gesicht sprach Bände, doch er ließ es dabei bewenden und deutete auf Teddy. »Und mit dem Knirps da willst du auswandern?«

»Er gehört zu mir.«

Noch so ein Satz, von dem Caiden vermutlich Kopfschmerzen bekam. Aber dann nickte er entschlossen, zog die Hände aus den Taschen und schob mich sanft beiseite. »Lass mich das mal machen.«

»Du musst aber behutsam vorgehen«, bat ich ihn. »Teddy ist ein bisschen ängstlich.«

Er grinste provokativ. »Soll ich etwa ganz sanft zu ihm sein?«

Immer musste dieser Mann mich necken. Ich hatte das neulich doch gar nicht so anrüchig gesagt.

»Vorsicht«, warnte ich ihn und tippte mit Nachdruck auf die Motorhaube. »Du lebst gefährlich. Hier steht das Fluchmobil.«

Er betrachtete den Kastenwagen relativ sorglos und winkte ab. »Halb so wild, die alte Mühle hat ihren Fluch schon verbraucht. Deine Oma scheint faul geworden zu sein. Sie hat ihn nämlich nicht erneuert.«

Na, immerhin. Das war doch wenigstens eine gute Nachricht, denn ich hätte auch gar nicht gewusst, wie ich das Auto hätte entfluchen sollen.

Caiden wendete sich erneut Teddy zu.

»Bitte, sei lieb«, beschwor ich ihn.

»Baby, sei ganz sanft zu mir«, scherzte er ein zweites Mal. Doch dann wurde er ernst und schaute meinen Hund unverwandt an. Mit einer Miene, als würde er keinen Widerspruch dulden. Caiden stieß einen lauten Pfiff zwischen den Zähnen aus und nickte einmal knapp auf den Platz neben sich.

Und siehe da, Teddy stellte die Ohren auf, als hätte man einen Modus bei ihm aktiviert, von dem ich noch nie zuvor etwas bemerkt hatte, und sprang dann artig aus dem Auto, um zu Caidens Füßen Stellung zu beziehen.

»Ja, aber ... Da hol mich doch ... Wie hast du das gemacht?«, staunte ich.

Caiden bückte sich zu ihm herunter, ließ Teddy die Belohnung direkt aus seiner Hand fressen und klopfte ihm dabei ziemlich kernig auf die Seite.

»Ich habe ihm einen Platz in meinem Rudel zugewiesen.« Er zuckte mit den Schultern. »Im Grunde ganz einfach.«

»In deinem Rudel?«

»Sozusagen.« Er deutete mit der flachen Handkante auf Nasenhöhe. »Ich bin hier.« Dann setzte er seine Hand weiter unten auf Kniehöhe an. »Und er ist dort.«

Caiden wiederholte seine Geste. »Chef hier ... Hilfsarbeiter dort.«

»Hast du denn nicht schon ein Rudel?«

Sein Blick verfinsterte sich. »Doch.«

»Und was ist so schlimm daran?«

Er seufzte. »Wir reden woanders.«

Caiden griff nach meiner Tasche und wollte die Tür zuwerfen.

»Halt! Ich brauche das Auto doch.«

»Ernsthaft? Das Fluchmobil?«

Ich grinste. »Klingt ein bisschen wie das *Batmobil.*«

»Tut es nicht.«

»Ich Batman, du Robin.«

Er schüttelte belustigt den Kopf und zeigte zwischen Teddy und mir hin und her. »Du Batgirl, *er* Robin.«

Na, schön. Er stand ganz offensichtlich nicht auf den Kastenwagen, aber das konnte ich ihm nicht verdenken, und außerdem mochte ich die Sommersauna auf Rädern ja selbst nicht.

»Wo wollen wir jetzt hin?«, fragte ich ihn.

Wir konnten schließlich nicht in der Kälte stehen bleiben und zu mir nach Hause würde ich ihn auch nicht mitnehmen. Schon gar nicht, wenn Oma unser Grundstück wirklich mit einem Bann gegen Hexen und Tiermänner belegt hatte, damit keiner von ihnen sich an ihr rächen kommen konnte.

Wenn der Fluch beim Unfall schon dafür gesorgt hatte, dass Caiden nicht mehr normal hatte heilen können, was würde dann besagter Bann mit ihm veranstalten?

Abgesehen davon, war ich noch nicht so weit, Granny gegenüberzutreten.

Oma, erinnerte ich mich selbst. Denn Granny war ein viel zu netter Kosename, den sie gar nicht verdient hatte.

»Aber Großmutter, warum hast du so große Augen?«

»Damit ich immer alles sehen kann. Alles!«

Ihre schaurigen weißen Augen aus dem Traum geisterten durch meinen Kopf.

»Großmutter, warum hast du so spitze Stricknadeln?«

»Damit ich meine schwarze Magie auf dich wirken kann, um dich auszusaugen.«

Der Satz, den sie in meinem imaginären Dialog ausspuckte, ging in einem fiesen Schlürflaut unter.

Schaudernd rieb ich meine Schläfen. Hoffentlich waren das keine von diesen seltsamen Visionen, von denen Caiden gesprochen hatte.

»Alles okay bei dir?«

»Ja, mir ist nur kalt.«

Vor allem war mir innerlich kalt.

»Wir könnten nach Winnebago reinfahren.« Er wies mit dem Arm in die entsprechende Himmelsrichtung, irgendwo hinter noch mehr Gestrüpp. »Es liegt gleich um die Ecke. Dort gibt es sicher einen warmen Platz. Du könntest einen heißen Kaffee trinken.«

Sogleich ging mir der Schlürflaut wieder durch Mark und Bein. »Ich will nichts trinken oder essen.«

»Ist gut, dann machen wir was anderes.«

»Was denn?«

Caiden setzte eine unschuldige Miene auf und zitierte meine eigenen Worte, mit denen ich ihn zu Teddy gelockt hatte. »Du wirst schon sehen.«

Oh, oh.

Kapitel 22

»Echt jetzt? Ein Museum?« Verwirrt starrte ich auf den schmalen Eingang in der Backsteinfassade. In einer tiefen Nische in der Wand befand sich eine dunkle Tür. Daneben stand ein Schild mit der Aufschrift: Museum.

Das war wirklich nicht gelogen, denn das Haus sah kein bisschen modern aus, so, als könnte das Gebäude selbst ein Ausstellungsstück sein.

»Du wolltest in kein Restaurant«, erinnerte er mich.

Ich warf einen sehnlichen Blick auf das Fluchmobil, in dem er sogar mitgefahren war. Wir hatten seinen Wagen bei der Brücke stehen gelassen, damit wir nicht getrennt fahren brauchten. Caiden war mit den Worten eingestiegen, dass es meine Oma bestimmt so richtig schön ärgern würde, wenn er in der Familienkutsche säße. Mehr Motivation hatte er nicht gebraucht, um einzusteigen.

»Aber ein Museum ...« Ich zögerte, weil das nicht unbedingt auf der Liste der Dinge stand, die ich mit einem heißen Kerl bei meinem ersten Date unternehmen wollte. »Wie alt bist du eigentlich?«

»Wieso?«, fragte er gedehnt.

Seine Anspannung war ein unmissverständliches Zeichen dafür, besser vorsichtig zu sein. Stattdessen fand ich Gefallen daran, ihn aufzuziehen.

Ich machte eine lapidare Handbewegung. »Ach, nur so. Satyre können ja anscheinend dreihundert werden. Vielleicht bist du älter als das Haus.«

»Auch wenn ich dir dadurch den Spaß an einem Rentner-Date verderbe: Ich bin vierundzwanzig, du Küken«, stellte er klar. »Und selbst wenn ich siebzig wäre …«

»… würdest du toll aussehen.« Ich lächelte ihn versöhnlich an.

Wow, er hatte unsere Verabredung gerade selbst ein Date genannt.

Sogar Teddy gab ein zustimmendes Bellen von sich. Er hockte am Boden zwischen unseren Füßen und seine Angst war wie weggeblasen. Vielmehr noch, er wirkte total ausgelassen und sorglos. Wie der Champ der Welt. Es machte mich wahnsinnig glücklich, ihn so zu sehen.

»Er ist wie ausgewechselt«, dankte ich Caiden. »Das war echt lieb von dir.«

»Du hängst ja nun mal an ihm.« Er klang noch immer befremdet darüber.

Wahrscheinlich fand er Teddy bloß zu klein, oder es lag daran, dass wir Hexen angeblich auf Katzen standen.

»Ich verstehe trotzdem nicht, weshalb er jetzt so entspannt ist.«

Für Caiden schien die Antwort auf der Hand zu liegen, aber er war so großzügig, mich einzuweihen. »Der Minihund gehört jetzt in mein Team. Ein Rudel achtet aufeinander. Er steht also gewissermaßen unter meinem Schutz. Jetzt guck dir den Knirps an und dann guck mich an. Wie viele von seiner Sorte ziehen schon mit einem Lykaner durch die Gegend?«

Teddy saß mit stolzgeschwellter Brust glücklich hechelnd am Boden und blinzelte zu uns hoch.

Ich nickte amüsiert. »Das leuchtet mir ein.« Nach einigen Sekunden fügte ich an: »Du bist sein persönlicher Bodyguard.«

Caiden gab einen knurrenden Laut von sich. Der Wolf in ihm schien das nicht halb so witzig zu finden.

Ich trat an ihn heran, ohne Teddy zu vertreiben. »Bei dir fühlt man sich eben sicher.«

Argwöhnisch wölbte Caiden eine Braue.

»Jedenfalls hatte ich nie richtig Angst vor dir«, gestand ich. »Nur davor, dass du mich nicht mögen könntest.«

Ich sah das Blitzen in seinen Augen und das Zucken an seinem Mundwinkel.

»Komm«, sagte er und legte mir seine Hand auf den Rücken. »Wir gehen besser rein, damit dir nicht mehr kalt ist.«

Im Inneren des Gebäudes hatte sich der »Mief« der Zeit festgesetzt. Es war ein ganz eigentümlicher Geruch, der alten Dingen oft anhaftete. Wie nach vergilbtem Papier. Wie Holz, das nicht mehr frisch gesägt roch. Wie Staub und Lagen von Aromen, die sich im Boden und an den Tapeten festgesetzt hatten.

Trotz der mangelnden Schönheit punktete der Innenraum mit behaglicher Wärme. Caiden kaufte zwei Eintrittskarten und band Teddy an einem gedrechselten Kleiderständer fest.

Ich lächelte meinen Lykaner an, als ich zum ersten Mal aus dem Mantel schlüpfte und ihm das blaue Kleid präsentierte. In diesem Geschichtsmuseum war ich ganz sicher overdressed, aber für den Mann an meiner Seite war es genau richtig, denn mein Anblick verschlug ihm sichtlich die Sprache.

Nachtblaue Lagen aus Spitze verbanden sich in einem Rosenblütenmuster zu einem phänomenalen Kleid. Vorne war es hochgeschlossen, dafür befand sich am Rücken ein Ausschnitt, der erst knapp oberhalb der Taille endete. Lange Spitzenärmel schmiegten sich an meine Haut. Es war figurbetont geschnitten und endete auf Kniehöhe. Der Saum war nicht einfach irgendeine glatte Kante, sondern gezackt wie Rosenblüten.

Caiden stieß einen anerkennenden Pfiff aus, der den Mann vom Kartenverkauf aus seiner Zeitungslektüre riss. Er blinzelte verklärt in meine Richtung.

»Jetzt weiß ich, warum du nicht bloß in ein Museum wolltest, Bailey.« Caiden hängte meinen Mantel auf und zog seine eigene Jacke aus. Mir blieb ebenfalls beinahe die Spucke weg, aber nicht nur wegen seines Körperbaus.

»Du trägst bloß ein T-Shirt unter der Jacke?«

»Ich wusste nicht, dass es so formell wird«, entgegnete er mit einem Achselzucken.

»Aber draußen ist es schweinekalt.«

Er nickte zustimmend und tippte sich an die Schläfe, als hätte er da eine tolle Idee gehabt. »Deswegen ja auch die Jacke.«

Okay, er war nicht ganz dicht. Aber die gemeißelten Muskeln an seinem Körper machten das mehr als wett. Rrrrr, allein wie sie sich bewegten, als er seine Jacke aufhängte. Und Dank des kurzärmeligen Shirts hatte ich einen ungehinderten Blick darauf.

Seine langen, kräftigen Beine steckten in verwaschenen Jeans. Immerhin trug er festes Schuhwerk mit dicken Profilsohlen gegen den Schnee. Caidens Aufmachung war herrlich unkompliziert. Aber wenn man so aussah, brauchte man sich auch gar nicht herauszuputzen.

Caiden bot mir seinen Arm an, als würde er mich in die Oper ausführen. »Sollen wir?«

Fröhlich hakte ich mich bei ihm ein und ließ mich von ihm durch das Museum führen. Das Hauptaugenmerk lag auf einem größeren Raum mit beigem Linoleumbelag. Die Wände waren lehmbraun gestrichen. Eine umlaufende Holzleiste, die wie eine Bordüre an ihnen angeschraubt worden war, diente als Befestigung für diverse Bilder.

Die gemalte Landschaft vom Blue Earth River zierte das größte der Gemälde. Es sah fast so aus wie die Stelle, an der wir heute Morgen noch gestanden hatten, bloß mit Laub an den Bäumen, weißen Wölkchen am hellen Himmel und ohne die gefrorenen Eisränder im Flussbett. Es musste Frühling sein. Ich hätte nichts dagegen gehabt, sofort zu tauschen.

Unterhalb des Bildes lagen auf zwei Stufen, die mit grauem Stoff bespannt waren, mittelgroße Steine. Sie waren alle ganz rund gespült und es war nicht schwer zu erraten, dass sie aus dem Flussbett stammten.

»Spannend«, lobte ich ihn mit vor Ironie triefender Stimme. »Echte Steine.«

In den Vitrinen und Schaukästen lagen noch mehr davon ... Und noch mehr. Eigentlich fast überall, wo ich hinblickte. Dafür gab es ein Museum?

Es wurde auch ein bisschen heimische Kunst ausgestellt. Eine kleine Figur, die aus einem flachen Stein herausgearbeitet worden war, zog meine Aufmerksamkeit auf sich. Ihr Kopf war fast so groß wie ihr Körper. Ein bisschen erinnerte sie an einen Lebkuchenmann. Allerdings war sie eindeutig indianischen Ursprungs, was mich nicht weiter verwunderte. Schließlich waren hier früher Indianer ansässig gewesen. Die Figur war so niedlich, dass ich sie am liebsten geklaut hätte. Vielleicht hatte sie einst einem Indianerkind gehört.

Über den Blue Earth River wurde berichtet, dass er seinen Namen einem blaugrünen Lehm verdankte, der früher hier am Ufer vorgekommen war. Später hatte man den Lehm allerdings abgebaut.

Gut, das war mir neu, aber für diese Information hätte man nicht extra herkommen brauchen. Skeptisch betrachtete ich die hässlichen, viereckigen Neonlampen an der Decke, die ihr grelles Licht auf uns herabsandten und alles in einen künstlichen Schein tauchten. Sie waren zwischen beigen Gipsplatten an der Decke installiert worden. Zwei hässliche beige-graue Ventilatoren komplettierten den Retrolook.

»Du guckst zwar, aber du schaust nicht hin«, neckte mich Caiden.

Angestrengt starrte ich auf die Ansammlung an Steinen in den hässlichen Schaukästen, die etwas zusammengewürfelt aussahen.

Tja.

»Du bist Steinsammler und hast das hier verbrochen?«, versuchte ich mein Glück.

Er lachte. »Ich arbeite mit Holz, nicht mit Steinen, und nein, das ist nicht die Antwort.«

»Durfte ich deshalb deine Bäume nicht einsprühen? Weil du mit Holz arbeitest?«

Caiden beugte sich zu mir herunter. »Nein, du solltest deine Graffitis nicht bei mir anbringen, weil ich dein Wohnzimmer schließlich auch nicht mit Farbe beschmiere.«

»Der Wald ist dein Wohnzimmer?«, wunderte ich mich.

Er zuckte die Achseln. »In gewisser Weise. Ich mag die Natur. Aber ich schlafe in einem Trailer. Ein richtiges Wohnzimmer im klassischen Sinn habe ich nicht.«

Demnach schien er sich nicht viel aus Luxus zu machen, doch das war für mich in Ordnung. Ich hatte mein ganzes Leben in einer Nische unter dem Dach geschlafen und unser Farmhaus war alt und nicht gerade das Hilton.

»Jetzt rate weiter, was du nicht siehst«, verlangte er.

»Schöne Farben?«

Diese ganzen Beige- und Brauntöne waren irgendwie nicht meine Baustelle.

»Nein, Bailey, was gibt es hier nicht?«

Ich zuckte mit den Schultern und Caiden half mir auf die Sprünge: »Andere Menschen. Wir können uns ganz ungestört unterhalten.«

»Oh.«

Guter Punkt.

»Dann lass uns reden«, stimmte ich zu. »Du wohnst in einem Trailer?«

Wir spazierten in einen angrenzenden Raum, der viel kleiner und dunkler war. In hohen Glasschränken waren unzählige Trophäen aufgereiht. Sie hatten die Form von Pokalen, Notenschlüsseln und kleinen Figuren, die Fußball oder Baseball spielten; Ehrungen der Winnebago High School für deren Sportteams und deren Schulkapelle.

Er nickte. »Unser Gebiet ist ziemlich groß und es gibt einen Bereich, auf dem wir uns angesiedelt haben. Trailer und auch ein paar Hütten.«

Das war sogar noch weniger Luxus, als ich von der Farm gewohnt war.

»Aber Teddy bleibt bei mir«, scherzte ich. »Auch wenn du ihn vorhin aufgenommen hast.«

Caiden sah mich ernst an. »Er gehört nicht richtig zu meinem Rudel, sondern mehr bloß zu mir, als hätte ich mit ihm eine neue Gruppe aufgemacht.«

Den Gedanken, dass Caiden eine eigene Gruppe gründete, fand ich gar nicht so schlecht. Eine, in der Teddy war, aber auch und vor allem ich. Eine Beziehung ...

Wir bogen um eine Ecke und standen plötzlich vor einer Nische, die aussah, als stammte sie direkt aus Omas Zimmer. Eine alte Nähmaschine ruhte auf einem kleinen Nähtisch aus dunklem Holz und ein Korb mit Wolle war auf einem Polsterstuhl abgestellt worden. Vor eine Vertiefung in der Wand hatte man alte Spitzengardinen gehängt, die denen von Oma nicht unähnlich waren, und von Hand gefertigte Quilts lagen über einem langen Tisch ausgebreitet.

Mir war klar, dass sie nur die örtliche Handwerkskunst der früheren Generationen abbildeten, aber mir kam es vor, als wäre dies Großmutters persönliches Gruselkabinett, wenn es darum ging, Flüche zu spinnen.

Ich versteinerte an Caidens Arm und starrte entsetzt auf den Bereich. »Das sieht fast so aus wie in Omas Zimmer.«

»Dann nichts wie weg«, beschloss er knapp und brachte mich von dort fort.

Wir passierten den Nachbau eines winzigen Klassenzimmers, dessen Lernbänke geradezu bedrückend eng wirkten. Die Lehnen der Bänke dienten als Halterung für die Tischplatte vom Sitz dahinter. Puppen von der Größe kleiner Schulkinder waren auf den vier Plätzen positioniert worden. Sie trugen veraltete Kleider aus der damaligen Zeit.

Caiden stemmte prüfend eine Hand auf eine Tischplatte und entlockte ihr ein Knarren. Dann schob er eine kleine Tafel, wie sie auf jedem der Plätze lag, beiseite.

»Was hast du vor?«

»Mann, da hätte ich nicht mal mit zehn reingepasst«, befand er.

Dennoch probierte er, wenigstens sein Bein abzustellen. Die Puppe neben ihm schaukelte bedenklich. Ich hatte Sorge, dass die ganze Konstruktion der miteinander verschraubten Pulte auseinanderkrachen könnte.

»Ich glaube, man soll sich da gar nicht reinsetzen«, merkte ich an. »Als Besucher jedenfalls.«

Die Kinder früher natürlich schon.

Caiden beendete seinen Versuch und klopfte nur kopfschüttelnd auf das verkratzte Holz, das viele Schulklassen überstanden haben musste. »Wer hat bloß diesen Mist zusammengeschustert? Ist ja schlimm, was man den Kindern zugemutet hat.«

Ich schmunzelte, weil er sich wirklich etwas daraus zu machen schien. Ich nahm eine der kleinen Schreibtafeln und strich mit den Fingern darüber. Kreidestaub haftete daran.

»Wenn wir jetzt im Film *Anne of Green Gables* wären, dann müsste ich dir die Tafel über den Kopf ziehen, so wie Anne das bei Gilbert gemacht hat.«

Caiden wirkte unbeeindruckt. »Als ob du an meinen Kopf rankämst, wenn ich mich nicht bücke.« Er tippte sich an die Schulter. »Bis hier schaffst du es vielleicht.«

»Reiz mich bloß nicht.«

»Weil du eine Hexe bist?«

»Nein, weil du ein frecher Kerl bist. So fing die Tafelgeschichte bei Anne nämlich an. Er hat sie geneckt und dann …« Ich imitierte einen Schlag durch die Luft und formte mit den Lippen ein stummes »Bang«, während ich die Tafel zucken ließ, als träfe sie auf ein Hindernis. Meine Darbietung war geradezu bühnenreif.

Caiden grinste unverhohlen. »Ich würde mal sagen, du haust wie ein Mädchen.«

»Ach ja?«

»Locker zwei Meter an mir vorbei.«

»Das war Absicht, du Blödi.«

Er nahm mir die Tafel aus der Hand und legte sie beiseite. Vermutlich, damit ich ihn nicht doch noch schlug, denn er sagte: »Ich glaube, du triffst mit so kleinen Dingern gar nicht. Du brauchst einen Transporter.«

Unfassbar.

»Kannst du gerne haben, der steht vor der Tür.« Ich zückte den Autoschlüssel aus meiner Tasche und ließ ihn am Schlüsselring um meinen Zeigefinger kreiseln. »Sag mir wann und wo.«

Caiden entwaffnete mich erneut und steckte den Schlüsselbund zurück in meine Tasche. »Wer ist überhaupt diese *Anne of Green Gables*?«

Hhhh!

Ich sog abrupt die Luft ein. »Die kennst du gar nicht? Anne war ein kleines, liebes Waisenmädchen, das immer viel gelesen hat und sich in ihre Traumwelten von einer heilen Welt flüchtete. Eigentlich wollte sie auch viel lieber Cordelia heißen.«

Caiden schnaubte. »Da hatte sie aber einen schlechten Geschmack.«

Schwärmerisch faltete ich die Hände vor der Brust zusammen. »Das war so eine tolle Geschichte. Und dieser eine Junge, Gilbert, in den sie eigentlich verliebt war, mit dem hat sie ständig gestritten.«

»Und ihn mit Tafeln verprügelt?«

»Genau.«

»Wie kommst du auf die Idee, dass ich so was kenne? Das klingt wie eine Mädchengeschichte.«

Auch wieder wahr.

Er nahm mich bei der Hand und wir gingen weiter. Caiden verlor kein Wort darüber, dass wir gerade Händchen hielten, aber ich schwebte wie auf Wolken neben ihm her. Dann wurde seine Aufmerksamkeit von ein paar Kinderspielsachen abgelenkt, die ebenfalls zum Museumsbestand zählten. »Ist ja lustig, ich habe schon ähnliches Zeug angefertigt.«

»Aus Holz?«

»Ja. Laufräder, Roller, Schaukelpferde, Seifenkisten, Babybetten, Kreisel ... Ich mache ’ne Menge Sachen. Das Meiste auf Bestellung.«

»Also bist du selbständig?«

Er zuckte mit den Schultern. »Im Prinzip schon. Meine Werkstatt steht natürlich auf unserem Gebiet und wir teilen unsere Einkünfte untereinander auf. Allerdings benötigen wir auch nicht viel und jeder darf immer die Hälfte für sich behalten. Der Rest wird an diejenigen verteilt, die etwas brauchen, oder wir legen für größere Anschaffungen zusammen.«

Ich schaute ihn verdattert an. »Du lebst in einer Kommune?«

»Also, mit Hippies haben wir nicht so viel zu tun«, wich er aus und kratzte sich an der Schulter. »Aber wir sind ein Rudel. Das funktioniert ein bisschen wie eine Familie. Du packst doch auch zu Hause mit an und ihr teilt Sachen miteinander.«

»Schon«, gab ich missmutig zu. »Auch wenn es nicht immer freiwillig ist.«

»In Gruppen gelten Regeln, aber deine Oma hat sich nicht daran gehalten. Deshalb hat sie ja auch das Hausverbot bei uns, den Satyren, den Hexen. Also im Grunde bei jedem, der keine Lust hat, von ihr verflucht zu werden. Vielleicht solltest du auch mal über Sanktionen gegen sie nachdenken«, schlug er vor. »Bei uns ist sie eine Ausgestoßene.«

»Ich kann sie ja nicht von der Farm werfen.« Schließlich hatte ich bei uns zu Hause nicht das Kommando. Und selbst wenn, dann wäre es fraglich, ob ich hartherzig genug für so einen Schritt sein könnte. »Also bin ich selbst gegangen.«

Er nickte und streichelte meine Hand. »Deine Art, Leute zu bestrafen, ist ziemlich nett und selbstlos.«

Wir bummelten zum Ausgang, weil das Museum schon mittags schloss. Vermutlich wurde es von Freiwilligen organisiert. Mit den begrenzten Mitteln hatten sie es eigentlich noch ganz liebevoll gestaltet. Ich hatte jedenfalls das Gefühl, aus einer Zeitkapsel zu treten, als wir mit Teddy nach draußen gingen. Plötzlich war alles wieder neu: die Autos auf der Straße, die Menschen mit ihren Handys und Kopfhörern, die Mode.

Die Welt der Magie zu betreten, würde sich für mich vermutlich genauso andersartig anfühlen. Bisher hatte ich nur diesen Traum gehabt, aber ich schauderte, wenn ich daran dachte, wie wenig ich von der Welt wusste, zu der ich angeblich gehörte.

Die Luft war klirrend kalt und ich zog meine Handschuhe über.

»Und jetzt?«, fragte ich Caiden und traute mich kaum, ihn zu fragen: »Möchtest du noch was machen oder musst du schon los?«

Er machte eine umfassende Handbewegung und entgegnete offen heraus: »Ich habe für dich den ganzen Tag eingeplant.«

Ich merkte selbst, dass ich ihn anstrahlte, als hätte ich gerade eine Million Dollar gewonnen.

Er reagierte auch recht selbstzufrieden. »Dachte ich mir doch, dass dir das gefällt.«

»Hast du eigentlich jemals Probleme mit deinem Selbstbewusstsein?«

Caiden grinste frei heraus. »Kann ich nicht sagen, nein.«

Lachend stieß ich die Luft aus und fröhliche Atemwölkchen tanzten aus meinem Mund.

»Hast du inzwischen eigentlich Hunger bekommen?«, wollte er wissen. »Ich könnte jedenfalls was vertragen.«

Heute früh war ich noch total durch den Wind gewesen, doch das hatte sich an seiner Seite gelegt. »Gerne.«

»Ich führe dich jetzt mal richtig schick aus«, behauptete er mit einem so verschmitzten Zwinkern, dass mir klar war, dass wir das Gegenteil tun würden.

»Burger und Fritten?«, riet ich drauf los.

»Ich bin froh, dass du das vorschlägst. Das mag ich nämlich am liebsten.«

»Von einem Kerl, der in einer Kommune lebt, hätte ich auch nichts anderes erwartet.«

»Das ist ein Rudel«, korrigierte er mich belustigt. »Was gibt es bei euch denn so zu essen? Maisbrei, Maisauflauf und Maiseintopf?«

Ich kicherte. »Gestern gab es tatsächlich Gemüseeintopf, aber ich hatte keine Lust drauf.«

»Hört sich schrecklich vegetarisch an«, stimmte Caiden zu und wies sich damit eindeutig als Fleischesser aus. Aber das war nicht weiter verwunderlich, denn einen vegan lebenden Werwolf hänselte man vermutlich schon im Rudelkindergarten, falls es so was überhaupt gab.

Wir gingen in einen Schnellimbiss und bestellten so viel, dass es für zwei Großfamilien gereicht hätte. Weil Caiden so hungrig war, trug ich einen Teil von seinem Zeug auf meinem Tablett mit.

»Juhu! Ich darf mein Tablett selber tragen«, spaßte ich.

»Ich weiß doch, was Frauen mögen.«

Auch wenn er das im Scherz gesagt hatte, war ich mir sicher, dass an dem Satz etwas Wahres dran war.

Wir suchten uns eine Nische an der Wand, aber jetzt zur Mittagszeit war der Laden so gut besucht, dass man nirgends richtig seine Ruhe hatte. Die meisten Leute trugen Jeans und Pullis, alte Mützen und so normale Jacken wie Caiden.

Ich traute mich kaum, meinen Mantel auszuziehen.

Er schien mein Zaudern genau zu spüren. »Was ist denn, Bailey? Dir kann unmöglich kalt sein.«

Im dicken Mantel wurde mir eher viel zu heiß. »Wir könnten doch draußen sitzen.«

Tatsächlich gab es sogar drei einsame Tische mit Steinbänken hinter dem Lokal, auf denen allerdings dicker Schnee lag.

Caiden reagierte auf den Vorschlag, indem er sitzenblieb und seinen ersten Burger auspackte. Dann drückte er die Schultern durch und stöhnte zufrieden. »Herrlich hier drin.«

Wenn ich jetzt doch bloß die Schultafel dabei hätte, dann würde ich sie ihm so richtig ordentlich auf sein goldblondes Haar hauen. Stattdessen wurde mir immer wärmer in meinem Mantel, bis ich mir wie eine Ofenkartoffel vorkam.

Er lehnte sich belustigt über den Tisch zu mir vor und raunte: »Komm schon, Bailey, du siehst heiß aus. Trau dich einfach.«

Unwohl zupfte ich am Zipper meines Reißverschlusses und zog ihn langsam herunter. Caidens anerkennender Blick, mit dem er mich keine Sekunde aus den Augen ließ, gab mir die Kraft, meinen Mantel abzustreifen und in meinem viel zu eleganten Spitzenkleid im Schnellimbiss zu hocken.

In einer stark bevölkerten Großstadt mochte so was keinerlei Beachtung finden, aber hier auf dem Land drehte sich so ziemlich jeder Kopf in meine Richtung. Nervös knabberte ich an meinen Pommes.

Auch Caiden sah mich unverhohlen an. »Weißt du, was ich gerade denke?«, raunte er.

Stumm schüttelte ich den Kopf und dippte eine weitere Fritte in Ketchup. Mann, war das peinlich. Ich hasste es, im Mittelpunkt zu stehen. Zwischen meinen Schläfen begann es ganz merkwürdig zu kribbeln.

Caiden griff über den Tisch hinweg nach meiner Hand. »Ich denke gerade, dass mich jeder hier drin beneidet und dass ich ein verdammter Glückspilz bin.«

Wow.

Mir fiel die Pommes aus der Hand.

Es kam mir vor, als würde alles um uns herum aufhören zu existieren. Da waren nur noch er und ich. *Wir.*

Ich lächelte ihn an und er lächelte zurück.

»Jetzt lass uns essen. Und danach machen wir noch mehr Dinge, die sonst keiner bei Dates unternimmt.«

»So wie Treffen an Bahngleisen oder dieses irre Museum?«

»Ganz genau. Was hältst du von …« Er überlegte kurz und nannte dann wahllos: »… Münzen auf der Straße finden?«

»So Glücksdinger?«

Er nickte vage. »Glück kann man immer gebrauchen.«

»Draußen liegt zu viel Schnee«, wandte ich ein.

»Dann keine Münze.« Er schaute durch das Fenster zum Kastenwagen, in dem Teddy wartete, solange wir aßen. Alles nur, weil man keine Tiere mit hier hereinnehmen durfte. Aber ich hatte ihm einen Fressnapf in den Fußraum gestellt.

Caiden zuckte die Schultern. »Wir waschen zusammen deinen Hund.«

»Tolles Date«, stimmte ich zu.

»Außerdem gehen wir nicht ins Kino, sondern hören Nachrichten im Radio.«

»Ja, das macht sonst echt niemand. Wahrscheinlich, weil es langweilig ist.«

»Und danach hilfst du mir beim Aufräumen«, fuhr er ungerührt fort.

Ich lachte lauthals. »Das hört sich an, als wolltest du mich loswerden.«

Aber Caiden lachte nicht. »Eigentlich hört es sich eher an, als wüsste ich eine Bleibe für dich, wenn du nicht zur Farm deiner Oma zurückgehen willst. Du hast doch diese Tasche gepackt.«

Ich schluckte überwältigt. »Lädst du mich etwa zu dir ein?«

»Fast.« Sein Ausdruck verdunkelte sich und er sprach mit gesenkter Stimme weiter, damit uns niemand hörten konnte: »Mein Rudel steht nicht so auf deine Familie. Ich kann dich also nicht mitnehmen.«

Ein dicker Kloß steckte in meinem Hals. »Machst du immer, was die wollen?«

Er packte mich beim Handgelenk. In seinen Augen lag eine Warnung. »Die stehen nicht auf dich. Erinnerst du dich noch an ihren Vorschlag, dich zu vögeln, um deine Großmutter sauer zu machen?«

Ich wagte nicht zu fragen, von wie vielen diese niederträchtige Idee stammte.

Er hielt mir seine Hand vor die Nase und deutete mit Daumen und Zeigefinger einen geringen Abstand an. »Es gibt da einen klitzekleinen Unterschied zwischen deiner Familie und meinem Rudel. Erstens sind wir nicht alle verwandt, wodurch eine gewisse Narrenfreiheit wegfällt, und zweitens besteht eine klare Hierarchie, die geradezu militärisch korrekt eingehalten wird. Und bevor du mich fragst: Nein, ich bin nicht der Leitwolf.«

Ich nickte und starrte auf den Berg an Pommes, der auf meinem Tablett lag und mit einem Mal weit weniger lecker aussah. »Was hast du dann gemeint, Caiden?«

»Ich habe noch einen Unterschlupf außerhalb unseres Gebiets. Ich wohne da nicht mehr, also kannst du ihn nutzen.«

Eigentlich würde ich ihn ja noch viel lieber nutzen, wenn Caiden auch dort wäre.

»Ist so ein eigener Unterschlupf denn üblich bei euch?«, wunderte ich mich.

»Nein, überhaupt nicht. Aber vor einem halben Jahr habe ich das Rudel verlassen.« Er zuckte mit den Schultern, um es herunterzuspielen, doch mir war klar, dass es eine große Sache für ihn gewesen sein musste. »Zumindest zeitweise.«

Diesmal fasste ich nach seiner Hand. »Aber wieso denn?«

Ich sah, wie seine Kiefer mahlten. Die Popmusik, die im Hintergrund des Lokals düdelte, passte ungefähr so gut zu seiner Miene wie Heimatlieder zu Kriegsfilmen.

»Normalerweise hättest du mich niemals anfahren können«, erklärte er. »Dafür sind meine Instinkte zu gut. Hast du dich nie gefragt, wie es überhaupt dazu kommen konnte?«

Ehrlicherweise schüttelte ich den Kopf. »Daran habe ich nie gedacht. Aber Oma hat mir auch herzlich wenig über euch verraten.«

Eine Weile schwieg er und starrte aus dem Fenster. Schließlich sagte er: »Ich hatte eine Beziehung.«

Er blickte weiter ins Leere, als wäre er ganz woanders, und schnaubte verächtlich. »Damals habe ich gedacht, es wäre für immer. Wir kannten uns einfach schon ewig und es war klar, dass wir uns niemals trennen würden.«

Ich spürte, wie sich Eifersucht in mir breitmachte, ein Gefühl, so brennend und scharf, als würde jemand Säure über mein Herz gießen. Er hatte gedacht, mit der Frau fürs Leben zusammen zu sein.

Ich schluckte hart. »Was ist passiert?«

Bitte, lass sie nicht tot sein ...

Es wäre absolut schrecklich, wenn er seine große Liebe auf solch tragische Weise verloren hätte. Dann würde sie für alle Zeit und Ewigkeit wie ein Schatten über seinen Gefühlen liegen und er würde sich ständig fragen, wie toll sein Leben mit ihr wohl verlaufen wäre.

Caidens Hand verkrampfte sich in meiner, so stark, dass er eine Faust bildete.

Aua.

»Sie hat Schluss gemacht.«

Ich fühlte mich ganz schäbig, weil ich so erleichtert war.

»Oh«, hauchte ich nur.

Ich zog meine Hand aus seinem Stahlgriff und legte sie auf seinen Handrücken. Ganz sanft streichelte ich ihn.

»Aber nicht einfach bloß so«, sagte er verbittert. »Sie hat mich gedrängt, unseren Alpha herauszufordern, damit *ich* das Rudel führe. Doch das war nie mein Ding. Ich will den Job nicht. Und schon gar nicht wäre ich hingegangen und hätte meinen besten Freund bekämpft, nur weil sie von Macht und Ansehen träumte. Also habe ich abgelehnt. Unfassbar, dass sie das überhaupt verlangt hat.«

»Und dann?«, flüsterte ich.

»Es stellte sich raus, dass sie nur mit mir zusammen war, weil sie immer angenommen hatte, dass ich eines Tages Alpha werden würde. Und als ich ihren Plan durchkreuzte, dachte sie wohl, dass sie sich ja einfach den Mann nehmen könnte, der bereits Leitwolf war.«

Fassungslos starrte ich ihn an: »Sie hat sich mit deinem besten Freund eingelassen und der sich auf sie?«

Das war Doppelverrat. Armer Caiden.

Er nickte düster. »Meine Ex-Freundin war plötzlich mit meinem Ex-Kumpel zusammen, der noch dazu das Sagen hatte. Also bin ich abgehauen.« Caiden beschrieb mit seinen Händen einen geraden Weg von sich weg. »Totaler Tunnelblick.«

Dann wanderten seine Augen zu mir und er schlug auf die Tischplatte. Nicht so laut, dass sich alle umdrehten, aber laut genug, dass ich zusammenzuckte. »Und – Bamm! – bin ich in dich reingerannt.«

Ich spürte beinahe körperlich jenen Aufprall von damals, als ich ihn angefahren hatte: den Knall, als Metall auf seinen Körper traf, die Erschütterung des Wagens und wie mir das Lenkrad aus der Hand flog, den Gurt, der sich in meinen Körper gegraben hatte, den Schock, als mir klar wurde, dass ich einen Unfall gebaut hatte.

Die Bilder dieses Moments waren so plastisch und echt, als säße ich nicht länger im Lokal. Ich spürte die Hitze jenes Tages, den Geruch des Wagens, die Geräusche der Nacht und des Motors. Erst als Caiden wiederholt meine Hand drückte, riss er mich damit zurück ins Hier und Jetzt.

»Tut mir leid«, stammelte ich.

»Schon okay«, beruhigte er mich. »Eigentlich war es mein Fehler. Sonst schaut man erst nach links und rechts, bevor man auf die Straße rennt. Es war viel zu dunkel, als dass du mich hättest sehen können. Und selbst wenn, dafür war ich zu schnell.«

Mir war nicht bewusst gewesen, wie sehr ich seine Verzeihung gebraucht hatte. Die Schuldgefühle, weil ich ihn angefahren hatte, waren seelischer Ballast gewesen. Doch gleichzeitig – und das war ziemlich krank – war ich dankbar für den Unfall, weil ich ihm sonst niemals begegnet wäre.

Eine Frage ließ mich nicht los: »Wieso bist du zu deinem Rudel zurückgekehrt?«

Nachdenklich wischte er einen Wassertropfen von seinem Getränkebecher. »Weil Arlene zu mir gekommen ist und sich bei mir entschuldigt hat.«

»Wer ist Arlene?«, fragte ich automatisch, obwohl ich die Antwort darauf bereits ahnte.

»Meine Ex.«

»Oh«, hauchte ich erneut. »Hatte sich denn etwas geändert?«

Waren sie wieder zusammengekommen?

Er schnaubte und griff nach seinem Burger. Dabei zupfte er zwei Gurkenscheiben heraus. »Nein, Bailey. Sie ist immer noch mit ihm zusammen und er ist auch immer noch unser Alpha.«

Caiden begann, lustlos sein Essen weiterzukauen. Also widmete ich mich auch wieder meiner Portion. Aber die Pommes schmeckten nicht bloß schal, weil sie inzwischen nur noch lauwarm waren, sondern vor allem, weil sich ein neues Bild in meine Vorstellung brannte: nämlich dass Caiden seine Ex – die Frau mit der er sein ganzes Leben hatte verbringen wollen – tagtäglich zu Gesicht bekam.

Kapitel 23

Dass ich bei ihm aufräumen sollte, war nicht gelogen gewesen. Sein Unterschlupf sah aus, als wäre er von jemandem bewohnt worden, der sich schrecklich gefühlt hatte, und das stimmte ja auch. Es war nichts verschimmelt, oder dergleichen, aber das gespülte Geschirr war nicht weggestellt worden. Überall lagen Bücher verstreut am Boden herum und dazwischen befand sich ein zerknautschtes Kopfkissen, das niemand aufgehoben hatte. Ich sah eine angefangene Flasche Schnaps und ein Trinkglas neben einem alten Sessel stehen und in einer Ecke lagen sogar Scherben. Vermutlich von einem zerbrochenen Glas.

Ich stellte mir vor, wie er es betrunken an die Wand geworfen hatte. Betrunken, verzweifelt und Dank meiner Stoßstange schwer verletzt. An einem Bereich der Wand sah ich Kratzspuren wie von Wolfskrallen, als wären sie in Raserei entstanden. Diese ganze Unterkunft drückte irgendwie Schmerz aus. Wenn das meine neue Bleibe für die nächste Zeit werden sollte, dann war hier kräftig was dran vorzunehmen.

»Tut mir leid, dass es nicht so berauschend ist«, sagte er und wischte mit der Hand über den Staub, der sich abgesetzt hatte.

Caidens Unterschlupf war eine kleine Holzkate ein Stück nordwärts. Sie lag an einem Waldrand, aber wenigstens führte eine geteerte Straße daran vorbei, so dass trotz des Schnees eine geräumte Zufahrt für mich bestand. Außerdem gab es fließendes Wasser und wenn der Boiler an war, sogar warmes Wasser.

Die Hütte bestand aus einem Wohn-Schlaf-Küchenbereich mit gemauertem Kamin, sowie einem Badezimmer, das durch die rückwärtige Wand des Kamins ebenfalls geheizt wurde.

Doch im Augenblick war es eiskalt hier drin. Fast so kalt wie draußen. Caiden öffnete sämtliche Fensterläden, so dass Licht hereinschien, und sperrte das Küchenfenster, an dem dichte Eisblumen hafteten, weit auf, weil die Luft im Inneren etwas abgestanden roch. Hier musste seit Monaten niemand mehr gewesen sein.

»Nur so lange, bis ich den Kamin angemacht habe, okay?«, schlug er vor. »Ein bisschen Sauerstoff kann nicht schaden.«

Ich nickte und behielt meinen Mantel an. »In Ordnung.«

Teddy lief schnüffelnd an den Wänden und zwischen den Möbeln entlang, um sein neues Reich zu erkunden. Als er unter dem Bett verschwand, hörte ich ihn niesen. Lachend lockte ich ihn wieder hervor und beschloss, mich gründlich um den Staub zu kümmern.

»Hast du vielleicht einen Besen?«, fragte ich Caiden.

Er nickte und öffnete einen Schrank, der in eine Wandnische eingearbeitet war und in dem ein paar Putzutensilien untergebracht waren.

»Falls du hierbleiben möchtest, sollten wir noch ein paar Einkäufe tätigen«, bot er an. »Der Kühlschrank ist nämlich leer.«

Ich nickte. »Das wäre toll.«

Caiden nahm ein paar Scheite Feuerholz in die Hand, das beidseits des Kamins gestapelt war, und ging vor der Feuerstelle in die Hocke. Routiniert schichtete er Papier und Späne aufeinander, entzündete sie, bis Flammen daran hochzüngelten, und gab nach und nach erst dünnere und dann dickere Holzstücke dazu, bis alles glomm und ein ordentliches Feuer knisterte. Das Geräusch war beruhigend und das Leuchten erfüllte den Raum und tauchte alles in einen zauberhaften Schein.

Zufrieden kam er aus der Hocke hoch und deutete auf die beiden Holzstapel. »Das ist der Vorteil dieser Unterkunft: Ich war bis Oktober hier und habe mich auf den Winter vorbereitet. Du findest draußen im Schuppen noch viel mehr Holz. Ich habe genug besorgt, dass es für den ganzen Winter reicht, also …«

Er zuckte mit den Schultern und ich nickte dankbar.

»Das ist prima, Caiden. Wirklich.«

Unschlüssig sah er sich um, als würde er den schlechten Zustand der Hütte auf sich wirken lassen. »Es ist kein tolles Hotel oder so …«

War ihm das etwa peinlich?

»Das könnte ich mir ohnehin nicht leisten«, beruhigte ich ihn.

»Tja dann.« Er rieb sich den Nacken. »Eigentlich war das nie für Besucher bestimmt gewesen.«

»Dann bin ich umso glücklicher, dass ich trotzdem hier sein darf.«

»Es sieht aus wie eine Junggesellenbude«, murrte er.

Ich weiß nicht, wann es passiert war, aber ich hatte mich sogar in seinen grimmigen Gesichtsausdruck verliebt, wenn seine Brauen dicht zusammengedrängt waren, die Stirn in Falten lag und sein Mund ganz unnachgiebig wirkte.

»Es hat dir gereicht und es wird mir reichen.«

Ich schloss das Fenster, damit sich endlich so etwas wie Wärme ausbreiten könnte. Aber der Boden und die Wände hatten die Kälte tief in sich gespeichert und es würde eine Weile brauchen, bis es behaglich wäre.

»Das ist es nicht, Bailey«, sagte er aufgebracht. »Ich würde dir einfach gerne etwas Schöneres bieten können.«

Erstaunt drehte ich mich zu ihm um. Er stand noch immer drei Meter von mir entfernt, halb wütend, halb um seine

Kontrolle ringend, die Hände zu Fäusten geballt. Sein Blick war so lodernd wie das Feuer im Kamin.

Caiden war wunderschön in seinem Zorn, dieser Energie und Anspannung. Er strömte soviel Kraft aus und wusste nicht, wohin damit. Vermutlich ging es gar nicht um mich. Es war gut möglich, dass einfach all die alten Emotionen, die er hier durchlebt hatte, in ihm hochkochten. Ich an seiner Stelle hätte eine Stinkwut im Bauch wegen seiner Ex.

»Sie war eine Idiotin, dass sie dich verlassen hat«, flüsterte ich.

Einen Augenblick sagte er gar nichts, sondern starrte mich einfach nur an. Ich erkannte genau den Moment, in dem meine Worte zu ihm durchdrangen. Etwas in seinem Blick schlug um und binnen weniger Schritte war er bei mir, zog mich an sich heran und presste seine Lippen auf meine.

Es war ein heißer Kuss, gespeist aus Wut und Verzweiflung. Ich war nicht die Frau, die er einmal geliebt hatte, sondern diejenige, für die ihn sein Rudel aufzog und mit unschönen Kommentaren bedachte.

Während seine Lippen jedes Zeitgefühl in mir auslöschten, wirbelten seine Worte von neulich durch meinen Kopf: *»Bailey, du bist tabu. Und eigentlich sollte ich es für dich auch sein … Falsche Kreise.«*

Wir waren das, was niemand vorgesehen hatte, und dennoch standen wir hier, klammerten uns aneinander und küssten uns so wild, dass mein Herz aussetzte.

Ich fühlte mich ganz klein in seinen kräftigen Armen, sein Körper war riesig und ich versank unter seiner Begierde. Caiden presste mich ganz fest an sich und drängte seine Zunge zwischen meine Lippen.

Hilflos und überwältigt öffnete ich sie. Nie zuvor war ich so heißblütig geküsst worden. Mein Verstand löste sich auf wie ein Atemwölkchen im Wind. Ich war zu keinem klaren Gedanken mehr fähig. Die Welt drehte sich um uns und seine Zunge begann, in meinem Mund zu tanzen.

Caiden stieß ein Knurren aus und hob mich einfach hoch, als wöge ich nichts. Meine Füße baumelten in der Luft, als er mich davontrug, doch er unterbrach zu keiner Zeit unseren Kuss. Ich schlang meine Arme um seinen Nacken und genoss den Moment.

Plötzlich spürte ich kalten Stoff unter mir und ehe ich es mich versah, lag ich ausgestreckt unter ihm auf einem Bettlaken, das sein Körper vor Monaten im unruhigen Schlaf zerwühlt hatte. Ich stellte mir vor, wie er nackt darin gelegen hatte, während wir jetzt in voller Montur herumknutschten, als wäre dies der letzte Kuss auf Erden.

Sein Gewicht drückte mich unerbittlich in die Matratze und ich bekam kaum noch Luft, so sehr verlangte es ihn nach mir. Er griff nach meinen Händen und drückte sie neben meinem Kopf ins Bett. Dann schob er ein Knie zwischen meine Beine, drängte sie auseinander und legte sich dazwischen. Er war hart, verdammt hart, und ich keuchte erschrocken auf.

»Himmel, Bailey«, stöhnte er und legte seinen Kopf an meine Stirn. »Ich könnte dich mit Haut und Haaren verschlingen.«

Ich spürte, wie sehr er sich beherrschen musste und obwohl er seinen Kuss unterbrochen hatte, bewegte er seine Hüften weiter in Wellen zwischen meinen Beinen. Mich überrollten tausend Gefühle und Sterne tanzten vor meinen Augen.

Schatten, die vom Flammenschein des Kamins erzeugt wurden, hingen in seinen goldenen Haaren und verdunkelten seinen Blick. Sie betonten die Konturen seines Mundes bis ins unerträglich Sinnliche. Alles war viel zu sinnlich. Kleine Blitze knisterten zwischen meinen Schläfen.

Ich stöhnte, als er sich an mir rieb. Er schob meinen Mantel und mein Kleid höher, bis nur noch meine Strumpfhose ihn aufhielt. Dann drängte er sich weiter gegen mich.

»Ich weiß, dass du noch unberührt bist«, raunte er und strich mit seinem Zeigefinger über meine Lippen, während seine Hüften weiterarbeiteten. Seit er meine Kleiderlagen weggeschoben hatte, war alles geradezu schmerzhaft intensiv. Schön und gnadenlos zugleich.

»Caiden«, seufzte ich hilflos. Die Macht strudelte durch meinen Kopf wie ein wildes Meer.

Er fuhr mit einer Hand unter meinen Po und presste mich noch enger an die Wölbung unter seiner Hose.

»Aber du solltest trotzdem wissen, wie es zwischen uns sein kann«, murmelte er in mein Ohr und leckte über mein Ohrläppchen.

Ich bekam Gänsehaut, heiße und kalte Schauder jagten durch meinen Körper. Er rieb immer weiter, flüsterte immer weiter, glitt mit seiner Zunge über mein Ohr und meinen Hals.

Immer mehr schlug die Macht in mir um sich. Ich biss ihm in die Hand, als ein Höhepunkt durch meinen Körper rollte. Das und noch etwas anderes. Etwas, das tief in mir drin erwachte, sich aufbäumte und ...

Ein lautes Knacken und Knistern riss mich aus der Trance. Das Zimmer war in ein gleißend helles Licht getaucht. Wir rissen beide unsere Köpfe zur Seite herum und starrten in den Kamin, in dem tosende Funken den Steinschlot emporstiegen.

Ich war halb panisch, dass nun das Haus abbrennen könnte, doch das Feuer ebbte bereits wieder ab. So ähnlich wie die Glut in meinem Körper. Teddy, der sich unter dem Tisch versteckt hatte, tapste nun sogar neugierig darauf zu, wenn er auch einen gebührenden Abstand hielt.

Caiden wirkte ebenfalls alles andere als beunruhigt. Im Gegenteil, ein Lachen stieg in seiner Brust auf und er sah mich kopfschüttelnd an, während er mir mein verwüstetes Haar aus dem Gesicht strich. Oh Gott, war mir heiß!

»So, so«, murmelte er. »In dir steckt ja richtig Feuer.«

Voller Scham übermannte mich die Erinnerung an meinen ersten Orgasmus in seiner Gegenwart. Ich schlug mir die

Hände vor das Gesicht und blickte unsicher zwischen meinen Fingern zu ihm hoch.

»Tut mir leid«, nuschelte ich und wollte am liebsten im Boden versinken.

Caiden schnalzte mit der Zunge. »Nicht doch.«

Er stützte sich auf seinen Ellbogen auf, zog mir liebevoll die Hände vom Gesicht und sah mich rundheraus an: »Ich will noch mehr davon.«

»Wovon?«, flüsterte ich atemlos.

»Von meiner süßen Hexenfreundin.«

Ich schluckte und benetzte unsicher meine Lippen. »Bin ich das denn? Deine Freundin?«

»Na, die von jemand anderem mit Sicherheit nicht.« Er küsste meine Lippen mit einer solchen Zärtlichkeit, dass es kaum zu der Erregung zwischen seinen Beinen passte. »Ich würde sagen, wir lassen uns den Rest der Welt egal sein, und probieren es miteinander aus.«

Oh. Mein. Gott.

Ich nickte sprachlos.

»Nur wenn du willst«, neckte er mich.

Und wie ich wollte!

Ich lachte aus vollem Herzen. »Ja, ja, ja!«

Denn aller guten Dinge waren drei.

Kapitel 24

Als wir den nächstbesten Supermarkt in der Umgebung plünderten, wollte Caiden wissen: »Was hast du eigentlich deinen Eltern gesagt, wo du bist?«

Ich machte mich gerade daran, ein Getränkepack mit Eistee aus dem Regal zu ziehen, als Caiden mich wegschob und ihn ohne große Anstrengung in unseren Einkaufswagen lud. Es war doch irgendwie nett, mit einem Mann zusammen zu sein, der einem die Sachen herunterreichte und abnahm, statt sie im Regal extra weit nach oben zu stellen, wie mein Bruder das so gerne machte.

»Ich habe meiner Mutter gesagt, dass ich meine Freundin Lucy besuchen fahre.«

Das war zumindest mein Plan B gewesen, weil ich das Treffen mit Caiden nicht hatte abschätzen können. Ich hatte im Traum nicht geahnt, dass es so gut enden würde.

Caiden klopfte sich die Hände ab und grinste mich an. »Sehe ich denn aus wie Lucy?«

»Tja, sie hat auch blondes Haar«, war alles, was mir dazu einfiel. Im selben Moment hätte ich mir in den Hintern treten können. Sollte mich ein Mann jemals wieder fragen, ob er wie eine Frau aussah, würde ich einfach nein sagen.

Caiden schnaubte und tippte auf ein zweites Sechserpack Eistee. »Brauchst du noch mehr?«

Das käme ganz darauf an, wie lange ich in der Hütte bleiben würde. Wir waren jetzt ein Paar und ich wohnte gewissermaßen bei ihm, aber er gehörte noch immer zu einem Rudel, das mich ablehnte. Trotzdem nickte ich, weil ich nicht den Teufel an die Wand malen wollte. Ich stand gerade am Anfang mit ihm und nicht am Ende. Wir würden schon irgendeine Lösung finden.

Caiden verstaute einen zweiten Getränkepack im Wagen und schob ihn dann weiter. Wir luden vor allem Grundlebensmittel ein, aber auch etwas Süßigkeiten und Eiscreme. Im Laden war eine kleine Pharmazie integriert. Zwar brauchte ich weder Tabletten noch Pflaster, aber womöglich wollte Caiden mir einen Erste-Hilfe-Kasten zusammenstellen.

Dann schob er den Wagen allerdings vor ein anderes Regal und ich machte große Augen.

»Lieber glatt oder mit Noppen?«, fragte er mich erwartungsvoll.

Ich räusperte mich und zuckte mit den Schultern. Da hatte ich ehrlich keine Ahnung.

»Ich habe so was noch nie gekauft.«

Geschweige denn benutzt.

Caiden sah mich eindringlich an. »Ist es denn okay für dich, wenn wir für später mal Kondome besorgen?«

Ähm ...

Puh!

Mann, in diesem Supermarkt war es wie in einem Backofen. Dass die immer so mit der Heizung übertreiben mussten. Ich lockerte meinen Schal und starrte auf die beiden Packungen, die plötzlich mein gesamtes Sichtfeld einzunehmen schienen.

»Es wäre einfach besser«, fuhr er fort. »Ich will jetzt keinen auf dicke Hose machen ...« Bei dem Wortspiel grinste Caiden. »... aber Lykaner sind etwas potenter als normale Männer.«

Hhhh!

»Es ist gut, wenn du irgendwann mal Kinder willst, aber ich will dich nicht gleich beim ersten Mal schwängern.«

Meine Handflächen fühlten sich ganz schwitzig an.

»Ist sicher besser«, murmelte ich.

Zwar hatte ich in ein paar Tagen Geburtstag, aber Babys wollte ich noch etliche Jahre nicht bekommen. Erstmal sollte doch mein eigenes Leben losgehen und wow, ich hatte endlich einen festen Freund. Und nicht bloß irgendeinen, sondern meinen Caiden. Die Welt war ein rosaroter Ort. Einer, der sich jedoch gerade in glatt und genoppt aufteilte.

»Fangen wir mit glatt an«, schlug er vor. »Damit komme ich vermutlich leichter rein.«

Ich lief knallrot an. Kein Zweifel. Denn mir rauschte das Blut in den Ohren und meine Wangen glühten wie heiße Kohlen.

»Tut mir leid.« Caiden stellte die Genoppten zurück ins Regal und rieb sich den Nacken. »Es ist ja nur, weil du noch nie Sex hattest. Und beim ersten Mal ...«

Er ließ die Worte in der Luft hängen.

Beim ersten Mal könnte es kompliziert werden. Davon hatte ich natürlich schon gehört und Caiden war kein Junge mehr, sondern ein ausgewachsener Kerl.

Er legte seine Hand unter mein Kinn und sah mich liebevoll an. »Hey, ich werde aufpassen, okay?«

Ich nickte stumm. Heiliger Bimbam, wir würden es wirklich tun. Er mit mir. Nackt.

Ich wollte es. Sogar mehr, als ich mir je hätte vorstellen können. Aber gleichzeitig hatte ich eine Heidenangst davor.

Sanft strich Caiden mit dem Daumen über meine Unterlippe. »Außerdem lassen wir uns Zeit. Ein paar Dates, stundenlanges Knutschen, Kuscheln, ein bisschen Fummeln. Das ganze Programm.«

»Ehrlich?«, flüsterte ich erleichtert.

»Jede Frau sollte es auf diese Weise kennenlernen. Und bloß weil ich schon etwas erfahrener bin, heißt das nicht, dass ich dich um diese Erfahrung bringen will.«

Wow.

Konnte ich ihn eigentlich noch mehr lieben?

Ich räusperte mich und nickte schnell, bevor ich ihm das Ausmaß meiner Gefühle in einem Supermarkt gestand oder vor Rührung zu heulen anfing. Ich wusste selbst nicht so genau, was mit mir los war, aber seit ich den Kamin fast in die Luft gejagt hatte, schätzte ich mal, dass jene Magie, die von Oma bisher in mir klein gehalten worden war, einen gewissen Anteil an meinem Gefühlsaufruhr besaß.

Wir bezahlten unsere Einkäufe und ich war reichlich verlegen, als die Kassiererin unsere Kondome über den Scanner zog. Allerdings wirkte sie dabei total gelangweilt, so als wäre das ein ganz gewöhnliches Produkt wie Toastbrot oder Gemüse.

Das Problem schien nur in meinem Kopf zu existieren.

Wir luden alles ein und fuhren einen kleinen Umweg, um bei Caidens Auto Halt zu machen. Seit heute Morgen hatten wir meinen Kastenwagen benutzt, aber langsam war es an der Zeit, auch sein Auto zu holen.

Ich war ziemlich beeindruckt, als wir neben einem riesigen Pick-up hielten. Das Ding war ein echtes Monstrum mit vier Türen und einer großen Ladefläche.

»Den brauche ich für die Arbeit«, erklärte er und schnallte sich ab. »Ich transportiere damit das Rohmaterial und meine fertigen Möbel durch die Gegend.«

»Toller Wagen«, lobte ich ihn.

»Außerdem«, gab er schulterzuckend zu, »wollte ich schon immer so ein Teil haben. Er gehört mir und nicht dem Rudel.«

»Bei dir funktioniert bestimmt auch die Klimaanlage.«

Er lachte. »Ja, was sonst?«

Ich schnitt eine Grimasse und tippte auf das Armaturenbrett meines Autos, was Teddy, der auf Caidens Schoß mitgefahren war, dazu animierte, im Takt mit den Ohren zu wackeln. »Bei dem hier ist sie kaputt.«

»Ist das deiner? Soll ich ihn reparieren lassen?«

»Das würdest du tun?« Ich war total gerührt.

»Na ja, er ist alt, hässlich, war mal verflucht und außerdem hast du mich damit angefahren, aber wenn du dran hängst …«

Ich lachte. »Nein, schon gut. Der gehört meiner Familie. Ich spare für einen eigenen.«

»Okay.« Er nickte, platzierte Teddy auf dem Beifahrersitz und stieg aus. »Dann fahre ich dir nach und wir sehen uns bei der Hütte.«

Caiden schlug die Tür meines Wagens zu und befreite in einem geradezu irrwitzigen Tempo seine inzwischen eingefrorenen Scheiben vom Eis. Schließlich hielt er mir den erhobenen Daumen hin und stieg in sein Metallmonstrum, dessen Räder locker doppelt so groß waren wie meine. Er hatte sogar eine Scheinwerferleiste am Dach des Wagens. Schick.

Es war ein tolles Gefühl zu wissen, dass er direkt in meiner Nähe blieb. Das strahlend helle Licht, das von hinten von seinem Wagen kam, leuchtete die Straße vor mir sogar noch besser aus als meine eigenen Scheinwerfer. Weiße Flöckchen tanzten im Lichtkegel.

»Er ist toll, oder?«, fragte ich Teddy. »Caiden, meine ich.«

Mein Hund sah mich selig an und wackelte mit dem Schwänzchen.

»Hast du dich vorhin erschreckt?«

Er legte den Kopf schief.

»Na, als der Kamin so laut und grell wurde.«

Teddy blinzelte nur und räkelte sich faul.

»Scheint wohl keine Hexenfähigkeit zu sein, mich mit Tieren zu unterhalten.«

Jetzt gähnte er ausgiebig und rollte sich gemütlich auf dem Sitz zusammen, den mein Freund zuvor angewärmt hatte.

»Wir packen nachher deine Sachen aus, ja?«, murmelte ich, doch der kleine Kerl schnarchte schon los.

Zwar hatte ich heute Morgen sämtliches Hundezubehör eingeladen, als ich abgereist war, aber es befand sich noch im Laderaum des Wagens. Zunächst einmal müssten wir die Hütte auf Vordermann bringen, bevor wir sie mit meinen Sachen vollstellen konnten.

Caiden und ich verbrachten die nächsten Stunden mit Reinemachen. Inzwischen wurde es draußen dunkel. Er schaltete den Strom am Sicherungskasten ein und kümmerte sich um den Boiler. Das Feuer im Kamin war schon etwas heruntergebrannt und Caiden legte neues Holz nach. Außerdem sammelte er die Glasscherben vom Boden, weil er nicht wollte, dass ich mich daran schnitt. Dann schob er ein Regal vor die Kratzspuren in der Holzwand, die von seinen inneren Qualen zeugten, damit man sie nicht mehr sah. Ich sortierte derweil das Geschirr in den Schrank, fegte durch und packte die Einkäufe aus.

Wir bezogen das Bett neu und platzierten Teddys Schlafkorb an der Wand zwischen dem Wohn- und dem Badezimmer. Er zog sich sofort dorthin zurück, spielte mit seinem Quietschknochen, den Caiden schon bald nicht mehr hören konnte, und beobachtete uns ansonsten aufmerksam bei der Arbeit. Allerdings wurden seine Augen mit der Zeit schwerer und das Quietschen hörte auf.

»Na endlich, ich war kurz davor, das Ding aus dem Fenster zu werfen.«

Energisch schüttelte ich den Kopf. »Kommt nicht infrage. Teddy hängt daran.«

»Und ich hänge an meinen Nerven. Wo hat er das Teil überhaupt her?«

»Das haben Lucy und ich ihm ausgesucht«, sagte ich stolz, denn das Quietschen war für mich wie Musik in den Ohren, weil Teddy es so liebte.

»Lucy, deine Freundin mit dem Vampir?«, vergewisserte er sich.

»Genau.«

Ich richtete Teddys Futterplatz neben der Küchenzeile ein und schob uns eine Fertigpizza in den Ofen, weil ich viel zu erledigt zum Kochen war. Dann besann ich mich und belegte zwei weitere Bleche mit Pizza. Schließlich schien Caiden einen schnellen Stoffwechsel zu haben.

»Sag mal«, fragte ich ihn, als ich die Pizzaschachteln auseinanderfaltete, damit sie besser in den Müll passten, »du kennst nicht zufällig jemanden, der mir wegen meiner Magie helfen kann?«

Caiden räumte die Putzutensilien zurück in den Schrank und dachte nach. »Ich werde mich mal umhören, okay?«

Ich nickte dankbar. »Lucy sagt nämlich, dass meine Kräfte wild und chaotisch wären.« Mein Blick wanderte zum Feuer, das nun harmlos vor sich hin brannte. »Und dass ich Hilfe brauche, um damit klarzukommen.«

»Ich mach mich mal schlau«, versprach er.

»Denkst du nicht, dass ich jetzt schon irgendwie ... na ja ... gefährlich bin, oder so?«

»Du bist sogar brandgefährlich«, stimmte er zu. Der Mann liebte anscheinend Wortspiele. Aber als er weitersprach, sandte er einen Schwarm Schmetterlinge durch meinen Bauch: »Und zwar für mich.«

Ich schluckte gerührt.

»Außerdem«, fuhr er fort, »hast du vorhin einiges von deinem Pulver verschossen. Deine Magie braucht etwas Zeit, um sich davon zu erholen.«

»Dann kann ich nicht unbegrenzt zaubern?«

Ich hätte ja gerne gesagt: »zaubern, wie ich will«, aber das hatte ich leider noch nicht unter Kontrolle.

»Nein, Kräfte sind immer begrenzt. Das sind Körperkräfte auch.«

»Ach ja?«, neckte ich ihn.

Caiden grinste mich selbstbewusst an und machte eine vage Handbewegung: »Ja, nach etwa fünf- bis sechstausend Liegestützen brauche ich auch mal 'ne Pause.«

Hahaha.

Später am Abend aßen wir faul unsere Western-Style-Pizzas und lümmelten dabei auf seiner Couch herum. Die Hütte war kaum wiederzuerkennen. Sie war nicht bloß einfach ordentlich geworden, sondern richtig gemütlich. Nichts erinnerte mehr an die bedrückende Stimmung, die anfangs von diesem Ort ausgegangen war, an Caidens Trennungsschmerz und den Alkohol.

»Trinkst du oft?«, fragte ich so beiläufig wie möglich.

Er verschluckte sich fast an seinem Bissen, hielt sich den Handrücken vor den Mund und sah mich überrascht an. Langsam schluckte er sein Pizzastück herunter, spülte mit Cola nach und wackelte mit seinem Getränkebecher. »Du redest wohl nicht davon.«

Verlegen nagte ich an meiner Unterlippe. »Nein, ich meine den Schnaps, der hier stand.«

»Der war eine Ausnahme, Bailey.«

Ich nickte und wurde das blöde Gefühl von Eifersucht nicht los. »Sag mal, hängst du eigentlich noch an deiner Ex?«

Das war eindeutig eine gefährliche Frage, denn sein Blick wurde schmal. »Siehst du sie hier etwa irgendwo?«

Nur weil sie mit ihm Schluss gemacht hatte, hieß es doch nicht, dass er auch damit abgeschlossen hatte. Vielleicht wollte er sie wiederhaben. Und so blöd es war, aber durch meinen Kopf geisterte die Frage, ob er sich meinetwegen ebenfalls betrinken würde, falls er mich verlieren würde. Vermutlich nicht. Er hatte ja gesagt, dass er sie schon ewig kannte. Mich dagegen hatte er anfangs nicht einmal haben wollen.

Caiden tippte mir an die Schläfe. »Was geht da drin vor?«

Ich schüttelte schnell den Kopf und sammelte mit einer solchen Konzentration einen Pizzakrümel von der Couch auf, als würde ich eine Bombe entschärfen. Und irgendwie stimmte das sogar ein bisschen.

»Nichts weiter«, log ich.

Sicher hätte Lucy mir etwas darüber erzählt, dass man Männer mit Eifersucht vergraulen konnte. Aber die Vorstellung, dass er diese Arlene täglich sah, verpasste mir einen Stich.

»Du siehst aber nicht so aus, als wäre nichts, Bailey.«

Tja, wer von uns hatte nun das dritte Auge?

»Arlene ist Vergangenheit«, versicherte er mir. »Ich bin hier bei dir, wir essen jetzt auf und dann kuscheln wir uns dort hinten hin …« Er deutete auf das frisch bezogene Bett. »… machen es uns gemütlich und ich werde etwas ganz Bestimmtes mit dir tun.«

Erschrocken setzte ich mich kerzengerade auf.

Caiden lachte und wanderte mit seinem Mund an mein Ohr. »Ich gebe dir einen Tipp: Es hat mit Besteck zu tun.«

Besteck im Bett?

Hä?

»Ist das irgendwie pervers, oder so?«, stammelte ich.

Er lachte und lehnte sich behaglich in der Couch zurück. »Falls du es pervers findest, in der Löffelchenstellung einzuschlafen, dann wird es echt unanständig. Ich persönlich halte es eher für romantisch, mit dir im Arm einzuschlafen.«

Und wie es das war!

Ich schob meinen Teller beiseite und beschied: »Ich bin fertig mit essen.«

Caiden betrachtete halb amüsiert, halb bedauernd die Pizzaecke, die er noch nicht verspeist hatte. »Du willst wohl, dass ich vom Fleisch falle.«

Ich grunzte undamenhaft, weil er ungefähr doppelt so viel wiegen dürfte wie ich. »Die Gefahr besteht nicht.«

»Zur Not knabbere ich eben dich an«, stimmte er zu.

Wir verließen die Couch und ich wollte schon schnurstracks unter die Bettdecke schlüpfen, als Caiden mich aufhielt. »Was soll das werden?«

»Ich lege mich hin.« Er machte mich so unsicher, dass mein Satz beinahe wie eine Frage klang.

»Gehst du immer in voller Montur schlafen?«

Oh.

Eigentlich ...

Oh.

Nervös sah ich ihn an.

»Dreh dich um, Bailey«, lud er mich ein.

Mit rasendem Herzen tat ich es und spürte, wie er mein Haar nach vorne strich. Dann zog er langsam den Reißverschluss an meiner Wirbelsäule herunter und schob das Kleid über meine Schultern, bis es mit einem Rauschen zu Boden sank. Ich war sterbensnervös, als ich heraustrat.

Caiden hob es auf und legte es über die Sofalehne. Dann hörte ich den Reißverschluss seiner Jeans und das raschelnde Geräusch, als er sie auszog. Nur mit Unterwäsche bekleidet kroch ich unter die Bettdecke und schielte über den Rand des Bettzeugs zu ihm hinüber. Er streifte gerade sein T-Shirt über den Kopf und packte es zur Jeans. Nur in seiner Unterhose stand er plötzlich da und gab mir Zeit, ihn zu betrachten.

Das Feuer des Kamins ließ sündige Schatten auf seiner Haut tanzen, die jeden seiner Muskeln überdeutlich betonten.

»Du bist wunderschön«, wisperte ich.

Er lächelte mich an. »So was sollte ich zu dir sagen.«

Ohne jede Eile kam er auf mich zu, griff nach der Bettdecke und schlug sie zurück. Sein Blick glitt Millimeter für Millimeter über meinen Körper. »Und ich sage es dir auch: Du siehst klasse aus, Bailey. Das habe ich schon damals gedacht, als du in deinen engen Hotpants vor mir standest. Aber bloß in Unterwäsche bist du noch schöner.«

Verlegen bedeckte ich meine Brust, was ihm nur ein weiteres Lächeln entlockte. »Irgendwann sehe ich sie sowieso – ohne deinen Arm und auch ohne diesen BH.«

Hm.

Das war beunruhigend und aufregend zugleich.

Mir fiel wieder ein, wie er vorhin am Fluss seine Hand auf meine Brust gelegt hatte, und mein Atem wurde hektisch. Caiden stieg zu mir ins Bett. Ich spürte seine Beine an meinen. Haut auf Haut. Er breitete die Decke über uns aus und sah mir erschreckend ernst in die Augen.

»Willst du das hier überhaupt?«

Ich nickte schnell.

»Denn wenn nicht, will ich dich zu nichts drängen. Es gibt nichts Schlimmeres, was ein Mann mit einer Frau tun kann, wenn sie nicht will.«

»Ich will dich«, versicherte ich ihm. »Sogar unbedingt.«

Beruhigt legte er seine Hände um meine Taille und rückte an mich heran. Die Hitze seines Körpers brannte sich förmlich in meinen Bauch, als wir uns auf ganzer Länge berührten.

Ein leichtes Surren kehrte in meine Schläfen zurück und ich warf einen beunruhigten Blick zum Kamin. Doch zum Glück blieb das Feuer friedlich. Da war kein tosendes Knistern oder Knacken wie vorhin.

»Atme«, flüsterte er und küsste meinen Hals.

Doch davon stockte mein Atem erst recht.

Oh Himmel!

Ich war völlig verloren in seinen Armen.

Er küsste mich, bis es weder Zeit noch Raum mehr gab. Ich verlor mich in seiner Zärtlichkeit und auch ohne dass wir miteinander schliefen, verlor ich mich vor allen Dingen ganz und gar an ihn.

Er besaß mein Herz.

Kapitel 25

Wir verbrachten drei ganze Tage und Nächte miteinander, in denen nur wir beide existierten. Tagsüber unternahmen wir klassische Dinge, die man bei ersten Dates eben so machte: Caiden führte mich ins Kino oder ins Restaurant aus. Aber er ging auch mit mir im Wald spazieren. Dabei lernte ich, die Welt mit seinen Augen zu sehen. Nachts lagen wir gemeinsam im Bett, küssten und berührten uns und kamen einander näher.

Doch heute Abend war er unruhig.

»Ich will mit dir als Wolf zusammen sein«, gestand er. »Denn auch das ist ein Teil von mir.«

Caiden war schon als Mensch irgendwie wölfisch, was an vielen kleinen Dingen lag: sein raues Wesen, der durchdringende Blick, dem nie die leiseste Regung entging, sein Selbstbewusstsein, die Art, wie er sich bewegte ...

Im Vergleich zu ihm waren normale Männer wie blasse Abziehbilder. Gerade durch seine wölfische Natur fand ich ihn besonders männlich und anziehend.

Ein aufregendes Kribbeln stellte sich in meinem Bauch ein. »Das würde mir gefallen.«

»Du hast keine Angst davor?«

Ich schüttelte den Kopf. »Nein. Ich habe dich schon als Wolf gesehen und es hat mir die Sprache verschlagen.«

Jetzt grinste er sein wölfisches Grinsen. So selbstbewusst und dominant. »Ich will mit dir in den Wald hinaus.« Er deutete zum Fenster. »Und mit dir durch die Nacht rennen.«

Ich stieß ein Lachen aus. »Das wird aber langweilig für dich. Ich bin nicht mal halb so schnell wie Teddy und der kann schon nicht mit dir mithalten.«

Caiden schüttelte nur den Kopf. »Du sollst auch gar nicht rennen.«

Hä?

Wie denn dann?

»Ich will, dass du auf meinem Rücken reitest.«

Wow.

Oh, Wahnsinn!

»Ehrlich?« Ich strahlte ihn begeistert an.

»Ja, ehrlich.« Caiden zwinkerte mir zu und begann, sich vor meinen Augen auszuziehen, bis er komplett nackt war.

»Kleidung kann ich nicht mit verwandeln«, erklärte er.

Also, bei dem, was ich zu sehen bekam, fand ich das gar nicht schlimm. Mein Freund war einfach wunderschön.

Teddy tapste neugierig in der Wohnstube umher.

»Kann er mit?«, fragte ich Caiden.

»Diesmal nicht. Dazu werde ich zu schnell sein.«

Ah, das wurde ja immer aufregender! Er würde wahrhaft mit mir Huckepack durch die Nacht fegen.

»Ich glaube, das wird das coolste Date von allen«, sagte ich fröhlich, auch wenn es mir für Teddy leidtat, dass er hierbleiben musste. Ich vertröstete den kleinen Kerl mit Leckerlis und ließ ihn auf seinem Körbchen Platz nehmen.

Caiden ging am Boden auf alle viere und schloss die Augen. Wie schon in jener Unfallnacht zuckte die Wandlung durch ihn hindurch. Muskelstränge schwollen überall an seinem Körper an. Seine Gestalt wurde immer wölfischer, die Hände und Füße formten sich zu Klauen mit Krallen, überall sprossen seine Haare zu dichtem Fell. Schub um Schub ruckte die Transformation voran, bis ein goldblonder

Werwolf in der Wohnstube stand. Der kleine Raum wirkte jetzt noch winziger.

Caiden war groß und kraftvoll und strömte diese mystische Energie aus.

Aufgeregt schritt ich auf ihn zu und berührte sein Fell. Sein Blick folgte meinen Bewegungen und als ich ihn anfasste, wölbte er sich mir entgegen.

Vorfreudig zog ich mir Mantel und Schuhe an. Dann liefen wir nach draußen und ich winkte Teddy noch einmal zu. Vor dem Haus breitete sich der nachtschwarze Himmel aus. Man sah kaum die Konturen der umstehenden Bäume. Alles verlor sich in der Dunkelheit und niemand würde uns sehen.

Mit bebendem Herzen ging ich auf meinen Wolf zu. Er wartete auf mich und auch wenn wir keine Worte mehr austauschten, sah ich ihm an, dass er sich auf unseren Ausflug ebenso freute wie ich mich.

Ich musste auf die Zehenspitzen gehen, um bei ihm aufsteigen zu können, so hoch war sein Widerrist. Ich glitt mit meinen Fingern, für die ich keine Handschuhe genommen hatte, um ihn besser spüren zu können, durch sein Fell. Dann hielt ich mich daran fest und schwang mich auf seinen Rücken empor.

Unglaublich. Das Gefühl war einfach nur unglaublich. Ich schmiegte mich an ihn wie ein Reiter und lehnte meinen Kopf an seinen Nacken. Dann flüsterte ich ihm ins Ohr: »Bereit, wenn du es bist.«

Das ließ er sich nicht zweimal sagen und setzte sich in Bewegung. Anfangs lief er noch im Schritttempo, damit ich ein Gefühl dafür bekam. Ich spürte seine Muskeln und Sehnen unter seinem Fell, die Kraft, wenn er seine Schritte in den Schnee setzte. Ich war ein Zwerg im Vergleich zu ihm und seine Größe überwältigte mich.

Als ich mich seinem Rhythmus angepasst hatte, wurde er schneller. Seine Pfoten eilten durch die Nacht und ich hörte das Geräusch, das sie im Schnee verursachten, und Caidens Atem. Er rannte schneller, als ich je gesprintet war.

Ich grub meine Hände in sein Fell und presste meine Beine in seine Flanken, bis wir geradezu eins wurden. Und als er merkte, dass ich nicht herunterfiel, legte er richtig los. So schnell, dass die Landschaft an mir vorbeizog und der Wind zu einem Rauschen wurde. Wir waren wie ein Pfeil, der durch die Schwärze schoss. Caiden schien den Boden kaum noch zu berühren. Wild und ungestüm rannte er mit mir durch den Wald. Ich genoss seine Wärme und Kraft. Unsere Verbindung war geradezu magisch.

Schließlich kehrten wir zu unserer Hütte zurück. Völlig überwältigt stieg ich von ihm ab und umarmte ihn. »Das war wunderschön«, seufzte ich. »Danke, Caiden.«

Er knurrte zufrieden.

Es war so spät geworden, dass man es schon wieder früh nennen konnte. Obwohl ich nicht diejenige von uns war, die gerannt war, fühlte ich mich hundemüde. Möglichst leise, um Teddy nicht zu wecken, schlichen wir ins Häuschen. Der kleine Kerl schnarchte friedlich vor sich hin, schreckte nur einmal kurz auf, gähnte dann herzhaft und döste sofort weiter.

Ich schlüpfte aus meinen Wintersachen, während Caiden unschlüssig zum Bett ging. Als er merkte, dass er nasse Abdrücke auf dem Boden hinterließ, bog er ins Badezimmer ab. Dann hörte ich die Dusche angehen.

Ich kuschelte mich schon einmal unter die Bettdecke und wartete auf ihn. Caiden trug ein Handtuch um die Hüften, als er wieder aus dem Bad herauskam.

»Wolltest du kein Wolf mehr sein?«, flüsterte ich.

»Doch, aber ich wollte nicht mit von Schnee und Schweiß nassem Fell im Bett liegen.«

»Du kannst gerne wieder ein Wolf werden«, bot ich ihm an.

Er lächelte. »Dann hat es dir gefallen?«

»Und wie! Es war wie schweben«, schwärmte ich.

Caiden grinste, als er sich zu mir ins Bett legte. »Es war wie rennen.«

»Wie schnell kannst du eigentlich werden?« Neugierig und glücklich schmiegte ich mich in seine Arme, die vom Sprinten und der Dusche noch ganz heiß waren.

»Ich habe es nie gemessen. Aber mit deinem Kastenwagen kann ich sicher mithalten.«

»Wow«, raunte ich ehrfurchtsvoll.

»Ja, macht dich das an?«

Er neckte mich einfach zu gerne.

Aber es stimmte. »Ja, sehr sogar.«

»Dann muss ich dich öfter beeindrucken, damit du mich toll finden kannst.«

Das war ein hervorragender Plan. Ich wünschte nur, ich könnte ihn auch so toll beeindrucken.

Ich schloss die Augen und trieb dahin wie auf Wolken. Aber dann – so wie in letzter Zeit immer – hatte ich einen seltsamen Traum von Macht, Magie und Schatten. Das Pulsieren zwischen meinen Schläfen nahm stetig zu und dann träumte ich von Chaos und den Elementen, ganz gleich, wie friedlich ich einschlief.

Ich spürte, dass Caiden in meiner Nähe war, und als ich mich nach ihm umsah, stand er direkt hinter mir. Seine Augen funkelten türkisblau wie Sterne im Meer. Das Gold seiner Haare begann zu wogen.

Als ich hinaufblickte, wölbte sich dort ein kuppelförmiger Himmel aus Glas. Er schwebte direkt über uns. Unter uns war der Boden ganz weiß. Schneeflocken, wohin man auch sah. Sie begannen aufzuwirbeln. Immer wilder, wie das Wogen in Caidens Haaren.

Ein Schneesturm zog unter der Glaskuppel auf. Ich begriff, dass wir in einer Schneekugel lebten. Eine Welt nur für uns, aber eine, die ich nicht kontrollieren konnte. Der Tanz des Schnees wurde immer stärker, bis ich nur noch weiße Flocken sah. Flocken, die auf meine Haut rieselten. Sie wurden durchsichtig und erstarrten. Ich verwandelte mich in eine Skulptur aus Eis. Wie ein gläserner Schwan. Aber ich hatte keine Angst, denn es war ein überwältigendes Gefühl. So kraftvoll und klar.

Meine Haut überzog sich mit Eis. Mehr und mehr wunderschöne Kristalle formten sich darauf zu einer undurchdringlichen Schicht zusammen, bis ich fast aus Glas zu bestehen schien.

Ich war Eis.

Meine ganze Welt wurde weiß …

Als ich erwachte, lag ich neben Caiden im Bett. Alles war wie immer. Bloß ein Traum. Mein Körper war nicht einmal kälter als sonst und Caiden war eher wie ein Heizofen. Durch die Spalte im Fensterladen drang nur ein diffuses Licht. Ich hatte keine Ahnung, wie lange wir geschlafen hatten. Das Feuer im Kamin glomm ganz friedlich, als wäre es selbst in eine Art Schlaf gefallen.

Ich schlüpfte aus dem Bett und zog mich an, um mit Teddy Gassi zu gehen. Eigentlich wollte ich mich hinausschleichen, doch als ich die Tür öffnete, landete ein Schwall Schnee in der Wohnstube und bedeckte den Boden mit weißen Flocken. Teddy sprang aufgeregt durch das Zimmer. Aber Caiden war auch so schon wach geworden.

Wir starrten beide auf die Mauer aus Schnee, die unsere gesamte Türöffnung blockierte. Ich strich mit der Fingerkuppe an der Innenseite entlang. Sie schimmerte leicht gläsern, wie ein Bild aus meinem Traum.

Caiden schwang die Beine über die Bettkante. »Winter in Minnesota«, seufzte er.

Aber irgendwie hatte ich ein merkwürdiges Gefühl bei der Sache.

Er stand auf, gab mir einen Kuss auf den Mund, um den neuen Tag zu begrüßen, und verwandelte sich dann in einen Wolfsmann. Es war erneut ein magischer Moment, ihm bei dieser Gestaltwandlung zuzusehen. Magisch und auch ziemlich heiß.

Die Muskeln und Sehnen an seinem Körper pumpten sich geradezu auf. Seine Hände wurden zu gewaltigen Pranken mit Krallen, die tief durch den Schnee würden schaufeln können. Sein Nacken wurde dick wie bei einem Stier und insgesamt wirkte er etwas vornübergebeugter und höllisch anziehend. Wir Hexen standen anscheinend wirklich auf Tiermänner. Mein Puls raste in seiner Nähe.

Alsdann begann Caiden, sich mit seinen Lykanerkräften einen Weg nach draußen zu graben, während ich ihm gebannt zusah. Teddy sprang derweil bellend im Zimmer umher.

Schließlich hatten wir einen Durchgang nach draußen erkämpft: einen ein Meter dicken Tunnel durch die Schneewand. Und als wir ins Freie traten, sahen wir, dass die komplette Hütte zugeschneit war, aber überall sonst war nur wenig Neuschnee gefallen. So als wären die Flocken wie durch einen Magneten alle auf die Hütte gelenkt worden.

Auch ohne dass Caiden meinen Traum kannte, war uns beiden klar, dass ich dieser Magnet gewesen war.

»Oh je«, murmelte ich, während Teddy fröhlich loszog, um den Schnee in der Umgebung gelb zu färben.

»Nicht so schlimm«, beruhigte mich Caiden und machte sich daran, nicht bloß die Tür oder die Fenster freizulegen, sondern das gesamte Gebäude. Wer wusste schon, ob sonst nicht das Dach unter der Schneelast einstürzen würde?

Er versuchte zwar, mir meine Sorgen zu nehmen, aber schneller als geahnt, war der Zeitpunkt gekommen, da ich Hilfe brauchte. Also beschloss er, bei seinem Rudel vorbeizufahren. Er wollte sich erkundigen, ob es jemanden gab, der mir beibringen konnte, meine Magie zu kontrollieren.

Denn ich fühlte, wie meine Kräfte erwachten wie Flammen, die immer heller brannten. So stark und wild wie ein fremdes Wesen, das in mir wohnte.

Es war später Mittag, als er schließlich aufbrach. Die Hütte war inzwischen schneefrei, aber drumherum hatte Caiden den Schnee zu einer weißen Dünenlandschaft aufgehäuft, die mir wie ein Mahnmal vorkam. Die Welt, in der es nur uns beide gab, war ein gefährlicher Ort geworden.

»Ich bin nur einen halben Tag weg, okay?«

»Klar.« Ich nickte so tapfer, wie es eben ging, während ich mich wie eine tickende Elementarbombe fühlte. Erst die Sache mit dem Kamin, dann vorgestern das Wasser, das plötzlich wie verrückt aus dem Hahn gesprudelt war, als ich gelacht hatte, und nun das. Manche meiner magischen Auswüchse waren harmlos, andere beunruhigend.

Caiden sah das Ganze etwas entspannter als ich, weil er mit der Welt der Magie vertrauter war. Aber wenn er sich nun auf den Weg machte, dann nur, weil es wirklich an der Zeit war. Nach der gestrigen Nacht war dies wie ein Dämpfer.

»Ich bin für dich da, Bailey«, versprach er.

»Danke.« Ich gab ihm einen Abschiedskuss. Eigentlich sollte er nur flüchtig werden, doch als ich seinen Mund auf meinem spürte, schlang ich meine Arme um Caidens Nacken und vertiefte ihn.

Mir war klar, dass er gerade zwei Leben führte: eines bei seinem Rudel und eines bei mir. Leider fühlte ich mich ein bisschen, als würde ich seinem Rudel gegenüber nur die Rolle der Geliebten bekleiden, denn die anderen Lykaner waren seine wahre Familie. Und sie mochten mich nicht.

Als er davonfuhr, fühlte es sich ganz eigenartig an. Teddy war zwar noch bei mir, aber er erwies sich einmal mehr als schlechter Gesprächspartner.

Deshalb nutzte ich die Gelegenheit, um Lucy anzurufen.

»Hey«, grüßte sie mich herzlich. »Bist du okay?«

Ich schmunzelte und nickte, auch wenn sie das gar nicht

sehen konnte. »Ja, ich bin mit Caiden zusammen. So richtig zusammen.«

»Das ist ja toll!«, rief sie. »Er wäre doch auch ein Trottel, wenn er dich nicht mögen würde.«

Sollte ich jemals Probleme mit meinem Selbstwertgefühl haben, würde ich einfach Lucy anrufen.

»Und wie ist es?«, wollte sie wissen. »Habt ihr Dates? Habt ihr Sex? Erzähl mal!«

Ich berichtete ihr von den letzten Tagen mit ihm, von dem zauberhaften Ausritt, von der Zeit, die er sich für mich nahm, aber auch von seiner Leidenschaft, den stundenlangen Küssen, bis meine Lippen ganz taub waren, dem Kribbeln in meinem Bauch und von unserem Liebesnest.

»Also steht der große Moment noch bevor, hm?«

»Ja«, gab ich zu. »Bisher haben wir noch nicht miteinander geschlafen.«

»Das ist doch okay. Wozu es überstürzen? Mach es einfach, wenn es sich richtig anfühlt.«

»In Ordnung. Danke.«

Das Quietschen von Teddys Kauknochen durchdrang plötzlich den Raum und Lucy kicherte.

»Ah, ist das unser Spielzeug?«

»Ganz genau«, stimmte ich zu.

Teddy spielte voller Begeisterung mit dem Ding und wedelte mit seinem Schwänzchen. Er schien noch nicht gemerkt zu haben, dass sein Frauchen ein magisches Pulverfass war. Jedenfalls zeigte er keinerlei Anzeichen von Besorgnis.

Lucy nutzte die Unterbrechung, um auf mein anderes großes Thema zu sprechen zu kommen: »Und bist du denn jetzt wirklich eine Hexe?«

Ich seufzte und berichtete ihr von meinen magischen Ausbrüchen. »Meine Kräfte führen ein Eigenleben. Ich merke nicht einmal, dass ich das mache, nur wie es in mir brodelt, oder wie ich irgendwas träume, das anscheinend halb Wirklichkeit wird.«

Sie schwieg einen Augenblick. Dann fragte sie mit möglichst viel Fingerspitzengefühl: »Hat Caiden denn schon jemanden gefunden, der dir mit deinen Kräften hilft?«

Ich setzte mich auf die Bettkante. Die Decke war noch immer zerwühlt. Behelfsmäßig zupfte ich an den Rändern herum, bis ich merkte, dass sie ein wenig nach Caiden duftete. Dann vergaß ich das Glattstreichen, nahm einen Zipfel der Decke an die Nase und roch sehnsüchtig daran.

»Er ist gerade unterwegs, um jemanden ausfindig zu machen, der mir helfen kann.«

»Kennt er denn andere Hexen?«, wollte Lucy wissen.

»Das wohl schon«, räumte ich ein. »Allerdings hat meine Oma früher ziemlichen Mist gebaut und nun ist unsere ganze Familie wegen ihr in Verruf geraten. Ich weiß gar nicht, ob sich jemand dazu bereiterklären wird.«

»So schlimm?«

Ich erzählte ihr von Omas Exliebhaber, der nun sein Ziegendasein fristete, und von der verfluchten Hexe, mit der Wilbur sie betrogen hatte.

»Unglaublich!«, stöhnte Lucy. »Eigentlich sollte es mich ja nicht wundern, nachdem sie schwarze Magie auf dich gewirkt hat. Aber irgendwie bin ich trotzdem immer wieder aufs Neue platt, was deine Oma alles anstellt.«

»Ich auch.«

Ich hörte ein Patschen in der Leitung, vermutlich weil Lucy sich an die Stirn geklatscht hatte. »Ich Idiotin, das wollte ich dir noch sagen: Ich habe Adam wegen dieser Krähensache gefragt.«

Unruhig stand ich auf. »Und?«

»Er hat davon gehört, dass manche Hexen Tiere als Wächter einsetzen. Die Krähen könnten für deine Oma Augen und Ohren sein.«

»Krähenwächter?« Mir rann es kalt den Rücken herunter. »Das kann sogar sein. Sie hat so einen Zauber auf unsere Vogelscheuche gewirkt.«

»Erinnere mich daran, dass ich deine Oma niemals treffen will«, sagte Lucy und hörte sich an, als gruselte sie sich mindestens genauso.

»Neulich war da eine schwarze Krähe, als ich mich mit Caiden getroffen habe ...«, erinnerte ich mich plötzlich.

»Oh«, machte Lucy.

»Und als ich mal mit dem Auto weggefahren bin, ist mir ein Schwarm von denen gefolgt.«

»Dann könnte unsere Theorie ja richtig sein.«

Ich raufte mir die Haare. Daher wusste Oma immer alles. »Aber ich kann doch nicht jede blöde Krähe verdächtigen, in Omas Diensten zu stehen. So viele Vögel kann sie doch auch nicht beherrschen, oder?«

»Sie hat dich beherrscht«, rief mir Lucy ins Gedächtnis. »Und wenn sie deine Magie gestohlen hat, dann hat es eventuell dafür gereicht.«

»Mir ist schlecht.«

»Mir auch.«

Ich spürte ein dumpfes Surren und rieb mir die Schläfen. Es war etwas, das ich schon tausendmal gemacht hatte, doch diesmal hielt ich inne und fragte mich, ob meine Magie es schon früher hervorgerufen hatte.

»Falls Caiden niemanden findet, der dich unterweisen kann«, sagte Lucy, »dann steht meine Einladung, dass du zu uns kommst. Adam kennt da jemanden, der jemanden kennt – du weißt schon –, der dir helfen könnte.«

»Danke«, flüsterte ich gerührt. »Falls Caiden niemanden findet, kann es passieren, dass ich sehr rasch auf dein Angebot zurückkomme. Denn meine Oma kann ich schlecht fragen.«

»Wirst du überhaupt noch mal mit ihr sprechen?«

Ich stieß einen Seufzer aus. »Irgendwann muss ich das wohl. Einfach, um damit abzuschließen. Mal sehen.«

»Tja, da gebe ich dir denselben Rat wie vorhin: Lass dir Zeit, bis es sich richtig anfühlt.«

Wir verabschiedeten uns und ich betete, dass Caiden mir würde helfen können. Denn falls nicht, hätten wir eine Fernbeziehung zu meistern. Lucy wohnte drei oder vier Autostunden von uns entfernt in South Dakota. Für ein tägliches Pendeln war das viel zu weit.

Wie sollte es bloß mit meinen Hexenfähigkeiten weitergehen? Warum konnte ich nicht einfach normal sein?

Nachdenklich strich ich mit den Fingerspitzen über das Bettlaken. Ich erinnerte mich an Caidens Körper darin, an unsere Küsse, seine Nähe, seine Leidenschaft.

Und ich wusste, dass ich nicht von ihm fortgehen konnte, ohne wenigstens einmal mit ihm geschlafen zu haben.

Gerade, als ich frustriert das Handy weglegen wollte, piepte es.

Doch die Nachricht kam nicht von Lucy, sondern von Hope: *»Hey, Süße, wäre jetzt ein guter Zeitpunkt, um deine Granny zu treffen?«*

Kapitel 26

Als Caiden zur Tür hereinkam, wusste ich, dass wir ein Problem hatten. Aus jeder Pore seines Körpers strömte Wut.

Ich kauerte am Boden bei Teddy und hatte gerade mit ihm um den Knochen gerauft. Schlagartig ebbte das Quietschen im Raum ab. Teddys Kopf ruckte zu Caiden. Er nahm dessen schlechte Laune wahr, schaute kurz mich an und verdrückte sich dann in sein Körbchen.

»Hey«, flüsterte ich.

»Scheiße«, fluchte Caiden.

»Dann sind wohl alle Hexen ausverkauft?«, probierte ich, einen Scherz zu machen, auch wenn ich mich ganz elend fühlte. Die Lampe an der Decke begann zu flackern, als bekäme sie nicht genügend Strom. Zumindest mein Herz pumpte in diesem Augenblick ganz sicher nicht genügend Blut.

Caiden warf den Kopf in den Nacken, stieß seinen Atem aus und trat dann die Tür zu. Ein kalter Schwall Luft schien sich noch wütend aufzulehnen, streifte meine Haut und ließ das Feuer im Kamin flackern.

Zittrig benetzte ich meine Lippen und streckte meine Hand nach Caiden aus. »Komm zu mir«, bat ich ihn, denn ich hasste es, dass er auch nur drei Meter von mir entfernt stand.

Ich gehörte zu ihm und wir blieben hoffentlich für alle Zeit zusammen.

Wütend zog er seine Jacke aus, trat sich die Schuhe von den Füßen und setzte sich zu mir auf den Boden. »Die sind so verdammt stur.«

»Die Hexen oder dein Rudel?«, fragte ich vorsichtig und streichelte seinen Handrücken.

»Beide.« Er sah mich durchdringend an. »Oh, da gäbe es schon eine Hexe, die dir helfen würde. Aurona, die Zirkelleiterin höchstselbst. Ohne ihr Einverständnis tun die anderen eh nichts.«

Die Zirkelleiterin klang doch eigentlich ganz gut.

»Aber?«

»Aber sie ist eine Cousine dritten Grades der Hexe, die deine Oma verflucht hat.«

Ich runzelte die Stirn. »Dritten Grades? Da ist man doch kaum noch verwandt.«

»Ja, mir war das auch nicht klar«, stimmte er zu und drückte meine Hand. »Leider besteht sie darauf, dass Blut dicker als Wasser wäre. Ich habe ihr erzählt, dass du mit den Verfehlungen deiner Großmutter nichts zu tun hast. Ich habe mich für dich verbürgt.«

Ich schluckte gerührt. »Danke, Caiden.«

Er schnaubte verächtlich. »Dafür brauchst du mir echt nicht zu danken, denn es hat einen verdammten Scheiß genutzt. Außer, du ziehst ihr Angebot in Betracht.«

So wie er das sagte, standen die Chancen dafür gleich null. Aber er war den ganzen Tag dort gewesen, um mir zu helfen, und ich wollte wissen, was los war. »Dann lass mal hören.«

»Du lieferst ihr deine Oma aus.«

»Was?«

Er wischte sich mit der Hand durch sein Gesicht und gab ein missmutiges Knurren von sich. »Ja, sie kommt selbst nicht an sie heran.« Dann hob er den Finger zum Einwand. »Noch nicht, denn der Bannkreis, den deine Großmutter durch deine geraubte Kraft auf die Farm gewirkt hat, wird schwächer, seit du weg bist.«

Unwohl kratzte ich mich am Hals. Ich hatte das Gefühl, nicht genügend Luft zu bekommen. »Was bedeutet das?«

»Es bedeutet, dass deine Oma aus gutem Grund nie die Farm verlässt. Dass es aber bald keine Rolle mehr spielen wird, dass sie sich dort versteckt, weil der Schutz sich auflöst.«

»Und dann?«

Caiden legte den Kopf schief. »Was denkst du wohl? Aurona wartet darauf, deine Großmutter ebenfalls zu verfluchen. Und so nachtragend, wie sie nun mal alle sind, wird das eine noch üblere Geschichte werden.«

Mir war ganz schlecht bei dem Gedanken, auch wenn ich keine Ahnung hatte, was für dunkle Flüche Aurona bereithielt. »Wieso kann sie Oma nicht einfach so verfluchen?«

»Weil der Bannkreis sie auch vor Flüchen schützt.«

Toll, ich fühlte mich wie bei Harry Potter und dem grellen Patronus-Zauber.

»Aber wenn der Schutz endet …«

»Dann krallt Aurona sich deine Oma. Sie bekommt sie also sowieso irgendwann. Aber sie betrachtet es als Geste deines guten Willens, ihr mit der Auslieferung zu demonstrieren, dass du wirklich nicht auf ihrer Seite stehst.«

Mein Magen war so schwer, als hätte jemand eine Ladung Zement hineingegossen. Omas Taten hafteten wie ein Stigma an mir. Und dennoch …

Ich schüttelte den Kopf. »Das kann ich nicht machen, Caiden. Nicht mal, obwohl sie meine Kräfte verkrüppelt hat. Ich wäre dann keinen Deut besser als diese verbitterten Weiber mit ihren schwarz-magischen Flüchen. Ich könnte nicht mehr in den Spiegel sehen.«

Er nickte und ein sanftes Lächeln stahl sich auf sein Gesicht. »Sehe ich auch so.«

»Also keine Hexenhilfe«, murmelte ich.

Gute Taten erforderten wohl manchmal große Opfer. Ich betrachtete Caiden und wusste genau, welchen Preis ich dafür zu zahlen hätte.

»Nein, sie kontrolliert den gesamten Zirkel in Minnesota. Keine Chance, dass dir da irgendjemand hilft.«

Mir war bisher nicht klar gewesen, wie groß solche Zirkel waren. Im Vergleich dazu war die Fläche, auf der Caidens Rudel lebte, ziemlich überschaubar.

»Du hast gesagt, du bist nicht nur auf die Hexen sauer«, fiel mir ein. »Sondern auch auf dein Rudel.«

»Ja«, knurrte er und diesmal klang es eher bedrohlich als bloß zornig.

»Was ist passiert?«

Caiden starrte in die Flammen.

»Ray ist passiert«, brummte er schließlich.

»Wer ist Ray?«

»Mein Alpha.«

Also sein Ex-Bester-Freund, der nun mit Caidens Ex-Freundin ins Bett stieg. Ich hatte nur noch nicht gewusst, dass er Ray hieß. Das klang ziemlich harmlos für einen großen, bösen Alpha-Arsch.

»Ich glaube, ich werde den Namen für alle Zeit blöd finden«, beschied ich.

Dafür bekam ich sogar einen flüchtigen Kuss von Caiden.

»Was will er denn?«

»Er will, dass ich meinen Platz im Rudel bekleide. Dass ich täglich dort bin. Dass ich mir die Flausen mit dir aus dem Kopf schlage, weil deine Familie unerwünscht ist. Er will, dass ich wieder produktiv mitarbeite.« Caiden machte eine entnervte Handbewegung. »Ray will immer ganz viel. Am besten, dass alles wie früher wird.«

»Wie kann er das bloß denken, wenn er mit deiner Ex rummacht?«

War es unter Lykanern etwa normal, dass der Alpha sich jede Frau aussuchen konnte, die er wollte? Die ganze Sache schrie nach einer Dreieckskiste. Eigentlich sollte Caiden wenigstens das Recht haben, sich eine neue Freundin auszusuchen.

»Nichts ist mehr wie früher. Aber das ist immer noch mein Rudel«, tobte Caiden und schlug sich die Faust an die Brust. »Meine Familie. Mein ganzes Leben.«

»Ich will nicht, dass du zwischen den Stühlen sitzt«, wisperte ich und hätte am liebsten geheult.

War dies gerade das Ende?

Caiden starrte mich fassungslos an. »Was soll das werden, Bailey?«

»Ich kann ja doch nicht bleiben, wenn mir hier niemand hilft. Und ich kann nicht von dir verlangen, dass du für mich dein Rudel aufgibst, nur weil dein Rudel von dir verlangt, mich aufzugeben.« Meine Stimme war von Tränen erstickt.

Caiden nickte grimmig. »Nein, das kannst du nicht. Aber hör' damit auf, meine Kämpfe austragen zu wollen!«

»Kämpfe?«, flüsterte ich verwirrt.

»Auch die Kämpfe, die ich mit mir selbst ausfechten muss. Ich will nicht, dass du mir Entscheidungen abnimmst, damit es leichter für mich ist.«

»Aber ...«

»Ich bin älter als du«, zählte er auf. »Ich bin deutlich stärker als du. Ich bin der Kerl von uns beiden.« Besonders den letzten Punkt betonte er so energisch, dass ich eilig nickte.

»Ja, schon, aber ...«

... ich will dir keine Schwierigkeiten machen, die du nur durch mich hast.

Ich will, dass du glücklich bist.

Ich will, dass du mich nicht hasst, weil alle an dir zerren.

Caiden legte seine Hand auf meinen Mund. »Ich war noch nicht fertig.«

Ich guckte ihn über seine Finger hinweg an und kaute auf der Innenseite meiner Wange.

»Du bist heiß«, erklärte er.

Ich grunzte überrascht. Vielleicht hätte es sich besser angehört, wenn er meinen Mund freigeben würde, doch das tat er nicht.

»Fürs Protokoll: Du bist sogar ultraheiß.«

War er etwa gerade dabei, sich für mich mit seinem Rudel anzulegen?

»Ich steh auf dich«, erklärte er weiter.

Er ließ mir noch immer keine Möglichkeit, ihm zu antworten.

Caiden machte eine abschätzende Bewegung mit dem Kopf. »Kann sein, dass ich ziemlich verrückt nach dir bin.«

Oh.

Bumm, bumm.

Mein Herz schlug wie verrückt.

»Und dabei haben wir noch nicht mal richtig losgelegt.«

Es schlug immer wilder, als würde es mir jeden Moment aus der Brust springen.

»Komm also nicht mal auf die Idee, mit mir Schluss zu machen, um mir irgendwas völlig Zweitrangiges zu ersparen.«

Wow.

Ich liebe dich.

Jetzt wäre der Moment gewesen, ihm das zu sagen, doch seine Hand versiegelte noch immer meinen Mund.

»Hast du mich verstanden, Bailey?«

Ich nickte glücklich.

»Dann lasse ich jetzt los und dein nächster Satz fängt nicht mit ›aber‹ an.«

Erneut nickte ich.

»Wir finden eine Lösung, verstanden?«

Als ich wieder nickte, nahm er seine Hand fort. Wie im Reflex fiel ich ihm um den Hals. Die Nähe tat uns beiden gut.

»Ich habe da schon eine Option«, sagte ich.

»Dann raus damit«, murmelte er in mein Haar. »Ich kann gerade ein paar gute Neuigkeiten gebrauchen.«

Ich rückte ein bisschen von ihm ab, um ihn ansehen zu können. »Vorhin habe ich mit Lucy telefoniert. Und bevor du fragst: ja, die mit dem Vampir. Sie hat gesagt, sie könnten mir helfen. Adam, so heißt ihr Freund, wüsste jemanden für mich.«

»Das ist doch toll«, stimmte er zu und sah so aus, als wäre dies die erste gute Nachricht des Tages.

Doch jetzt kam ich um das Aber-Wort nicht herum.

»Aber die Sache hat einen Haken: Sie leben in South Dakota. Wenn ich dort hingehe, könnten wir uns nur noch am Wochenende sehen.«

Und ich hatte keine Ahnung, wie lange so eine Hexenausbildung dauerte.

»Das müssen wir wohl in Kauf nehmen«, fand Caiden. »Du brauchst diese Hilfe. Und das schon sehr bald.«

»Ich weiß«, flüsterte ich.

Entschlossen drückte er meine Hand. »Wir kriegen das hin.«

Hoffentlich. Mein Herz stand auf dem Spiel, falls wir versagten.

»Wann wirst du gehen?«, fragte er und sah sichtlich unwohl drein.

»In drei Tagen.«

»Falls du morgen schon ...«

»Auf keinen Fall«, fiel ich ihm ins Wort. »Übermorgen habe ich Geburtstag und den will ich mit dir zusammen verbringen. Wir werden es schon schaffen, die nächsten Tage bis zu meiner Abreise zu überleben, ohne dass meine Kräfte uns in die Luft jagen.«

Zumindest hoffte ich das.

Und ich hoffte noch auf etwas anderes: nämlich eine ganz besondere Erfahrung mit ihm.

Ich wollte den großen Schritt an meinem Geburtstag wagen.

Kapitel 27

Jetzt war also der Tag gekommen, vor dem ich mich erfolgreich gedrückt hatte: Ich würde mich meiner Oma stellen.

In der Nacht hatte ich das Haus weder abgefackelt noch überschwemmt und nun war bloß noch heute übrig, um mit ihr zu reden. An meinem Geburtstag wollte ich es ganz sicher nicht tun. Und danach würde sich mein neuer Lebensmittelpunkt ohnehin in South Dakota befinden. Dann wäre es auch zu spät. Ich hatte Lucy schon Bescheid gegeben, dass ich ihr Angebot annehmen würde.

South Dakota. Hm.

Das klang doch eigentlich ganz nett. Lucy und Adam lebten in einem schönen Haus an einem hübschen See. Irgendwas mit Wildgänsen, Schilfrohr und pedantisch geschnittenen Hecken in der Nachbarschaft. Lucys Eltern wohnten auf der anderen Seite des Sees und ihr Vater hatte wohl einen festsitzenden Gartentick. Von der Beschreibung her klang es wie eine schöne Abwechslung zur Maisfarm, aber die kleine Hütte hier würde ich dennoch vermissen.

»Soll ich dich nicht zu deiner Oma begleiten?«, bot sich Caiden erneut an.

»Nein«, wehrte ich ab. »Das ist eine Sache zwischen ihr und mir. Und außerdem besteht dieser Bannkreis doch noch. Du kommst sowieso nicht aufs Gelände.«

Er wirkte reichlich unzufrieden, aber mir war es ganz recht, wenn ich mein Gespräch mit Oma allein führen konnte. Denn wenn ich mich wirklich frei fühlen wollte, dann musste ich mich auch allein von ihr lossagen. Ich würde sie mit dem konfrontieren, was sie mir angetan hatte, und ihr sagen, dass ich nun Bescheid wusste. Und ich würde dieses dumme Fotobuch, das ich aus sentimentalen Gründen in meinem Zimmer liegengelassen hatte, wieder in die Kiste auf dem staubigen Speicher stecken.

So lautete zumindest der Plan. Aber auch über eine Stunde nachdem Caiden das Haus verlassen hatte, um die Zeit während meines Besuchs bei Oma für unerledigte Arbeiten in der Werkstatt zu nutzen, trödelte ich noch immer in der Hütte herum.

Inzwischen hatte ich dreimal Staub gewischt, das Bett mehrfach aufgeschüttelt und Teddy diverse Runden ums Haus laufen lassen.

Frustriert rieb ich meine Schläfen. »Komm schon, Bailey, das kann doch nicht so schwer sein«, beschwor ich mich.

Teddy winselte besorgt.

»Ich kriege das schon hin«, versicherte ich ihm.

Er stellte die Ohren auf und bellte.

»Doch es muss sein.«

Dann klemmte er den Schwanz ein und verschwand mit einem Satz unter dem Bett.

Genervt stemmte ich eine Hand in die Seite. »Also wirklich, Teddy! So kannst du mich doch nicht aufhalten«, beschwerte ich mich und drehte mich ratlos im Kreis.

Im selben Moment flog die Tür auf und die Person, die im Türrahmen stand, war eindeutig nicht Caiden, sondern weiblich.

Zunächst konnte ich das Gesicht nicht erkennen, weil das Licht von hinten auf sie fiel, doch sie trat wie selbstverständlich ein und drückte die Tür wieder zu. Ob das Aurona war? Diese Oberschwester der Hexen, von der Caiden gesprochen hatte? So sah sie ja nicht gerade aus mit ihrem aufgetakelten Äußeren und sie war auch eindeutig zu jung dafür, außer sie würde Jugendzauber beherrschen, aber ich hatte keine Idee, wer diese fremde Person sonst sein könnte.

Die Frau stieß ein mitleidiges Lachen aus und machte eine abfällige Handbewegung, die mich von Kopf bis Fuß ... tja, mir fiel kein schöneres Wort dafür ein: abwedelte. So als wäre ich irgendein Schandfleck.

»Ist das etwa alles?«, lautete ihre Begrüßung, womit sie in der Kategorie Empfang komplett durchfiel.

Was hatte die denn für ein Problem?

»Hey, wer bist du überhaupt?«, maulte ich sie an, weil ich ganz bestimmt nicht höflicher sein wollte als sie. Ihre Art war absolut unsympathisch und auch irgendwie gestört. Man lief doch nicht einfach wie Godzilla ungebeten in anderer Leute Häuser.

Teddy hatte sich demnach nicht grundlos unter dem Bett versteckt. Warum er es allerdings bei einer stinknormalen Frau tat, gab mir Rätsel auf. Sie wirkte grazil und war außergewöhnlich hübsch mit ihren blonden, langen Haaren, aber gefährlich schien sie nicht zu sein. Ich war ja selbst klein, sogar ein Stück kleiner als sie, aber für mich sah sie nur nach einer affektierten Kuh aus, die ihre Nase zu hoch trug und offensichtlich an einer Orientierungsschwäche litt.

»Ich bin die Frau mit den älteren Rechten«, stellte sie klar.

Der Blick aus ihren dunklen Augen war so kalt wie die Temperaturen draußen. Aber das war nicht der Grund, weshalb sich meine Nackenhaare aufstellten.

Die Barbie war Caidens Ex?

Das war das Letzte, was ich brauchte, nachdem unsere Tage in Zweisamkeit hier in der Hütte ohnehin schon gezählt waren. Wenigstens das bisschen Zeit wollte ich ungestört mit ihm verbringen. Stattdessen kreuzte dieser abgestandene Schatten aus Caidens Vergangenheit hier auf.

Gut, okay, sie war schön, aber auf eine viel zu berechnende Art. Das Biest war kühl. Dafür brauchte ich kein Thermometer.

Wie von selbst fuhr ich die Krallen aus.

»Ach, Dummersdorf-Barbie«, erinnerte ich mich so gut wie möglich. Immerhin war sie blond, puppengesichtig und besaß etwas zu viel Oberweite. »Zum pinken Klamottenladen geht's die Straße runter. Einfach immer weiter, bis du in den Fluss fällst.«

Deshalb war Teddy also abgetaucht. Sie müffelte bestimmt nach diesem Ray-Wolf.

Arlene betrachtete mich mitleidig. »Was er bloß an dir findet?« Sie zuckte mit den Schultern. »Na ja, es ist sowieso nur ein Spiel, um mich eifersüchtig zu machen.«

»Und ich dachte, ich träume Blödsinn«, giftete ich sie an.

»Es ist jedenfalls nicht okay, dass er dafür so oft im Rudel fehlt.«

Dafür? Ich war doch kein »Dafür«.

Ihr Blick huschte zum Bett und wurde schmal. »Das sieht aber nicht gerade gemütlich aus. Du scheinst ihm echt nicht viel wert zu sein.«

»Es muss gar nicht gemütlich sein«, widersprach ich. »Wir schlafen sowieso nicht so viel da drin, wenn du verstehst, was ich meine.«

Jetzt lachte sie. »Mein Vater war ein Lykaner. Ich kann mich selbst zwar nicht verwandeln, aber meine Nase ist trotzdem viel feiner als deine, was du auch wissen würdest, wenn du dich nur ein bisschen mit unserer Kultur auskennen würdest.« Sie rümpfte ihre Nase. »Und hier riecht es nicht nach Sex. Er hat dich nicht markiert. Vielleicht träumst du ja davon, dass er dich bumst, aber gemacht hat er es deswegen noch lange nicht.«

Blöde, blöde, blöde Kuh!

Zwischen meinen Schläfen begann es, ungut zu brodeln.

»Warum sollte er auch?«, fuhr sie fort. »Er hängt doch eh

noch an mir. Eines Tages wird er Ray herausfordern, nur um mich als Preis zu bekommen. Ich gewinne immer.«

»Ist das Schlampenlogik?«

Arlene fletschte regelrecht ihre Zähne. »Eine wie du sollte besser ihre Zunge hüten. Du hast schlechtes Blut in dir.«

Sie stürmte auf mich zu und packte mein Kinn. Vor Schreck zuckte ich zusammen und gleichzeitig durchdrangen Bilder meinen Kopf. Alte Bilder.

Sie rauschten vor meinen Augen entlang wie ein körniger Film mit knisterndem Ton. Die Worte, die gesprochen wurden, kamen nicht durch meine Ohren, sondern sie entstanden direkt in meinem Kopf.

Ich sah einen alten Lykaner, der Arlene die Schulter tätschelte. Sie war nicht älter als acht. Damals schon hübsch und verwöhnt.

»Du kannst die ganze Welt haben«, versprach er ihr.

Sie rannte fröhlich hinaus. Zwei Wolfsjungen warteten schon auf sie. Der eine groß und golden mit türkisblauen Augen. Ich schauderte, als ich Caiden in ihm wiedererkannte. Der andere war etwas kleiner, stämmiger und dunkler. Wie ein Schatten neben Caidens Lichtgestalt.

Sie wuchsen Seite an Seite auf. Arlene, Caiden und Ray. Die beiden Jungs, die nun zu Teenagern gereift waren, waren die stärksten Jungwölfe im Rudel. Sie rauften ständig miteinander und schnell wurde klar, dass Ray jeden anderen besiegen konnte außer Caiden. Denn er war der Stärkere von beiden.

Arlene rannte zu ihm, als er im See badete. Sie neckte ihn und trieb sich wie ein Keil zwischen die Jungs, denn Ray stand am Ufer und ließ sie keine Sekunde aus den Augen.

»Du bist der Stärkere«, lobte sie Caiden. »Du wirst einmal Alpha sein.«

Die Bilder zuckten wild durch meinen Kopf.

Ich spürte Enttäuschung, bevor die nächsten Eindrücke in mein Bewusstsein schwappten. Ich sah Arlene und

Caiden – nun als Erwachsene – wie sie im Bett lagen, nackt und verschwitzt: eindeutig postkoital.

Arlene strich durch sein goldenes Haar und verlangte von ihm, Ray herauszufordern.

»Weswegen? Er ist mein bester Freund.«

»Aber *du* solltest Alpha sein!«, zischte sie. »So war es immer vorgesehen.«

Caiden sah sie wachsam an. »Wieso ist dir das so wichtig?«

»Weil ich in diesem Rudel groß geworden bin und weil ich immer die Gefährtin des Anführers sein wollte. Die mächtigste Frau im Rudel.«

Caiden schüttelte den Kopf. »Ich bin Rays rechte Hand. Direkt dahinter auf Platz zwei.«

»Aber das reicht mir nicht.« Wütend setzte sie sich auf.

»Na, mir schon«, pfefferte er ihr entgegen.

Arlene sprang aus dem Bett und stürmte von ihm fort. »Dann ist es vorbei!«, schrie sie.

Neue Bilder zuckten durch meinen Kopf. Kurz danach schmiegte sie sich an Rays Seite. Ich sah die Fassungslosigkeit in Caidens Blick, als er die beiden miteinander erwischte. Und dann rannte er hinaus in die Nacht. Immer schneller. Immer wilder. Bis ihn ein Kastenwagen rammte. Ich sah mich selbst am Steuer sitzen.

Die Spur der Bilder riss ab, so als hätte jemand einen Schalter zwischen meinen Schläfen umgelegt. Das Auge in meinem Kopf schloss sich.

Übelkeit stieg in mir hoch. Ich fühlte mich ganz zerschunden, als hätte mich jemand einer Gehirnwäsche mit Starkstrom unterzogen. Meine Nervenbahnen knisterten und ich empfand nur noch Ekel vor dieser Frau.

»Ausgerechnet du machst mir Vorwürfe«, stieß ich hervor und ruckte mit dem Kopf, dass mein Kinn aus ihrem Griff freikam. »Du bist hier doch die Verräterin, die Caiden hintergangen und sich zwischen seine Freundschaft mit deinem neuen Macker gedrängt hat.«

Dafür klebt Arlene mir eine. Der Schlag landete schneller auf meiner Wange, als ich ihn kommen sehen konnte.

Mit offenem Mund und bebendem Zorn hielt ich mir die brennende Wange. Strudel formten sich hinter meiner Stirn. Wild und unkontrolliert. Mein Sichtfeld begann zu flimmern.

Oh, nein!

Das konnte verflucht übel enden.

»Was willst du jetzt tun, Hexenluder?«, provoziert Arlene mich. »Bist du auch so ein Miststück wie deine Oma und verzauberst mich?«

Ich fand ja, dass die Verwandlung in eine Ziege noch zu nett für sie wäre. Aber das war gerade nicht der Punkt. Ich spürte, wie die Magie in mir zu brodeln begann.

»Geh!«, bat ich sie, um nichts zu tun, was ich nicht steuern konnte.

Ich krümmte mich unter der Heftigkeit jener wilden Energie.

Arlene schnitt ein herablassendes Gesicht und zischte: »Wusste ich doch, dass du zu nichts taugst.« Mit diesen Worten ging sie.

Keine Sekunde zu früh, denn der Kraftstrudel löste sich aus meinem Kopf und jagte ein Loch durch die Tür, durch die sie gerade verschwunden war. Draußen hörte ich sie entsetzt quieken. Ein Geräusch, nicht unähnlich einem Schwein. Ich hoffte, dass ich ihr nur den Hintern angesengt hatte, doch mir fehlte die Kraft, um nachzusehen. Ich hörte einen Motor aufheulen und Reifen davonbrausen. Schnee spritzte auf und knirschte.

Endlich trat Ruhe ein. Nur das Feuer knisterte geradezu behaglich im Kamin. Dann hörte ich das Tapsen von Pfoten auf dem Holzboden und Teddys liebes Gesicht schob sich in mein Sichtfeld. Er sah, dass ich völlig aufgelöst war. Ich hatte mich kaum mehr im Griff und brauchte dringend Hilfe.

In genau diesem Moment begann er, meine Wange abzuschlecken, dort, wo Arlene mich geohrfeigt hatte. Erst war es ein bisschen eklig, weil sein Atem nach Hundefutter roch, aber dann erdete mich seine liebe Art und die wütende Energie in mir flaute ab.

Kapitel 28

Ich stellte den Motor ab und schaute auf den Hof. Alle unsere Autos und auch Stephans Wagen standen hier. Teddy blinzelte mich von der Seite an. Es war, als wollte er mich aufmuntern.

»Schlimmer kann der Tag nicht mehr werden«, gab ich ihm recht.

Trotzdem hatte ich ein flaues Gefühl im Magen, als ich die Tür aufdrückte und ausstieg. Teddy hopste hinterher, als wäre es ein Kinderspiel, das Vielfache der eigenen Körpergröße zu überwinden. Er landete im Schnee und lief auf unser Farmhaus zu. Ich fühlte mich wie gerädert und stakste unmotiviert hinter ihm her. Eine gefühlte Unendlichkeit hatte ich diese Begegnung vor mir hergeschoben. Aber nun gab es kein Zurück mehr.

Gleich nachdem es mir wieder besser gegangen war, hatte ich die Haustür der Hütte mit Folie und Klebeband abgedichtet. Caiden war der Handwerker von uns beiden und ich hatte keine Ahnung, wie man ein pizzagroßes Loch in einer dicken Holztür überhaupt wieder schloss. Ratlos hatte ich aufgegeben und mich kurzerhand auf den Weg hierher gemacht.

»Stell dich deinen Dämonen«, hatte mein Mantra für die Fahrt gelautet.

Erst Arlene, nun meine Großmutter. Vielleicht war es gemein, die beiden Frauen mit Dämonen zu vergleichen, aber im Augenblick verkörperten sie alles, was mir im Leben Bauchweh bereitete.

Als ich die Haustür erreichte, war es allerdings meine Mutter, die mich fröhlich empfing. »Da bist du ja wieder.«

»Nur ein kurzer Zwischenstopp«, erklärte ich gleich, als sie mich nach drinnen verfrachtete.

»Ach so?«

»Ich bleibe noch länger bei Lucy.«

Mama sah mich erstaunt an. »Aber wieso denn das, Schatz?«

Ich konnte ihr schlecht davon erzählen, dass ich die neue Hermine Granger wurde, bloß ohne das coole Hogwarts-Internat, die niedliche Schuluniform und den eigenen Zauberstab. Und mein neuer bester Freund würde auch nicht Harry Potter heißen.

»Sie hat vielleicht einen Job für mich«, log ich stattdessen, obwohl ich lügen nicht mochte.

Mama nickte anerkennend, auch wenn ihr die Idee, mich gehen zu lassen, gar nicht gefiel. »Als was denn?«

Denk nach, denk nach, denk nach!

»Möbelverkauf«, bemühte ich das Erstbeste, was mir einfiel. Wenn ich schon keinen eigenen Job hatte, dann benutzte ich eben den von meinem Freund. »Ja, Holzspielsachen und Kindermöbel.«

»In einem großen Laden?«, staunte Mama.

»Nein, eher im kleinen Rahmen. Private Bestellungen und so.«

Wieso war ich nicht besser im Erfinden von solchem Zeug? Ich würde das in Zukunft ohnehin noch öfter brauchen.

Mama wirkte auch eher skeptisch als jauchzend. »Also, dann probiere das einfach aus und wenn es dir nicht gefällt, weißt du ja, dass du hier immer einen Platz hast.«

Ich nickte schnell. »Danke, Mama.«

»Wohnst du dann weiter bei ihr?«, verhörte sie mich weiter.

»Vorerst«, räumte ich ein und wickelte mir den Schal vom Hals. »Aber vielleicht suche ich mir etwas Eigenes, wenn alles klappt.«

Mama sah aus, als würde sie gleich weinen. Gerührt strich sie über meine Wangen: »Meine Kleine wird groß.«

»Sieht so aus.«

»Na, ich bin froh, dass du nach vorne blickst, nachdem du neulich so geknickt warst.«

»Geht schon wieder«, beruhigte ich sie.

Das Thema mit meinem vermeintlichen Liebeskummer wollte ich nicht auch noch vertiefen.

Mama verstand den Wink und wechselte das Thema: »Du hast noch ganz viele Sachen hier. Deine ganzen Kleider und Pullis.«

Mit anderen Worten: mein Strickzeug, das mit Flüchen kontaminiert war. Aber das war wieder etwas, das ich ihr nicht sagen konnte.

»Ja, ich bin hier, um ein paar Dinge einzupacken.«

»Gut, denn es ist kalt«, sagte sie erleichtert. »Ich will nicht, dass du frierst.«

Wenn sie nur wüsste, dass ich gerade erst eine Hütte hatte einschneien lassen.

»Ist Oma da?«

Mama nickte. »Ja, es geht ihr nicht so gut, seit du weg bist. Sie mag dich eben lieber als deinen Bruder. Ich glaube, sie kränkelt ein bisschen.«

»Hm«, gab ich unbestimmt von mir.

»Jedenfalls kommt sie seit gestern nicht mehr aus ihrem Zimmer. Deinem Papa und Chris ist das nur recht, weil sie Oma immer so anstrengend finden, aber ich mache mir doch etwas Sorgen. Rede du mal mit ihr. Vielleicht wird sie dann wieder munter.«

Das war äußerst unwahrscheinlich, doch ich nickte.

»Ich spiele so lange mit Teddy, ja?«, bot sie mir an. »Der Kleine wird mir fehlen.«

»Dann hol dir doch auch einen Hund aus dem Tierheim. Die sind so süß und dankbar für ein schönes Leben in einer Familie.«

»Aber Granny …«

»Sie ist auch mit Teddy klargekommen«, beschwichtigte ich sie.

Mama verschwand mit meinem Hund im Wohnzimmer, wo ich Chris, Stephan und meinen Vater über Sport lamentieren hörte. Was auch sonst? Ich würde lieber später bei ihnen vorbeischauen. Genau wie bei Oma.

Zunächst einmal lief ich allerdings hinauf in mein Zimmer und packte einige Dinge ein: meinen Laptop, ein paar Fotos, mein Sparschwein.

Es war seltsam, wieder hier zu sein. Als wäre es ein halbes Leben her. So als gehörte das Bett unter der Dachschräge zu einem anderen Kapitel meines Lebens, wenn nicht sogar zu einem anderen Band derselben Reihe. Ich war hier aufgewachsen, aber vor allen Dingen war ich hier Kind gewesen: unschuldig und unwissend.

Ein bisschen vermisste ich die Sorglosigkeit früherer Tage, aber seit die Schule vorbei war, hatte ich irgendwie nur noch festgesteckt. Ich betrachtete mein Spiegelbild im Fenster und nickte mir selbst zu. Es war an der Zeit, die Zelte abzubrechen.

Beim Durchsuchen meiner Schubladen und Schränke stieß ich auch auf Omas Fotobuch. Eigentlich hatte ich es in ihre Kiste auf dem Speicher zurückpacken wollen, doch nun stopfte ich es unter den Berg aus Strickkleidern aus meinem Schrank. Ich zog sie alle heraus, Bügel für Bügel, und warf sie mir über den Arm, denn ich wollte nichts davon mehr hier haben. Von mir aus konnte Oma alles verbrennen.

Schließlich machte ich mich auf den Weg zu ihr. Ich stellte die Tasche mit meinen persönlichen Habseligkeiten in den

Flur und lief mit dem Strickzeug im Arm zu ihr den Gang hinunter. Ich hatte ein mulmiges Gefühl dabei und atmete dreimal tief durch, bevor ich an ihrer Tür klopfte.

»Mir geht es nicht so gut«, krächzte ihre Stimme nach draußen.

Ich hatte Gänsehaut, als ich antwortete: »Ich bin es, Bai...«

Bevor ich den Satz beendet hatte, riss sie ihre Zimmertür auf und zerrte mich nach drinnen. »Baileymäuschen, endlich! Ich dachte schon, du bist mir abhanden gekommen.«

Sie wollte mich drücken, doch ich machte einen Bogen und wich an ihr Fenster zurück, während ich das Kleiderbündel vor meinen Bauch drückte. Die alte Vogelscheuche stand immer noch am Zaun und starrte in meine Richtung.

»Was hast du denn, Kind?«, fragte Oma verwundert. »Immer noch Kummer wegen dieses Tiermannes?«

Dabei betonte sie »Tier« sehr abwertend.

Ich drehte mich zu ihr um und sah ihr stolz in die Augen. »Du meinst meinen Lykaner.«

»Er ist nicht dein ...«, begann sie zu krächzen. Mir war es aber egal, ob sie sich diesmal aufregte.

»Doch ist er«, fiel ich ihr ins Wort. »Wir sind nämlich ein Paar.«

Omas Augen weiteten sich entsetzt. Sie krallte ihre Finger in den Kragen ihres Kleides. »Aber, Baileymäuschen, das kannst du nicht machen. Er ist ein Tier!«

»So wie Wilbur?«, fragte ich lauernd und Oma rümpfte die Nase. »Aber du bist zu schwach, um meinem Lykaner dasselbe anzutun.«

»Wovon redest du denn da?«

»Ich weiß, was du getan hast«, sagte ich mit tonloser Stimme. »Ich rede jetzt davon, dass du eine Hexe bist und dass deine Kräfte schwinden. Davon, dass ich eine Hexe bin und du mich bestohlen hast.« Ich warf ihr das Strickzeug vor die Füße und fegte mit einer Armbewegung ihren Wollkorb um. Die Knäule rollten über den Boden und vermischten sich mit dem Kleiderberg. Lauter bunte Flecken, die eigentlich ganz harmlos, ja, schon beinahe fröhlich aussahen. Aber das waren sie nicht.

»Bailey, ich …«

»Und ich gehe noch Stricknadeln für dich kaufen. Hast du dich schön über mich amüsiert, als ich sie dir geholt habe, damit du deine Flüche weiterspinnen konntest?«

»Ich … ich …« Omas Mund klappte auf und zu. Sie war kalkweiß und sackte in ihrem Schaukelstuhl zusammen.

»Du hast meine Magie geraubt.« Ich war so wütend auf sie und spürte schon wieder dieses Pochen zwischen meinen Schläfen.

»Aber doch nur, damit du keine von diesen Hexen wirst«, behauptete sie aufgelöst. »Ich habe dich nur mit meinen Geweihtenkräften beschützt.«

»Du wolltest mich beschützen?«, höhnte ich.

Hastig nickte sie.

»Damit aus mir keine verdorbene Hexenschlampe werden kann?«

Wieder nickte sie.

All die Bilder aus meinem Albtraum fielen mir ein.

»Du hast mich für deine Machenschaften benutzt. Für deine Zauber. Den Bannkreis, den ich ziehen musste mit diesem seltsamen Stock.«

Oma schluckte.

»Der war dafür da, dass dir Aurona nichts tun kann. Oder die anderen Hexen und Tiermänner, die du noch vergrämt hast.«

»Das war zum Schutz vor diesen schlechten Kreaturen!«, wetterte Oma. »Habe ich nicht immer für gute Ernten gesorgt?«

»Ach, ja, die Ernten. Und deine Krähenwächter.«

»Du weißt von ihnen?«, stutzte sie.

»Du hast keine Geweihtenkräfte, Oma, das ist alles Hexenmagie.«

Oma wand sich unter meinen Worten. Eigentlich hätte es mir Genugtuung bereiten müssen, aber das tat es nicht. Ich verschränkte die Arme, schüttelte den Kopf und starrte in die Ferne.

»Ich werde gehen«, sagte ich freudlos, »und die Farm verlassen. Ich bin nur hier, um mich von dir loszusagen.«

»Nein!«, krähte sie. »Nein, ich beschwöre dich ...«

»Etwa mit meiner Magie?« Ich schüttelte den Kopf. »Ich werde dich verlassen und dann kannst du sehen, wo du deine Kräfte herbekommst.«

»Nein!«, bettelte Oma und griff nach meiner Hand. »Diese Hexe wird sich rächen. Seit du weg bist, wird der Bann schwächer. Sie legt mir Voodoo-Puppen an den Rand des Bannkreises. Sie wartet auf mich.« Ihr Finger zuckte zum Fenster. »Da draußen.«

Ein Schaudern rann über meinen Rücken.

»Vielleicht hast du das verdient«, flüsterte ich. Doch tief in mir drin wusste ich, dass ich ihr das nicht antun konnte.

»Bitte, verzeih mir doch, Baileymäuschen.« Oma sackte zusammen wie ein Häufchen Elend. »Ich hab dich doch lieb.«

»Du hast eine seltsame Art, mir das zu zeigen.«

Sie begann zu schniefen. »Es ist ja wahr, aber ich werde alles tun, was du verlangst, nur lass mich nicht mit denen allein!«

Ich nickte und musste an Hopes Bitte denken. »Du wirst mit einer Freundin von mir über deine Hexenfähigkeiten sprechen.«

»Aber das sind geweihte, heilige Kräfte.«

»Dann redest du eben darüber«, fuhr ich sie an.

»Also schön«, stimmte sie zu.

Unwohl benetzte ich meine Lippen. Das Pulsieren in meinem Kopf hatte sich durch Omas reumütige Seite etwas abgeschwächt, aber es lauerte in mir wie ein Damoklesschwert. »Ich brauche Hilfe, Oma. Diese Magie in mir drin ist zu stark.«

Oma nickte verständig. Aber ihr Blick fiel auf die Kleider.

»Oh nein«, machte ich deutlich. »Das wird nicht passieren. Ich will selbst darüber verfügen. Kannst du mir etwas beibringen?«

Angewidert schüttelte sie den Kopf. »Du kannst doch keine von denen werden.«

»Aber ich bin es ja längst. Ich bin eine Hexe und nichts, was du tust, wird etwas daran ändern. Du sagst, dass du mich lieb hast. Doch dann musst du mich so akzeptieren, wie ich bin.«

Oma stieß einen wehleidigen Laut aus. Sie klang fast wie ein verletztes Tier.

»Dann muss ich gehen«, sagte ich knapp.

Lucy würde mir ohnehin besser helfen können als meine Großmutter, der ich nicht mehr trauen konnte. Ihre Motive waren mehr als klar: Sie würde mich nie darin unterstützen wollen, eine Hexe zu sein. Wer wusste schon, was sie mir beibrächte, falls sie sich wirklich darauf einlassen würde?

»Bitte, nimm mich doch mit«, flehte Oma. »Ich kann ganz schnell packen.«

»Jetzt noch nicht«, widersprach ich. »Erstmal müssen wir einen Ort finden, wo du bleiben kannst, wenn ich nicht mehr da bin. Die Farm ist dann nicht mehr sicher.«

»Aber ich kann doch zu dir …«

»Nein.« Entschieden schüttelte ich den Kopf. »Ich habe meine eigenen Probleme, auch Dank dir. Damit muss ich erstmal klarkommen. Und nimm es mir nicht übel, aber ich will nach alldem nicht mit dir zusammenwohnen.«

Oma knetete ihre Finger. An den Gedanken würde sie sich erst gewöhnen müssen.

Ich hatte keine Ahnung, wo man sie lassen könnte, aber darüber sollte sie wohl besser selbst nachdenken. Fest stand, dass sie einen Ort außerhalb von Minnesota wählen müsste, denn Aurona würde ihr sonst weiter zusetzen.

Voodoo-Puppen an unserem Grundstück? So ganz richtig tickte diese Oberhexe aber auch nicht.

Oma behauptete, müde zu sein. Sie wirkte reichlich verloren und schaute auf den Berg an Gestricktem, der sich nun über den Boden ihres Zimmers ergoss.

Ich ließ sie allein und fühlte mich wie zerschlagen. Die kommende halbe Stunde verbrachte ich im Wohnzimmer. Am liebsten hätte ich sofort weg gewollt, doch es wäre nicht anständig gewesen, meine Familie gar nicht zu beachten. Dabei wollte ich vor allem ganz schnell zurück zu Caiden. Mama brachte mir meine Geburtstagsgeschenke herunter, nachdem ich ihr gesagt hatte, dass ich morgen nicht vorbeischauen würde. Sie wünschten mir schon heute alles Gute.

Stephan probierte mehrmals, mich in ein Gespräch zu verwickeln. Es war etwas anstrengend, weil wir uns seit der Sache an Silvester nicht ausgesprochen hatten. Aber da ich nun sowieso nach South Dakota zog, wollte ich das heute nicht wieder aufrollen. Sollte doch einfach Gras über die Sache wachsen.

Schließlich stand ich auf und sagte allen tschüss.

»Ich trage dir deine Sachen zum Auto«, beschloss Stephan.

Innerlich stöhnte ich, doch ich wollte vor meiner Familie nicht mit ihm streiten. Ich verabschiedete mich von ihnen und ging zur Tür. Teddy wuselte aufgeregt um meine Füße herum und ich gab ihm ein Leckerli, weil er so ein braver Schatz war.

Draußen war die Luft bitterkalt. Eigentlich war das gar nicht mein Fall, aber nach diesem Tag tat die Frische sogar gut. Stephan trug meine Tasche, während wir stumm nebeneinander her zum Kastenwagen liefen.

Wortlos riegelte ich den Laderaum auf und er verstaute meine wenigen Habseligkeiten. Schließlich hatte ich nach wie vor nichts von Omas Gestricktem mitgenommen. Als ich die Tür zudrückte, landete Stephans Hand neben meinem Kopf am Metall.

»Bailey«, seufzte er.

»Ist schon okay«, tat ich es ab. »Schwamm drüber.«

Aber Stephan sah nicht aus, als wollte er irgendwas abhaken. »Ich muss ständig an dich denken«, beteuerte er. »Und wie unglücklich das im Stall gelaufen ist …«

Ich duckte mich von seinem Arm fort. »Sprich nicht weiter, ich habe einen Freund«, bat ich ihn.

Etwas in seinem Ausdruck schlug um. Er ging mir nach wie ein Jäger seiner Beute. Das war nicht derselbe Blick wie neulich an Silvester. Etwas in seinen Augen war dieses Mal beunruhigend.

Nervös leckte er sich über die Lippen und ich bekam Herzrasen. Ich fummelte am Schlüssel, um die Tür aufzusperren. »Ich muss immer an dich denken, seit ich dein geiles Foto auf Facebook gesehen habe.«

Die Nachricht landete wie ein Hieb in meinen Eingeweiden. Igitt. Oh nein!

»Aber das Bild war nicht für dich bestimmt«, stammelte ich und fummelte hektisch an der Wagentür herum.

Im selben Moment, als ich sie öffnen wollte, drückte Stephan sie einfach wieder zu. »Ich habe es aber trotzdem gesehen.«

»Ich habe einen Freund!«, rief ich.

»Der Kerl kann doch gar nichts taugen. Komm schon, Bailey, wir passen perfekt zusammen.«

Er packte mich und wollte mir seinen Mund aufdrücken.

Angewidert biss ich ihm in die Lippe.

»Au!«, fuhr er mich an und fasste erneut nach mir.

Teddy, der bisher im Kreis gelaufen war, weil er nicht wusste, was er tun sollte, sprang Stephan plötzlich an und wollte ihm ins Bein beißen.

Stephan wiederum versuchte, nach Teddy zu treten.

Vor Angst um mein tapferes Hundchen warf ich mich dazwischen. Ich konnte kaum sagen, wie es im Handgemenge passierte, aber mit einem Mal traf mich Stephans Ellbogen am Auge.

Ich schrie auf, duckte mich weg und hielt mir die Hand vor das Gesicht.

Erst jetzt erwachte Stephan aus seiner krankhaften Leidenschaft und kam wieder zur Besinnung. »Oh, fuck, Bailey, das tut mir leid.«

»Du Idiot«, fluchte ich zittrig.

Mann, war das ein Scheißtag!

»Das wollte ich nicht«, stammelte er und wirkte jäh wieder wie der Junge von früher, den ich seit Ewigkeiten kannte.

»Das wollte ich garantiert auch nicht«, versicherte ich ihm. »Und zwar gar nichts hiervon. Schmink' dir das endlich ab!«

»Oh, Himmel, Bailey, lass mich mal sehen ...«

Aber ich duckte mich weg, riss die Autotür auf und half Teddy hinein.

»Bitte, Bailey, lass uns doch nicht so auseinandergehen.«

Ich stieg ein und fasste nach dem Türgriff. »Das hast du dir selbst zuzuschreiben«, flüsterte ich nur und zog die Tür zu. Dann startete ich den Wagen und fuhr schlotternd davon.

Die Kälte im Inneren des Fahrzeugs war dabei mein kleinstes Problem. Mir war so schlecht, mein Magen brannte regelrecht und am liebsten hätte ich bloß noch geheult.

Erst Arlenes Ohrfeige, dann Stephans Ellbogen. Und die Magie in mir wurde immer unkontrollierbarer.

Kapitel 29

Als ich zurückkam, parkte Caidens Pick-up bereits vor der Waldhütte. Aber auch so hätte ich gemerkt, dass er schon da war. Licht schien zwischen den Fensterläden hervor, Rauch tanzte vom Schornstein empor in den dämmrigen Himmel und das Loch in der Tür war mit Brettern zugenagelt worden.

Nervös strich ich durch mein Haar und prüfte im Rückspiegel mein Aussehen. Die rechte Seite schaute normal aus, wenn auch etwas müde, aber unterhalb des linken Auges zeichnete sich eine leichte Schwellung mit einem Fleck ab. Es hätte schlimmer aussehen können – völlig verquollen und von der Braue bis zum Jochbein lila –, doch auch so war es nicht zu übersehen.

Mist, wie hatte das nur passieren können?

Wenn ich vor Caiden zurück gewesen wäre, hätte ich es mit Schminke abdecken können, doch so blieb mir nichts anderes übrig, als auszusteigen und mich ihm zu stellen. Normalerweise sprang Teddy von allein aus dem Wagen, um dann zum Haus zu hopsen, doch diesmal nahm ich ihn auf den Arm und kuschelte mit ihm.

Mit einem bangen Gefühl stapfte ich auf das Haus zu. Was sollte ich Caiden bloß sagen?

Wie schon zuvor bei Oma atmete ich dreimal tief durch, bevor ich eintrat. Caiden kam aus dem Badezimmer. Er hatte sein Shirt ausgezogen und seine Wangen waren nass und glatt. Er musste sich eben rasiert haben. Mit dem Handtuch trocknete er gerade sein Gesicht ab, als er mich entdeckte.

»Bailey«, sagte er erfreut und deutete gleichzeitig fragend zur Tür. Vermutlich, um mich näher nach dem Loch darin auszuhorchen.

Doch dann wandte ich mich ihm ganz zu und er sah auch die linke Hälfte meines Gesichts. Entsetzt kam er auf mich zu, warf das Handtuch in die Ecke und hob mein Kinn an. »Lass mich das mal sehen!«, verlangte er und schluckte hart. »Wie ist das passiert?«

Besorgt führte er mich zum Küchenstuhl, damit ich mich setzen konnte. Er nahm mir Teddy aus den Händen, um mich besser festhalten zu können.

»Es war ein Unfall«, sagte ich automatisch.

»So wie das mit der Tür?«

Mir war klar, dass er darauf hinaus wollte, ob ich durch meine Magie Schaden genommen hatte.

»Nein, anders«, gab ich zu.

»Ich hole dir was zum Kühlen«, erklärte er und nahm die Packung Eiscreme, die wir gekauft hatten, aus dem Gefrierfach.

»War das deine Oma?«

Ich schüttelte unmerklich den Kopf, weil er mir jetzt die Eispackung ans Gesicht hielt.

Caiden sah aus, als säße er auf glühenden Kohlen. »Bailey, was ist passiert?«

Ich fühlte mich wie benommen und ganz klein auf meinem Sitz. Okay, der Reihe nach. »Nachdem du weg warst, hatte ich Besuch.«

Caiden runzelte die Stirn. »Hier?«

»Mhm«, stimmte ich zu.

»Außer mir kennt doch nur ...« Er stockte und ich sah, wie ein Muskel an seiner Wange zuckte. »Arlene?«

»Ja.«

Er verzog vor Wut das Gesicht. »Sie hat hier nichts verloren. Was wollte sie?«

Unbeholfen nahm ich ihm die Eispackung ab, doch Caiden ließ nicht los, sondern verwob seine Finger mit meinen. »Sie wollte mir klarmachen, dass du sie mit mir nur eifersüchtig machen willst.«

»Was!«

Teddy zuckte bei Caidens Ausruf zusammen und stellte die Ohren auf.

»Sie sagt, du würdest dir aus mir nichts machen und irgendwann Ray herausfordern, damit du Alpha wirst und sie zurückbekommst.«

Sein Gesicht war so wutverzerrt, dass ich froh war, dass es sich nicht gegen mich richtete. »Glaub ihr diesen Mist bloß nicht! Ich will sie nicht wieder haben.« Er ballte seine Hand zur Faust. »Im Gegenteil, sie kann mir gestohlen bleiben.«

Ich erzählte ihm, was sie alles gesagt hatte und dass ich diese Rückblende gehabt hatte. Außerdem berichtete ich ihm von der Ohrfeige und wie sich die Kraft in mir dadurch so stark zusammengeballt hatte, dass ein Teil der Tür zerborsten war. Keine Ahnung, wie genau das geschehen war. Plötzlich waren die Splitter geflogen und Arlene hatte was abbekommen.

In meinem Kopf malte ich mir aus, dass viele kleine Holzsplitter in ihrem Rücken und Po steckengeblieben waren, so dass sie wie ein Stachelschwein ausgesehen hatte. Aber natürlich war das anders gelaufen. Wie hätte sie sich sonst in ihr Auto setzen und einfach wegfahren können?

Caiden sah mordlustig aus. »Sie weiß genau, dass du Hilfe mit deinen Kräften brauchst. Ich habe doch erst gestern überall darum gebeten. Und dann geht sie hin und provoziert dich, bis du regelrecht explodierst, und überlässt dich danach auch noch dir selbst?«

Das traf es in etwa. Aber Caidens Gesichtsausdruck machte mir deutlich, dass er, was auch immer Arlene behauptet hatte oder sich einbildete, nichts als Verachtung für sie empfand. In diesem Moment war ich einfach nur erleichtert.

»Und was war das für ein Unfall?«, wollte er wissen und nahm vorsichtig die Eispackung von meinem Auge.

»Nichts weiter«, tat ich es ab.

»Du hast ein blaues Auge!«, rief er aufgebracht. »Das ist nicht *nichts weiter*. Bailey, was ist los? Ich dreh durch, wenn du verletzt bist.«

Unsicher nagte ich an meiner Lippe. Er sah schon wegen Arlene so finster aus. Wie würde er da erst reagieren, wenn er das andere erfuhr?

»Ich bin bei meiner Familie gewesen, um mich zu verabschieden und mich Oma zu stellen.«

»Wie ist es gelaufen?«

Ich berichtete ihm von der Unterhaltung mit ihr und Caiden hegte wenig Sympathie für die Idee, Oma aus der Patsche zu helfen. Möglicherweise hätte er das Thema sonst näher analysiert, aber er drängte immer noch auf eine Erklärung mit dem Auge.

Also holte ich etwas weiter aus und erzählte ihm von Stephans etwas aus dem Ruder gelaufener Zuneigung für mich.

»Das soll ein Unfall sein, wenn du ein Veilchen hast?«

Ja, okay, ich hatte Angst vor Stephan gehabt. Er war wie verwandelt gewesen, als wäre er besessen von mir oder so.

»Ich habe ihm ja gesagt, dass ich einen Freund habe, aber ...«

»Aber was?«

»Ich bin nicht ganz unschuldig an der Situation.«

Caiden sah aus, als hätte ich ihn vor einen fahrenden Zug gestoßen. »Wie das?«

»Als ich versucht habe, dich zu finden und für mich zu gewinnen, da habe ich ein ziemlich sündiges Foto von mir auf Facebook hochgeladen«, gestand ich. »Stephan hat es gesehen und das hat bei ihm gewisse Fantasien ausgelöst.«

Caiden machte den Eindruck, als würde er gleich Eisennägel zerbeißen, so sehr mahlten seine Kiefer aufeinander. Er schaute mich grimmig und sehr ernst an. Ich fürchtete schon, dass er enttäuscht von mir war und mir nun vorwerfen würde, dass ich Stephan damit ermuntert hätte. Aber Caiden blies in ein komplett anderes Horn. »Jetzt hör mir gut zu, Bailey, niemand hat das Recht, dich gegen deinen Willen anzurühren, selbst wenn du nackig durch die Landschaft hopsen würdest.«

»Okay«, flüsterte ich erleichtert.

»Er hat kein Recht dazu, dir solche Angst einzujagen, und ganz bestimmt nicht, dich so anzugehen, dass du seinen Ellbogen abbekommst. Unfall hin oder her. Wenn der Kerl sich unter Kontrolle gehabt hätte, wäre es auch zu keinem Unfall gekommen.«

Ich nickte und fühlte mich den Tränen nahe. »Er hat gesagt, es käme nicht wieder vor.«

Caiden deutete mit dem Finger auf mich. Seine Beherrschung war so brüchig wie das Eis eines kalbenden Gletschers. Aber es richtete sich nicht gegen mich. Im Gegenteil. Er war mein Beschützer. Das machten mir auch seine nächsten Worte deutlich: »Ich sag dir, was jetzt passiert. Du nennst mir den vollständigen Namen dieses Dreckskerls. Dann werde ich zu ihm fahren und das regeln.«

»Was denn regeln?«, flüsterte ich.

Caiden zuckte mit den Schultern. »Ich sage kurz hallo, stelle mich als dein Freund vor und schlage ihm zwei blaue Augen, die er redlich verdient. Nur damit er sich auch wirklich merkt, dass das nie wieder vorkommt. Denn dann merkt er es sich deutlich besser. Mehr mache ich nicht«, betonte er, als wäre das ganz harmlos. »Also wer war das?«

Mir war klar, dass Menschen, die Fehler machten, Grenzen brauchten. So wie Oma. Und anscheinend auch Stephan. Er hatte mich mehr als einmal belästigt, es hatte ihm schon an Silvester leidgetan und trotzdem war ich nicht vor ihm gefeit. Vorhin hatte ich wirklich Angst vor ihm gehabt, aber fast noch entscheidender war der Umstand, dass er nach Teddy getreten hatte, als der mich beschützen wollte. Und niemand, wirklich niemand tat meinem kleinen Spatz so etwas an.

Wenn ich ein blaues Auge haben konnte, dann würde auch Stephan mit »doppelt hält besser« klarkommen. Und vielleicht würde er dann wirklich seine schlechten Manieren Frauen gegenüber ablegen. Wenn ich ihn damit durchkommen ließe, wiederholte er es sonst womöglich bei einer anderen, auch wenn ich ihn eigentlich nicht für einen Schlägertypen hielt.

»Also gut«, willigte ich ein und gab Caiden, was er wissen wollte.

Er nickte zufrieden und half mir auf die Beine. Dann brachte er mich zum Bett, damit ich mich ausruhen konnte. Er schob sogar Teddys Körbchen neben mich, damit ich ihn gleich bei mir hätte. Dann versorgte er den Kamin mit einem weiteren Holzscheit, damit ich nicht fror, und kochte mir einen Tee, damit ich mich besser beruhigen konnte.

Er war überhaupt so liebevoll zu mir, als wäre ich sein größter Schatz. Schließlich küsste er mich auf die Stirn und streichelte mein Haar.

»Bis gleich, Baby«, versprach er.

Ich hatte vor, dass wenn er in etwa einer Stunde zurückkäme, wir kein Wort mehr darüber verlieren würden. Es lag in seiner Natur, mich beschützen zu wollen, und ich wollte ihm das nicht nehmen. Stephan würde nicht tot sein, ja, nicht einmal im Krankenhaus. Ich spürte das Pochen an meinem Auge und wusste, dass bei ihm zwei Augen pochen würden. Mehr nicht. Aber Caiden war nach einer Stunde noch immer nicht zurück.

Kapitel 30

Allmählich war ich halb wahnsinnig vor Sorge. Caiden mein Einverständnis zu geben, Stephan zu hauen, war nichts, worauf ich stolz war. Besonders nicht auf das Gefühl von Genugtuung, das ich primitiverweise verspürt hatte. Aber nun fehlte schon seit beinahe drei Stunden jede Spur von ihm, also musste irgendetwas komplett schiefgelaufen sein.

»Bis gleich, Baby«, war doch eigentlich so zu verstehen, dass er direkt hatte wiederkommen wollen, nachdem er Stephan seine Lektion erteilt hatte.

Ob er erneut angefahren worden war, weil er so sauer losgezogen war? Aber er hatte seinen riesigen Pick-up genommen und war nicht gerannt.

Vielleicht ein Autounfall?

Oder er hatte Stephan zu stark verhauen und ihn doch ins Krankenhaus bringen müssen. Dafür war er dann direkt in Handschellen gelegt worden und saß am Ende in einer Polizeistation, wo er blöde Fragen beantworten musste.

Alles nur wegen mir!

Verdammt, was war nur geschehen?

Rastlos tigerte ich im Zimmer auf und ab. Teddy tapste solidarisch neben mir her. Ich hätte es fast süß finden können, aber die Angst schnürte mir regelrecht den Hals zu.

Caiden ... Bitte, komm zu mir zurück.

Das Kühlen meines blauen Auges hatte ich schon vor zwei Stunden aufgegeben. Das Eis war sowieso längst geschmolzen. Jetzt sah das Veilchen eben aus, wie es aussah. Es scherte mich nicht mehr.

Unruhig schaute ich auf die Uhr. Nur noch eine Stunde, bis ich Geburtstag hätte. Vermutlich würde sich der Tag ähnlich unerfreulich entwickeln wie Silvester. Ich war kein bisschen in Feierlaune.

Trotz meiner Beklommenheit loderte zumindest weder das Feuer im Kamin auf eine übernatürliche Weise, noch zog ich Schnee oder Blitze an. Entweder hatte ich das jetzt besser im Griff, oder ich hatte mein Pulver an der Tür verschossen.

Ich ließ mich auf den Stuhl am Küchentisch sinken, griff nach meiner ausgetrunkenen Tasse und probierte, den Bodensatz meines Tees darin zu schwenken. Vermutlich würde es besser gehen, wenn wir keine Teebeutel verwenden würden. Es gab nur ein paar Schwebteilchen, aber keinen echten Teesatz, aus dem ich irgendetwas hätte deuten können.

Teddy betrachtete mich neugierig aus seinen Kulleraugen.

»Hast ja recht«, seufzte ich und stellte die Tasse wieder ab. »Ich greife nach Strohhalmen.«

Dabei konnte man wahrscheinlich gar keine Kaffeesätze oder dergleichen lesen und jede Hexe, die etwas taugte, hätte mir sagen können, dass das ausgemachter Mumpitz war, mit dem man den dummen Leuten auf Jahrmärkten das Geld aus der Tasche leierte.

Ich rieb mir die Schläfen und versuchte, mein ominöses drittes Auge zu aktivieren, das mir schon früher den Blick für bereits Geschehenes geöffnet hatte. Aber ich konnte es einfach nicht dazu bringen, mir zu zeigen, was Caiden zuletzt gemacht hatte.

Verzweifelt stöhnte ich auf, als die Tür sich endlich öffnete.

Caiden trat herein, aber er hielt sich die Seite. Seine Jacke war dreckig, sein Shirt am Bauch zerrissen und mit Blut verschmiert. Überall hatte er Abschürfungen, sein ganzes

Gesicht sah aus, als hätte es sich mit einem Fleischwolf angelegt. Prellungen, Dreck und mehrere Kratzer. Oberhalb seiner Braue verlief einer davon und ging so tief, dass ihm Blut ins Auge gelaufen war.

Sein Anblick war zum Fürchten, aber vor allem, weil ich kaum ertrug, dass er so übel zugerichtet war. Ich sprang sofort auf und eilte auf ihn zu. »Oh Gott, Caiden, was ist denn passiert?«

Er grinste mich doch tatsächlich an, seine Zähne wirkten im Kontrast zum verdreckten Gesicht geradezu gespenstisch weiß. »Ich habe alles geregelt.«

Mir blieb fast das Herz stehen. »Aber ... aber ... wie konnte Stephan dich denn so grün und blau schlagen?«

Soweit ich wusste, war er ein hundsgewöhnlicher Bursche. Er war mal Schwimmer gewesen, das schon, aber jemand, der meinen Caiden so extrem verprügeln konnte? Ich erinnerte mich noch gut an meine Vision und wusste genau, dass Caiden sogar der stärkste Lykaner von allen in seinem Rudel war.

Er schloss die Tür und zog ächzend seine Jacke aus. Dann betrachtete er das zerschlissene Shirt und entschied sich dafür, es ebenfalls auszuziehen und direkt im Müll zu entsorgen. Ich konnte zwar diverse Blessuren an ihm entdecken, aber das Blut an der Kleidung schien zum Glück nicht sein eigenes zu sein.

Er deutete an sich hinab. »Du denkst, dass das dieser Wicht war?« Dann zwinkerte er mich gut gelaunt an. »Keine Chance.«

»Aber wieso bist du so guter Laune? Du schaust furchtbar aus.«

Caiden zuckte die Schultern, verzog dabei jedoch den Mund und rieb sich das linke Schulterblatt. »Ich war bei diesem Hanswurst, wie ich es versprochen habe.« Er zeigte mir seine Hand, die böse aufgeschürft war. »Vorhin sah das noch nicht so schlimm aus«, beruhigte er mich, obwohl ich das wenig beruhigend fand.

Er tippte sich an beide Augen. Unter dem Linken verlief ein weiterer kleiner Schnitt. »Ich habe ihm links und rechts eine verpasst, ihn an anständige Manieren Frauen gegenüber erinnert ...« Nachdenklich kratzte er sich am Nacken. »Kann sein, dass ich erwähnt habe, dass ich mich beim nächsten Mal weniger freundlich ausdrücken würde, falls er sich noch mal an dir vergreifen sollte.« Da ihm die linke Schulter wehtat, zuckte er einseitig mit der rechten. »Dann bin ich wieder gegangen.«

»Und wie kommt es, dass du jetzt so aussiehst?« Behutsam schmiegte ich mich an seinen Arm und traute mich kaum, ihn irgendwo zu berühren.

»Warte, ich geh mich waschen, sonst wirst du wegen mir noch schmutzig.«

»Ach, Caiden, das ist mir doch ganz gleich.«

»Aber mir nicht«, stellte er klar, fasste mich bei der Hand und lief mit mir zum Badezimmer.

Ich schaltete das Licht ein und griff nach einem sauberen Handtuch. Dann ließ ich kaltes Wasser darüber laufen. Caiden wollte es mir schon aus der Hand nehmen, doch ich schüttelte entschieden den Kopf. »Das mach ich lieber selber. Setz dich da hin.«

Lächelnd hockte er sich auf den Toilettendeckel. Weshalb er so vergnügt war, wollte mir immer noch nicht in den Kopf gehen. Behutsam begann ich, sein Gesicht sauber zu tupfen. Ich wollte für ihn da sein und ihn verarzten, so wie ich das eigentlich schon nach dem Autounfall hatte tun wollen.

»Nachdem ich mich bei Stephan aufgewärmt hatte, bin ich zu meinem Rudel gefahren.«

»Aber weshalb denn?«

Er setzte ein geradezu schelmisches Grinsen auf. »Um ein paar Dinge klarzustellen, oder glaubst du, ich lasse es zu, dass Arlene sich an dir vergreift?«

Ich schluckte schwer. »Was hast du getan?«

»Ich bin zu Ray, hab ihm die Sache geschildert und von

ihm verlangt, dass er Arlene maßregelt. Schließlich ist sie ja jetzt seine Freundin.«

»Maßregeln?«

»Ja, eine Abstrafung innerhalb des Rudels. Ich war seine Nummer zwei und es ist nicht okay, dass sozusagen die erste Frau im Staat hingeht und die zweite Frau weder anerkennt noch in Frieden lässt.«

Ich schaute ihn verwundert an. »Nur um das zu verstehen: Ich bin die zweite Frau, weil ich mit der Nummer zwei im Rudel zusammen bin?«

Caiden nickte und biss die Zähne zusammen, als ich seinen Schnitt versorgte.

»Das sieht schlimm aus«, fand ich.

Er imitierte einen Aufwärtshaken. »Rays Uppercut ist nicht von schlechten Eltern. Habe ich ihm schließlich beigebracht.«

»Ray war das? Ray hat dich geschlagen, weil du ihn auf Arlene angesprochen hast?«

Caiden schnaubte verächtlich. »Nein, *ich* habe *ihn* geschlagen, weil er Arlene schonen wollte. Sie hat nämlich anscheinend ...« Jetzt lachte er und streichelte anerkennend meinen Oberschenkel, was mich ziemlich ablenkte. »... eine angekokelte Kehrseite.«

»Oh je«, stöhnte ich. »Dann habe ich also doch nicht bloß die Tür erwischt.«

Er sah äußerst zufrieden aus. »Nein, Baby, du hast ihr eine übergebraten. Ich bin stolz auf dich, mein kleiner Vulkan.«

Eigentlich wollte ich nicht schadenfroh sein. Ich presste meine Lippen aufeinander, um nicht laut zu lachen, doch ein Glucksen entwischte mir.

»Das meiste hat natürlich ihre Kleidung abgefangen, also mach dir keinen Kopf. Allerdings trägt sie jetzt die Haare kürzer. Die langen Enden haben sich eingekraust wie Drahtwolle.« Caiden malte mit seinem Finger schnelle, kleine Kreise in die Luft.

Hahaha! Jetzt lachte ich doch frei heraus, weil sie viel zu hübsch ausgesehen hatte mit ihrer blonden Pracht. Und hochnäsig war sie obendrein gewesen. Nun stellte ich sie mir wie ein krauses, blondes Schaf vor.

»Ja, und dann?«

»Ray hat zu ihr gehalten, also habe ich ihn vor der versammelten Mannschaft herausgefordert und seinen Platz als Alpha beansprucht.« Er seufzte und fuhr sich mit der Hand durch sein Haar. »Damals bin ich vor dem Rudel davongelaufen und habe mich in dieser Hütte verschanzt. Ich bin erst wieder zurückgekommen, als Arlene bei mir auftauchte und mich um Verzeihung bat. Sie ist natürlich bei Ray geblieben, aber ich habe gelernt, damit klarzukommen. Doch jetzt ist sie zu weit gegangen und damit ich sie bestrafen konnte, musste ich derjenige sein, der zu bestimmen hat. Es ging also gar nicht anders.«

Doch, es wäre natürlich schon anders gegangen. Caiden hätte es auf sich beruhen lassen können. Stattdessen stand er für mich ein. Ich war vollkommen überwältigt. Trotzdem hatte er damit gegen seine eigenen Absichten gehandelt, denn ...

»Aber, Caiden, du willst doch gar nicht Alpha sein.«

»Anders wäre ich aber nicht an Arlene herangekommen. Sie stand unter Rays Schutz. So wie du unter meinem stehst.«

Sein Gesicht sah nun wieder halbwegs vorzeigbar aus, also widmete ich mich seinen Armen und dem Oberkörper.

»Aber dein Rudel mag mich nicht einmal.«

Er machte eine wegwerfende Handbewegung. »Vor allem Ray und Arlene mochten dich nicht. Die anderen haben zwar Sprüche geklopft, aber Ruhe gegeben, sobald ich gesagt habe, dass wir zusammen sind.«

Ich wusch das Handtuch aus und säuberte vorsichtig seine geprellten Fingerknöchel. »Also war das hier alles Ray?«

Caiden sah mir fest in die Augen. Sein Blick funkelte geradezu im Licht der Lampe. »Dieses Weichei Stephan war es ganz sicher nicht.«

»Aber du kennst Ray schon seit Kindertagen.«

»Ray ist nicht mehr mein Freund. Er hat die A schon längst verdient. Ich habe es viel zu lange aufgesc

»Und jetzt?«

Ich hatte noch nie zuvor jemanden gesehen, der frieden aussah, obwohl er so viele Schläge hatte einst müssen. »Ich habe gewonnen und Arlene aus dem geworfen. Mir ist es egal, ob du ihren Hintern weggel hast und sie deswegen meint, schon gestraft genug zu s Sie hat sich falsch verhalten und macht immer nur Ärge

»Sie ist weg?«, staunte ich.

»Ja, sie kann in einem anderen Rudel unterkomme Nennen wir es ein Austauschprogramm. Sollen die sich m ihr rumplagen. Jetzt kann sie mal reumütig sein und sicl unterordnen. Ich habe es satt, dass unser Rudel zu einer Art Ein-Frau-Arlene-Show verkommen ist.«

»Wow«, flüsterte ich.

Da hatte Caiden endlich, wie Arlene es immer gewollt hatte, um den Rang als Alpha gekämpft und gewonnen, nur um sie dann vor die Tür zu setzen, statt sie zu seiner First Lady zu küren.

Das musste Karma sein.

Aber noch viel besser war, dass er sie nun nicht mehr täglich sehen würde, denn sie hätte wohl immer versucht, sich zwischen uns zu drängen.

»Und Ray?«, fragte ich vorsichtig.

»Sieht schlimmer aus als ich. Keine Sorge.«

Ich lächelte und strich mit dem Tuch über seine wunderbar kräftige Brust. »Was wird jetzt aus ihm? Ist er nun deine Nummer zwei?«

»Nein, ich habe ihn ebenfalls abgestraft, weil er mir seine bescheuerten Rudelauflagen aufs Auge drücken wollte, damit ich dich nicht mehr sehe. Nur weil Arlene ihm mit ihrem verletzten Stolz in den Ohren gelegen hat. Das kann doch nicht sein.«

Caiden war anscheinend bereit, für mich Berge zu versetzen. »Danke.«

»Er ist jetzt Nummer zehn.« Zufrieden hielt er mir alle zehn Finger hoch und ließ sie wackeln. »Da soll er sich erstmal wieder hocharbeiten.«

Das alles klang bisher wie pure Gerechtigkeit, aber mir war auch klar, dass Caiden weniger Zeit für mich haben würde, wenn er Alpha war. Er war nun stärker denn je seinem Rudel verpflichtet, während meine Koffer übermorgen für South Dakota gepackt sein würden.

»Hey«, sagte er und strich über mein Kinn. »Was ist los?«

»Na, wenn du jetzt Alpha bist, hast du viel zu tun und …«

»Wer sagt, dass ich Alpha bin?«

»Was?« Irritiert blinzelte ich ihn an.

»Das habe ich nie sein wollen.«

Ich schluckte und klammerte mich am Handtuch fest. »Aber du hast doch gerade gesagt, …«

»Dass ich Alpha geworden bin, um ein paar Dinge zu regeln. Sie sind geregelt, also habe ich den Posten gleich wieder abgetreten. Und zwar an Jarvis, mit dem ich mich in letzter Zeit blendend verstanden habe. Er hat keine Vorbehalte gegen dich und war bisher die Nummer drei.«

Das war ja das reinste Hütchenspiel. Die alte Nummer eins war jetzt die Nummer zehn, Caiden, der die eigentliche Nummer eins war, befand sich wieder auf der zwei, als wäre nichts gewesen, und die drei war aufgerückt.

»Okay«, stammelte ich.

»Aber wenn du abgetreten bist, dann könnte Ray doch …«

Caiden schüttelte den Kopf. »Glaube mir, er wird nicht auf die Idee kommen, Jarvis zu fordern, wenn der meine Unterstützung hat.«

»Die sind doch nur Dank dir Nummer eins«, nuschelte ich.

Erst Ray, dann Jarvis. Caiden konnte also zur Nummer eins machen, wen er wollte, weil eigentlich er die Hosen anhatte und das auch jeder wusste.

Er grinste mich an. »Jarvis ist mir auch besonders dankbar für diese Möglichkeit und heißt dich herzlich willkommen.«

»Aber ich kann nicht bei euch leben«, sagte ich mit erstickter Stimme. »Ich gehe doch fort.«

Caiden nickte. »Erstmal schon.«

Ich sah Teddy in der Tür auftauchen und wieder verschwinden. »Der Kleine wird dich vermissen«, seufzte ich. »Du bist eine gute Nummer eins, weißt du.«

»Nur Teddy wird mich vermissen?«

»Ich dich auch«, wisperte ich.

Bisher war es beruhigend gewesen, Caiden zu versorgen. Doch nun baute sich ein Knistern zwischen uns auf, als ich ihn berührte. Diese Nähe. Diese Fürsorge füreinander. Caiden war mein Beschützer. Sogar Teddys.

Und ich liebte ihn so sehr, dass ich kaum atmen konnte.

»Ich glaube, dass ihr gar nicht so besonders viel Zeit haben werdet, um mich zu vermissen.«

Verwirrt schaute ich ihn an.

»Mein Rudel ist in guten Händen und einstweilen komme ich auch mit einem kleineren Rudel klar. Jarvis hat nichts dagegen, wenn ich ein bisschen auswärts spiele.«

Auswärts? Kleineres Rudel?

Er deutete auf sich, mich und dann zur Tür hinaus, wo Teddy herumtapste.

»Aber ...«

»Immer dieses Aber«, raunte er und hielt mir wie schon einmal den Mund zu. »Shhh«, machte er, nahm mir das Handtuch aus den Händen und legte es ins Waschbecken. Dann stand er ganz auf und ragte wie ein Hüne über mir auf. »Du, ich und der kleine Teddy, meinst du wir kommen klar?«

Ich nickte überwältigt.

»Deshalb bin ich nach der Sache mit Stephan nicht gleich zu dir zurückgefahren. Es sollte mein Geburtstagsgeschenk für dich sein, dass ich alles regele.«

Er warf einen Blick auf die Uhr an seinem Handgelenk und nickte. »Noch fünf Minuten, bis dein großer Tag beginnt. Hast du eventuell einen besonderen Wunsch?«

Caiden nahm die Hand von meinem Mund, beugte sich zu mir herunter und küsste meine Nasenspitze.

»Ich will dich«, wisperte ich.

Sein Blick wurde dunkel vor Verlangen. »Redest du von Sex?«

Ich schluckte und nickte.

»Ja, ich will dich spüren«, gestand ich.

Das hatte ich schon mit ihm tun wollen, bevor er sich zu meinem Superhelden entwickelt hatte, und jetzt wollte ich es noch mehr.

Er stieß den Atem aus und hob mich hoch. »Du glaubst nicht, wie gerne ich dir diesen Wunsch erfülle.«

Caiden trug mich zum Bett und legte mich sanft darauf ab. Dann kletterte er zu mir und zog mich an seinen verletzten Körper.

»Ich will dir nicht wehtun«, flüsterte ich.

Er grinste. »Das ist eigentlich mein Satz für dich und dein erstes Mal.« Er legte seine Stirn an meine. »Unfassbar, dass du mich dafür willst.«

»Ich will nur dich«, beteuerte ich.

Caiden strich mit seinen Händen über meinen Körper. »Ich will auch nur dich.«

Wilde Purzelbäume wirbelten durch meine Brust.

Er küsste meine Wange, meinen Hals, mein Ohr. Zärtlich flüsterte er: »Du hast mich verhext.«

Ich glitt mit meinen Fingern durch sein seidiges Haar. Caiden. Mein Caiden. Wir würden zusammenbleiben. Er würde mich sogar begleiten in diese ungewisse Zukunft in South Dakota.

»Ich stehe unter deinem Bann«, behauptete er und zwickte mit seinen Zähnen in mein Ohrläppchen.

Du lieber Himmel!

Mein ganzer Körper stand unter Strom. Nur davon.

»Was ist, wenn ich den Ofen in die Luft jage?«, fragte ich besorgt.

»Baby, ich will, dass du so viele Öfen in die Luft jagst, wie du nur kannst, wenn das bedeutet, dass ich dir Lust bereite.«

Hhhh!

Er schob seine Hand unter meinen Rock. »Jetzt lass uns die Hütte abfackeln.«

Ich kicherte und klatschte ihm auf die Brust.

»Au«, tat er gespielt verletzt. »Ich glaube, du musst dich auch gut um mich kümmern.«

Armer verwundeter Lykaner. So ein Alphawolf hatte es schon schwer. Vermutlich hatte ich eine Schraube locker, weil es mich anmachte, dass er so stark war und sich für mich gleich zweimal an einem Tag geprügelt hatte. Das war so archaisch und roh. So animalisch und wild. Aber gleichzeitig war es auch ein verflucht heißes Liebesbekenntnis.

Caiden küsste mich auf den Mund. Stundenlang und ausgiebig. Mein Geburtstag hatte längst begonnen. Er entkleidete abwechselnd mich und sich. Meinen Rock, seine Jeans, meine Strumpfhose, seine Socken, mein Shirt. Dann war er an der Reihe und hatte bloß noch seine Shorts an. Caiden hakte seine Daumen unter den Bund und zog die Unterhose herunter.

Heiliger Bimbam. Als ich ihn angefahren hatte, war sein Penis schlaff gewesen, doch nun ragte er auf wie eine Fahnenstange. Hart, erschreckend groß und teuflisch sexy.

Mein Atem ging plötzlich ganz flach. Ich starrte auf sein Glied und war nicht mehr in der Lage, mich zu rühren. In meinem Kopf strudelte diese seltsame Energie, mein Bauch kribbelte wie verrückt und ich spürte, dass ich feucht wurde.

»Es ist alles gut, Bailey«, raunte er.

Ich trug selbst nur noch Unterwäsche. Caiden kniete vor mir und reichte mir seine Hand. Als ich danach griff, zog er mich zu sich heran, bis wir beide im Bett voreinander knieten. Er nahm meine Hand und führte sie an sein Glied. Es war heiß, samtige Haut auf einem harten Schaft.

Scheibenkleister! Verflucht, ich wollte ihn wirklich, aber wie sollte das funktionieren?

Caiden legte meine Finger um seinen Schwanz und führte meine Hand, damit ich ihn streichelte. Er stöhnte genüsslich und legte den Kopf in den Nacken.

»So ist es gut«, lobte er mich. »Der gehört nur dir.«

Wow. Erregt massierte ich ihn weiter.

»Dein ganz persönliches Spielzeug«, versicherte er mir.

Ich bekam einen trockenen Mund bei seinen Worten. Mir war verflucht heiß, aber der Kamin knisterte nur friedlich vor sich hin. Ich hatte schon gemerkt, dass meine Magie sich besonders dann Bahn brach, wenn ich wütend oder erregt war.

Caiden stöhnte und schob meine Hand an seine Eichel. Dann zeigte er mir, wie fest er es mochte. »Sanft ist okay«, erklärte er. »Und so wie jetzt auch. Noch fester und ich singe im Knabenchor.«

Sofort ließ ich lockerer, doch er zwinkerte mir nur zu. Sündig und heiß. Sein Gesicht war vor Verlangen verzerrt. Er war der schönste Mann auf Erden. Und wenn er sich mir so wie jetzt hingab, war er unwiderstehlich.

»Siehst du, welche Macht du über mich besitzt?«, fragte er.

Ich nickte nervös, denn seine Hände glitten in meinen Rücken und öffneten den Verschluss meines BHs. Caiden schob die Träger herunter und ließ ihn auf den Boden fallen. Ich kniete beinahe komplett entblößt vor ihm.

Er betrachtete mich, als wäre ich wunderschön. Seine Hände legten sich um meine Brüste und streichelten sie. Ganz sanft kreisten seine Daumen über meine Brustspitzen und die Lust schoss bis in meinen Schoß. Das Feuer im Kamin begann, lauter zu knacken. Vielleicht hätten wir es ausmachen sollen, doch dafür war es jetzt zu spät.

Caiden beugte sich zu mir und nahm eine Brustwarze in den Mund. Genüsslich saugte er daran und sandte mir Blitze vor die Augen. Die Luft zwischen uns begann zu knistern. Er glitt mit seinen Händen tiefer, bis er meinen Po festhielt und knetete. Seine Finger wanderten weiter, bis er meine Scham berührte. Ich zuckte zusammen, als er in mich eintauchte.

»Atme, Bailey«, raunte er.

»Ich kann nicht.« Meine Stimme zitterte.

Caiden zog meinen Slip tiefer und drückte mich nach hinten aufs Bett. Dann streifte er mir das Höschen komplett von den Beinen und ich war nackt. Er bückte sich zu der Packung mit Kondomen und nahm eins heraus. Geübt riss er das Folienpäckchen auf, setzte das Gummi auf seine Eichel und rollte es über sein Glied.

Ich war kurz vorm Herzstillstand. Natürlich wollte ich ihn spüren, aber was, wenn es wehtat?

Nur einmal, beschwor ich mich. Danach täte es nicht mehr weh. Jedenfalls hoffte ich das.

Caiden legte sich zwischen meine Beine und rieb sich an mir wie er es schon vor einigen Nächten getan hatte. Erst war ich ganz verkrampft, doch ohne, dass ich es steuern konnte, baute er diese Lust in mir auf. Er erregte mich, bis ich so feucht war, dass es mir peinlich wurde.

Aber Caiden zeigte sich zufrieden.

»Hab keine Angst«, flüsterte er und küsste mich auf den Mund.

Seine Worte lösten den Knoten in meinem Bauch und die Sehnsucht nach ihm gewann die Oberhand.

»Ich vertraue dir.«

»Noch kannst du nein sagen«, erinnerte er mich. »Ich bräuchte danach zwar eine kalte Dusche, aber es wäre okay.«

»Ich liebe dich«, wisperte ich, bevor ich auch nur darüber nachdenken konnte.

Für einen Augenblick schauten wir uns überrascht an, doch dann lächelte Caiden und gab mir einen innigen Zungenkuss, der mich dahinschmelzen ließ.

»Ich liebe dich auch, Baby.«

Ich nickte glücklich und er wusste, dass ich bereit für ihn war. Caiden schob seine Eichel an meine Öffnung, sah mir tief in die Augen und stieß ganz leicht vor. Ich öffnete mich unter ihm und das Gefühl war überwältigend.

Quälend langsam drang er in mich ein. Immer ein bisschen tiefer. Schweißtropfen traten auf seine Stirn, weil er sich so sehr beherrschte, um sanft zu mir zu sein. Dann stieß er auf Widerstand. Ich spürte es genau, weil sich dieses Ziehen in meinem Unterleib ausbreitete.

Ich zuckte zusammen und Caiden fasste nach meinen Händen und verwob seine Finger mit meinen.

»Ist schon gut«, murmelte er und zog sich ein wenig zurück. »Falls du mich beißen willst oder mir einen Blitz in den Arsch jagst, dann verstehe ich das.«

»Tu es einfach«, verlangte ich, weil ich wusste, dass der magische Augenblick, an dem sich unsere Vereinigung wundervoll anfühlen würde, nur hinter diesem letzten Schritt aus Schmerz lag.

Ich schloss die Augen und hielt mich an seinen Händen fest. Sein Körper lag schwer auf mir und drückte mich ins Bett. Es gab kein Zurück mehr.

Als Caiden vorstieß, diesmal schnell und kraftvoll, spürte ich den Schmerz in mir brennen. Eine Träne lief aus meinem Augenwinkel und ich blieb zittrig liegen. Er war in voller Länge in mir und ich versuchte, dieses Gefühl zu begreifen.

Ich hatte Sex.

Ich hatte wirklich gerade Sex.

Caiden gab mir Zeit, mich an ihn zu gewöhnen, und küsste die Träne von meiner Wange fort. Dann begann er, sich in mir zu bewegen. Erst langsam und vorsichtig, doch als er merkte, dass ich keine Schmerzen mehr dabei empfand, wurde ein steter Rhythmus daraus. Ein Rhythmus, der sich nicht nur in meinem Unterleib aufbaute, sondern meinen gesamten Körper befiel.

Lust mischte sich unter Magie.

Magie mischte sich unter Lust.

So wie sich unser Schweiß miteinander verband, während wir Haut auf Haut beieinanderlagen und uns liebten.

Ich merkte, dass es im Zimmer grell flackerte, das Feuer im Kamin rumorte regelrecht. Die Glühbirne in der Deckenlampe brummte und flimmerte. Wind drückte gegen die Fensterläden und strudelte um unser Haus.

»Ah!«, stöhnte ich und wand mich hilflos. Bei jedem Stoß rieb Caiden seinen Schaft gegen meine Perle und brachte mich um den Verstand. Das Blut rauschte in meinen Ohren, so laut, dass ich kaum etwas anderes mehr hörte.

Ich wusste nicht, ob es normal war, beim ersten Mal zu kommen, aber die Magie in mir schien wie ein Verstärker zu wirken, der die Lust in mir bis in den Himmel trieb. Ich krallte meine Nägel in seine Hände, warf den Kopf zur Seite und biss in das Kopfkissen, um nicht laut zu schreien.

Dann kam ich und spürte einen so intensiven Orgasmus, dass Farben vor meinen Augen rauschten wie ein Regenbogenexpress.

»Himmel, Bailey!«, stöhnte Caiden halb brünftig, weil ich um sein Glied zuckte und ihn mit meinen Beinen, die ich um seine Hüften geschlungen hatte, an mich presste, dass er jede Beherrschung verlor.

Immer wieder stieß er in mich, um seine eigene Erlösung zu finden, und trieb meine Erregung dabei schier ins Unendliche. Als er endlich kam, war ich gefühlte dreimal hintereinander gekommen.

Die Magie brodelte in jeder Faser meines Körpers, als hätte sie nur darauf gewartet, von Caiden entfacht zu werden. Dabei hatte sie allerdings noch ein paar mehr Dinge entfesselt als nur meine Lust. Die beiden Stühle vom Esstisch lagen umgekippt am Boden. Das Feuer im Kamin musste so heiß geworden sein, dass jetzt nur noch Kohle darin glomm. Es roch nach Rauch und verbranntem Holz. Die Lampe an der Decke hatte den Geist aufgegeben.

Entweder, weil sie durchgebrannt oder weil die Sicherung herausgesprungen war.

Ohne Licht und nur mit der schwachen Glut im Kamin war es fast völlig dunkel im Raum. Ich konnte noch immer Caidens Konturen erkennen, aber für mehr als das reichte es nicht.

»Wow«, keuchte er und stemmte sich auf seine Ellbogen, um nicht auf mir zusammenzusinken. Sein Atem ging schwer und stoßweise. »Wow«, sagte er erneut. »Oh mein Gott, ist das abgefahren mit dir.«

Ich kicherte, weil ich den mächtigen Lykaner sprachlos gemacht hatte. Und das bei meinem ersten Mal. Das war doch nicht schlecht, oder? Fairerweise musste ich zugeben, dass meine ungebändigte Magie uns diesen wilden Ritt beschert hatte.

Caiden küsste mich innig und mit Zunge. Er verschlang mich regelrecht. »Bitte, sag mir, dass du später noch mal willst.«

Zum Spaß drückte ich ihm die Ferse in den Hintern, als wollte ich einem müden Pferd die Sporen geben. »Bist du etwa schon erledigt?«

Er richtete sich über mir auf und legte seine Hand auf meine Brust. »Du solltest nie die Manneskraft eines Lykaners anzweifeln«, drohte er gespielt. »Ich wollte dich ja eigentlich noch schonen, weil du Jungfrau warst, aber wenn du gleich in die Vollen gehen willst …«

»Nein, schon gut«, wehrte ich ihn lachend ab und versuchte, ihn von mir herunterzuschieben. Doch der Kerl wog einfach viel zu viel und blieb gemütlich zwischen meinen Schenkeln liegen.

»Der wird gleich wieder hart«, versprach er und ließ seine Hüfte an meinem Becken kreisen. Auch ohne, dass er prall war, spürte ich noch genug von ihm.

»Caiden«, ermahnte ich ihn halb kichernd, halb unruhig.

»Ich muss nur daran denken, wie du mich gerade gemolken hast«, fuhr er mit rauer Stimme fort und rieb sich weiter an mir. Ich spürte, wie sein Schwanz zu neuem Leben erwachte, und sog die Luft ein. »Na, wer sagt's denn?«

»Caiden, das geht doch nicht so schnell ... schon wieder ...«

Er leckte über meinen Hals und ich verstummte bebend.

Oh, mein Gott! Er meinte das ernst.

Noch auf mir liegend griff er in die Kondomschachtel und nahm ein neues Päckchen heraus. Ich hörte das Ratschen, als er es aufriss. Dann zog er sich aus mir zurück und tauschte die beiden Gummis miteinander aus.

Aber ... aber ...

Gebannt hielt ich die Luft an, als er wieder in mich eindrang.

Heilige ...

»Happy Birthday, Baby«, raunte er und liebte mich noch ausgiebiger als zuvor.

Kapitel 31

»Du willst was?«, schnaufte Caiden.

Ich lächelte ihm im Spiegel zu. Er stand hinter mir im Bad, während ich meine Haare durchbürstete. Die gemeinsame Dusche vorhin war herrlich gewesen und hatte einen perfekten Morgen eingeleitet. Ich war erst seit einem Tag neunzehn, aber Caiden hatte sich ausführlich darum gekümmert, dass ich keine Jungfrau mehr war.

Im Grunde hatten wir fast meinen gesamten Geburtstag im Bett verbracht, von den Momenten mal abgesehen, in denen Caiden Feuerholz nachgelegt, die Lampe wieder in Gang gebracht oder mir ein leckeres Frühstück mit Rührei und Croissants gezaubert hatte. Er hatte mich auf Händen getragen, mir Liebesschwüre ins Ohr geflüstert und war nackt mit mir durch die Wohnstube getanzt.

Und der Sex war einfach unglaublich mit ihm. Er war so süß gewesen, mir all seine Schwächen anzuvertrauen. Wie ich ihn berühren musste, damit er die Sterne tanzen sah, und wo und wie ich ihn küssen musste, damit er schwor, mir sämtliche Sterne vom Himmel zu holen. Außerdem hatte er sich sehr zärtlich darum gekümmert, dass ich mich nicht wund fühlte.

Himmel, wenn ich daran dachte, dass Sex bisher allenfalls ein Gesprächsthema mit meinen Freundinnen gewesen war. All die Worte kamen dem echten Gefühl kein bisschen nahe.

Aber dass wir heute eine kleine Pause einlegten, weil die Abreise anstand, war vermutlich sinnvoll. Denn ich hatte meine Magie nicht mehr unter Kontrolle und die halbe Hütte zerlegt.

Ich war gespannt, wie es sein würde, wenn ich endlich absichtlich zaubern könnte. Aber bevor ich meine mir bisher unbekannte Lehrmeisterin treffen würde, von der Lucy Stein und Bein geschworen hatte, dass sie äußerst liebenswert wäre und mich vermutlich an eine ziemlich alte Version von Mary Poppins erinnern würde, stand noch eine Aufgabe an.

»Wir verfrachten Oma nach Texas«, verkündete ich.

»Das kannst du nicht ernst meinen!«

Ich legte die Haarbürste beiseite und wandte mich zu ihm um. »Schau, wir können sie nicht auf der Farm lassen. Du hast Aurona doch selbst gehört. Sie wird nicht dulden, dass Oma ungeschoren auf ihrem Gebiet lebt.«

»Wieso fahren deine Eltern sie nicht weg?«

»Weil wir viel besser auf sie aufpassen können.«

Caiden sah aus, als müsste er Chilipaste herunterwürgen. »Ich soll mit ihr in einem Auto gemeinsam tagelang bis nach Texas gurken?«

»Nein«, beruhigte ich ihn. »Es reicht, wenn wir sie bis zum Flughafen bringen, wo Hope arbeitet. Sie setzt sie dann für uns in eine Maschine nach Texas, wo meine Großtante sie abholen wird.«

»Großtante, hm?«, brummte er.

»Die Familie von Opas Bruder lebt in Texas. Mein Großonkel hat sich zwar erhängt, aber da laufen noch ein paar Verwandte von uns herum. Großtante Berta mag Oma noch von früher. Weiß der Henker, wieso. Sie können dann gemeinsam um die Wette stricken und häkeln und ab und zu mal Urlaub in Mexiko machen, wo Oma ihre heißgeliebten Azteken-Pilgerfahrten unternehmen kann.«

Das war überhaupt *das* ausschlaggebende Argument schlechthin gewesen, das sie dazu bewogen hatte einzuwilligen, nach Texas zu ziehen. Oma mochte vor allem ihren

Aztekenkult im Sinn gehabt haben, aber ich dachte in erster Linie daran, dass sie dort sicher vor der nachtragenden Aurona sein würde.

»Dann müssen wir sie trotzdem bis zum Flughafen karren«, knurrte er. »Ich mag sie nicht. Sie hat dich schlecht behandelt.«

»Das nehme ich ihr auch weiterhin übel. Deswegen wird sie ja nach Texas ziehen, obwohl sie sich an meine Fersen heften wollte.«

»Was?«

Ich winkte sofort ab und lockte Caiden mit dem Zeigefinger näherzukommen. Er legte seine Hände um meine Hüften und küsste mich.

»Dann hätte ich sie erschießen müssen«, grollte er.

Ich schmunzelte an seinen Lippen. »Weißt du, sie scheint sich zu verändern.«

Caiden stieß einen Laut aus, der halb Schnauben, halb Grunzen war. »Sicher doch. Alte Besen wie die ändern sich nicht.«

»Doch«, widersprach ich. »Als ich mit ihr telefoniert habe, gab es gar nicht die gewohnte Tirade über die Verderbtheit von Tiermännern.«

»Hat sie aufgehört, wegen uns beiden im Pentagramm zu springen?«

Ich machte eine abwiegelnde Handbewegung. »Ein bisschen. Weißt du, sie hat mitbekommen, was du mit Stephan gemacht hast.«

Ich tippte mir ans Auge. Nicht nur, weil Stephans zwei Veilchen bestimmt ein anderes Ausmaß hatten, sondern auch, weil Oma durch ihren Krähenschwarm immer alles beobachtete. Sie hatte sogar dafür gesorgt, dass diese schwarzen Biester Stephan angegriffen hatten, als er sein Haus verlassen hatte. Szenen wie im Film *Die Vögel* hatten sich nun tatsächlich im ruhigen Welcome zugetragen, allerdings nicht mit mir in der Hauptrolle, sondern mit Stephan als Opfer. Soweit ich wusste, hütete er nun das Haus. Aber wenn Oma abreiste, würden ihre Krähen ihr folgen. Sie würden länger brauchen als das Flugzeug, aber sie würden in Texas eintreffen, ein großer Schwarm Vögel, der über den kalten Winterhimmel zog.

»Jedenfalls ist sie jetzt ein bisschen von dir angetan«, bekundete ich.

Caiden haderte mit dieser Erklärung. »Ich bin trotzdem kein Fan von ihr. Sie hat dich abgezapft wie eine Tanksäule. Hexen wie Aurona sind vielleicht nachtragend, aber ich bin es auch.«

»Das mit dem Abzapfen wird Oma künftig unterlassen, sonst rühre ich keinen Finger mehr für sie.«

Caiden machte ganz den Anschein, als würde er schon jetzt keinen Finger für sie krummmachen wollen.

»Schau, wir können sie nicht hierlassen. Wirklich jede Hexe im Umland kennt sie. Also muss sie weit weg. Wenn wir sie hier lassen und ihre Kräfte schwinden, ist sie wehrlos.«

Caiden grummelte etwas von abgelaufenen Haltbarkeitsdaten bei alten Besen.

»Wie?«, fragte ich nach, als hätte ich ihn nicht verstanden. »Was meintest du gerade?«

Er stöhnte und lenkte schließlich ein: »Aber sie fährt nicht vorne bei uns mit. Sie kommt in den Anhänger.«

»Welchen Anhänger?«

»Den, den ich jetzt extra ausleihen werde. *Diesen* Anhänger.« Seine Brauen zuckten empor, um seinen Worten Nachdruck zu verleihen. »So oder gar nicht.«

»Deal«, stimmte ich zu. »Kannst du bei Gelegenheit gleich noch einen Tiertransporter besorgen?«

»Wie, noch einen?«, foppte er mich.

»Sehr witzig. Es geht um Wilbur. Ich möchte, dass er endlich frei ist. Ich glaube, er ist damals ausgebüxt, weil er nicht bei ihr leben will.«

»Das ist doch verständlich.«

»Und deshalb möchte ich ihn zu den Satyren bringen.«

Caiden bekam große Augen. »Hör mal, Bailey, von mir aus lassen wir ihn in der Nähe ihres Gebietes an der Straße raus, aber du gehst auf keinen Fall zu den Satyren.«

»Weil sie mich wegen Oma auch nicht mögen?«, horchte ich auf.

»Auch. Und weil ich nicht will, dass diese notgeilen Böcke dich scharfe, kleine Hexe zu Gesicht bekommen.«

Ich lachte, willigte aber ein. »Okay. Dann bis zum Straßenrand.«

»Sieht aus wie ein Zirkuswagen«, stöhnte Caiden.

An seinem riesigen Pick-up hing ein kleiner Wohnanhänger für Oma und an diesem wiederum eine Viehbox für Wilbur. Ein bisschen sah es tatsächlich aus wie eine Karawane für Artisten.

Ich kicherte, schmiegte mich an ihn und streichelte seinen durchtrainierten Bauch. Mit der freien Hand deutete ich auf den vordersten Wagen: »Genau, dort fährt der stärkste Lykaner weit und breit, der ganze Bäume entwurzeln kann ...« Dann zeigte ich weiter zum Wohnanhänger: »... dort die Hexe mit der Kristallkugel, die wir noch mit silbernen Monden und solchem Klimbim behängen ...« Mein Finger wanderte weiter zum Viehhänger und ich ließ meine Stimme ganz schreckenerregend klingen: »... Und dort ist der verhexte Satyr, die Kreatur mit dem schwarzen Fluch.« Mit der Hand plakatierte ich durch den Himmel: »Wir nennen uns ›das Gruselkabinett‹ und werden kleinen Kindern und sogar gestandenen Männern das Grauen lehren.«

Caiden packte mich, als wollte er mich in einen Schwitzkasten nehmen, und rieb meine Schläfe. »Das kannst du gleich wieder vergessen. Die zwei da werden abgeladen.« Er zeigte dabei auf Oma, die neben einem braunen Lederkoffer am Straßenrand stand und aussah wie bestellt und nicht abgeholt, und Wilbur, der daneben herummeckerte und schon wieder versuchte, seine Leine durchzukauen.

»Den laden wir am besten zuerst ein«, beschloss Caiden und schob den störrischen Wilbur in seine Box.

»Siehst du, er will bei mir bleiben«, bescheinigte Oma.

»Wir setzen ihn nicht in ein Flugzeug«, stellte ich klar. »Jetzt schenken wir ihm endlich die Freiheit. Es wird Zeit, dass du deine Vergangenheit loslässt.«

Oma rümpfte mehrmals die Nase und musterte Caiden skeptisch. »Also, ich finde ja gut, dass du Stephan einen Denkzettel verpasst hast«, hob sie an und gestikulierte in seine Richtung. »Aber mir war nicht klar, dass er das da mit dir gemacht hat.«

»Witzig, Oma.« Ich rollte mit den Augen.

Caiden verriegelte die Box und drehte sich mit der Lässigkeit eines Mannes um, der hier das Sagen hatte. »Man wird nicht ohne einen Kampf zum Alpha.«

»Du bist jetzt Alpha?«, krächzte sie. In ihrer Stimme schwang sowohl Sorge als auch Ehrfurcht mit.

»Nein, ich habe es sofort wieder an den Nagel gehängt, nachdem ich jemanden vom Rudel ausgeschlossen habe.«

»Dafür hast du dich extra geprügelt?«, stutzte sie.

Caiden kam an meine Seite und strich liebevoll über eine Haarsträhne, die unter Lucys weinroter Mütze hervorschaute. »Meine Ex hat Bailey mies behandelt. Wenn ich dafür zum Mond fliegen muss, um mit ihr abzurechnen, dann mache ich das eben.«

Oma verzog anerkennend den Mund. »Vielleicht sind ja doch nicht alle Tiermänner Arschlöcher«, murmelte sie in ihren Strickponcho mit dem blau-braun-roten Aztekenmuster.

Er deutete in ihre Richtung, ohne von ihrem »Lob« beeindruckt zu sein. »Du hast Bailey mies behandelt, und wenn es nach mir ginge, würdest du auf der Farm versauern, bis dich dein alter Zirkel holen kommt, selbst wenn die mit mehr als nur Mistgabeln anrücken.«

»Das habe ich wohl verdient«, gab sich Oma reumütig.

»Verdammt richtig«, stellte er klar und zeigte auf den für sie bestimmten Anhänger. »Und jetzt rein da! Keine Flüche, kein Meckern und keine faulen Tricks. Verstehen wir uns?«

Wow. Caiden konnte ganz schön rigoros sein.

»Mit dem ist nicht gut Kirschen essen«, meinte Oma in meine Richtung. Doch sie kicherte dabei und stieß ihm den Ellbogen in die Seite. »Langsam verstehe ich, was mein Baileymäuschen an dir findet.«

Dann krauchte sie schniefend und schnaufend auf den Anhänger zu, als wäre es die Besteigung des Mount Everest.

Caiden entlockte das nur ein Schnauben: »Bisschen schneller, wenn's recht ist. Ich weiß, dass du laufen kannst.«

Oma murrte, doch sie wechselte brav von ihrem Invaliden-Schleppgang in einen ansehnlichen Laufschritt. Sie war nicht gerade eine Gazelle, aber erstaunlich flott unterwegs. Als ihr Hinterteil im Hänger verschwunden war, mäkelte sie gewohnt theatralisch: »Oh, hier sind ja gar keine Haltegriffe. Wie soll ich alte Frau, da ...?«

Caiden verriegelte ungerührt die Tür hinter ihr und rief nach drinnen: »Anschnallen kannst du dich, aber es stört mich auch nicht, wenn du es bleiben lässt.« Er klopfte mit der Hand gegen den Hänger. »Der wird dich schon halten, wenn es in die Kurve geht.«

Oma war jedoch gar nicht pikiert, sondern stieß ein gekonntes Hexenlachen aus. »Knusper, knusper, Knäuschen, wer hat jetzt wen in den Ofen gesteckt?«

Caiden schnaubte und deutete mit dem Daumen auf das Gefährt, das er gerade mit Oma beladen hatte. »Sie hat einen Knall. Das ist dir klar, oder?«

»Ich kann euch hören«, krähte sie von drinnen.

»Bald ist sie in Texas«, beruhigte ich ihn.

Oma schob die kleine Gardine vor ihrem Fenster beiseite und drückte ihre Nase gegen die Scheibe. Dann wiederholte sie: »Ich kann euch hören *und* sehen!«

Caiden zuckte mit den Schultern und packte mich für einen ausgiebigen Hollywood-Kuss.

»Ich kann euch immer noch sehen!«, keifte Oma.

Glucksend trommelte ich gegen seine breiten Schultern, aber der unverschämte Kerl gab mich nicht frei.

»Bah!«, schimpfte Oma und zog ihre Gardine wieder zu.

Schließlich löste Caiden den Kuss und rieb genüsslich seine Nasenspitze an meiner. »Das könnte ich stundenlang machen.«

Ich lächelte ihn an. »Du liebst es, Oma zu ärgern, oder?«

»Wer hat denn jemanden geärgert?«

Wir fuhren zuerst zum Flughafen. Eigentlich wäre es praktischer gewesen, erst Wilbur auszuladen, aber das Gebiet der Satyre befand sich zu nah an den Hexenkultstätten und wir wollten Oma nicht in Gefahr bringen.

Es hatte schon gereicht, dass Caiden meinetwegen gegen diesen Ray gekämpft hatte. Auf eine Auseinandersetzung mit Aurona konnte ich gut verzichten. Außerdem würde man uns die Rückgabe von Wilbur viel mehr als Zeichen des guten Willens auslegen, wenn Oma nicht mehr dabei war, sondern wir stattdessen versichern könnten, dass sie für alle Zeit das Weite gesucht hatte.

Hope traf uns wie verabredet beim Flughafen. Für ein Mädchen aus South Sioux City, Nebraska, sah sie unglaublich mondän aus. Sie hatte sogar einen eigenen Koffer dabei. Ich stieg aus und umarmte sie.

»Süße, verreist du etwa auch?«

Sie nickte aufgeregt und fasste mich bei den Händen. »Ja, ich habe eine tolle Spur zu einem Spiegelmacher in Island gefunden, der sich auf die Kunst von Zauberspiegeln versteht.« Sie zuckte mit den Schultern. »Also habe ich Urlaub eingereicht und beschlossen, dorthin zu fliegen.«

»Von hier fliegt was nach Island?«

Sie schüttelte den Kopf. »Nein, ich steige zwischendurch um. Aber ich werde deine Oma zu ihrem Terminal bringen. Keine Sorge.« Neugierig reckte sie ihren Kopf. »Wo ist sie denn?«

Ich zeigte auf den Anhänger, doch meine Großmutter war sofort vergessen, als Caiden ebenfalls ausstieg und auf uns zukam.

»Wow«, zischte Hope mir zu. »Ist das deiner?«

Ich nickte stolz.

Mein Freund stellte sich ihr ganz ungezwungen vor. »Ich bin Caiden«, erklärte er und streckte seine Hand aus. »Du musst Hope sein.«

Sie nickte angetan und erwiderte seinen Gruß.

»Ich lasse dann mal die Hexe heraus«, sagte er zwinkernd.

Inzwischen hatte ich Hope anvertraut, dass ich selbst auch eine Hexe war. Aber ich hatte ihr ebenfalls erzählt, dass ich ihr bei ihrem Vorhaben nicht würde helfen können, weil ich mich mit den ganzen Dingen noch nicht auskannte.

»Und er ist wirklich dein Lykaner?«, seufzte sie selig. Caiden fand es okay, dass wir Hope einweihten. Er meinte, dass ich ja selbst eine Hexe war und dass, falls ich ihr vertraute, er auch kein Problem damit hätte.

»Ja«, sagte ich mit Nachdruck.

»Endlich!«, seufzte sie. »Endlich hat mal eine von uns Glück.«

»Ich glaube, Lucy und Lily sind mit ihren Männern auch glücklich.«

»Ja, aber du hast deinen Lykaner gefunden und nicht aufgegeben.«

Ich fand, dass Lucy ihr selbst reinen Wein einschenken sollte. Am besten gleich bei unserem nächsten Treffen in Sioux Falls.

»Wirst du eigentlich pünktlich zurück sein, wenn wir wieder unseren Mädelstag haben?«

»Das weiß ich noch gar nicht, aber ich melde mich auf jeden Fall vorher.«

Ich lächelte sie an und nickte. »Ich drücke dir ganz fest die Daumen. Womöglich hast du ihn bis dahin gefunden. Und vielleicht kann dir Oma ja noch einen Tipp geben.«

»Das hoffe ich auch«, stimmte Hope zu. »Ich habe extra eine Scherbe des zerbrochenen Spiegels dabei.«

Hope zog sie aus ihrer Manteltasche hervor. Sie war sichelförmig und glänzte trüb im fahlen Licht.

»Wow, die musst du aber in deinen Koffer tun. Im Handgepäck geht die glatt als Waffe durch.«

Ich wollte sie mir ansehen und streckte meine Finger danach aus. Im selben Augenblick riss es mich in einen silbernen Abgrund aus scharfen Spiegelkanten. Mein eigenes Gesicht blickte mich aus jeder der Scherben und Bruchstücke an. Ich fiel und fiel, stürzte immer schneller wie in einen Strudel.

Schatten huschten über das Glas und verschwammen mit den Spiegeln, die zu Quecksilbertropfen schmolzen. In jedem von ihnen hörte ich Stimmen. Alte Formeln. Flüstern. Schreien. Lachen. Lockrufe. Singsang.

Dann tauchte in einem der Tropfen das Abbild eines Mannes auf, der äußerst ansehnlich und ziemlich verzweifelt war. Er drückte sein Gesicht gegen den Spiegel und die Konturen von Nase, Stirn, Kinn und Wangen formten sich aus dem Metall heraus und wuchsen mir entgegen.

»Hilf mir!«, rief seine Stimme in meinem Kopf. »Ich bin gefangen ... verflucht ... Hilf mir ... *Hope*.«

Dann barst das Bild in tausend Splitter. Eines der Bruchstücke trieb auf mich zu. Es hatte dieselbe Form wie jene Spiegelsichel, die Hope in ihren Händen hielt. So schnell, wie ich in den Schlund aus Spiegeln gefallen war, riss es mich nun wieder heraus.

Licht schlug mir entgegen und ich schlug meine Hand vor die Augen, weil es so grell war. Von hinten hielten mich

Hände gepackt und ich brauchte einige Sekunden, um zu merken, dass ich nicht mehr aufrecht stand, sondern in Caidens Armen zusammengesunken war.

»Bailey, Bailey«, wiederholte er immer wieder.

»Was ist?«, stammelte ich. »Wieso ist es so grell?«

»Grell?«, wunderte sich Hope. »Aber es ist doch ganz trüb hier.«

Erst jetzt begriff ich, dass wir bei unserem Auto am Parkplatz standen. Kaum hatte sie die Worte gesagt, kam mir das spärliche Winterlicht auch gar nicht mehr grell vor. Alles war wie vorher. Nur dass jetzt auch noch Oma neben mir stand und ihr faltiges Gesicht in mein Sichtfeld streckte.

»Ich habe ihn gesehen«, murmelte ich und rappelte mich hoch. »Er hat deinen Namen geflüstert.«

»Meinen Namen?«, erkundigte sich Oma geschmeichelt.

Ich schüttelte den Kopf. Mein Mund war ganz trocken. »Hope.«

»Was?«, staunte sie.

»Er ist verflucht und gefangen. Er ruft nach dir.«

»Du hast ihn gesehen?« Sie war noch immer ganz fassungslos.

»Ich hatte eine Vision, als ich die Scherbe berührt habe. Ich bin an tausenden Spiegeln vorbeigefallen. Es hat mich immer weitergerissen. Da waren so viele Stimmen. So viele ... Personen. Überall in den Spiegeln.«

»Du hast die Spiegelwelt gesehen?«, raunte Oma mit Geisterstimme. »Gut, dass du wieder rausgekommen bist.« Sie beäugte die Scherbe und tippte sie mit ihrer Fingerspitze an, als könnte sie sich daran verbrennen. »Ist nicht gut, wenn er verflucht ist.«

Ach nee. Wann wäre ein Fluch jemals gut gewesen?

»Aber hast du auch wirklich meinen Geist gesehen?«, wisperte Hope voller Hoffnung.

Ich beschrieb ihr den Mann, sein fast schwarzes Haar, die dunklen Augen, seine gerade Nase, den Leberfleck an seiner linken Wange, wobei das bei einem Spiegel wohl wenig aussagte. Was war dort links und was rechts? Doch je mehr ich ihn beschrieb, je mehr Details mir einfielen, umso mehr glänzten Tränen in ihren Augen.

»Das ist er«, flüsterte sie. »Das muss er sein.«

Oma schnitt eine abschätzige Grimasse. »Dann liebst du jemanden, der in die Gefangenschaft des wohl verfluchtesten Ortes, den du dir nur denken kannst, geraten ist. Ich habe niemanden getroffen, der selbst je dort war, aber man sagt, dass keiner aus dem Spiegelreich zurückkehrt. Jeder Weg spiegelt sich in einem anderen, kein Ausgang ist dort, wo man ihn sieht. Nichts ist, wie es scheint.« Dann zeigte sie mit einem krummen Finger in Hopes Richtung. »Und wenn dein Schatz verflucht worden ist, dann hat er es vielleicht verdient.«

Ich rollte mit den Augen. »Oma, das ist nicht hilfreich.«

»Ja, ja«, wiegelte sie genervt ab. »Lass mich mit dem Mädel mal allein. Du bist ja ganz weiß um die Nasenspitze. Ich kenne mich mit Flüchen und dem Brechen von Flüchen viel besser aus als du. Sie ist bei mir in guten Händen.«

Ich fand ja nicht, dass es so beruhigend klang, wie meine Großmutter der Sache den Anschein geben wollte.

Aber Hope nickte aufgeregt. »Wissen Sie was? Ich kann umbuchen und fliege mit Ihnen ein Stück zusammen. Dann können Sie mir alles erzählen, was Sie wissen.«

Oma gab einen kehligen Laut von sich, der vermutlich begütigend klingen sollte, doch für mich hörte es sich eher an, als wollte sie Gretel ins Lebkuchenhaus locken.

»Ich bin nur eine bescheidene Geweihte der Azteken«, sagte sie ihren Sermon auf. »Aber wenn ich Licht in die Finsternis deiner Liebe bringen kann …«

Ich hustete röchelnd, löste mich aus Caidens Armen und nahm Hope schnell beiseite. »Sie hat einen Knacks weg, das weißt du, oder?«

»Kann schon sein, aber ich will alles hören, was sie weiß oder zu wissen glaubt. Wenn ich mich mit den Rätseln der

Spiegelwelt befassen will, dann werde ich auch raushören müssen, was an ihrem Gerede wahr oder falsch ist. Außerdem kann mir der Spiegelmacher bestimmt auch noch weiterhelfen.«

»Ich habe fast ein schlechtes Gewissen, wenn ich dich mit ihr alleine lasse.«

Hope lächelte mich beruhigend an. »Aber nein, ich werde meinen Weg gehen, so wie du deinen gegangen bist. Mein Geist hat in deiner Vision nach mir gerufen und das würde er nur tun, wenn ich ihm auch wirklich helfen kann. Es besteht Hoffnung.«

Hoffnung für Hope ... Ich wünschte es ihr sehr.

Oma drängte sich zwischen uns und packte meine Freundin mit ihrem Schraubstockgriff am Handgelenk. »Nur die wahre Liebe kann den Fluch der Verdammnis brechen«, orakelte sie.

Dass sie ihre Augen nicht ins Weiße verdrehte, war auch schon alles.

»Darüber will ich alles erfahren«, stimmte Hope zu. An mich gewandt sagte sie: »Nun geh schon. Ich komme zurecht. Schau lieber, dass du selbst Hilfe bekommst. Aber ich danke dir so sehr, dass du mir von deiner Vision erzählt hast.«

Sie drückte mich noch einmal und geleitete mich dann zu Caiden zurück. »Pass gut auf Bailey auf, ja?«

»Das werde ich«, versprach er.

Dabei war es doch eigentlich Hope, der eine ungewisse Reise bevorstand.

»Ich wünschte, ich könnte dir beistehen«, entschuldigte ich mich noch einmal. Doch die Gefahr war zu groß, dass ich mit meinen Kräften etwas Schlimmes anstellte. Ich hätte mich nicht einmal getraut, in das Flugzeug zu steigen. Am Ende würde ich es noch zum Absturz bringen.

Oma küsste mich auf beide Wangen. »Mach's gut, Baileymäuschen, und besuch mich mal in diesem dürren Texas. Wenigstens habe ich da jetzt wohl keinen Schnee.« Dann wackelte sie mit der Hüfte und trällerte: *»At the border to Mexico ...«*

Caiden machte einen leidenden Eindruck und konnte ihr gar nicht schnell genug ihren Koffer reichen.

»Danke, Bürschchen«, sagte Oma mit knattriger Stimme. »Das ist nämlich ein schwerer Koffer.« Dann wandte sie sich an Hope: »Du siehst jung und kräftig aus. Ob du wohl die Güte hättest und mein Gepäck nehmen würdest, Herzchen?«

Caiden rollte mit den Augen und ich stöhnte fassungslos. »Oma ist robuster, als sie aussieht«, informierte ich Hope. »Lass dir bloß nichts einreden.«

Ein Schwarm Krähen kreiste über den Parkplatz hinweg und ich schauderte beim Anblick von Omas Wächtern. Bloß den alten Rupert hatten wir ihr nicht mit eingepackt. Jetzt, wo die Krähen fort waren, zupfte vielleicht niemand mehr an seinem Stroh.

»Natürlich nehme ich den Koffer«, entgegnete Hope verständig. »Das ist doch das Mindeste, wenn Sie mir so lieb helfen.«

Oma keckerte zufrieden und zwinkerte in meine Richtung. Dann ging sie sich von Wilbur verabschieden, der ihr Auftauchen an der Viehbox mit einem verstörten Blöken kommentierte.

Hope sah mich neugierig an, doch ich schüttelte bloß den Kopf. Das mit dem Satyr würde ich ihr lieber ein anderes Mal erzählen.

Schließlich winkte Oma mir aufgeräumt zu und watschelte zu Hope. Wenigstens hatte ich nicht das Gefühl, sie entwurzelt zu haben. Mein Bruder und mein Vater waren sehr froh über Omas spontane Umzugspläne gewesen. Mama hatte es zum Teil wehmütig, zum Teil erleichtert aufgefasst. Soweit ich wusste war sie schon auf dem Weg zur Tierstation, um sich einen eigenen Hund zuzulegen. Und sobald ich erst einmal wüsste, wie ich zaubern könnte, würde ich ihnen in Zukunft beistehen, damit sie gute Ernten hätten.

Großtante Berta war in einem Alter, in dem sie fand, dass man keine Zeit mehr zu vertrödeln hätte, und war über die Maßen erfreut gewesen, dass Oma so schnell ihre Zelte bei uns abgebrochen hatte.

Ich schaute ihr und Hope hinterher. Hope, die beide Koffer trug und ihr aufmerksam lauschte. Und Oma, die sagte: »Ich bin mir sicher, dass die heiligen Lehren von Cinteotl und den anderen Göttern dir helfen werden …«

Dann waren sie außer Hörweite, ein Auto fuhr hinter ihnen vorbei und schließlich waren sie außer Sicht.

Es war an der Zeit, nach vorne zu blicken.

Kapitel 32

Die späte Nachmittagssonne schimmerte zwischen den kahlen Zweigen der Bäume hindurch, die den Straßenrand zu beiden Seiten säumten, als Caiden den Wagen rechts ran lenkte. Omas Wohnwagen waren wir bereits losgeworden, doch nun hieß es zum zweiten Mal an diesem Tag Abschied nehmen.

Wehmütiger, als ich es mir vorgestellt hatte, stieg ich aus und ging zu Wilburs Anhänger. Wir waren nun nicht mehr weit von jenem Gebiet entfernt, das einmal seine Heimat gewesen war. Es war ein hübsches Fleckchen Erde, das im Sommer grüne Hügelkämme und üppige Laubwälder aufwies. Außerdem hatte Caiden mir erzählt, dass sich auf dem Territorium ein wunderschöner See befand.

Auch wenn Wilbur niemals wieder seine Satyrgestalt annehmen konnte, weil Omas Fluch für alle Zeit andauerte, so würde er dennoch ein schönes Zuhause haben, das er von früher kannte. So alt, wie Satyre wurden, lebten sicher noch einige hier, mit denen er damals aufgewachsen war.

Schweren Herzens entriegelte ich den Anhänger und reichte Wilbur eine extra Handvoll Reisig und Brot. Ich streichelte seinen Kopf und kraulte ihn an den Ohren.

»Mach's gut, Wilbur. Du bist frei und kannst endlich tun und lassen, was du willst.«

Ich trat beiseite und Caiden klappte ihm eine kleine Rampe aus. Jetzt würde Wilbur begeistert davonlaufen und seine Freiheit in seinem alten Gebiet genießen. Wie glücklich würde er im Sommer alle Wiesenblumen auffressen und im Winter die Baumrinden anknabbern. Außerdem würden die anderen ihm sicher einen Unterstand bauen und ihn versorgen.

Wilbur stupste mir dankbar seinen Kopf in den Bauch. Ich war so gerührt, weil wir nun das Unrecht, das ihm durch Oma widerfahren war, zu einem gewissen Teil wiedergutmachen konnten.

Der Ziegenbock meckerte und lief auf die Rampe. Dann schlug er seinen Kopf immer wieder gegen meine Hand.

»Ja, du bist wirklich frei«, versicherte ich ihm.

Das war vermutlich zu viel für ihn. Gewiss hatte er jahrelang von seiner Freiheit geträumt und jetzt, da es so weit war, konnte er sein Glück kaum fassen.

»Mäh.«

Ich winkte ihm und zeigte zum Wald. »Genau, das kommt dir bekannt vor, oder?«

»Mäh.«

Caiden verschränkte die Arme vor der Brust und schaute mich belustigt an.

Nachdenklich kratzte ich meinen Hinterkopf. »Tja, ich weiß auch nicht. Sicher hat sich einiges verändert. Aber du bist ein toller Ziegenbock und wirst dich schnell wieder einfinden und hier wohlfühlen.«

»Mäh!«

»Bailey«, setzte Caiden an.

»Nein, ich weiß schon«, wehrte ich ab. »Ich zögere es zu lange hinaus. Ich weiß ja selbst nicht, warum ich so an ihm hänge. Ich kenne ihn schon mein Leben lang und er war immer nur ein Ziegenbock, aber seit ich seine Geschichte erfahren habe, bin ich etwas sentimental.«

»Mäh, mäh …«

»Bailey …«

»Erst fliegt Oma weg, dann rennt Wilbur in die Freiheit.« Ich schnaubte. »Statt *Free Willy* ist das jetzt eben *Free Wilbur*.«

Gleich zwei Abschiede an nur einem Tag nahmen mich doch ganz schön mit. Nicht zu vergessen, dass ich gerade in einen anderen Bundesstaat zog.

Caiden rollte amüsiert mit den Augen.

»Was denn?«

»Du merkst schon wieder nichts.«

»Hm?«

»Mäh!« Wilbur drehte sich auf der Rampe im Kreis.

»Ja, was will er denn?«, stutzte ich.

Er meckerte mich noch einmal an und lief dann zurück in seine Transportbox.

»Aber …«

Caiden zuckte die Schultern und lud die Rampe wieder ein.

»Ja, aber …«

Dann machte er die Luke dicht und schloss den Riegel davor.

»Wieso will er denn nicht?«, fragte ich ratlos.

Caiden nahm mich in die Arme. »Er hängt nun einmal an dir. Das ist doch offensichtlich.«

»An mir?«

Er schnaubte. »Ja, an mir bestimmt nicht.«

Etwas überfordert gestikulierte ich in Richtung Feld. »Aber dort ist doch seine Heimat.«

Caiden strich eine Haarsträhne, die mir in die Stirn hing, unter den Mützenrand. »Das war seit einem halben Jahrhundert nicht mehr sein Zuhause. Er will wohl lieber bei dir und deinem leckeren Spezialbrot bleiben.«

Irgendwie war das ziemlich süß von Wilbur. »Wirklich?«

»Wir nehmen ihn eben einfach mit nach South Dakota. Es wird sich schon ein Stall für ihn finden.«

»Meinst du, diese andere Hexe, zu der wir fahren, könnte Wilburs Fluch brechen?«

Er schüttelte den Kopf. »Da ist nichts mehr zu machen. Aber ich sag dir, was wir für Wilbur tun können, wenn du ihn glücklich machen willst.«

»Was denn?« Ich schmiegte mich in Caidens Arme.

»Wir besorgen ihm eine nette Ziege, damit er nicht so allein ist.«

Ich gluckste. »Wenn wir das machen, rennen bald ganz viele Wilbur-Babys bei uns herum.«

»Na, wenn schon? Teddy wird's freuen und ich wette dich auch.«

Die Vorstellung von fröhlich meckernden, kleinen Geißlein, die über eine Wiese hopsten, erblühte in meinem Kopf. »Au ja!«

»Da seid ihr ja«, freute sich Lucy und faltete beglückt die Hände. Sie strahlte wie ein Engel unter der Außenlampe von Adams Haus.

Nun waren wir in South Dakota angekommen, genauer gesagt südlich von Brookings, wo Lucy dieses Jahr ihr Kunststudium beenden würde. Es hatte so lange gedauert, dass die Sonne bereits untergegangen war. Nun schien gedämpftes Mondlicht vom Himmel und schimmerte auf der gefrorenen Oberfläche des Lake Campbell, an dessen Ufer Adams Haus stand. Dem zu urteilen, was ich in der Dämmerung hatte erkennen können, war es eine reizende Nachbarschaft. So wie es aussah, hatte nicht nur Lucys Familie keine finanziellen Sorgen, sondern auch ihr Vampir Adam nicht.

»Danke, dass wir hier sein dürfen«, entgegnete ich und fühlte mich etwas unbeholfen, weil ich mir noch gar nicht so recht vorstellen konnte, wie wir zusammenleben sollten.

Das wäre schon seltsam geworden, wenn ich allein zu Gast bei ihnen gewesen wäre, aber gemeinsam mit Caiden? Sex unter deren Dach? Kaum auszudenken. Besonders dann nicht, wenn ich dabei alles zerlegte.

»Ihr habt es wirklich hübsch hier«, sagte ich ihr.

Adam stand hinter Lucy. Er war ein ausgesprochen attraktiver Mann mit grauen Augen und dunkelbraunen Haaren. Er war ziemlich groß, riesig im Vergleich zu mir, aber Caiden überragte ihn dennoch um ein gutes Stück.

»Du musst Bailey sein«, begrüßte Adam mich strahlend. »Lucy hat mir schon ganz viel von dir erzählt.«

Dann nickte er höflich, aber knapp in Caidens Richtung. Beide Männer maßen sich mit gebührendem Respekt. Das ging förmlicher zu als bei Hofe.

»Caiden«, stellte Caiden sich vor.

»Ja, der Lykaner«, merkte Adam an. »Ich bin Adam.«

Caiden rieb sich die Nase und erklärte seinerseits: »Ja, der Kerl, den ich schon an dieser Mütze gewittert habe.«

Damit meinte er Lucys rote Mütze, die ich auch heute wieder trug. Das brachte mich zum Schmunzeln. Doch dann fuhr Caiden fort: »Aber wer ist der andere Vampir, den ich hier rieche?«

Was?

Im selben Moment erschien unser Rotschopf Lily in der Haustür und lief freudig auf uns zu. Unsicher schielte ich zu Caiden, doch er schüttelte nur den Kopf. »Nein, nicht sie.«

Lily hopste mir förmlich in die Arme. »Bailey, endlich sehen wir uns wieder! Als Lucy gesagt hat, dass du kommst, haben wir es uns nicht nehmen lassen vorbeizuschauen.«

Das Wir erklärte sich von selbst, als nun auch noch ein anderer Mann aus dem Haus trat. Er war auf eine düstere Art attraktiv und deutlich kräftiger gebaut als Adam.

»Der da«, stellte Caiden klar.

»Das ist mein Sebastien«, verkündete Lily strahlend.

»Er ist auch ein Vampir?«, quiekte ich erstaunt.

»Ja!«, jauchzte sie. »Jetzt kann ich es dir endlich sagen. Eigentlich ist alles streng geheim, aber dein Caiden riecht den Braten sowieso und außerdem bist du selbst ja wohl auch etwas ganz Besonderes.«

»Dem kann ich nur zustimmen«, sagte Caiden und drückte mich an sich.

Ich hatte schon gehört, dass die Beziehungen zwischen Lykanern und Vampiren etwas angespannt waren, weil sich beide »Rassen« in der Vergangenheit nicht immer verstanden hatten. Umso höher rechnete ich es Caiden an, dass er mich bei meinem Abenteuer begleitete.

Die Spannung, die in der Luft lag, war geradezu greifbar. Ich räusperte mich und entschied: »Es ist schön, dass ihr uns helft, aber wir wollen eure Gastfreundschaft nicht überstrapazieren. Caiden und ich werden bestimmt einen Platz finden, wo wir ...«

»Unterkommen können?«, beendete Adam den Satz. »Da haben wir schon eine Lösung parat. Lucy hat mir erzählt, wie traurig du wegen der Abreise aus eurer Waldhütte warst, also habe ich mich kurzerhand nach einer passenden Bleibe für euch umgesehen. Immerhin seid ihr nun zu zweit da.«

Na, eigentlich sogar zu dritt, aber um die Ziege ging es hier gerade nicht.

Also hatte auch Adam nicht vor, einen Lykaner zu beherbergen. Ich war richtiggehend erleichtert.

»Es ist ebenfalls eine kleine Waldhütte. Das Grundstück ist groß genug, dass du dort eine Werkstatt unterbringen kannst«, erläuterte Adam an Caiden gewandt. »Wie ich höre, machst du Möbel und solche Dinge.«

Caiden nickte. »Und solche Dinge.«

Ich fände es schön, wenn er seine Arbeit in meiner Nähe ausüben könnte. Dann würden wir uns bald heimischer fühlen. Ich hatte schon überlegt, was Caiden wohl den lieben langen Tag über tun könnte, während ich meine Hexenschulung erhielt. Zum Glück hatten Adam und Lucy sich darüber bereits Gedanken gemacht.

Nun hatte ich selbst eine Idee.

»Lucy ist Künstlerin«, sagte ich zu Caiden. »Wenn du Kinderzimmermöbel baust, könnte Lucy sie vielleicht bemalen. Das würde bestimmt reizend aussehen und es wären alles Unikate.«

»Hm«, brummte Caiden und musterte Lucy.

Meine Freundin schien die Spannung zwischen unseren Männern genauso wahrzunehmen wie ich und war bereit, eine Brücke zu schlagen: »Das klingt nach einer wundervollen Idee. Lass uns das probieren.« Sie lächelte Caiden an und zwinkerte Adam zu.Dieser runzelte die Stirn und nickte dann langsam.

Bloß Sebastien, der Freund von Lily, wirkte noch skeptisch. Er kam mir ohnehin viel düsterer vor als Adam.

»Kommt rein, ich will euch jemanden vorstellen«, bat Adam uns nun.

Wir folgten ihm in sein großes Haus mit den vielen Fenstern, die auf den See gerichtet waren. Der Schuppen war die reinste Villa. Trotzdem stand mir der Kopf gerade woanders.

»Sebastien sieht ziemlich gefährlich aus«, flüsterte ich in Caidens Richtung.

Mein Freund zuckte bloß die Schultern. »Der sieht schlimmer aus, als er ist. In Wahrheit ist Adam stärker.«

»Das kannst du sehen?«, wunderte ich mich.

Caiden nickte in Adams Richtung: »Der da hat einen Herzschlag, der andere dagegen nicht.«

Hä?

»Er hat keinen Herzschlag?«, fiepte ich etwas zu laut.

Alle blieben stehen und drehten sich zu mir um.

Ups.

Caiden schien das nicht weiter zu stören. »Adam ist offensichtlich ein geborener Vampir, Sebastien bloß ein Gewandelter.«

»Was soll das bedeuten?«, stammelte ich.

Er wies auf Adam. »Er ist als Vampir zur Welt gekommen und damit stärker.« Dann zeigte er zu Sebastien. »Er hingegen wurde gebissen und verwandelt. Er ist gewissermaßen durch seine ursprüngliche menschliche Natur geschwächt.«

»Wieso hat er dann keinen Herzschlag?«, wollte ich immer noch wissen.

Menschen kamen doch mit einem Puls zur Welt.

»Weil er erst sterben musste, um sich zu verwandeln«, erwiderte Caiden unbeeindruckt.

»Ja, ich habe sein Grab gesehen«, schwärmte Lily. »Das war so romantisch.«

Sebastien drückte ihr einen Kuss auf den Mund und lächelte sie an. Dann nahm er Caiden in Augenschein und behauptete grimmig: »Ich bin immer noch stark genug, um es mit dir aufzunehmen.«

Jetzt lachte Caiden. »Nur zu, wenn du gerne verlierst.«

Mir rutschte fast das Herz in die Hose. Da waren wir gerade erst angekommen und schon legte mein Freund sich mit Lilys Freund an?

Adam schien das ziemlich entspannt zu sehen und lächelte mich an. Er ging auf mich zu und nahm mich beiseite, während Caiden und Sebastien sich voreinander aufbauten.

»Aber ... Aber ...« Hilflos schaute ich über meine Schulter. »Willst du denn nicht dazwischengehen?«

Adam winkte ab. »Die beschnuppern sich nur.«

»Was?«

»Das ist ein ganz normales Begrüßungsgeplänkel.« Er hielt inne. »Nein, eigentlich ist es nicht ganz normal. Es läuft sogar ausgesprochen gut.«

Ich rieb mir die Augen und beobachtete, wie Caiden Sebastien mit seiner Brust wegschubste wie bei einem Hahnenkampf.

»Na, wer hat dich denn so vermöbelt?«, stichelte Sebastien, der wieder aufrückte. »Sieht ja übel aus. Hast wohl die Deckung vergessen, wie?«

»Deckung ist was für Pussies.«

»Das soll gut sein?«, stöhnte ich.

Adam lachte heiter. »Sieht so aus, als werden sie die dicksten Freunde. Komm, ich stelle dir Marjorie vor. Sie ist eine gütige, weise Hexe, die dich unterweisen wird.«

Auch Lucy gesellte sich an meine Seite und nickte mir aufmunternd zu.

»Aber ich kann doch Caiden nicht mit ihm allein lassen«, wandte ich ein.

Ich merkte selbst, wie lächerlich das klang, besonders weil ich gegen Sebastien wenig ausrichten könnte.

»Dein Lykaner bestreitet seine eigenen Kämpfe«, entgegnete Adam.

»Außerdem ist Lily doch dabei«, beruhigte mich nun auch Lucy. Das befremdete mich am allermeisten. Sie war so sanftmütig wie ein Engel und schien sich auch nichts weiter bei dem »Geplänkel« zu denken.

Als ich zu Lily schaute, sah diese sogar ausgesprochen belustigt aus. Fand das hier niemand außer mir merkwürdig?

Seufzend nickte ich und ließ mich von den beiden ins offene Wohnzimmer geleiten. Auf einer überaus bequem aussehenden Couch saß eine kleine Frau mit schlohweißem, langem Haar, das sie offen trug, vielen Falten im Gesicht, die kaum mehr erahnen ließen, wie sie einmal als junge Frau ausgesehen hatte, und wasserblauen Augen, die einen gütigen Blick aussandten.

Sie trug ein kleines Hütchen mit einer silbernen Feder auf dem Kopf und hatte ein kariertes Cape um ihre Schultern gelegt, das auf sympathische Weise dem Schottenmäntelchen glich, das ich für Teddy gekauft hatte. Zu einem weißen Kleid, das original aus den zwanziger Jahren zu stammen schien, kombinierte sie silberne Spangenschuhe.

In ihrer Nähe fühlte ich mich sofort wohl und das Pochen, das sich erneut beinahe unmerklich in meinen Schläfen eingenistet hatte, ebbte ab. Mit einem Mal fühlte ich mich so vollkommen entspannt, als würde sie meine innere Unruhe glattstreichen wie eine Bettdecke.

»Bailey«, sagte sie mit einer Stimme, die viel jünger klang, als es ihr Aussehen vermuten ließ. »Endlich treffen wir uns.«

Sie erhob sich mit einer fließenden Bewegung von der Couch.

»Endlich?«, wunderte ich mich und ging auf sie zu.

Marjorie nahm meine Hand und streichelte sie. Mir fiel auf, wie viele Altersflecken sich über ihren Handrücken sprenkelten, und ich musste an die Tupfen von Marienkäfern denken. Sie nickte erfreut. »So wie dein Blick in die Vergangenheit gerichtet ist, kann meiner die Schatten sehen, die die Zukunft vorauswirft. Ich wusste, dass eine Schülerin zu mir kommen würde, lange bevor Adam sich bei mir gemeldet hat.«

Ich schluckte überwältigt. Verband uns gar eine Art Bestimmung?

Sie tätschelte meine Wange, was auf Augenhöhe geschah, denn wir waren gleich groß. »Und du siehst aus, wie ich es in meinem Traum gesehen habe.« Als würde sie wissen, wie angespannt ich in der letzten Zeit gewesen war, versprach sie: »Alles wird gut.«

Dann tippte sie sich an ihr Auge und ich wusste, dass sie auch das hatte kommen sehen.

Epilog

Teddys Bellen hallte aus dem Wald bis an meine Ohren. Ihm antworteten gleich zwei Ziegen mit lautem Meckern: Wilbur und Alisar. Womöglich hatte ich der jungen Ziegendame einen etwas übertrieben schönen Namen gegeben, aber ich hatte auch die hübscheste Ziege, die ich weit und breit finden konnte, für Wilbur gekauft. Es war sozusagen Liebe beim ersten »Mäh« gewesen. Hoffentlich würde es vor lauter Liebe bald noch mehr Meckern geben. Ich hatte mich eigentlich nie als Ziegenhirtin gesehen, aber das Schicksal hatte ja auch schon ganz andere Überraschungen für mich bereitgehalten.

Lächelnd schlug ich das Tagebuch zu, in dem ich begonnen hatte, meine Zauberfortschritte zu dokumentieren, und legte es auf das kleine Tischchen, das Caiden uns geschreinert hatte, gleich neben die bunte Postkarte aus Mexiko. Sie stammte von Oma, die nichts hatte anbrennen lassen, um Großtante Berta zu einem kleinen Urlaubstrip zu überreden. Und Wunder, oh Wunder, Oma hatte sich auf ihrer Reise in einen *»ganz tollen Gelehrten für aztekische Riten«* verguckt. Ihr eigenes Wort hatte *»kennengelernt«* gelautet, aber wenn Oma nicht total verschossen war, wollte ich nicht Bailey heißen.

Wenigstens würde sie die Sache mit Wilbur dann auch nicht eifersüchtig machen können. Ich war so froh, dass sie endlich mit ihrer Vergangenheit abgeschlossen hatte.

Von meinem Bruder wusste ich, dass noch jemand anderer nach vorn geschaut hatte: nämlich Stephan. Er war jetzt mit Freundin Nummer sechs zusammen. Ich wünschte ihm viel Glück.

Zufrieden, wie sich die Dinge gefügt hatten, strich ich über den kleinen Beistelltisch. Caiden hatte alle Möbel in unserem neuen Häuschen handgefertigt.

Ich schmunzelte, als ich daran dachte, dass jeder immer nur von unserem »Häuschen am Waldrand« sprach, doch in Wahrheit war unser neues Heim sehr geräumig, hell und freundlich. Auch hier gab es einen Kamin, doch man konnte sogar eine Fußbodenheizung anschalten. Die Wände waren aus Stein statt aus Holz und es gab drei Zimmer, statt nur einen Raum wie in Caidens alter Hütte. Trotzdem dachte ich gerne an unsere Zeit dort zurück und einmal waren wir schon wieder hingefahren und hatten die alten Zeiten wiederaufleben lassen.

Dennoch wollte ich unser neues Heim nicht missen. Adam war sehr spendabel und überließ uns das kleine Haus einfach, ohne etwas dafür zu verlangen. Ich wickelte mir die kuschelige Decke, die neben mir auf der Couch lag, um die Schultern und trat nach draußen.

Es war kühl, doch erste Vögel zwitscherten in den Bäumen, als läge der Frühling schon in der Luft. Womöglich waren es auch nur zwei frisch verliebte Piepmatze, die ihre verfrühten Frühlingsgefühle von den Bäumen trällerten. Schließlich war heute Valentinstag, der Tag der Liebenden, und Caiden war mein Valentinsschatz.

Ich ging zu ihm hinüber in die kleine Werkstatt, die er sich eingerichtet hatte. Sie lag direkt neben dem Ziegenstall, der ein paar Reserveboxen für Nachwuchs bot.

Caiden hobelte gerade an einem neuen Möbelstück für seine Kollektion, an der er mit Lucy bastelte. Obwohl er mich ganz sicher sowohl gehört als auch gewittert hatte, arbeitete er konzentriert weiter, bis ich meine Hände von hinten um seinen Bauch schlang.

»Hallo du«, grüßte ich ihn und küsste seinen Rücken.

»Hey, Baby«, grüßte er zurück, legte sein Werkzeug beiseite und zog mich in seine Arme.

»So fleißig?«

»Nicht mehr als du«, gab er zurück. »Hat Marjorie dir wieder neue Tricks beigebracht?«

Ich nickte. Inzwischen hatte ich damit angefangen, meine Magie selbst zu kontrollieren, statt immer nur von ihr beherrscht zu werden. Meine Macht war sehr an Emotionen gebunden, aber Marjorie hatte mir gezeigt, wie ich mich erden konnte, um die Ströme dieser wilden Energie besser zu lenken.

Ich nahm eine Schachtel Streichhölzer aus der Tasche, mit denen ich gerne übte, und wackelte mit ihr vor seinem Gesicht.

»Oh, nicht hier drin«, mahnte Caiden, auch wenn er dabei lächelte, und brachte mich nach draußen. »Du bist manchmal etwas zu wild.«

»Nur, wenn du mich betörst«, stellte ich klar. Besonders aufregend fand ich ihn, wenn er seiner wölfischen Natur freien Lauf ließ und sich vor mir ganz oder teilweise verwandelte.

Ich zog ein Streichholz aus der Schachtel und ließ es darüber ratschen. Ein kleines Feuer leuchtete auf und tanzte auf dem Hölzchen. Ich starrte auf die Flamme, folgte im Geiste ihren Bewegungen, bis sie direkt in meinem Kopf zu brennen schien. Dann griff meine Kraft auf das Feuer über und ich lenkte es zu eigenen Formen: einen Feuer speienden Drachen, einen Dschinn, der aus einer Öllampe aufstieg. Ich zauberte Bilder aus Flammen in die Luft.

»Das sieht super aus«, lobte mich Caiden begeistert.

Ich schmunzelte, als ich daran dachte, wie ich einmal versucht hatte, eine Flamme in meiner Hand entstehen zu lassen. So weit war ich noch lange nicht. Aber ich hatte damit begonnen, Elemente, die bereits vorhanden waren, nach meinem Willen zu lenken.

Nun ließ ich ein Herz aus Feuer entstehen. Es brannte hell und wunderschön, so wie meine Liebe zu Caiden.

»Fröhlichen Valentinstag«, sagte ich lächelnd.

»Ich liebe dich auch, Baby.«

Ich pustete das Feuer aus und küsste ihn von ganzem Herzen. Endlich waren meine Gefühle für ihn frei und konnten wie Wölkchen zum Himmel hinaufschweben. Unsere Liebe hatte eine wundervolle Chance bekommen.

Wir waren in unserem gemeinsamen Leben angekommen und hatten sogar unser eigenes kleines Rudel. Nicht bloß uns beide und Teddy oder Wilbur und Alisar. Nein, Adam hatte recht behalten, was die Begegnung von Caiden und Sebastien betraf. Die beiden waren inzwischen dicke Kumpels geworden, die Freude daran hatten, einander hochzunehmen und sich zu messen, ganz gleich, ob es nun bei Wettrennen, Armdrücken oder Trainingskämpfen geschah.

Sebastien betrieb andernorts einen Gothicladen namens *Black Mirror*. Irgendwie schien es dort auch oft um Spiegel zu gehen. Leider hatte ich noch nichts Neues von Hope gehört, seit sie es zu unserem Treffen im Januar nicht geschafft hatte, und ich hoffte, dass auch sie bald ihr Glück finden würde.

Sebastien hatte vor, ein weiteres Geschäft in Brookings aufzumachen. Einen zweiten Laden für Menschen, die das Schwarze und das Morbide liebten. Er hatte mir vorgeschlagen, dass ich für ihn dort aushilfsweise im Verkauf arbeiten könnte, wann immer meine Ausbildung das zuließ. Er mochte den Gedanken, dass eine waschechte Hexe bei ihm mitmischte. Und irgendwie gefiel es mir auch, nachdem ich schon lange überlegt hatte, was ich anderes tun könnte, als bei Maisernten zu helfen. Lily schwärmte mir ständig von der Idee vor und dass wir dann gemeinsam dort arbeiten und natürlich auch shoppen könnten. Das wäre keine schlechte Idee. Ich hatte meine Garderobe seit meinem Fortgang zwar erweitert, aber sie besaß noch lange nicht den Umfang von früher.

Sebastien fand es auch ganz nett, dass Caiden Spielzeug und Kindermöbel anfertigte, die Lucy dann bemalte. Es waren wunderschöne Einzelstücke, die schneller gekauft wurden, als Caiden und Lucy sie anfertigen konnten. Sebastien wollte dieser kreativen Zusammenarbeit auch keinesfalls im Wege stehen. Im Gegenteil. Doch er versuchte Caiden ständig zu überreden, ihm schwarze Lacksärge zu schreinern, die Lucy dann mit Blutkelchen oder Totenköpfen bemalen sollte. Bisher weigerten sich beide beharrlich.

»Ich kann auch zaubern«, raunte Caiden mir nun zu.

»Falls du jetzt einen Witz über deinen Zauberstab machen willst ...«, wandte ich ein.

»Baby, darüber würde ich niemals Witze machen. Denn das ist eine Angelegenheit, die ich äußerst ernst nehme.«

Er schwang mich ohne Mühe auf seine Arme und trug mich ins Haus. Als Teddy uns hinterherflitzen wollte, schüttelte er bloß den Kopf. »Tut mir leid, Kumpel, aber wir sind gleich ziemlich beschäftigt. Ich renne nachher wieder mit dir durch den Wald.«

Das taten sie täglich. Seite an Seite: Hund und Wolf. Und manchmal rannte Caiden auch mit mir durch die Nacht, wie wir es schon früher getan hatten.

Teddy legte den Kopf schief und blinzelte aus seinen treuen Augen zu uns hoch, als wollte auch er zu Caiden sagen, dass er sein Valentinsschatz war. Dann ließ er uns allein und ich hörte ihn wieder durch den Wald jagen und unsere Ziegen ärgern. Des einen Glück war des anderen Leid.

»Wo waren wir stehengeblieben?«, murmelte Caiden.

»Dass du es sehr ernst nimmst«, erinnerte ich ihn schmunzelnd.

»Ich nehme es sogar verdammt ernst mit dir«, schwor er und trug mich zum Bett. Das Licht, das durch die Gardine in unser Schlafzimmer schimmerte, warf Wellenmuster an die Wand und kurz darauf auch auf Caidens nackten Oberkörper, als er sein Hemd auszog.

Licht und Schatten spielten auf seiner Haut. Die Muskeln und Sehnen verwandelten sich zu wölfischer Stärke. Ich hatte meinen Lykaner gefunden. Die eine wahre Liebe in meinem Leben. Ich wollte ihn und nur ihn. Für alle Zeit.

Schließlich stieg er als Wolfsmann zu mir ins Bett.

Dort küsste er mich zum Valentinstag.

Er küsste mich für ein ganzes Leben ...

Anna Winter

Anna Winter wurde 1982 geboren und war schon als junges Mädchen von Märchen und anderen Geschichten gefesselt. Sie illustrierte Erzählbände für ihre Familie und begann, mit acht Jahren auf einer alten Schreibmaschine zu schreiben.

Sie hat unzählige Bücher gelesen und die Faszination für Worte nie verloren. Später schrieb sie Romane für ihre Freundinnen, die sie zur Veröffentlichung ermunterten. Inzwischen erfreut sich ein breites Publikum an ihren Büchern.

Anna lebt mit ihrer Familie in Süddeutschland, nur einen Steinwurf entfernt vom Schwarzwald. Wenn sie aus dem Fenster ihres Schreibzimmers schaut, kann sie auf die Ruinen einer alten Burg blicken, wo sie auch geheiratet hat. Ihr Mann ist zwar weder ein Vampir noch ein Werwolf, aber definitiv die Liebe ihres Lebens.

Anna liebt Happy Ends und in ihren Büchern geht es immer um die Liebe.

Sie schreibt bereits an ihrem nächsten Roman.

Bisher von Anna Winter erschienen:

»Lea – Untermieterin bei einem Vampir«

»Schattenherz – Fesseln der Dunkelheit« (1)
»Nachtkuss – Fesseln der Dunkelheit« (2)
»Tränenschloss – Fesseln der Dunkelheit« (3)

»Der Werwolf in der Badewanne – Eine Vollmondlektüre« (1)
»Die Hexe fällt nicht weit vom Stamm – Eine Vollmondlektüre« (2)

»Lucys Wunsch – Ein Winterroman« (1)
»Baileys Traum – Ein Winterroman« (2)

Anna Winter schreibt auch reine Liebesromane. Diese veröffentlicht sie unter dem Namen Anna Faye.

Bisher von Anna Faye erschienen:

Red Hot – The colour of Ruby

Dark Purple – The kiss of Rose

White Shades – The call of Angel

Summer Rain – Zurück zu dir

Facebook: www.facebook.com/AnnaFaye.Autorin

Impressum

Anna Winter
Mühlestückweg 7
79539 Lörrach

http://annawinter.de/
write@annawinter.de

Printed in Poland
by Amazon Fulfillment
Poland Sp. z o.o., Wrocław

63187452R00208